PATRICIA CORNWELL
POST MORTEM

DER ERSTE FALL FÜR KAY SCARPETTA

Aus dem amerikanischen Englisch von
Daniela Huzly

KAMPA

Die amerikanische Originalausgabe erschien 1990 unter dem Titel *Postmortem* im Verlag Charles Scribner's Sons, New York.
Die deutsche Erstausgabe erschien 1992 unter dem Titel *Mord am Samstagmorgen* im Verlag Droemer Knaur, München.
Die Übersetzung wurde grundlegend überarbeitet.

Für den Blick hinter die Verlagskulissen:
www.kampaverlag.ch/newsletter

KAMPA POCKET
DIE ERSTE KLIMANEUTRALE TASCHENBUCHREIHE
Gedruckt auf säurefreiem und chlorfrei gebleichtem Papier zur Unterstützung verantwortungsvoller Waldnutzung, zertifiziert durch das Forest Stewardship Council. Der Umschlag enthält kein Plastik. Kampa Pockets werden klimaneutral gedruckt, kampaverlag.ch/nachhaltig informiert über das unterstützte CO_2-Kompensationsprojekt.

Veröffentlicht im Mai 2026 als Kampa Pocket

Hegibachstrasse 2, CH-8032 Zürich
info@kampaverlag.ch
GPSR-Kontakt: Schöffling & Co. Verlagsbuchhandlung GmbH,
Kaiserstraße 79, D-60329 Frankfurt am Main
info@schoeffling.de

Covergestaltung: Lara Flues, Kampa Verlag
Coverabbildung: © Ignasi Font
Satz: Tristan Walkhoefer, Leipzig
Gesetzt aus der Stempel Garamond LT / 2. Auflage 2026
Druck und Bindung: GGP Media GmbH, Pößneck
Auch als E-Book erhältlich
ISBN 978 3 311 15524 9

www.kampaverlag.ch

Für Joe und Dianne

1

Am Freitag, dem 6. Juni, regnete es in Richmond. Es begann bei Tagesanbruch und goss in solchen Strömen, dass von den Lilien nur nackte Stängel übrig blieben und der Asphalt und die Gehwege voller Blätter lagen. Bäche flossen über die Straßen, und auf Rasenflächen und Spielplätzen entstanden Teiche. Das Geräusch von Wasser, das gegen das Schieferdach klopft, begleitete mich in den Schlaf, und während die Nacht sich in dem Dunst des beginnenden Samstags auflöste, hatte ich einen schrecklichen Traum.

Ich sah ein weißes Gesicht hinter der regennassen Glasscheibe, ein Gesicht, das so formlos und unmenschlich aussah wie die Gesichter von unförmigen Puppen aus Nylonstrümpfen. Mein Schlafzimmerfenster war dunkel, bis plötzlich das Gesicht auftauchte, etwas Böses, das hereinsah. Ich wachte auf und starrte in die Dunkelheit, ohne etwas zu sehen. Ich wusste nicht, was mich geweckt hatte, bis das Telefon erneut klingelte. Ohne lange herumzusuchen, fand ich den Hörer.

»Dr. Scarpetta?«

»Ja.« Ich tastete nach der Lampe und knipste sie an. Es war zwei Uhr dreißig. Mein Herz pochte wie wild.

»Pete Marino hier. Wir haben wieder eine. Berkley Avenue 5602. Sie kommen wohl besser her.«

Der Name des Opfers, so erklärte er weiter, war Lori

Petersen, eine weiße Frau, dreißig Jahre alt. Ihr Ehemann hatte die Tote vor ungefähr einer halben Stunde gefunden.

Einzelheiten waren nicht nötig. In dem Moment, als ich den Hörer abnahm und Sergeant Marinos Stimme erkannte, wusste ich Bescheid. Vielleicht wusste ich es bereits, als das Telefon klingelte. Wer an Werwölfe glaubt, fürchtet den Vollmond. Ich hatte angefangen, mich vor den Stunden zwischen Mitternacht und drei Uhr morgens zu fürchten, wenn der Freitag zum Samstag wird und die Stadt schläft.

Normalerweise wird der ärztliche Leichenbeschauer, der Bereitschaftsdienst hat, zum Fundort der Leiche gerufen. Aber das hier war nicht normal. Nach dem zweiten Fall hatte ich ausdrücklich darum gebeten, persönlich gerufen zu werden, falls ein weiterer Mord geschehen sollte, egal zu welcher Zeit. Marino war nicht begeistert von dem Gedanken. Von dem Augenblick an, als ich zum Chief Medical Examiner, das heißt zum obersten Gerichtsmediziner von Virginia, ernannt worden war, hatte ich Probleme mit ihm. Ich war mir nicht sicher, ob er Frauen im Allgemeinen oder nur mich nicht mochte.

»Berkley's in Berkley Downs, Southside«, sagte er herablassend. »Kennen Sie den Weg?«

Ich gab zu, dass ich ihn nicht kannte, und kritzelte die Angaben auf den Notizblock, der immer neben meinem Telefon liegt. Ich legte auf und war auch schon aufgestanden, Adrenalin wirkte wie Espresso auf meine Nerven. Im Haus war es ruhig. Ich griff meine schwarze Arzttasche, die vom jahrelangen Gebrauch schon ganz abgewetzt und mitgenommen aussah.

Die Nachtluft war kühl und feucht, und es brannte kein Licht in den Fenstern der Nachbarhäuser. Ich fuhr mit meinem dunkelblauen Kombi rückwärts aus der Einfahrt und sah zu dem Licht, das über der Veranda brannte, zu dem Fenster im ersten Stock, wo das Gästezimmer lag, in dem meine zehnjährige Nichte Lucy schlief. Das würde ein weiterer Tag im Leben des Kindes werden, an dem ich nicht teilhaben konnte. Ich hatte sie am Mittwochabend vom Flughafen abgeholt, und bis jetzt hatten wir noch nicht oft gemeinsam gegessen.

Auf den Straßen war kein Verkehr, bis ich auf den Parkway kam. Minuten später fuhr ich über den James River. Weit vorn brannten Rücklichter wie Rubine, die Skyline des Stadtzentrums spiegelte sich geisterhaft im Rückspiegel. Zu beiden Seiten breitete sich fächerförmig die Dunkelheit aus, an ihren Rändern feine Ketten aus Lichttupfern. Irgendwo da draußen ist ein Mann, dachte ich. Es konnte jeder sein. Er geht aufrecht, schläft in einem Haus und hat die normale Anzahl Finger und Zehen; er ist wahrscheinlich weiß und viel jünger als ich mit meinen vierzig Jahren. Er ist in nahezu jeder Hinsicht durchschnittlich und fährt vermutlich keinen BMW, besucht keine Bars in teuren Stadtvierteln und keine Bekleidungsgeschäfte auf der Main Street.

Aber er könnte auch genau das tun. Er könnte jeder Beliebige sein und war doch niemand. Mr. Nobody. Die Art von Mensch, die man sofort wieder vergisst, auch wenn man zwanzig Stockwerke in einem Aufzug mit ihm gefahren ist.

Er war zum selbsternannten, unheimlichen Herrscher der Stadt geworden, verfolgte Tausende von Menschen, die er nie gesehen hatte, bis in ihre Gedanken, und verfolgte auch mich. Mr. Nobody.

Die Morde hatten vor zwei Monaten begonnen, es könnte also sein, dass er vor Kurzem aus einem Gefängnis oder einer psychiatrischen Klinik entlassen wurde. In diese Richtung gingen die Vermutungen letzte Woche, aber es wurden täglich neue Theorien aufgestellt.

Ich hatte von Anfang an den starken Verdacht, dass er noch nicht lange in der Stadt war, dass er es vorher irgendwo anders getan hatte und dass er nie in irgendeinem Gefängnis oder einer Klinik gewesen war. Er ging nicht ohne System vor, war kein Amateur und ziemlich sicher nicht »verrückt«.

Wilshire lag zwei Ampeln weiter unten auf der linken Seite, Berkley dann die nächste rechts.

Ich sah die blauen und roten Lichter zwei Häuserblöcke weiter. Der Teil der Straße, der hinter der Nummer 5602 lag, war beleuchtet wie ein Katastrophengebiet. Ein Krankenwagen stand mit laufendem Motor neben zwei zivilen Einsatzfahrzeugen und drei weißen Funkstreifenwagen, deren Blaulichter auf vollen Touren liefen. Das Team von Channel 12 News war eben eingetroffen. Blau-rote Blitze zogen sich die Straße entlang, und mehrere Leute standen in Schlafanzügen und Morgenmänteln vor ihren Häusern.

Ich parkte hinter dem Aufnahmewagen der Fernsehgesellschaft, ein Kameramann lief gerade auf die andere Straßenseite hinüber. Mit gesenktem Kopf, den Kragen meines khakifarbenen Regenmantels hochgeschlagen, ging ich zügig den Kiesweg zum Eingang hinauf. Ich habe es schon immer gehasst, mich in den Abendnachrichten zu sehen. Seit die Morde begonnen hatten, fand mein Büro keine ruhige Minute mehr, die Reporter riefen immer wieder an und stellten immer dieselben taktlosen Fragen.

»Wenn es ein Serienmörder ist, Dr. Scarpetta, heißt das nicht, dass er wahrscheinlich wieder zuschlägt?«

Als ob sie wollten, dass er wieder zuschlug.

»Stimmt es, dass Sie bei dem letzten Opfer Bisswunden entdeckt haben, Doc?«

Es stimmte nicht, aber egal, wie ich so eine Frage beantwortete, ich hatte keine Chance. Sagte ich »Kein Kommentar«, dann meinten sie, es sei wahr. Sagte ich »Nein«, dann stand in der nächsten Ausgabe: »Dr. Kay Scarpetta gibt an, dass auf den Leichen keine Bisswunden entdeckt wurden …« Den Mörder, der die Zeitung wie jeder andere liest, kann so etwas nur inspirieren.

Die letzten Nachrichten schilderten die Tatsachen dramatisch und bis in beängstigende Details. Sie erfüllten längst nicht mehr den Zweck, die Bürger der Stadt zu warnen. Die Frauen, vor allem diejenigen, die allein lebten, wurden immer ängstlicher. Der Verkauf von Handfeuerwaffen und Sicherheitsschlössern war nach dem dritten Mord um fünfzig Prozent gestiegen, und der Tierschutzverein hatte bald keine Hunde mehr – ein Phänomen, das natürlich auch auf der ersten Seite der Zeitungen stand. Gestern hatte die skrupellose, aber preisgekrönte Polizeireporterin Abby Turnbull eine Kostprobe ihrer Dreistigkeit geliefert, indem sie in mein Büro kam, meinen Mitarbeitern einen Vortrag über Pressefreiheit hielt und erfolglos versuchte, an Kopien der Autopsieberichte heranzukommen.

Die Kriminalberichterstattung in Richmond war aggressiv. Die Hauptstadt von Virginia mit ihren zweihunderttausend Einwohnern wurde im vergangenen Jahr vom FBI als die Stadt mit der zweithöchsten Mordrate pro Kopf in den Vereinigten Staaten geführt. Es war nicht ungewöhnlich, dass Rechtsmediziner aus ganz England für einen Monat in mein Institut kamen, um mehr über Schusswunden zu lernen. Es war nicht ungewöhnlich, dass ehrgeizige Polizisten wie Pete Marino dem Wahnsinn von New York oder Chicago entflohen, nur um festzustellen, dass Richmond noch schlimmer war.

Aber diese Sexualmorde waren ungewöhnlich. Der Durchschnittsbürger kann zu Morden im Drogenmilieu keinen Bezug herstellen, ebenso wenig zu einem Obdachlosen, der einen anderen wegen einer Flasche billigen Weins ersticht. Aber diese ermordeten Frauen waren die Kolleginnen, neben denen man bei der Arbeit saß, die Freundinnen, die man zum Einkaufsbummel oder zu einem Drink einlud, die Bekannten, mit denen man auf Partys plauderte, die Menschen, mit denen man in einer Schlange an der Kasse stand. Sie waren irgendjemandes Nachbarin, Schwester, Tochter, Geliebte. Sie lebten in Häusern wie den ihren, schliefen in Betten wie den ihren, wenn Mr. Nobody durch eines der Fenster stieg.

Zwei Streifenbeamte standen an der Eingangstür, die weit offen stand und durch ein gelbes Band versperrt war, auf dem stand: »Polizeiliche Ermittlungen – Betreten verboten«.

»Doc.« Er hätte mein Sohn sein können, dieser Junge

in Blau, der auf der obersten Stufe zur Seite trat und das Band hob, um mich darunter hindurchzulassen.

Das Wohnzimmer war tadellos und ansprechend eingerichtet, in warmen rosa Tönen. Auf einer hübschen Kirschholzkommode in einer Ecke standen ein kleiner Fernseher und ein CD-Player. Daneben war ein Regal, auf dem Notenblätter und eine Violine lagen. Unter einem Fenster mit Vorhang, das auf den Vorgarten blickte, stand ein aufklappbares Sofa, und auf dem gläsernen Couchtisch davor lag ein halbes Dutzend Zeitschriften ordentlich gestapelt. Unter ihnen waren der *Scientific American* und das *New England Journal of Medicine*. Auf einem chinesischen Drachenteppich mit einem roten Medaillon auf cremefarbenem Grund stand ein Bücherregal aus Walnussholz. Zwei Reihen davon waren vollgestellt mit medizinischen Lehrbüchern.

Eine offene Tür führte auf einen Gang, der die gesamte Länge des Hauses einnahm. Auf der rechten Seite befanden sich einige Zimmer, auf der linken war die Küche, wo Marino und ein junger Beamter mit einem Mann sprachen, von dem ich annahm, dass es der Ehemann war.

Ich registrierte die sauberen Oberflächen, das Linoleum und die Einrichtung in einem gedeckten Weiß, das die Hersteller »Mandel« nennen, und das blasse Gelb der Tapete und der Vorhänge. Meine Aufmerksamkeit wurde auf den Tisch gelenkt. Auf ihm lag ein roter Nylonbeutel, dessen Inhalt von der Polizei untersucht worden war: ein Stethoskop, eine Stablampe, eine Tupperdose, in der einmal eine Mahlzeit gewesen war, und die letzten Ausgaben der *Annals of Surgery*, des *Lancet* und des *Journal of Trauma*. Ich war irritiert.

Marino sah mich kalt an, als ich bei dem Tisch innehielt, dann stellte er mich Matt Petersen, dem Ehemann, vor. Petersen saß zusammengesunken auf einem Stuhl, sein Gesicht war von dem Schock gezeichnet. Er war außerordentlich gut aussehend, fast schön, mit makellos geschnittenen Gesichtszügen, das Haar pechschwarz, seine schöne Haut mit einem Hauch von Bräune. Er hatte breite Schultern und einen schlanken, trainierten Körper, und er trug ein einfaches Hemd und verwaschene Jeans. Sein Blick war auf den Boden gerichtet, seine Hände lagen verkrampft in seinem Schoß.

»Sind die von ihr?« Ich musste es wissen. Die medizinischen Utensilien konnten ihm gehören.

Marinos »Ja« bestätigte es.

Petersens tiefblaue, rot unterlaufene Augen hoben sich langsam. Er schien erleichtert zu sein, als er mich erblickte. Der Arzt war gekommen, ein Funke der Hoffnung, wo es keine gab.

Er murmelte in den abgehackten Sätzen eines überraschten, verstörten Geistes: »Ich habe sie gestern am Telefon gesprochen. Gestern Abend. Sie sagte, sie würde gegen halb zwölf nach Hause kommen, aus der Uniklinik, Notaufnahme. Ich kam hier an, sah, dass die Lichter aus waren, dachte, sie wäre schon zu Bett gegangen. Dann ging ich dort rein.« Seine Stimme hob sich, zitterte, und er atmete tief durch. »Ich ging dort hinein, in das Schlafzimmer.« Seine Augen waren verzweifelt und verquollen, und er flehte mich an. »Bitte. Ich möchte nicht, dass die Leute sie sehen, sie so sehen. Bitte.«

Ich sagte sanft: »Sie muss untersucht werden, Mr. Petersen.«

Eine Faust knallte auf den Tisch in einem überraschenden Wutausbruch. »Ich weiß!« Seine Augen funkelten wild. »Aber all die anderen, die Polizei, jeder!« Seine Stimme zitterte. »Ich weiß, wie das ist! Reporter und alle möglichen Leute, die überall herumwimmeln. Ich will nicht, dass jeder verdammte Wichser sie ansieht!«

Marino zeigte keine Regung. »Ich habe auch eine Frau, Matt. Ich weiß, was in Ihnen vorgeht, okay? Ich gebe Ihnen mein Wort, dass sie mit allem Respekt behandelt wird. Denselben Respekt, den ich erwarten würde, wenn ich an Ihrer Stelle wäre, okay?«

Der süße Klang von Lügen.

Die Toten können sich nicht verteidigen, und die Vergewaltigung dieser Frau, wie auch die der anderen, hatte erst begonnen. Ich wusste, dass das Ganze erst ein Ende hätte, wenn Lori Petersen vollkommen auseinandergenommen worden war, jeder Zentimeter von ihr fotografiert, und alles für die Experten, die Polizei, Staatsanwälte, Richter und Geschworenen auf dem Präsentierteller lag. Es würden Überlegungen über die Merkmale an ihrem Körper geäußert werden. Es würden kindische Witze und zynische Bemerkungen fallen, als ob das Opfer und nicht der Täter auf der Anklagebank säße, es würde jede Einzelheit ihrer Person und ihrer Lebensweise genau unter die Lupe genommen, beurteilt und in mancher Hinsicht abgeurteilt werden.

Ein gewaltsamer Tod ist ein öffentliches Ereignis, und dies war die Seite meines Berufs, die mich am meisten belastete. Ich tat, was ich konnte, um die Würde der Opfer zu wahren. Aber wenn die Person zu einer Nummer, einem Beweisstück, das weitergereicht wird, wurde, konnte ich nicht mehr viel tun. Die Intimität wird genauso zerstört wie das Leben.

Marino führte mich aus der Küche heraus und ließ einen Officer bei Petersen.

»Haben Sie schon Ihre Fotos gemacht?«, fragte ich.

»Die ID ist gerade drinnen, bestäubt alles«, sagte er und meinte die Leute von der Spurensicherung, die am Tatort arbeiteten. »Ich habe ihnen gesagt, dass sie einen großen Bogen um die Leiche machen sollen.«

Wir blieben im Korridor stehen.

An den Wänden hingen mehrere hübsche Aquarelle und Fotos von ihrem Mann und ihr selbst in den jeweiligen Examensklassen und ein kunstvolles Farbfoto, auf dem das junge Paar vor dem Hintergrund eines Strandes an einem verwitterten Zaun lehnte, die Hosenbeine hochgekrempelt, ihre Haare vom Wind zerzaust, die Gesichter von der Sonne gerötet. Sie war hübsch gewesen, als sie noch lebte, blond, mit feinen Gesichtszügen und einem gewinnenden Lächeln. Sie war in Brown zur Schule gegangen, hatte dann in Harvard Medizin studiert. Ihr Mann hatte seine ersten Studienjahre in Harvard verbracht. Dort mussten sie sich kennengelernt haben, er war offensichtlich jünger als sie.

Lori Petersen. Brown. Harvard. Dreißig Jahre alt. Kurz davor, ihren Lebenstraum zu erfüllen. Nach acht Jahren Medizinstudium. Ärztin. Alles in ein paar Minuten von einem Fremden und seinen perversen Gelüsten zerstört.

Marino berührte meinen Arm.

Ich drehte mich weg von den Fotos, da er meine Aufmerksamkeit auf die offene Tür links vor uns lenkte.

»Hier ist er reingekommen«, sagte er.

Es war ein kleiner Raum mit einem weißen Teppichboden und blauen Tapeten an den Wänden, mit einer Toilette, einem Waschbecken und einem Wäschekorb aus Rattan. Das Fenster über der Toilette stand weit offen, ein dunkles Viereck, durch das kühle, feuchte Luft hereinwehte und die gestärkten Vorhänge bewegte. Dahinter, in der Dunkelheit, dichte Bäume und das drohende Zirpen der Zikaden.

»Das Gitter ist herausgeschnitten worden.« Marinos Gesicht war ausdruckslos, als er mich ansah. »Es lehnt an der Rückseite des Hauses. Direkt unter dem Fenster ist eine Bank. Es sieht so aus, als habe er sich daraufgestellt, damit er hineinsteigen konnte.«

Mein Blick glitt über den Boden, das Waschbecken, die Oberfläche der Toilette. Ich sah weder Schmutz noch Fußabdrücke, aber von meinem Standort aus war es schwer zu beurteilen, und ich hatte nicht die Absicht, das Risiko einzugehen, irgendetwas zu berühren.

»War dieses Fenster verschlossen?«, fragte ich.

»Sieht nicht so aus. Die anderen Fenster waren alle verschlossen. Schon nachgesehen. Sie hätte eigentlich besonders darum besorgt sein müssen, dass dieses hier geschlossen war. Von allen Fenstern ist es das gefährdetste, nicht weit vom Boden, auf der Rückseite, wo niemand sehen kann, was passiert. Im Gegensatz zum Schlafzimmerfenster kann der Kerl, wenn er leise ist, hier ungehört das Gitter herausschneiden, einsteigen und nach unten gehen.«

»Und die Türen? Waren die verschlossen, als der Ehemann nach Hause kam?«

»Er sagt, sie waren es.«

»Also ist der Mörder auf demselben Weg gegangen, wie er gekommen ist«, schlussfolgerte ich.

»Sieht so aus. Ziemlich reinliches Kerlchen, finden Sie nicht?« Er hielt sich am Türrahmen des Bades fest und lehnte sich vor, ohne einzutreten. »Ich sehe nichts, als ob er irgendwie hinter sich hergewischt hätte, um keine Fußspuren auf dem Teppich oder dem Boden zurückzulassen. Es hat den ganzen Tag geregnet.« Seine Augen waren leer, als sie mich ansahen. »Seine Schuhe hätten nass, vielleicht auch verdreckt sein müssen.«

Ich fragte mich, worauf Marino mit all dem hinauswollte. Man konnte ihn nur schwer durchschauen, und ich wusste nie, ob er gut spielte oder einfach nur langsam war. Er gehörte genau zu der Art von Cops, die ich für gewöhnlich mied – arrogant und absolut unnahbar. Sein Gesicht war vom Leben gezeichnet, und lange Strähnen grauen Haars teilten sich in einem tief angesetzten Scheitel und waren über die Halbglatze gekämmt. Er war mindestens einen Meter achtzig groß und hatte einen Bauch vom jahrzehntelangen Trinken von Bourbon oder Bier. Seine unmodisch breite rotweiß gestreifte Krawatte war speckig vom Schweiß vieler Sommer. Marino entsprach dem Klischee eines Action-Film-Helden – ein ordinärer, grober Schnüffler, der vermutlich einen aus dem Maul stinkenden Pudel als Haustier hielt und einen Couchtisch voller Pornohefte hatte.

Ich ging den langen Korridor hinunter und hielt vor

dem großen Schlafzimmer an. Ich fühlte, wie ich innerlich dumpf wurde.

Ein ID-Officer war eifrig dabei, alle Oberflächen mit schwarzem Puder zu bestreichen; ein zweiter Officer hielt alles auf Video fest.

Lori Petersen lag auf dem Bett, die blauweiße Decke hing am Fußende herunter. Der Bettbezug war nach unten gezogen und unter ihre Füße gestopft worden, das Leintuch hatte sich an den Ecken gelöst, so dass die Matratzen darunter herausschauten, die Kissen waren auf die rechte Seite ihres Kopfes gedrückt. Das Bett war das Zentrum eines gewaltigen Kampfes, umgeben von der hellen Einrichtung eines Mittelklasseschlafzimmers aus polierter Eiche.

Sie war nackt. Auf dem bunten Flickenteppich rechts von dem Bett lag ihr blassgelber Baumwollmorgenmantel. Er war aufgeschlitzt vom Nacken bis zur Hüfte, und diese Vorgehensweise stimmte mit der bei den ersten drei Opfern überein. Auf dem Nachttisch, der nahe an der Tür stand, stand ein Telefon, das Kabel war aus der Wand gerissen. Die Lampen auf beiden Seiten des Bettes waren ausgeschaltet, ihre Kabel durchtrennt. Mit einem Kabel waren ihre Handgelenke auf den Rücken gefesselt. Das andere Kabel war in teuflisch einfallsreicher Weise um sie gebunden, was ebenfalls mit den anderen drei Fällen übereinstimmte. Es war zunächst um ihren Nacken geschlungen, dann durch das Kabel um ihre Handgelenke hindurchgezogen und fest um ihre Fußgelenke geknotet. Solange ihre Knie gebeugt waren, blieb die Schlinge um ihren Hals locker. Wenn sie ihre Beine streckte, in einem

Reflex von Schmerz oder wegen des Gewichts des Vergewaltigers auf ihr, zog sich die Schlinge um ihren Hals zusammen.

Tod durch Ersticken benötigt nur wenige Minuten. Das ist aber eine sehr lange Zeit, in der jede einzelne Zelle des Körpers nach Sauerstoff schreit.

»Sie können hereinkommen, Doc«, sagte der Officer mit der Videokamera. »Ich habe alles gefilmt.«

Vorsichtig trat ich auf das Bett zu, setzte meine Tasche auf dem Boden ab und holte ein Paar Chirurgenhandschuhe heraus. Dann nahm ich meinen Fotoapparat und machte einige Aufnahmen von der Leiche *in situ*. Ihr Gesicht sah grotesk aus, zur Unkenntlichkeit angeschwollen, blauviolett durch das Austreten von Blut, hervorgerufen durch die enge Schlinge um ihren Hals. Aus der Nase und aus dem Mund waren blutige Sekrete geflossen und hatten das Leintuch verfärbt. Ihr strohblondes Haar war total zerzaust. Sie war relativ schlank, nicht weniger als einen Meter sechzig groß und eindeutig kräftiger als auf den Fotos unten im Gang.

Ihre körperliche Erscheinung war wichtig, denn das Fehlen eines Systems wurde zu einem System. Die vier Ermordeten schienen kein körperliches Merkmal gemeinsam zu haben, nicht einmal die ethnische Herkunft. Das dritte Opfer war schwarz und sehr schlank gewesen, das erste rothaarig und pummelig, das zweite brünett und zart. Sie hatten verschiedene Berufe ausgeübt: eine Lehrerin, eine Schriftstellerin, eine Empfangsdame und nun eine Ärztin. Sie lebten in verschiedenen Vierteln der Stadt.

Ich nahm ein langes Thermometer aus meiner Tasche

und prüfte die Temperatur im Zimmer, dann die ihres Körpers. Die Luft hatte einundzwanzig, ihr Körper dreiunddreißigeinhalb Grad. Die Todeszeit kann meist nicht genau bestimmt werden, es sei denn, es gibt einen Zeugen oder die Armbanduhr des Opfers bleibt stehen. Aber Lori Petersen war noch nicht länger als drei Stunden tot. Ihr Körper war ein bis zwei Grad pro Stunde abgekühlt, und die Totenstarre hatte in den kleinen Muskeln bereits eingesetzt.

Ich suchte nach Spuren, die die Fahrt zum Leichenschauhaus nicht überstehen würden. Es gab kein fremdes Haar auf ihrer Haut, aber ich fand eine Vielzahl von Fasern, von denen die meisten zweifellos von der Bettdecke stammten. Mit einer Pinzette nahm ich ein paar davon auf, ganz kleine weiße, und mehrere, die aus einem dunkelblauen oder schwarzen Material zu sein schienen. Ich legte sie in kleine metallene Behälter. Die einzige eindeutige Spur waren der moschusartige Geruch und die Überreste von etwas Durchsichtigem, das aussah wie getrockneter Klebstoff, auf der oberen Vorder- und Rückseite ihrer Beine.

Samenflüssigkeit war bei allen Fällen zu finden gewesen, aber bisher wertlos für serologische Untersuchungen. Der Mörder gehörte zu den zwanzig Prozent der Bevölkerung, die sich durch ihre Eigenschaft als Nonsekretor von den anderen unterschieden. Das hieß, dass man seine Blutgruppenantigene in den anderen Körperflüssigkeiten wie Speichel oder Schweiß oder Sperma nicht nachweisen konnte. Und das bedeutete, ohne Blutprobe konnte seine Blutgruppe nicht bestimmt werden. Er mochte A, B, AB oder sonst etwas haben.

Vor nicht mehr als zwei Jahren wäre die Tatsache, dass der Täter ein Nonsekretor war, ein herber Schlag für die forensischen Untersuchungen gewesen. Aber jetzt gab es die DNA-Analyse, eine neue und ausgesprochen bedeutungsvolle Möglichkeit, den Täter unter allen anderen Menschen eindeutig zu identifizieren, vorausgesetzt, die Polizei hatte ihn gefasst und Proben von ihm entnommen, und er hatte keinen eineiigen Zwillingsbruder.

Marino stand direkt hinter mir.

»Das Badezimmerfenster«, meinte er und sah auf die Leiche, »nun, ihr Ehemann da drinnen sagt«, er deutete mit einem Daumen in Richtung der Küche, »es sei nicht verschlossen gewesen, weil er es letztes Wochenende aufgeschlossen hatte.« Ich hörte nur zu.

»Er sagt, das Badezimmer werde kaum benutzt, es sei denn, sie hatten Gäste. Angeblich hat er letztes Wochenende das Gitter erneuert, er meint, es ist möglich, dass er vergessen hat, das Fenster wieder zu verschließen. Sie« – er schaute wieder zu der Leiche hin – »hatte keinen Grund gehabt, darüber nachzudenken, nahm einfach an, es sei verschlossen.« Er hielt einen Moment inne. »Es ist interessant, dass der Mörder es anscheinend nur an dem Fenster versucht hat, das nicht verschlossen war. Die Gitter vor den anderen Fenstern sind nicht beschädigt.«

»Wie viele Fenster sind auf der Rückseite des Hauses?«, fragte ich.

»Drei. In der Küche, der Toilette und dem Badezimmer hier.«

»Und alle haben schiebbare Fensterrahmen mit einem Schnappschloss auf der Oberseite?«

»Sie haben es erfasst.«

»Das heißt, wenn man von außen mit einer Taschenlampe auf das Schnappschloss leuchtet, kann man wahrscheinlich sehen, ob es verschlossen ist oder nicht?«

»Schon möglich.« Wieder diese ausdruckslosen, unfreundlichen Augen. »Aber nur, wenn man auf etwas steigt. Vom Boden aus kann man das Schloss nicht sehen.«

»Sie erwähnten eine Bank«, erinnerte ich ihn.

»Das Problem dabei ist, dass der Boden hinter dem Haus total schlammig ist. Die Beine der Bank hätten Abdrücke im Rasen hinterlassen müssen, wenn der Kerl sie gegen irgendeines der anderen Fenster gelehnt und sich daraufgestellt hätte. Ein paar meiner Männer schnüffeln gerade da draußen rum. Keine Abdrücke unter den anderen beiden Fenstern. Sieht nicht so aus, als wäre der Mörder in deren Nähe gewesen. Es sieht eher so aus, als wäre er schnurstracks zum Badezimmerfenster am Ende des Gangs gegangen.«

»Ist es möglich, dass das Fenster einen Spalt offen war und dass der Mörder deshalb direkt darauf zuging?«

Marino gab nach: »Alles ist möglich. Aber wenn es einen Spalt offen war, dann hätte sie es vielleicht auch bemerkt, irgendwann während der Woche.«

»Vielleicht. Vielleicht auch nicht. Im Nachhinein kann man so etwas leicht sagen. Aber die meisten Leute achten nicht besonders auf die Einzelheiten ihrer Häuser, vor allem bei Räumen, die kaum benutzt werden.«

Vor einem Fenster, das auf die Straße zeigte, stand ein Schreibtisch, auf dem sich weitere Beweise dafür befanden, dass Lori Petersen und ich denselben Beruf hatten. Über die Schreibtischunterlage verteilt lagen mehrere medizinische Zeitschriften, die *Principles of Surgery* und *Dorland's*. In der Nähe des Bronzefußes der Tischlampe lagen zwei Datenträger. Auf die Etiketten war mit Filzstift das Datum in Kurzform, 6/1, geschrieben, und sie waren mit I und II nummeriert. Möglicherweise enthielten sie etwas, an dem Lori Petersen gerade in der Uniklinik arbeitete. Im Haus schien kein PC zu sein.

Auf einem Korbstuhl in der Ecke zwischen der Kommode und dem Fenster lagen ordentlich einige Kleider: ein paar weiße Baumwollhosen, ein rotweiß gestreiftes, kurzärmliges Hemd und ein Büstenhalter. Die Kleidungsstücke waren zerknittert, als ob sie getragen und am Ende des Tages auf den Stuhl gelegt worden waren, wie ich es manchmal auch tue, wenn ich zu müde bin, um meine Kleider noch aufzuhängen.

Ich durchsuchte kurz die Toilette und das Badezimmer. Wenn man von dem Bett absah, war das Schlafzimmer sauber und ordentlich. Bis jetzt sah es so aus, als gehöre es nicht zum Modus Operandi des Mörders, zu plündern oder irgendetwas zu stehlen.

Marino beobachtete einen Officer von der Spurensicherung dabei, wie er die Kommoden öffnete.

»Was wissen Sie sonst noch über den Ehemann?«, fragte ich ihn.

»Er ist im Examensjahr in Charlottesville, lebt dort während der Woche, kommt Freitagabend heim. Bleibt über das Wochenende hier und fährt dann am Sonntagabend wieder nach Charlottesville.«

»Was studiert er?«

»Literaturwissenschaft, sagt er«, antwortete Marino

und sah überallhin, bloß nicht zu mir. »Er macht gerade seinen Abschluss.«

»Worin?«

»Literatur«, sagte er noch einmal und betonte dabei jede einzelne Silbe.

»Welche Art von Literatur?«

Seine braunen Augen blickten mich emotionslos an. »Amerikanische. Das erzählte er mir, aber ich habe den Eindruck, sein Hauptinteresse gilt dem Theater. Scheint gerade mitten in einem Stück zu stecken. Shakespeare. *Hamlet*, sagte er, glaube ich. Sagt, er hätte schon einige Rollen gespielt, einschließlich ein paar kleiner Rollen in Filmen, die hier in der Umgebung gedreht wurden, außerdem in einigen Werbespots.«

Die Leute von der Spurensicherung beendeten ihre Arbeit. Einer von ihnen drehte sich um und verharrte, mit dem Pinsel in der Hand.

Marino deutete auf die Datenträger auf dem Tisch und rief so laut, dass es jeder hören konnte: »Sieht so aus, als sollten wir unsere Nase mal in diese Dinger da stecken. Vielleicht ein Stück, das er gerade schreibt?«

»Wir können in meinem Büro einen Blick darauf werfen«, schlug ich vor.

Ein ID-Officer zog etwas unter einem Stapel mit Pullis in einer der unteren Schubladen hervor, ein Messer mit einer langen Klinge und einem Kompass, der in den schwarzen Griff eingearbeitet war, und einem kleinen Schleifstein in einer Tasche des Etuis. Vorsichtig steckte er es in einen Plastikbeutel.

In derselben Kleiderkommode fand sich eine Schachtel mit Kondomen, was, wie ich Marino mitteilte, etwas

Ungewöhnliches war, da Lori Petersen, nach dem, was ich im Schlafzimmer gesehen hatte, die Pille nahm.

Marino und die anderen Beamten fingen an, zynische Bemerkungen zum Besten zu geben.

Ich zog meine Handschuhe aus und stopfte sie oben in meine Tasche. »Sie kann jetzt weggebracht werden«, sagte ich.

Die Männer drehten sich im selben Moment um, als ob sie plötzlich an die vergewaltigte tote Frau auf dem zerknitterten, zerwühlten Bett erinnert worden wären. Ihre Lippen waren über den Zähnen zusammengezogen, als ob sie Schmerzen hätte, ihre Augen waren zu kleinen Schlitzen zugeschwollen und starrten blind nach oben.

Der Krankenwagen wurde über Funk informiert, und einige Minuten später kamen zwei Sanitäter in blauen Overalls mit einer Bahre, die sie mit einem sauberen weißen Tuch bedeckt hatten.

Lori Petersen wurde gemäß meinen Anweisungen hochgehoben, die Bettlaken über ihr zusammengeschlagen; die behandschuhten Hände der Sanitäter berührten ihre Haut nicht. Sie wurde vorsichtig auf der Bahre abgelegt, das Tuch am Kopfende befestigt, damit keine Beweisstücke verloren gehen oder hinzugefügt werden konnten. Die Klebestreifen machten ein lautes, reißendes Geräusch, als sie abgezogen und um den Kokon befestigt wurden.

Marino folgte mir aus dem Schlafzimmer, und ich war überrascht, als er sagte: »Ich werde Sie zu Ihrem Wagen begleiten.«

Matt Petersen stand da, als wir hinunter in den Korridor kamen. Sein Gesicht war leer, seine Augen glasig, er starrte mich an, verzweifelt, nach etwas suchend, was nur ich ihm geben konnte. Ein Wort des Trostes. Das Versprechen, dass seine Frau schnell gestorben war und nicht leiden musste. Dass sie erst danach gefesselt und vergewaltigt wurde. Ich konnte ihm nichts sagen. Marino führte mich durch das Wohnzimmer und zur Tür hinaus.

Der Vorgarten war von den Fernsehscheinwerfern erleuchtet, die vor dem Hintergrund der hypnotisierend blinkenden roten und blauen Lichter schwebten. Überall Reporter, die darauf warteten, dass die Leiche endlich über die Eingangstreppen hinuntergetragen und in den Krankenwagen geschoben würde. Ein Fernsehteam war auf der Straße, eine Frau in einem fest zusammengeschnürten Trenchcoat sprach mit ernstem Gesicht in ein Mikrophon, während eine Kamera sie »am Tatort« für die Samstagabendnachrichten aufnahm.

Bill Boltz, der Oberste Staatsanwalt, war gerade angekommen und stieg aus seinem Wagen. Er machte einen abwesenden und schläfrigen Eindruck und zog es vor, den Reportern auszuweichen. Er hatte nichts zu sagen, da er noch nichts wusste. Ich fragte mich, wer ihn benachrichtigt hatte. Vielleicht Marino. Polizisten wimmelten überall herum, einige von ihnen suchten ziellos das Gras mit ihren starken Halogenlampen ab, einige standen neben den weißen Streifenwagen und redeten miteinander. Boltz zurrte seine Windjacke zu und nickte kurz, als unsere Augen sich trafen, dann eilte er den Weg hinauf.

Der Polizeichef und ein Major saßen in einem zivilen beigefarbenen Auto, das Innenlicht war an, ihre Gesichter bleich, und sie nickten hin und wieder und machten Bemerkungen zu Abby Turnbull, der Reporterin. Sie sagte irgendetwas zu ihnen durch das offene Fenster und wartete, bis wir auf der Straße waren, um dann hinter uns herzueilen.

Marino wies sie mit einer Handbewegung und einem »Kein Kommentar« ab.

Er machte den Weg frei. Er war beinahe beruhigt.

»Ist das nicht der letzte Abschaum?«, meinte Marino angewidert und klopfte seine Jacke nach Zigaretten ab. »Ein wahrhafter Affenzirkus.«

Der beginnende Regen war kühl auf meinem Gesicht, als Marino die Tür des Kombis für mich aufhielt. Während ich den Wagen startete, beugte er sich herab und sagte mit einem Grinsen: »Fahren Sie sehr vorsichtig, Doc.«

2

Das weiße Zifferblatt hing wie ein Vollmond am dunklen Himmel, hoch über den Gewölben des alten Bahnhofs, den Gleisen und der Überführung. Die Zeiger der riesigen Uhr waren stehen geblieben, als der letzte Passagierzug vor vielen Jahren hier gehalten hatte. Es war um zwölf Uhr siebzehn gewesen. Es würde immer zwölf Uhr siebzehn an diesem Ende der Stadt sein, wo das städtische Gesundheitswesen beschlossen hatte, ein Krankenhaus für die Toten zu errichten.

Hier war die Zeit stehen geblieben. Gebäude wurden aufgebaut und wieder niedergerissen. Verkehr und Güterzüge krachen und dröhnen wie ein fernes, mürrisches Meer. Die Erde ist voll von unkrautbewachsenem Dreck, voller Trümmer, wo nichts mehr wächst und wo es keine Lichter mehr gibt, wenn es dunkel geworden ist. Hier bewegt sich nichts mehr, außer den Lastwagenfahrern und den Reisenden und den Zügen, die auf ihren Wegen aus Beton und Eisen dahinziehen.

Das weiße Zifferblatt starrte mich an, als ich durch die Dunkelheit fuhr, starrte mich an wie das Gesicht in meinem Traum.

Ich lenkte den Kombi durch ein Tor in dem Drahtzaun und parkte hinter dem Gebäude, in dem ich jeden Tag der vergangenen zwei Jahre verbracht hatte. Der einzige Dienstwagen, der außer meinem auf dem Platz stand, war der graue Plymouth von Neils Vander, dem Fingerabdruckspezialisten. Ich hatte ihn sofort, nachdem Marino mich angerufen hatte, verständigt. Nach dem zweiten Mord war es zu einem Prinzip geworden, sofort zu handeln. Ein weiteres Prinzip war das, dass Vander sofort zu mir ins Leichenschauhaus kommen sollte. Inzwischen war er im Röntgenraum und setzte den Laser in Betrieb.

Aus der Vorhalle schien Licht auf die Straße, und zwei Sanitäter zogen eine Bahre mit einem schwarzen Leichensack aus dem Laderaum eines Krankenwagens. Solche Lieferungen kamen die ganze Nacht hindurch an. Jeder, der in Central Virginia eines gewaltsamen, plötzlichen oder eigenartigen Todes starb, wurde hierher gebracht, egal zu welcher Uhrzeit.

Die jungen Männer in ihren Overalls sahen überrascht aus, als sie bemerkten, dass ich durch die Vorhalle kam und ihnen die Tür, die ins Innere des Gebäudes führte, aufhielt.

»Sie sind früh auf, Doc.«

»Selbstmord aus Mecklenburg«, sagte der andere Sanitäter bereitwillig. »Hat sich vor einen Zug geworfen. Ist über hundert Meter weit mitgeschleift worden.«

»Ja, ja. Nicht mehr viel übrig …«

Die Bahre holperte durch die offene Tür und in den weiß tapezierten Korridor. Der Leichensack schien defekt zu sein oder gerissen. Blut tropfte durch die Unterlage der Bahre hindurch und hinterließ eine rote Spur auf dem Boden.

Das Leichenschauhaus hatte einen spezifischen Geruch, den muffigen Gestank des Todes, den keine noch so große Menge von Duftspray überdecken konnte. Wenn man mich mit verbundenen Augen hierhergebracht hätte, wüsste ich sofort, wo ich mich befand. In diesen frühen Morgenstunden war der Geruch noch scheußlicher, noch unerträglicher als sonst. Die Bahre klapperte laut durch die Halle, als die Sanitäter das Selbstmordopfer zu dem Kühlraum trugen.

Ich ging direkt in das Büro des Leichenschauhauses, wo Fred, der Sicherheitsbeamte, Kaffee aus einem Styroporbecher nippte und darauf wartete, dass die Leute von dem Krankenwagen die Leiche in eine Liste eintrugen. Er saß auf der Ecke des Tisches und hatte sich nach unten gebeugt, damit er nichts sehen konnte, wie er es immer tat, wenn eine Leiche gebracht wurde. Selbst wenn man eine Pistole an seinen Kopf halten würde, könnte man ihn nicht dazu bewegen, irgendjemanden in den Kühlraum zu bringen. Markierungen an den kalten Füßen, die aus den weißen Tüchern herausstanden, hatten eine besondere Wirkung auf ihn.

Er warf einen Blick auf die Wanduhr. Seine Schicht war beinahe zu Ende.

»Wir kriegen wieder eine Erdrosselung rein«, sagte ich zu ihm.

»Du lieber Gott!« Er schüttelte den Kopf. »Ich sag Ihnen, es ist verdammt schwer, sich vorzustellen, dass jemand so etwas tun kann. All diese armen jungen Frauen.« Er schüttelte immer noch den Kopf.

»Die Leiche wird in den nächsten Minuten hier eintreffen, und ich möchte sichergehen, dass die Tür zur Vorhalle geschlossen wird und geschlossen bleibt, sobald die Leiche hier ist, Fred. Draußen wird es vor Reportern nur so wimmeln. Ich möchte *niemanden* im Umkreis von hundert Metern um dieses Gebäude sehen. Verstanden?« Meine Stimme klang scharf und hart, und ich wusste es. Meine Nerven surrten wie ein Stromkabel.

»Natürlich.« Ein energisches Nicken. »Ich werde aufpassen, werd ich bestimmt.«

Während er sich eine Zigarette anzündete, griff ich nach dem Telefon und wählte die Nummer von meiner Wohnung.

Bertha nahm nach dem zweiten Läuten ab und klang schlaftrunken, als sie heiser »Hallo?« sagte.

»Ich wollte nur hören, ob alles in Ordnung ist.«

»Ich bin da. Lucy hat sich nicht gerührt, Dr. Kay. Schläft wie ein Murmeltier, hat nicht mal gehört, wie ich gekommen bin.«

»Danke, Bertha. Ich kann Ihnen nicht genug danken. Ich weiß nicht, wann ich nach Hause komme.«

»Ich werde hierbleiben, bis Sie kommen, Dr. Kay.«

Bertha war in den letzten Tagen auf Abruf bereit, zu kommen. Wenn ich mitten in der Nacht angerufen wurde, dann wurde auch sie angerufen. Ich hatte ihr einen Schlüssel gegeben und sie mit der Alarmanlage vertraut gemacht. Sie kam vermutlich ein paar Minuten nachdem ich gegangen war, bei mir zu Hause an. Dumpf dachte ich daran, dass Lucy, wenn sie in ein paar Stunden aufstehen würde, Bertha anstatt ihrer Tante Kay in der Küche vorfinden würde.

Ich hatte Lucy versprochen, heute mit ihr nach Monticello zu fahren.

Auf einem Transportwagen stand der Stromkasten, kleiner als ein Mikrowellenherd, mit einer Reihe von hellen grünen Lichtern auf der Vorderseite. Er hing wie ein Satellit in der pechschwarzen Dunkelheit des Röntgenraumes, ein Spiralkabel führte von ihm zu einem bleistiftdünnen Stab, der mit Meerwasser gefüllt war.

Der Laser, den wir letzten Winter bekommen hatten, war ein relativ einfaches Gerät.

Unter normalen Lichtquellen geben Atome und Moleküle unabhängig voneinander Lichtstrahlen unterschiedlicher Wellenlänge ab. Wird ein Atom aber durch Hitze in einen energiereichen Zustand versetzt und wird dann Licht einer bestimmten Wellenlänge daraufgestrahlt, so kann man das Atom dazu bringen, phasengleiches Licht abzustrahlen.

»Geben Sie mir noch eine Minute.« Neils Vander hantierte an verschiedenen Knöpfen und Schaltern herum, den Rücken mir zugewandt. »Er braucht ziemlich lange, um heute Morgen warm zu werden ...« Und mit einem gedrückten Murmeln fügte er hinzu: »Das trifft auch für mich zu.«

Ich stand auf der anderen Seite des Röntgentisches und sah seinen Schatten durch eine getönte Schutzbrille. Direkt vor mir befand sich der dunkle Umriss von Lori Petersens menschlichen Überresten, die Decken von ihrem Bett waren aufgeschlagen, aber immer noch unter ihr. Ich stand eine halbe Ewigkeit in der Dunkelheit, meine Gedanken konzentriert, meine Hände ganz ruhig, meine Sinne klar. Ihr Körper war warm, ihr Leben hatte vor so kurzer Zeit aufgehört, dass es über ihr zu hängen schien wie ein Geruch.

Vander verkündete »Fertig« und betätigte einen Schalter.

Im selben Moment zischte ein schneller synchronisierter Lichtstrahl aus dem Stab, so hell wie ein Blitz. Er schien die Dunkelheit nicht zu vertreiben, sondern sie zu absorbieren. Er leuchtete nicht, sondern glitt über eine kleine Fläche. Vander war ein glitzernder Laborkittel auf der anderen Seite des Tisches, als er den Stab auf ihren Kopf richtete.

Wir untersuchten Zentimeter für Zentimeter des aufgequollenen Fleisches, zarte Fasern leuchteten auf, und ich begann sie mit einer Pinzette einzusammeln. Meine Bewegungen wirkten in der stroboskopischen Beleuchtung abgehackt, erweckten den Eindruck, in Zeitlupe abzulaufen, als ich von dem Röntgentisch zu den Dosen und Umschlägen auf einem Beistelltisch ging. Hin und her. Alles schien ohne Zusammenhang zu sein. Der Laser erhellte die Ecke einer Lippe, einen Fleck von punktförmigen Blutungen auf dem Wangenknochen oder einen Nasenflügel, isolierte jedes Merkmal. Meine behandschuhten Finger, die mit der Pinzette arbeiteten, schienen zu jemand anderem zu gehören.

Der schnelle Wechsel zwischen Licht und Dunkelheit war schwindelerregend, und die einzige Art, wie ich mein Gleichgewicht halten konnte, war, mich auf einen einzigen Gedanken zu konzentrieren.

»Einer der Jungs, die sie herbrachten«, bemerkte Vander, »erzählte, sie sei Assistenzärztin in der chirurgischen Universitätsklinik gewesen.«

Ich sagte nichts.

»Kannten Sie sie?«

Die Frage überraschte mich. Irgendetwas in mir zog sich zusammen. Meine Fakultät war in der Universitätsklinik, wo sich Hunderte von Medizinstudenten und Assistenzärzten befanden. Es gab keinen Grund, warum ich sie hätte kennen sollen. Ich antwortete nicht, gab nur Anweisungen wie »etwas weiter nach rechts« oder »einen Moment mal so bleiben«. Vander reagierte langsam und bedächtig, er war genauso angespannt wie ich. Ein Gefühl der Hilflosigkeit und Frustration breitete sich langsam in uns aus. Bis jetzt war der Laser kaum nützlicher als ein Staubsauger gewesen, der alle möglichen Teile aufsammelt.

Wir hatten ihn bisher bei ungefähr zwanzig Fällen ausprobiert, von denen nur ein paar seinen Einsatz wert waren. Außer seiner nützlichen Eigenschaft, Fasern und andere Spuren zu finden, kann er auch verschiedene Schweißkomponenten aufdecken, die wie ein Neonschild aufleuchten, wenn sie von einem Laserstrahl getroffen werden. Theoretisch kann ein Fingerabdruck auf menschlicher Haut Licht abstrahlen und damit in Fällen, wo die traditionellen chemischen Methoden keinen Erfolg haben, identifiziert werden. Ich wusste nur von einem Fall, bei dem Abdrücke auf der Haut gefunden worden waren, als eine Frau in einem Thermalbad getötet worden war und der Mörder Sonnenöl auf den Händen gehabt hatte. Weder Vander noch ich erwarteten, dass wir dieses Mal mehr Glück haben würden als bisher.

Der Laserstab suchte mehrere Zentimeter von Lori Petersens rechter Schulter ab, als plötzlich direkt über ihrem rechten Schlüsselbein drei unregelmäßige Abdrücke auftauchten, als ob sie mit Phosphor aufgemalt worden wären. Wir hielten beide inne und starrten sie an. Dann pfiff Vander durch die Zähne, und ein leichter Schauer lief mir über den Rücken.

Vander holte eine Büchse mit Pulver und einen Pinsel und bestrich dann vorsichtig das, was drei latente Fingerabdruckspuren auf Lori Petersens Haut zu sein schienen. Hoffnung keimte in mir auf. »Irgendetwas Brauchbares?«

»Sie sind unvollständig«, antwortete er abwesend, während er anfing, mit einer Polaroidkamera Fotos zu machen. »Die Details der Ränder sind verdammt gut. Gut genug, um sie zu klassifizieren, denke ich. Ich werde sie gleich durch den Computer jagen.«

»Sieht aus, als wäre es derselbe Rückstand«, dachte ich laut. »Dasselbe Zeug auf seinen Händen.« Das Monster hatte sein Opfer wieder gezeichnet. Es war zu schön, um wahr zu sein. Die Fingerabdrücke waren zu schön, um wahr zu sein.

»Sieht aus, als wäre es dasselbe Zeug. Aber er muss diesmal wesentlich mehr davon an seinen Händen gehabt haben.«

Der Mörder hatte noch nie Fingerabdrücke hinterlassen, aber der fluoreszierende Rückstand gehörte schon zu den Dingen, die wir erwarteten. Es gab noch mehr davon. Als Vander anfing, den Hals der Toten abzusuchen, leuchtete eine Anzahl kleiner weißer Sternchen auf, wie Glassplitter auf einer dunklen Straße, die von einem Scheinwerfer getroffen werden. Er hielt den Stab über die Stelle, und ich nahm einen sterilen Tupfer.

Wir hatten dasselbe glitzernde Zeug auch auf den ersten drei Opfern gefunden, am meisten beim dritten Fall, am wenigsten beim ersten. Wir hatten Proben davon ins Labor geschickt. Bis jetzt konnte dieser seltsame Rückstand nicht identifiziert werden, bis auf die Tatsache, dass es sich um einen anorganischen Stoff handelte.

Wir waren nicht sehr viel weiter gekommen, hatten mittlerweile aber eine ziemlich lange Liste von Substanzen, die es sein konnten. In den letzten zwei Wochen hatten Vander und ich mehrere Testserien laufen lassen, hatten alles Mögliche, von der Margarine bis zur Körperlotion, auf unsere Unterarme geschmiert, um zu sehen, was auf den Laser reagierte und was nicht. Es leuchteten weniger Substanzen auf, als wir erwartet hatten, und nichts leuchtete so hell wie die unbekannte, glitzernde Substanz.

Ich schob vorsichtig einen Finger unter das Stromkabel um Lori Petersens Hals und legte eine rote Furche im Fleisch frei. Der Rand war nicht scharf begrenzt – die Erdrosselung hatte langsamer stattgefunden, als ich ursprünglich gedacht hatte. Ich konnte die Abschürfungen sehen, die das Kabel verursacht hatte, als es mehrmals über dieselbe Stelle geglitten war. Es war locker genug, um die Frau eine Zeit lang gerade noch am Leben zu halten. Dann plötzlich war es fest zugezogen worden.

»Versuchen Sie es an den Fesseln um ihre Fußgelenke«, sagte ich ruhig.

Wir tasteten uns weiter nach unten. Dieselben Spuren befanden sich auch dort, aber wieder nur sehr wenige. Der Rückstand, was immer es auch war, war nirgends auf ihrem Gesicht zu finden, ebenso wenig in ihren Haaren oder an den Beinen. Wir fanden einige Spuren auf ihren Unterarmen und eine paillettenförmige Ansammlung auf ihren Oberarmen und Brüsten. Eine Gruppe von kleinen weißen Tupfen klebte auf den Schnüren, die ihre Handgelenke auf dem Rücken zusammenhielten, und auf ihrem zerschnittenen Morgenmantel glitzerten auch einige Tupfen.

Ich ging vom Tisch weg, zündete eine Zigarette an und rekonstruierte.

Der Mörder hatte irgendein Material an den Händen, das überall dort hängen blieb, wo er sein Opfer berührte. Nachdem Lori Petersen ihren Morgenmantel nicht mehr trug, hatte er vielleicht an ihre rechte Schulter gegriffen, und seine Fingerkuppen hatten die Abdrücke oberhalb ihres Schlüsselbeins hinterlassen. In einem Punkt war ich mir sicher: Da die Konzentration der Substanz über ihrem Schlüsselbein am höchsten war, musste er sie hier zuerst berührt haben.

Das war verwirrend, ein Teil, das zu passen schien, aber gar nicht wirklich passte.

Von Anfang an hatte ich angenommen, dass der Mörder seine Opfer sofort mit Gewalt festhielt, sie gefügig machte, vielleicht mit einem Messer drohte, und sie dann fesselte, bevor er ihre Kleider aufschnitt oder irgendetwas anderes machte. Je mehr er berührt hatte, desto weniger blieb von der Substanz auf seinen Händen übrig. Warum diese hohe Konzentration oberhalb des Schlüsselbeins? Lag diese Stelle ihrer Haut bloß, als er seinen Angriff begann? Ich hätte es nicht angenommen. Der Morgenrock war aus einem fein gewebten Baumwollmaterial, weich und dehnbar und so geschnitten, dass er fast wie ein langärmeliges T-Shirt aussah. Er hatte keine Knöpfe oder Reißverschlüsse, und die einzige Möglichkeit, ihn anzuziehen, war, ihn über den Kopf zu ziehen. Sie wäre bis zu ihrem Hals bedeckt gewesen. Wie konnte der Mörder die bloße Haut über ihrem Schlüsselbein berühren, wenn sie ihren Morgenrock noch anhatte? Warum war der Stoff überhaupt in einer so hohen Konzentration vorhanden? Wir hatten vorher nie eine so hohe Konzentration gefunden.

Ich ging hinaus auf den Korridor, wo einige Polizeibeamte an der Wand lehnten und sich unterhielten. Ich bat einen von ihnen, Marino über Funk zu verständigen und ihn zu bitten, mich sofort anzurufen. Kurz darauf hörte ich Marinos Stimme knisternd antworten: »Zehn vier.« Ich schritt schnell über den harten Fliesenboden in dem Autopsieraum mit seinen glänzenden Chromtischen und Waschbecken und Wagen, auf denen die chirurgischen Instrumente lagen. Irgendwo tropfte ein Wasserhahn, und das Desinfektionsmittel roch widerlich süßlich. Das schwarze Telefon auf dem Tisch ärgerte mich mit seinem Schweigen. Marino wusste, dass ich neben dem Telefon wartete, und er genoss dieses Wissen.

Es war zwecklos, Spekulationen darüber anzustellen, was eigentlich falsch gelaufen war und womit es begonnen hatte. Trotzdem dachte ich manchmal darüber nach, was es mit mir zu tun hatte. Als ich Marino zum ersten Mal begegnete, war ich höflich gewesen, hatte ihn mit einem festen, respektvollen Händedruck begrüßt, während seine Augen ausdruckslos wurden.

Zwanzig Minuten vergingen, ehe das Telefon klingelte.

Marino befand sich immer noch in Petersens Haus

und befragte den Ehemann, der nach den Worten des Detective »so dämlich wie eine Kanalratte« war.

Ich erzählte ihm von dem Glitzerzeug. Ich wiederholte, was ich ihm bereits erklärt hatte. Es war möglich, dass es von irgendeinem Haushaltsmittel stammte, das in jedem der Mordfälle auftauchte, irgendetwas, nach dem der Mörder suchte und das er in sein Ritual integrierte. Babypuder, Lotionen, Kosmetika, Reinigungsmittel.

Bis jetzt hatten wir viele Dinge ausgeschlossen, was in gewisser Weise der springende Punkt war. Wenn die Substanz nicht in den jeweiligen Häusern zu finden war, was ich eigentlich auch nicht annahm, dann brachte sie der Mörder mit, vielleicht sogar unbewusst, und genau das könnte wichtig sein und uns zu seinem Arbeitsplatz oder in seine Wohnung führen.

»Okay«, kam Marinos Stimme über die Leitung, »ich werde meine Nase mal in die Toiletten und so stecken. Aber ich habe da meine eigene Theorie.«

»Und die wäre?«

»Der Ehemann hier spielt Theater, nicht wahr? Probt jeden Freitagabend, weshalb er so spät heimkommt, richtig? Korrigieren Sie mich, wenn ich etwas Falsches sage, aber Schauspieler benutzen Theaterschminke.«

»Nur bei den Kostümproben und in den Aufführungen.«

»Ja«, sagte er schleppend. »Nun, er sagt, dass sie eine Kostümprobe hatten, bevor er heimkam und seine tote Frau gefunden hat. Bei mir klingelt da ein kleines Glöckchen. Meine innere Stimme spricht zu mir ...«

Ich unterbrach ihn. »Haben Sie bei ihm die Fingerabdrücke abgenommen?«

»Ja, natürlich.«

»Stecken Sie seinen Bogen in eine Plastiktüte, und wenn Sie herkommen, bringen Sie ihn sofort zu mir.«

Er verstand nicht.

Ich ging nicht näher darauf ein. Ich hatte keine Lust, etwas zu erklären.

Das Letzte, was Marino mir mitteilte, bevor er auflegte, war: »Ich weiß nicht, wann das sein wird, Doc. Ich habe das Gefühl, dass ich für den Rest des Tages hier draußen festsitze.«

Es war nicht anzunehmen, dass ich ihn oder den Fingerabdruckbogen vor Montag hier sehen würde. Marino hatte einen Verdacht. Er verfolgte zielstrebig denselben Weg, den jeder Polizist verfolgt. Ein Ehemann konnte der heilige Antonius sein und in fernen Landen weilen, wenn seine Frau in Seattle ermordet wird, und trotzdem werden die Cops ihn als Ersten verdächtigen.

Private Schießereien, Vergiftungen, Schlägereien und Messerstechereien sind eine Sache, aber ein Lustmord ist etwas anderes. Nur wenige Ehemänner wären so skrupellos, dass sie ihre Ehefrauen fesseln, vergewaltigen und erwürgen würden.

Ich machte die Müdigkeit für meine Konzentrationsschwäche verantwortlich. Ich war seit zwei Uhr dreiunddreißig auf den Beinen, und jetzt war es fast achtzehn Uhr. Die Polizeibeamten, die in das Leichenschauhaus gekommen waren, waren längst fort. Vander war zu Mittag nach Hause gegangen. Wingo, einer meiner Sektionsgehilfen, war kurz darauf gegangen, und ich war die Einzige, die sich noch in dem Gebäude aufhielt.

Die Ruhe, die ich sonst dringend benötigte, störte

mich, und ich konnte nicht richtig warm werden. Meine Hände waren steif, die Fingerkuppen fast blau. Jedes Mal, wenn das Telefon im Eingangsbüro klingelte, schreckte ich auf.

Die minimalen Sicherheitsvorkehrungen an meinem Arbeitsplatz schienen außer mir niemanden zu stören. Anträge auf Mittel für angemessene Sicherheitsvorrichtungen waren immer wieder abgelehnt worden. Der Verwaltungsleiter dachte nur an den Verlust von Eigentum, und kein Dieb würde in ein Leichenschauhaus einbrechen, selbst wenn wir einen roten Teppich für ihn auslegen würden und die Türen weit offen ließen. Leichen sind eine bessere Abschreckung als jeder Wachhund.

Die Toten haben mich nie gestört. Die Lebenden fürchte ich.

Nachdem vor einigen Monaten ein bewaffneter Irrer in die Praxis eines Arztes gekommen war und im vollen Wartezimmer um sich geschossen hatte, war ich selbst in einen Metallwarenladen gegangen und hatte eine Kette und ein Vorhängeschloss gekauft, das abends und an Wochenenden benutzt wird, um die vorderen Doppelglastüren zusätzlich zu verschließen.

Plötzlich, während ich an meinem Tisch arbeitete, rüttelte jemand so kräftig an diesen Eingangstüren, dass die Kette immer noch hin- und herschwang, als ich mich endlich zusammennahm und in den Korridor hinunterging, um nachzusehen. Niemand war da. Manchmal versuchen Obdachlose in unsere Toiletten zu kommen, aber als ich hinausschaute, konnte ich niemanden sehen.

Ich ging zurück in mein Büro und war so nervös, dass

ich, als ich die Lifttüren auf der anderen Seite des Gangs aufgehen hörte, eine Schere in die Hand nahm und bereit war, sie als Waffe zu benutzen. Es war der Sicherheitsbeamte der Tagschicht.

»Haben Sie eben versucht, durch die vordere Glastür zu kommen?«, fragte ich ihn.

Er schaute neugierig auf die Schere, die ich umklammert hielt, und sagte, er sei es nicht gewesen. Ich bin sicher, die Frage schien ihm eigenartig zu sein. Er wusste, dass die Vordertüren mit Ketten verschlossen waren, und nur er hatte die Schlüssel für die anderen Türen im Gebäude. Er hatte also keinen Grund, durch die Vordertüren zu kommen.

Die unbehagliche Stille trat wieder ein, als ich mich an meinen Tisch setzte und versuchte, den Bericht über Lori Petersen zu diktieren. Aus irgendeinem Grund konnte ich nicht sprechen, konnte es nicht ertragen, die laut ausgesprochenen Worte zu hören. Das Gefühl überkam mich langsam, dass niemand diese Worte hören sollte, nicht einmal Rose, meine Sekretärin. Niemand sollte etwas hören über den glitzernden Rückstand, die Samenflüssigkeit, die Fingerabdrücke, die tiefen Verletzungen an ihrem Hals – und, am schlimmsten, über die Zeichen ihrer Qual. Der Mörder wurde immer grausamer.

Mord und Vergewaltigung reichten ihm nicht mehr. Erst als ich die Fesseln von Lori Petersens Körper entfernt, kleine Schnitte in verdächtige rot gefärbte Hautbereiche gemacht und nach gebrochenen Knochen getastet hatte, wurde mir klar, was sich vor ihrem Tod abgespielt haben musste.

Die blauen Flecken waren so frisch, dass sie an der

Oberfläche kaum sichtbar waren, aber die Einschnitte zeigten die zerstörten Blutgefäße unter der Haut, und die Muster sprachen dafür, dass sie mit einem stumpfen Gegenstand, wie einem Knie oder einem Fuß, gestoßen worden war. Auf der linken Seite waren drei Rippen in Serie gebrochen sowie vier Finger. In ihrem Mund fand ich Fasern, die meisten auf ihrer Zunge, was vermuten ließ, dass sie zu einem gewissen Zeitpunkt geknebelt worden war, um zu verhindern, dass sie schrie.

Ich erinnerte mich an die Geige auf dem Musikregal im Wohnzimmer und an die chirurgischen Zeitungen und Bücher auf dem Schreibtisch im Schlafzimmer. Ihre Hände. Sie waren die wertvollsten Instrumente, etwas, womit sie heilte und Musik machte. Er muss ihre Finger absichtlich gebrochen haben, einen nach dem anderen, während sie gefesselt war.

Das Diktiergerät lief und nahm die Stille auf. Ich schaltete es ab und rollte mit meinem Arbeitsstuhl hinüber zum Computer. Der Monitor blinkte, und schwarze Buchstaben liefen über den Bildschirm, als ich anfing, den Autopsiebericht selbst zu schreiben.

Ich sah nicht auf die Zahlen und Notizen, die ich während der Autopsie gemacht hatte. Ich wusste alles über die Frau. Ich hatte ein perfektes Gedächtnis. Die Wörter »ohne pathologischen Befund« spukte mir im Kopf herum. Es hatte ihr nichts gefehlt. Ihr Herz, ihre Lungen, ihre Leber. »Ohne pathologischen Befund.« Sie war vollkommen gesund gewesen. Ich schrieb weiter und weiter, bis ich plötzlich aufschrak. Fred, der Sicherheitsbeamte, stand in meiner Tür.

Ich hatte keine Ahnung, wie lange ich gearbeitet hatte.

Seine Schicht fing um zwanzig Uhr wieder an. Alles, was gewesen war, seit ich ihn zuletzt gesehen hatte, schien wie ein Traum zu sein, ein schrecklicher Traum.

»Immer noch hier?« Dann zögernd: »Da ist so eine Bestattungsgesellschaft unten, um eine Leiche zu holen, aber ich kann sie nicht finden. Die sind den ganzen Weg von Mecklenburg gekommen. Ich weiß nicht, wo Wingo ist …«

»Wingo ist schon vor einigen Stunden nach Hause gegangen«, sagte ich. »Welche Leiche?«

»Jemand namens Roberts, ist von einem Zug überrollt worden.«

Ich überlegte einen Moment. Außer Lori Petersen waren es heute sechs Fälle gewesen. Ich erinnerte mich vage an das Zugunglück. »Er ist im Kühlraum.«

»Sie sagen, sie können ihn dort nicht finden.«

Ich nahm meine Brille ab und rieb mir die Augen. »Haben Sie nachgesehen?«

Sein Gesicht verzog sich zu einem dämlichen Grinsen. Fred trat einen Schritt zurück und schüttelte den Kopf. »Dr. Scarpetta, Sie wissen, dass ich nie in diesen Raum gehe!«

3

Ich bog in meine Auffahrt ein und war erleichtert, dass Berthas Pontiac immer noch dort stand. Die Eingangstür ging auf, noch bevor ich den richtigen Schlüssel heraussuchen konnte.

»Wie ist die Stimmung?«, fragte ich direkt.

Bertha und ich standen in der geräumigen Diele und sahen uns an. Sie wusste genau, was ich meinte. Wir hatten diese Art von Konversation am Ende jeden Tages, an dem Lucy in der Stadt war.

»Ziemlich schlecht, Dr. Kay. Dieses Kind war den ganzen Tag in Ihrem Arbeitszimmer und hämmerte auf Ihren Computer ein. Ich kann Ihnen sagen! Ich setze meinen Fuß gerade mal rein, um ihr ein Sandwich zu bringen und zu fragen, wie es ihr geht, da fängt sie sofort an herumzuzetern, um sich dann gleich wieder dem Computer zuzuwenden. Aber ich weiß ja«, ihre dunklen Augen wurden weicher, »sie ist einfach nur traurig, dass Sie arbeiten müssen.«

Ich hatte Schuldgefühle.

»Ich habe die Abendzeitung gesehen, Dr. Kay. Gott im Himmel!« Sie steckte ihre Arme nacheinander in die Ärmel ihres Regenmantels. »Ich weiß, warum Sie tun mussten, was Sie den ganzen Tag getan haben. Herrgott! Ich hoffe wahrhaftig, dass die Polizei diesen Mann fasst. Es ist so niederträchtig, so gemein.«

Bertha wusste, womit ich mein Geld verdiente, und sie fragte mich nie irgendetwas. Sogar wenn einer meiner Fälle jemanden aus der Nachbarschaft betraf, sie fragte nicht.

»Die Abendzeitung ist da drinnen.« Sie zeigte auf das Wohnzimmer und nahm ihr Notizbuch von dem Tisch neben der Tür. »Ich habe sie unter ein Couchkissen gesteckt, damit sie sie nicht in die Hände bekommt. Ich wusste nicht, ob Sie wollten, dass sie es liest, Dr. Kay.« Sie klopfte mir auf die Schulter und ging hinaus.

Ich beobachtete, wie sie zu ihrem Wagen ging und langsam rückwärts die Auffahrt hinunterfuhr. Ich entschuldigte mich nicht mehr für meine Familie. Bertha war von meiner Nichte, meiner Schwester, meiner Mutter sowohl persönlich als auch telefonisch beleidigt und tyrannisiert worden. Bertha wusste Bescheid. Sie äußerte nie Kritik oder Mitgefühl, und ich hatte sie manchmal im Verdacht, dass sie mich bemitleidete, und das gab mir ein noch schlechteres Gefühl. Ich schloss die Eingangstür und ging in die Küche.

Die Küche war mein Lieblingsraum, mit hoher Decke, modern, aber zweckmäßig eingerichtet, da ich die meisten Dinge, wie Nudeln oder Hefeteig, lieber selbst herstellte. In der Mitte des Kochbereiches war ein Arbeitsplatz aus Marmor, genau in der richtigen Höhe für jemanden, der ohne Schuhe exakt einen Meter sechzig groß war. Auf der anderen Seite stand ein Frühstückstisch, von dem man durch ein Fenster auf die Bäume im Hinterhof und das Vogelhäuschen blickte. Auf den hellen Naturholzschränken und Oberflächen waren Blumensträuße verteilt, die aus meinem leidenschaftlich gepflegten Garten stammten. Lucy war nicht hier. Ihr Geschirr vom Abendessen stand im Geschirrständer, und ich nahm an, dass sie wieder in meinem Arbeitszimmer war.

Ich ging zum Kühlschrank und goss mir ein Glas Chablis ein, lehnte mich an den kühlen Marmor, schloss einen Moment lang die Augen und nippte an dem Wein. Ich wusste nicht, was ich mit Lucy machen sollte.

Letzten Sommer war sie zum ersten Mal hier gewesen, seit ich das Gerichtsmedizinische Institut von Dade County verlassen hatte und aus der Stadt, in der ich geboren worden war und in die ich nach meiner Scheidung wieder zurückkehrte, weggezogen war. Lucy ist meine einzige Nichte. Mit zehn Jahren löste sie bereits Rechenaufgaben, die man erst in der Highschool lernte. Sie war ein Genie, ein unmögliches kleines Biest rätselhafter südländischer Abstammung, deren Vater starb, als sie zur Welt kam. Sie hatte niemanden außer meiner einzigen Schwester, Dorothy, die zu sehr damit beschäftigt war, Kinderbücher zu schreiben, als sich um ihre eigene Tochter zu kümmern. Lucys Verehrung für mich war jenseits jeder vernünftigen Erklärung, und ihre Anhänglichkeit forderte eine Energie von mir, die ich im Moment nicht aufbringen konnte. Während ich nach Hause fuhr, hatte ich mir überlegt, ob ich ihren Flug umbuchen und sie nach Hause nach Miami schicken sollte. Aber ich brachte es nicht übers Herz.

Sie würde es nicht verstehen. Es wäre die endgültige Abweisung in einer ein Leben lang dauernden Serie von Abweisungen, ein weiteres Zeichen dafür, dass sie unbequem und unerwünscht war. Sie hatte sich schon das ganze Jahr über auf diesen Besuch gefreut, und ich hatte mich auch darauf gefreut.

Ich nahm noch einen Schluck Wein und wartete darauf, dass die Stille anfangen würde, meine verhedderten Nerven zu entwirren und meine Sorgen wegzublasen.

Mein Haus lag in einer neuen Siedlung am westlichen Ende der Stadt, wo große Wohnhäuser auf bepflanzten Grundstücken standen und der Verkehr auf den Straßen fast ausschließlich aus Kombis und Familienkutschen bestand. Die Nachbarn waren ruhig, Einbrüche und Vandalismus so selten, dass ich mich nicht erinnern konnte, in letzter Zeit einen Streifenwagen gehört zu haben. Die Ruhe und Sicherheit war jeden Preis wert, eine Notwendigkeit, ein Muss für mich. Es war beruhigend für meine Seele, morgens allein zu frühstücken und zu wissen, dass sich die einzige Aggression vor meinen Fenstern zwischen einem Eichhörnchen und einem Eichelhäher abspielte, die sich um Futter stritten.

Ich atmete tief ein und nahm noch einen Schluck Wein. Ich fürchtete mich davor, ins Bett zu gehen, fürchtete mich vor der Dunkelheit, hatte Angst davor, wie es sein würde, wenn ich meinem Geist erlaubte, zu ruhen und unaufmerksam zu sein. Ich konnte nicht aufhören, Lori Petersen zu sehen. Ein Damm war gebrochen, und meine Vorstellungskraft brach über mich herein und machte aus den Bildern noch schrecklichere.

Ich sah ihn mit ihr, in diesem Schlafzimmer. Fast konnte ich sein Gesicht sehen, aber es war konturenlos, zog nur kurz an mir vorbei wie ein Blitz. Nach der ersten lähmenden Angst, die das Aufwachen durch das Gefühl kalten Stahls an ihrem Hals oder durch seine grauenerregende Stimme hervorgerufen hatte, würde sie zunächst versucht haben, mit ihm zu reden. Sie hatte alles Mögliche gesagt, versucht, es ihm auszureden, während er die Kabel der Lampen durchschnitt und anfing, sie zu fesseln. Sie war Harvard-Absolventin, Chirurgin. Sie hatte versucht, ihren Kopf gegen eine Macht zu gebrauchen, die kopflos ist.

Dann wurden die Bilder immer wilder, wie ein Film, der zu schnell läuft, als ihre Versuche sich in grenzenlosem Schrecken auflösten. Das Unaussprechliche. Ich wollte es nicht sehen. Ich konnte es nicht ertragen, mehr zu sehen. Ich musste meine Phantasie unter Kontrolle bringen.

Von meinem Arbeitszimmer aus konnte man die Bäume auf dem Hof sehen, die Rollläden waren gewöhnlich heruntergelassen, weil ich es immer schwierig fand, mich zu konzentrieren, wenn ich hinausschauen konnte. Ich hielt an der Tür inne und ließ meine Augen durch den Raum schweifen, während Lucy energisch auf die Tastatur des Computers auf meinem Eichenschreibtisch einhämmerte, den Rücken mir zugewandt. Ich hatte seit Wochen keine Ordnung mehr hier drinnen gemacht, und der Anblick war beschämend. Bücher standen kreuz und quer in den Regalen, mehrere *Law Reporters* waren auf dem Boden gestapelt, andere lagen herum. An einer Wand hingen meine Diplome und Zertifikate. Cornell, Johns Hopkins, Georgetown und andere. Ich wollte sie eigentlich in meinem Büro in der Stadt aufhängen, aber bis jetzt war ich noch nicht dazu gekommen. Auf einer Ecke des dunkelblauen Teppichs lagen Stapel von Zeitungsartikeln, die immer noch darauf warteten, gelesen und eingeordnet zu werden. Beruflicher Erfolg bedeutete, dass ich keine Zeit mehr hatte, ordentlich zu sein, und trotzdem störte mich Unordnung mehr denn je.

»Wieso spionierst du mir nach?«, murmelte Lucy, ohne sich umzudrehen.

»Ich spioniere dir nicht nach.« Ich lächelte ein wenig und küsste sie auf ihr feuerrotes Haar.

»Tust du wohl.« Sie tippte weiter. »Ich habe dich gesehen. Ich habe dein Spiegelbild auf dem Monitor gesehen. Du bist an der Tür gestanden und hast mich beobachtet.«

Ich legte meine Arme um sie, das Kinn auf ihren Kopf gestützt, und schaute auf den schwarzen Bildschirm voller Befehle. Es war mir noch nie in den Sinn gekommen, dass der Monitor wie ein Spiegel wirkte, und ich verstand jetzt, warum Margaret, meine Programmiererin, die Leute beim Namen nennen konnte, die an ihrem Büro vorbeigingen, obwohl sie mit dem Rücken zur Tür saß. Lucys Gesicht verschwamm auf dem Bildschirm. Ich sah hauptsächlich die Spiegelung ihrer Hornbrille. Sie begrüßte mich normalerweise mit einer Frosch-Klammer-Umarmung, aber heute hatte sie offensichtlich schlechte Laune.

»Es tut mir leid, dass wir heute nicht nach Monticello fahren konnten, Lucy«, wagte ich einen Vorstoß.

Ein Achselzucken.

»Ich bin genauso enttäuscht wie du«, sagte ich.

Noch ein Achselzucken. »Ich sitze sowieso lieber am Computer.«

Sie meinte es nicht so, aber die Bemerkung tat weh.

»Ich hatte wirklich viel zu tun«, fuhr sie fort und drückte kräftig auf die Returntaste. »Deine Datenbank musste mal gründlich aufgeräumt werden. Ich wette, du hast sie seit über einem Jahr nicht mehr sortiert und initialisiert.« Sie fuhr in meinem Ledersessel herum, und ich ging zur Seite, die Hände in die Hüften gestemmt.

»Deshalb habe ich alles in Ordnung gebracht.«

»Du hast *was*?« Nein, so etwas würde Lucy nicht tun. Initialisieren war dasselbe wie formatieren, sperren oder löschen aller Daten auf der Festplatte. Auf der Festplatte waren – oder waren gewesen – ein halbes Dutzend statistischer Tabellen, die ich für wissenschaftliche Berichte benutzte. Die letzten Sicherheitskopien hatte ich vor mehreren Monaten gemacht.

Lucys grüne Augen starrten mich an, wirkten eulenhaft hinter den dicken Brillengläsern. Ihr rundes, elfenhaftes Gesicht war hart, als sie sagte: »Ich habe in den Büchern nachgesehen, wie es geht. Das ist so was von einfach. Jeder Idiot könnte das hinkriegen.«

Ich antwortete nicht. Ich tadelte sie nicht wegen der unschönen Worte.

Mir wurde weich in den Knien.

Ich erinnerte mich daran, wie Dorothy mich einmal vor einigen Jahren völlig hektisch angerufen hatte. Während sie einkaufte, war Lucy in ihr Arbeitszimmer gegangen und hatte alle ihre Datenträger formatiert und damit gelöscht. Auf zweien davon war der Text des Buches, das Dorothy schrieb, Kapitel, die sie noch nicht ausgedruckt oder gesichert hatte. Eine Katastrophe.

»Lucy. Das hast du nicht getan.«

»Oh, keine Sorge«, sagte sie mürrisch. »Ich habe deine Daten vorher gesichert. So stand's in dem Buch. Ist alles da. Nur geordnet, räumlich gesehen, meine ich.«

Ich zog einen Polstersessel heran und setzte mich neben sie. Da bemerkte ich erst, was unter einem Stapel von Datenträgern lag: die Abendzeitung, zusammengefaltet, wie Zeitungen gefaltet sind, wenn sie gelesen worden waren. Ich zog sie heraus und schlug die erste Seite auf. Die Schlagzeile war das Letzte, was ich jetzt sehen wollte.

JUNGE CHIRURGIN ERMORDET:
WAHRSCHEINLICH DAS
VIERTE OPFER DES WÜRGERS

Eine dreißigjährige Chirurgieassistentin wurde kurz nach Mitternacht in ihrem Haus in Berkley Downs brutal ermordet aufgefunden. Die Polizei ließ verlauten, es gebe mehrere Hinweise darauf, dass ihr Tod mit dem dreier weiterer Frauen in Zusammenhang steht, die in den letzten zwei Monaten in Richmond in ihren Wohnungen erwürgt worden waren. Das letzte Opfer wurde identifiziert als Lori Petersen, Absolventin der Harvard Medical School. Sie wurde zuletzt gestern lebend gesehen, kurz nach Mitternacht, als sie die Notaufnahme der Universitätsklinik verließ, wo sie in der Traumatologie arbeitete. Man nimmt an, dass sie vom Krankenhaus direkt nach Hause gefahren ist und irgendwann zwischen null Uhr dreißig und zwei Uhr heute Morgen ermordet wurde. Der Mörder ist anscheinend in das Haus gelangt, indem er ein Gitter zu einem unverschlossenen Badezimmerfenster herausschnitt.

Es ging noch weiter. Es gab ein Foto, ein unscharfes Schwarzweißbild von Sanitätern, die die Leiche über die Vordertreppe nach unten trugen, und ein kleineres Bild von einer Person in einem Regenmantel, in der ich mich selbst erkannte. Die Unterschrift besagte: Dr. Kay Scarpetta, Chief Medical Examiner, kommt am Tatort an.

Lucy starrte mich mit großen Augen an. Bertha war klug genug gewesen, die Zeitung zu verstecken, aber Lucy war erfinderisch. Ich wusste nicht, was ich sagen sollte. Was denkt ein zehnjähriges Mädchen, wenn sie so etwas liest, vor allem, wenn ein Foto ihrer Tante Kay dabei ist?

Ich hatte Lucy nie die Details meines Berufes erklärt. Ich hatte mich zurückgehalten, ihr etwas über die Welt beizubringen, in der wir lebten. Ich wollte nicht, dass es ihr wie mir erging, beraubt der Naivität und des Idealismus, der Stoff, aus dem Vertrauen besteht, für immer zerrissen.

»Es ist wie im *Herald*«, überraschte sie mich. »Andauernd steht im *Herald* solches Zeug über Leute, die ermordet werden. Letzte Woche fand man einen Mann im Kanal, und sein Kopf war abgeschnitten. Er muss ein schlechter Mann gewesen sein, dass jemand seinen Kopf abgeschnitten hat.«

»Das war er vielleicht, Lucy. Aber das rechtfertigt nicht, dass man so etwas mit ihm tut. Und nicht jeder, der ermordet wird, ist schlecht.«

»Mom sagt, sie sind es. Sie sagt, gute Menschen werden nicht ermordet. Nur Betrüger und Drogenhändler und Diebe.« Eine Gedankenpause. »Manchmal auch Polizisten, die aber, weil sie versuchen, schlechte Leute zu fangen.«

Dorothy würde so etwas sagen, und was noch schlimmer war, sie glaubte es auch. Die alte Wut flammte in mir auf.

»Aber die Frau, die erwürgt wurde«, sagte Lucy zitternd, ihre Augen so groß, dass sie mich zu verschlingen schienen, »sie war Ärztin, Tante Kay. Wie kann sie schlecht gewesen sein? Du bist auch Ärztin. Sie war also genau wie du.«

Ich wurde mir plötzlich der Uhrzeit bewusst. Es war spät. Ich fuhr den Computer herunter, griff nach Lucys Hand, und wir gingen aus dem Arbeitszimmer in die Küche. Als ich mich zu ihr drehte, um ihr einen Imbiss vorzuschlagen, war ich bestürzt, als ich sah, dass sie sich auf die Unterlippe biss und ihre Augen feucht wurden.

»Lucy! Warum weinst du?«

Sie fiel mir schluchzend um den Hals. Sie klammerte sich in wilder Hoffnungslosigkeit an mich und schrie: »Ich will nicht, dass du stirbst, Tante Kay!«

»Lucy ...« Ich war erstaunt, entsetzt. Ihre Wutanfälle, ihre arroganten und zornigen Ausbrüche, das war eine Sache. Aber jetzt! Ich konnte fühlen, wie ihre Tränen meine Bluse durchdrangen. Ich konnte die heiße Intensität ihres kleinen Körpers spüren, als sie sich an mich presste.

»Es ist gut, Lucy«, war das Einzige, was mir einfiel, und ich drückte sie fest an mich.

»Ich will nicht, dass du stirbst, Tante Kay!«

»Ich werde nicht sterben, Lucy.«

»Daddy ist gestorben.«

»Mir wird nichts geschehen, Lucy.«

Sie war nicht zu beruhigen. Die Geschichte in der Zeitung berührte sie tief. Sie las sie mit dem Intellekt eines Erwachsenen, der noch mit der ängstlichen Vorstellungskraft eines Kindes behaftet ist. Dazu kamen ihre Unsicherheiten und bereits erlittenen Verluste.

O Gott! Ich suchte verzweifelt nach einer passenden Antwort und konnte keine finden. Die Beschuldigungen meiner Mutter fingen an, irgendwo tief in meiner Seele zu hämmern. Meine Unzulänglichkeiten. Ich hatte keine Kinder. Ich wäre eine schreckliche Mutter gewesen. »Du hättest ein Mann werden sollen«, hatte meine Mutter in einer unserer weniger angenehmen Begegnungen der letzten Zeit gesagt. »Nur Arbeit und Ehrgeiz. Das passt nicht zu einer Frau. Du wirst austrocknen wie ein Kartoffelkäfer, Kay.«

Und in meinen einsamen Augenblicken, wenn ich mich am schlechtesten fühlte, erinnerte ich mich garantiert an eine dieser leeren Käferhüllen, die einst im Garten meines Zuhauses in der Kindheit verstreut lagen. Durchsichtig, spröde, ausgetrocknet. Tot.

Für gewöhnlich schenkte ich einer Zehnjährigen keinen Wein ein.

Ich brachte sie in ihr Zimmer, und wir tranken, auf dem Bett sitzend, den Wein. Sie fragte mich lauter Dinge, auf die ich keine Antwort wusste. »Warum tun Menschen anderen Menschen weh?« und »Ist es ein Spiel für ihn? Ich meine, macht er es zum Spaß, so wie bei MTV? Da machen sie solche Sachen, aber sie tun nur so. Niemand wird verletzt. Vielleicht will er ihnen nicht wehtun, Tante Kay?«

»Es gibt Menschen, die böse sind«, antwortete ich ruhig. »Wie Hunde, Lucy. Manche Hunde beißen ohne Grund. Irgendetwas stimmt nicht mit ihnen. Sie sind aggressiv und werden immer so bleiben.«

»Weil die Menschen vorher gemein zu ihnen waren. Deshalb werden sie böse.«

»Manchmal ja«, sagte ich. »Aber nicht immer. Manchmal gibt es keinen Grund. Es macht auch keinen großen Unterschied. Die Menschen entscheiden sich. Manche Menschen wollen lieber schlecht sein, wollen lieber grausam sein. Es ist einfach ein hässlicher Teil des Lebens.«

Ich fing an, ihr durch das Haar zu streichen.

Sie murmelte, ihre Stimme war schwer von Schlaf.

»Wie Jimmy Groome. Er wohnt in unserer Straße und erschießt Vögel mit seiner Pistole, und er stiehlt gern die Vogeleier aus den Nestern und zerschlägt sie auf der Straße, um zu sehen, wie der kleine Vogel zappelt. Ich hasse ihn. Ich hasse Jimmy Groome. Ich habe einmal einen Stein nach ihm geschmissen und ihn getroffen, als er auf seinem Fahrrad vorbeifuhr. Aber er weiß nicht, dass ich es war, weil ich mich hinter den Büschen versteckt habe.«

Ich trank meinen Wein und strich ihr weiter durch die Haare.

»Gott wird nicht zulassen, dass dir etwas geschieht, nicht wahr?«, fragte sie.

»Mir wird nichts passieren, Lucy. Ich verspreche es.«

»Wenn du zu Gott betest, dass er auf dich aufpassen soll, dann tut er das auch, oder?«

»Er passt auf uns auf.« Obwohl ich nicht sicher war, dass ich das glaubte.

Sie runzelte die Stirn. Ich war auch nicht sicher, ob sie es glaubte. »Hast du nie Angst?«

Ich lächelte. »Jeder hat hin und wieder mal Angst. Ich bin vollkommen sicher. Uns wird nichts geschehen.«

Das Letzte, was sie murmelte, bevor sie einschlief, war: »Ich wünschte, ich könnte immer hier sein, Tante Kay. Ich möchte so sein wie du.«

Zwei Stunden später saß ich im Sessel, war immer noch hellwach und starrte auf eine Seite in einem Buch, ohne wirklich die Worte zu sehen, als das Telefon klingelte.

Ich reagierte mit einem Reflex und griff nach dem Hörer, mein Herz pochte. Ich erwartete und fürchtete, Marinos Stimme zu hören, als ob die letzte Nacht von vorn beginnen würde.

»Hallo?«

Nichts.

»Hallo?«

Im Hintergrund konnte ich die leise Musik hören, die an fremdländische Filme oder Horrorfilme oder an die kratzenden Klänge eines Grammophons erinnerte, bevor das Freizeichen die Verbindung unterbrach.

»Kaffee?«

»Ja, bitte«, sagte ich.

Das genügte als »Guten Morgen«.

Immer wenn ich an Neils Vanders Labor vorbeikam, war seine Begrüßung »Kaffee?«, den ich immer dankend annahm. Koffein und Nikotin sind zwei Laster, die ich mir bereitwillig angewöhnt habe.

Ich würde nie auf die Idee kommen, ein Auto zu kaufen, das nicht so robust wie ein Panzer ist, und ich würde nie den Motor starten, bevor ich mich angeschnallt habe. In meinem Haus sind Rauchalarmmelder und eine teure Alarmanlage installiert. Ich fliege nicht mehr gern und bevorzuge die Eisenbahn.

Aber Koffein, Zigaretten und Cholesterin, die grimmigen Geißeln jedes normalen Menschen – Gott ließ nicht zu, dass ich sie aufgebe. Ich gehe zu einer nationalen Tagung und sitze an einer Tafel mit dreihundert anderen Gerichtsmedizinern, den besten Experten der Welt für Krankheit und Tod. Fünfundsiebzig Prozent von uns machen weder Jogging noch Aerobic, gehen nicht zu Fuß, wenn sie fahren können, stehen nicht, wenn sie sitzen können, und vermeiden hartnäckig Stufen oder Hügel. Ein Drittel von uns raucht, die meisten trinken, und alle essen wir, als bekämen wir nie wieder etwas zwischen die Zähne.

Stress, Depression, vielleicht das intensivere Bedürfnis nach Lachen und Freude aufgrund des Elends, das wir sehen – wer kennt schon den genauen Grund dafür. Einer meiner Freunde in Chicago sagt gern: »Zum Teufel! Du stirbst. Jeder stirbt. Du stirbst gesund. Na und?«

Vander ging zur Kaffeemaschine an der Theke hinter seinem Tisch und goss zwei Tassen ein. Er hatte meinen Kaffee schon unzählige Male zubereitet und wusste immer noch nicht, dass ich ihn schwarz trank.

Mein Ex-Ehemann konnte sich auch nie erinnern. Sechs Jahre lang lebte ich mit Tony zusammen, und er konnte sich nicht merken, dass ich den Kaffee schwarz trank oder meine Steaks medium mochte, nicht blutrot, nur ein wenig rosa. Ganz zu schweigen von meiner Kleidergröße. Ich trage Größe achtunddreißig, habe eine Figur, mit der man fast alles tragen kann, aber ich kann Fransen, Rüschen und anderen Firlefanz nicht ausstehen. Er kaufte immer irgendetwas in Größe sechsunddreißig, meistens durchsichtig, mit Spitzen, fürs Bett gedacht. Die Lieblingsfarbe seiner Mutter war Grasgrün. Sie liebte Rüschen, hasste Pullover, zog Reißverschlüsse vor, war allergisch gegen Wolle, hatte keine Lust, sich mit irgendetwas zu beschäftigen, was gereinigt oder gebügelt werden musste, hatte eine körperliche Abneigung gegen Pink, gedecktes Weiß oder Beige, mochte nichts Quergestreiftes oder Gemustertes tragen, wollte um nichts in der Welt tot in Wildleder aufgefunden werden, glaubte, ihr Körper passe nicht zu Falten, und hatte eine Vorliebe für Taschen – je mehr, desto besser. Wenn es um seine Mutter ging, hatte Tony immer das Richtige gefunden.

Vander füllte in meine Tasse genauso viel gehäufte Teelöffel von Milchpulver und Zucker wie in seine. Wie immer schaute er unordentlich aus, sein graumeliertes Haar war zerzaust, sein riesiger Kittel mit Fingerabdruckpulver verschmiert, ein Bündel von Kugelschreibern steckte in seiner tintenbekleckstem Brusttasche. Er war ein großer Mann mit langen, knochigen Extremitäten und einem unproportionierten, runden Bauch. Sein Kopf hatte bedenkenswert viel Ähnlichkeit mit einer Glühbirne, seine Augen waren verwaschen blau und abwesend verschleiert. In meinem ersten Winter hier kam er an einem späten Nachmittag zu mir ins Büro, um mir mitzuteilen, dass es schneite. Ein langer roter Schal war um seinen Hals geschlungen und über seine Ohren eine lederne Pilotenmütze gezogen, wahrscheinlich aus einem Banana-Republic-Katalog und die lächerlichste Kopfbedeckung, den ich je gesehen hatte. Er hätte perfekt in einen Fokker-Doppeldecker gepasst. »Der fliegende Holländer« nannten wir ihn im Büro. Er war ständig in Eile, hetzte die Gänge auf und ab, sein Kittel wehte um seine Beine.

»Haben Sie die Zeitung gelesen?«, fragte er und blies auf seinen Kaffee.

»Die ganze gottverdammte Welt hat die Zeitung gelesen«, antwortete ich ärgerlich.

Die erste Seite der Sonntagsausgabe war schlimmer als die Abendzeitung vom Samstag. Die Schlagzeile zog sich über den gesamten oberen Teil der Seite, die Buchstaben waren ungefähr drei Zentimeter groß. Der Bericht beinhaltete einen kleinen Abschnitt über Lori Petersen und ein Foto, das aussah, als käme es aus einem Highschool-Jahrbuch. Abby Turnbull war so geschmacklos gewesen, Lori Petersens Familie, die in Philadelphia lebte, um ein Interview zu bitten, aber ihre Angehörigen seien »zu verzweifelt, um einen Kommentar abzugeben«.

»Das hilft uns überhaupt nicht weiter«, sprach Vander das Naheliegende aus.

»Ich wüsste zu gern, woher die Information kommt, damit ich ein paar Leuten die Daumenschrauben anlegen könnte.«

»Die Cops haben noch nicht gelernt, ihr Maul zu halten«, antwortete ich. »Wenn sie lernen, ihre Lippen zu verschließen, werden sie nicht mehr über undichte Stellen jammern müssen.«

»Na ja, vielleicht sind's die Cops. Wie auch immer, die Sache macht meine Frau verrückt. Ich glaube, wenn wir in der Stadt wohnen würden, würde sie noch heute umziehen wollen.«

Er ging zu seinem Tisch, auf dem ein wildes Durcheinander von Ausdrucken, Fotos und Telefonnotizen herrschte. Es gab eine kleine Bierflasche und ein Teppichmuster mit einem Schuhabdruck aus getrocknetem Blut, beides in Plastiktüten mit Schildern als Beweismaterial gekennzeichnet. Abseits standen zehn kleine Dosen mit Formalin, jede enthielt eine verkohlte menschliche Fingerspitze, abgetrennt am zweiten Gelenk. In Fällen nicht identifizierter Leichen, die total verbrannt oder verfault sind, ist es nicht immer möglich, Fingerabdrücke auf die herkömmliche Art zu gewinnen. Inmitten dieses makabren Durcheinanders stand eine Flasche mit Intensivpflegelotion.

Vander rieb einige Tropfen der Lotion in seine Hände und zog dann ein Paar weiße Baumwollhandschuhe an. Das Aceton, Xylen und das ständige Händewaschen, das in diesem Job nötig ist, hatten seine Haut aufgeraut, und ich konnte immer sagen, wann er vergessen hatte, die Handschuhe anzuziehen, weil er dann eine Woche lang mit knallroten Händen herumlief. Nachdem sein Morgenritual vollendet war, bedeutete er mir, ihm in den vierten Stock zu folgen.

Mehrere Türen weiter lag das Computerzimmer, sauber, fast steril, und angefüllt mit Computern verschiedener Formen und Größen. Eines dieser Geräte war der Vergleichsprozessor für Fingerabdrücke. Er hatte die Funktion, unbekannte Fingerabdrücke mit den Millionen von Fingerabdrücken, die auf einem Datenträger gespeichert waren, zu vergleichen. Der FMP, wie man ihn nannte, mit seinen Leitungen und parallelen Arbeitsgängen konnte achthundert Paare pro Sekunde vergleichen. Vander saß nicht gern herum, um auf die Ergebnisse zu warten. Es war seine Gewohnheit, die Maschine über Nacht arbeiten zu lassen, damit er sich auf etwas freuen konnte, wenn er am nächsten Morgen ins Labor kam.

Der zeitaufwendigste Arbeitsabschnitt war der, den Vander am Samstag durchgeführt hatte: die Abdrücke in den Computer einzugeben. Dafür musste er Fotos der möglichen Abdruckmuster machen, sie fünffach vergrößern, ein Blatt Pauspapier über jedes Foto legen und mit einem Filzstift die markantesten Merkmale nachzeichnen. Dann reduzierte er das Bild wieder auf die Größe, die dem Originalabdruck entsprach. Er klebte das Foto auf ein Blatt mit dem Layout für Abdruckspuren, das er dann in den Computer gab. Nun mussten nur noch die Ergebnisse ausgedruckt werden. Vander setzte sich wie ein Konzertpianist hin, der gleich zu spielen beginnt. Sein Steinway war die neue Inputeinheit, bestehend aus einer Tastatur, einem Monitor, einem Scanner und einem Bildprozessor für Fingerabdrücke. Der Scanner war in der Lage, sowohl Fingerabdruckblätter als auch Abdruckspuren zu lesen. Dieser FIP, wie Vander ihn nannte, identifizierte automatisch die Merkmale der Fingerabdrücke.

Ich sah zu, wie er mehrere Befehle eingab. Dann drückte er auf die Druckertaste, und die Auflistung möglicher Verdächtiger ratterte über das grün gestreifte Papier.

Ich zog einen Stuhl heran, als Vander den Ausdruck abtrennte, das Papier in zehn Teile riss und seine Fälle von den anderen trennte.

Wir interessieren uns für 88–01651, die Identifikationsnummer für die latenten Abdruckspuren, die wir auf Lori Petersens Leiche gefunden hatten. Ein Abdruckvergleich aus dem Computer ist wie eine politische Wahl. Mögliche Entsprechungen werden Kandidaten genannt und nach der Punktzahl geordnet. Je höher die Punktzahl, umso mehr Vergleichspunkte hat ein Kandidat mit den unbekannten Abdrücken gemeinsam, die in den Computer eingegeben worden waren. Im Fall 88–01651 gab es einen Kandidaten, der mit weit über tausend Punkten vorn lag. Das konnte nur bedeuten: ein Volltreffer.

Oder wie Vander es leichthin ausdrückte, ein »Heißer«.

Der Gewinner war unpersönlich aufgeführt als NIC 112. Ich hatte das tatsächlich nicht erwartet.

»Also hat derjenige, der die Abdrücke auf ihr hinterlassen hat, eine Abdruckdatei in der Datenbank?«, fragte ich.

»Richtig.«

»Das heißt, es ist möglich, dass er vorbestraft ist?«

»Möglich, aber nicht sicher.« Vander stand auf und ging zu dem Terminal für die Überprüfung. Er legte seine Finger leicht auf die Tastatur und starrte auf den Monitor.

Er fügte hinzu: »Es ist möglich, dass seine Abdrücke aus einem anderen Grund gemacht wurden. Wenn er für das Gericht tätig ist oder vielleicht einmal eine Taxilizenz beantragt hat.«

Er begann, Fingerabdruckbögen aus dem Bildspeicher abzurufen. Sofort wurde das gesuchte Abdruckbild, eine Vergrößerung von Schlingen und Wirbeln in Türkis, neben das des Kandidaten platziert. Auf der rechten Seite war eine Spalte, in der Geschlecht, Geburtsdatum und andere Informationen bezüglich der Person des Kandidaten standen. Er ließ eine Kopie der Abdrücke ausdrucken und gab sie mir.

Ich studierte sie, las und las immer wieder die Identität von NIC 112.

Marino würde entzückt sein.

Dem Computer zufolge, und es konnte kein Zweifel darüber bestehen, wurden die latenten Abdrücke, die der Laser auf Lori Petersens Schulter entdeckte, von Matt Petersen hinterlassen, ihrem Ehemann.

4

Ich war nicht übermäßig überrascht, dass Matt Petersen ihren Körper berührt hatte. Es ist oft ein Reflex, jemanden zu berühren, der tot ist, um nach dem Puls zu tasten oder an eine Schulter zu fassen, wie man es tut, um einen Menschen aufzuwecken. Was mich erschreckte, waren zwei Dinge. Erstens, die latenten Fingerabdrücke wurden entdeckt, weil derjenige, der sie hinterlassen hatte, Rückstände von diesem seltsamen Glitzerzeug an den Fingern hatte – ein Merkmal, das auch in den vorangegangenen Fällen gefunden worden war. Zweitens, Matt Petersens Fingerabdruckblatt war noch nicht ins Labor gebracht worden. Der einzige Grund, warum der Computer etwas finden konnte, war, dass es bereits eine Datei mit seinen Abdrücken in der Datenbank gab. Ich sagte Vander gerade, dass wir herausfinden mussten, warum und wann Petersens Abdrücke gemacht worden waren und ob er vorbestraft war, als Marino hereinkam.

»Ihre Sekretärin sagte, dass Sie hier oben wären«, verkündete er anstelle eines Grußes.

Er aß ein Doughnut, das offensichtlich aus der Schachtel neben der Kaffeemaschine stammte. Rose brachte montags morgens immer Doughnuts mit. Er sah sich zwischen den Computern um und schob wie beiläufig einen braunen Umschlag in meine Richtung. »Sorry,

Neils«, murmelte er. »Aber die Doktorin hier sagt, sie hat das Vorrecht.«

Vander sah mich neugierig an, als ich den Umschlag öffnete. In ihm steckte ein Plastikbeutel, in dem Petersens Fingerabdruckblatt war. Marino hatte mich in Verlegenheit gebracht, und ich mochte das nicht. Das Blatt hätte unter normalen Umständen direkt zum Labor gebracht werden müssen – nicht zu mir. So etwas trägt nur dazu bei, Animositäten zwischen den Kollegen zu fördern. Sie nehmen an, man verletze ihr Territorium, man nähme ihnen etwas weg, obwohl man in Wirklichkeit nichts von alledem tut. Ich erklärte Vander: »Ich wollte nicht, dass das offen auf Ihrem Tisch liegt, wo irgendjemand es berühren könnte. Matt Petersen hat wahrscheinlich Theaterschminke benutzt, bevor er heimkam. Wenn auf seinen Händen etwas davon übrig war, könnte es auch auf dem Blatt sein.«

Vanders Augen weiteten sich. Ihm kam ein Gedanke. »Na klar. Wir lassen den Laser drüberlaufen.«

Marino starrte mich finster an.

Ich fragte ihn: »Was ist mit dem Survivalmesser?«

Er zog einen weiteren Umschlag aus dem Packen zwischen seinem Ellbogen und seiner Taille hervor. »Ich war gerade dabei, es zu Frank zu bringen.«

Vander schlug vor: »Wir schauen es erst mit dem Laser an.« Dann ließ er noch eine Kopie von NIC 112 ausdrucken und zeigte sie Marino.

Er studierte sie kurz, murmelte »Heilige Scheiße« und sah mich direkt an.

Seine Augen lächelten triumphierend. Ich kannte diesen Blick, und ich hatte ihn erwartet. Er besagte: »Na bitte, Mrs. Chief. Vielleicht sind Sie ja belesen, aber ich weiß, wie das wirkliche Leben ist.«

Ich konnte fühlen, wie sich die Schrauben der Untersuchung bei dem Ehemann einer Frau zuzogen, von der ich immer noch meinte, dass sie von einem uns allen unbekannten Mann ermordet worden war.

Fünfzehn Minuten später waren Vander, Marino und ich in einem einer Dunkelkammer ähnlichen Raum neben dem Fingerabdrucklabor. Auf einer Ablagefläche neben einem großen Waschbecken lagen das Fingerabdruckblatt und das Survivalmesser. In dem Raum war es vollkommen dunkel. Marinos Bauch berührte unangenehm meinen linken Ellbogen, als die blendenden Strahlen eine Gruppe von Tupfen in den Tintenflecken auf dem Blatt aufleuchten ließen. Außerdem waren Tupfen auf dem Messergriff, der aus Hartgummi bestand und zu grob war, um Abdrücke aufzunehmen.

Auf der großen, blinkenden Klinge des Messers waren ein paar mikroskopisch kleine Teilchen und mehrere klare Teilabdrücke, die Vander bestäubte und abnahm. Er beugte sich näher über das Fingerabdruckblatt. Ein schneller Vergleich mit seinen routinierten Augen genügte, um ihn vorsichtig sagen zu lassen: »Nach einem ersten oberflächlichen Vergleich sind es seine, die Abdrücke auf der Klinge sind von Petersen.«

Der Laser erlosch und tauchte uns in totale Dunkelheit. Kurz darauf blinzelten wir in dem grausam grellen Deckenlicht, das uns schlagartig wieder in die Welt von eintönigem grauem Beton und weißem Kunststoff zurückholte.

Ich schob meine Schutzbrille zurück und versuchte zu

rekapitulieren, was wir bis jetzt gefunden hatten, während Vander mit dem Laser herumhantierte und Marino sich eine Zigarette anzündete.

»Die Abdrücke auf dem Messer müssen nichts heißen. Wenn das Messer Petersen gehörte, dann kann man seine Abdrücke darauf erwarten. Und was die glitzernde Substanz betrifft – ja, es ist offensichtlich, dass er etwas davon an seinen Fingern hatte, als er die Leiche seiner Frau berührte und als seine Fingerabdrücke genommen wurden. Aber wir können nicht sicher sein, dass die Substanz die gleiche ist wie die Spuren an anderen Stellen, vor allem die, die auf den ersten drei Opfern gefunden worden waren. Wir werden ein Bild davon mit dem Rasterelektronenmikroskop machen. So können wir hoffentlich bestimmen, ob die Grundbestandteile oder Infrarotspektren dieselben sind wie die von den Rückständen dieser Leiche und die bei den anderen drei Frauen.«

»Was?«, fragte Marino ungläubig. »Sie denken, Matt hatte irgendetwas an den Händen, und der Mörder hatte was anderes dran, und es ist nicht dasselbe, sondern sieht nur im Laserlicht gleich aus?«

»Fast alles, was stark auf den Laser reagiert, sieht gleich aus«, erklärte ich ruhig. »Es glüht wie weißes Neonlicht.«

»Ja, aber die meisten Leute haben keinen weißen Neonkram an ihren Händen, soviel ich weiß.«

Ich musste ihm zustimmen. »Die meisten Leute nicht.«

»Ist doch ein seltsamer Zufall, dass Matt gerade dieses Zeug an seinen Händen hat, was immer es auch sein mag.«

»Sie erwähnten, dass er gerade von einer Kostümprobe kam«, erinnerte ich ihn.

»Das sagt er.«

»Vielleicht wäre es keine schlechte Idee, die Schminke, die er am Freitagabend benutzt hat, zu besorgen und herzubringen, um sie zu testen.«

Marino sah mich verächtlich an.

In meinem Büro im ersten Stock stand einer der beiden PCs, die zwar mit dem Server unten im Büro unserer Computerspezialistin vernetzt, aber keine reinen Terminals waren. Selbst wenn der Server abgeschaltet war, konnte ich meinen PC zumindest für die Textverarbeitung nutzen.

Marino gab mir die zwei Datenträger, die auf dem Tisch in Petersens Schlafzimmer gelegen hatten. Auf dem Bildschirm erschien eine Inhaltsangabe von etwas, was offensichtlich Matt Petersens Dissertation war. Das Thema war Tennessee Williams, »dessen erfolgreichste Theaterstücke eine frustrierende Welt enthüllten, in der Sex und Gewalt unter einer Oberfläche romantischer Freundlichkeit liegen«, wie es im ersten Abschnitt der Einleitung hieß.

Marino schielte über meine Schulter und schüttelte den Kopf.

»Jesus«, murmelte er, »das wird ja immer besser. Kein Wunder, dass der Kerl ausgeflippt ist, als ich ihm sagte, dass wir diese Datenträger mitnehmen. Schauen Sie sich das an.«

Ich scrollte den Text nach unten.

Es huschten Williams' kontroverse Abhandlungen

über Homosexualität und Kannibalismus vorbei. Da waren Verweise auf den brutalen Stanley Kowalski in *Endstation Sehnsucht* und den kastrierten Gigolo in *Süßer Vogel Jugend.* Ich brauchte keine hellseherischen Fähigkeiten, um Marinos Gedanken zu lesen, die so banal waren wie die Titelseite einer Boulevardzeitung. Für ihn unterschied dieser Text sich in nichts von gewöhnlicher Pornographie. Brennstoff für die psychopathischen Geister, die sich von sexuellen Abarten und Gewalt nähren. Marino würde nicht einmal dann einen Unterschied zwischen dem wahren Leben und dem Theater erkennen, wenn man ihn mit vorgehaltener Pistole dazu zwingen würde, einen Theatergrundkurs zu absolvieren.

Menschen wie Williams und auch Matt Petersen, die solche Szenarien erfinden, sind selten die Leute, die derartige Phantasien tatsächlich ausleben.

Ich sah Marino direkt an. »Was würden Sie denken, wenn Petersen ein Gelehrter fürs Alte Testament wäre?«

Er zuckte mit den Schultern, seine Augen glitten von mir wieder zum Bildschirm. »Das hier ist nicht der Kram, den man in der Sonntagsschule lernt.«

»Vergewaltigung, Drogen, Hinrichtungen und Prostitution auch nicht. Und im wahren Leben war Truman Capote kein Massenmörder, Sergeant.«

Er trat von dem Computer zurück und ging zu einem Stuhl. Ich drehte mich um und sah ihn über meinen Tisch hinweg an. Normalerweise, wenn er zu mir ins Büro kam, zog er es vor, zu stehen, auf den Füßen zu bleiben, um auf mich herabschauen zu können. Aber jetzt saß er, und unsere Augen waren auf derselben

Höhe. Ich kam zu dem Schluss, dass er wohl noch eine ganze Weile bleiben wollte.

»Wie wär's, wenn Sie versuchen würden, das Ding hier ausdrucken zu lassen? Macht's Ihnen was aus? Sieht aus, als wäre es genau der richtige Lesestoff vor dem Schlafengehen.« Er lächelte abfällig. »Wer weiß? Vielleicht zitiert dieser Fan der amerikanischen Literatur ja auch noch den Marquis Sade oder wie immer der heißt.«

»Der Marquis de Sade war Franzose.«

»Ist doch ganz egal.«

Ich versuchte meine Verwirrung zu verbergen. Ich fragte mich, was geschehen würde, wenn die Frau von einem der Gerichtsärzte meines Instituts ermordet worden wäre. Würde Marino in die Bibliothek gehen und denken, er hätte ins Schwarze getroffen, wenn er einen Band nach dem anderen über Gerichtsmedizin und historische perverse Verbrechen finden würde?

Seine Augen verengten sich, als er sich eine neue Zigarette anzündete und einen tiefen Zug nahm. Er wartete, bis er einen dünnen Strahl von Rauch ausgeblasen hatte, bevor er sagte: »Sie haben anscheinend eine recht hohe Meinung von Petersen. Worauf ist sie begründet? Auf der Tatsache, dass er ein Künstler ist, oder weil er auf dem College erstklassig war?«

»Ich habe gar keine Meinung von ihm«, antwortete ich. »Ich weiß nichts von ihm, außer dass er nicht so richtig ins Bild passt, um der Mensch zu sein, der all diese Frauen erwürgt hat.«

Er wurde nachdenklich. »Schön. Aber ich weiß einiges über ihn, Doc. Sehen Sie, ich habe einige Stunden lang mit ihm geredet.« Er griff in eine Tasche seiner karierten

Sportjacke und warf zwei Kassetten auf die Tischplatte, in meine Reichweite. Ich zog meine Zigaretten heraus und zündete mir ebenfalls eine an.

»Lassen Sie mich Ihnen erzählen, wie es ablief. Ich und Becker sind in der Küche mit ihm, okay? Die Leute sind gerade mit der Leiche weg, als Petersens Persönlichkeit sich plötzlich vollkommen verändert. Er setzt sich aufrechter in den Stuhl, sein Blick wird klar, und seine Hände fangen an herumzugestikulieren, als ob er auf der Bühne wäre oder so. Es war absolut unglaublich. Seine Augen werden hin und wieder feucht, seine Stimme krächzt, er wird rot und wieder blass. Ich denke mir, das ist keine Vernehmung, das ist eine verdammte Theatervorstellung.«

Er lehnte sich zurück und lockerte seine Krawatte. »Ich überlege, wo ich das schon einmal gesehen habe, wissen Sie? Damals in New York, bei solchen Typen wie Johnny Andretti mit seinen seidenen Anzügen und importierten Zigaretten und dem Charme, der ihm aus den Ohren quoll. Er ist so glatt, dass du anfängst, dir die größte Mühe zu geben, es ihm recht zu machen, und jenes kleine Detail beiseiteschiebst, dass er nämlich in seiner Laufbahn mehr als zwanzig Menschen auf dem Gewissen hatte. Dann ist da Phil the Pimp. Er schlägt seine Mädchen mit Kleiderbügeln, zwei davon tot, und taucht dann in seinem Restaurant auf, das nur die Kulisse für seine Begleiter darstellt. Phil ist total wütend über den Tod seiner Nutten, lehnt sich über den Tisch, um mir zu sagen: ›Bitte, finden Sie den, der das getan hat, Pete. Er muss ein Monster sein. Hier, versuchen Sie mal diesen Chianti, Pete. Ist wirklich gut.‹

Der Punkt ist der, Doc, ich bin wirklich viel rumgekommen. Und Petersen löst in mir dasselbe Warnsignal aus, das Typen wie Andretti und Phil in mir ausgelöst haben. Er gibt mir diese Vorstellung, ich sitze da und frage mich: ›Was denkt dieser Harvard-Primus eigentlich? Dass ich bescheuert bin oder was?‹«

Ich schob eine Kassette in meinen Recorder, ohne etwas zu sagen.

Marino nickte mir zu, dass ich den Play-Knopf drücken solle. »Erster Akt«, verkündete er scherzend. »Das Bühnenbild zeigt Petersens Küche. Der Hauptdarsteller: Matt. Die Rolle: tragisch. Er ist blass und wund um die Augen, okay? Er starrt an die Wand. Was mich betrifft, in meinem Kopf spielt sich ein Film ab. Ich war nie in Boston und würde Harvard nicht von einem Loch im Boden unterscheiden können, aber ich sehe alte Ziegel und Efeu.«

Er wurde still, als das Band abrupt mitten in Petersens Satz anfing. Er redete über Harvard, beantwortete Fragen darüber, wie er und Lori sich kennengelernt hatten. Ich war in den vergangenen Jahren bei einigen Polizeibefragungen dabei gewesen, aber diese hier verblüffte mich. Was spielte es für eine Rolle? Was hatten Petersens Bemühungen um Lori in deren Collegezeit mit ihrem Mord zu tun? Ich denke, ein Teil von mir wusste es.

Marino versuchte Petersen aus sich herauszulocken. Marino suchte nach irgendetwas – *irgendetwas* –, was ein Hinweis darauf sein könnte, dass Petersen besessen und abartig und möglicherweise sogar eindeutig ein Psychopath war.

Ich stand auf, um die Tür zu schließen, damit wir nicht gestört werden konnten, während die Stimme auf dem Tonband ruhig weiterredete.

»... Ich hatte sie schon vorher gesehen. Auf dem Campus, die Blonde, die mit einem Stapel von Büchern herumlief, gedankenverloren, als ob sie in Eile wäre und an viele Dinge dachte.«

Marino: »Was war es, das Sie auf sie aufmerksam gemacht hat, Matt?«

»Schwer zu sagen. Aber sie verzauberte mich sogar von Weitem. Ich weiß nicht genau, warum. Aber zum Teil sicher deshalb, weil sie immer allein war, immer in Eile, auf dem Weg irgendwohin. Sie war, nun ja, vertrauenerweckend und schien entschlossen zu sein. Sie machte mich neugierig.«

Marino: »Passiert das sehr oft? Ich meine, dass Sie eine attraktive Frau sehen und diese Sie neugierig macht aus der Entfernung?«

»Ich glaube nicht. Ich meine, ich bemerke Menschen wie jeder andere auch. Aber bei ihr, bei Lori, war es anders.«

Marino: »Erzählen Sie weiter. Sie trafen sie also schließlich. Wo?«

»Es war auf einer Party. Im Frühling, Anfang Mai. Die Party fand in einem Apartment außerhalb des Collegegeländes statt, das einem Freund von meinem Zimmergenossen gehörte, einem Typ, der, wie sich herausstellte, mit Lori im Labor zusammenarbeitete, weshalb sie auch zu der Party eingeladen war. Sie kam ungefähr gegen neun Uhr herein, gerade als ich eigentlich wieder gehen wollte. Ihr Kollege, Tim, glaube ich, hieß er, öffnete ein Bier für sie, und sie fingen an, sich zu unterhalten. Ich hatte ihre Stimme vorher noch nie gehört. Ziemlich tief, weich, angenehm anzuhören. Die Art von Stimme, nach der du dich umdrehst, um festzustellen, woher sie kommt. Sie erzählte Anekdoten über irgendeinen Professor, und die Leute um sie herum lachten. Lori hatte eine Art, alle Leute auf sich aufmerksam zu machen, ohne sich große Mühe zu geben.«

Marino: »Mit anderen Worten, Sie haben die Party schließlich nicht verlassen. Sie sahen sie und beschlossen, in der Nähe zu bleiben.«

»Ja.«

»Wie sah sie damals aus?«

»Ihr Haar war länger, und sie trug es hochgesteckt, in der Art, wie Balletttänzerinnen es tun. Sie war schlank, sehr attraktiv …«

»Sie mögen also blonde, schlanke Frauen. Sie finden diese Merkmale an Frauen attraktiv.«

»Ich fand einfach, dass sie hübsch war, das ist alles. Und es war noch mehr. Es war ihre Intelligenz. Die machte sie den anderen gegenüber überlegen.«

Marino: »Was noch?«

»Ich verstehe nicht. Was meinen Sie?«

Marino: »Ich frage mich einfach nur, was Sie zu ihr hinzog.« Eine Pause. »Ich finde es interessant.«

»Ich habe wirklich keine Antwort darauf. Es ist irgendwie rätselhaft. Wie man einen Menschen treffen kann und ihn so bewusst wahrnimmt. Es ist, als ob irgendetwas in dir aufwacht. Ich weiß nicht, warum … Gott … ich weiß es nicht.«

Noch eine Pause, diesmal länger.

Marino: »Sie war die Art von Frau, die andere Menschen beachten.«

»Absolut. Immer. Wann immer wir irgendwo hingingen oder wenn meine Freunde da waren. Sie stahl mir immer die Show, wirklich. Es machte mir nichts aus. Im Gegenteil, ich mochte es. Ich genoss es, mich zurückzulehnen und zuzusehen, wie es geschah. Ich analysierte es, versuchte, herauszubekommen, was es war, was die Leute zu ihr hinzog. Charisma ist etwas, was man hat oder nicht. Man kann es nicht lernen. Sie versuchte es auch nicht. Es war einfach so.«

Marino: »Sie sagten, als Sie sie auf dem Collegegelände sahen, schien sie ein Einzelgänger zu sein. Wie war das sonst? Was ich mich frage, ist, ob es ihre Gewohnheit war, freundlich zu fremden Menschen zu sein. Sie wissen schon, wenn sie in einem Laden war oder an der Tankstelle, sprach sie mit Menschen, die sie nicht kannte? Oder wenn jemand an die Haustür kam, ein Lieferant zum Beispiel, war sie der Typ, der so jemanden hereinbittet, freundlich ist?«

»Nein, sie sprach selten mit Fremden, und ich weiß, dass sie Fremde nicht ins Haus bat. Nie. Vor allem dann nicht, wenn ich nicht da war. Sie hatte in Boston gelebt, war gewöhnt an die Gefahren der Großstadt. Und sie arbeitete in der Notaufnahme, kannte die Gewalt, die schlimmen Dinge, die Menschen passieren. Sie hätte nie einen Fremden hereingebeten, war auch nicht zugänglich für solche Sachen. Im Gegenteil, als die Morde in dieser Gegend anfingen, bekam sie Angst. Wenn ich an den Wochenenden nach Hause kam, hasste sie es, wenn ich wieder ging … hasste es mehr denn je. Weil sie es nicht mochte, nachts allein zu sein. Es störte sie mehr als früher.«

Marino: »Wenn sie so nervös war aufgrund der Morde hier in der Gegend, dann muss sie doch besonders vorsichtig gewesen sein und alle Fenster immer verschlossen gehalten haben.«

»Ich habe Ihnen schon gesagt, dass sie vermutlich dachte, es sei verschlossen.«

»Aber Sie haben es aus Versehen unverschlossen gelassen, das Badezimmerfenster, letztes Wochenende, als Sie die Scheibe ersetzt haben.«

»Ich bin mir nicht sicher. Aber es ist die einzige Möglichkeit, die ich mir vorstellen kann ...«

Beckers Stimme: »Hat sie irgendetwas erwähnt, dass jemand gekommen wäre oder dass sie jemanden irgendwo getroffen hat, irgendjemanden, der sie nervös gemacht hat? Irgendetwas in der Richtung? Vielleicht ein fremdes Auto, das sie in der Nachbarschaft gesehen hat, oder das Gefühl, dass sie verfolgt oder beobachtet wurde? Vielleicht, dass sie jemanden getroffen hat, der ihr dann nachging?«

»Nichts in der Richtung.«

Becker: »Hätte sie Ihnen erzählt, wenn etwas Ähnliches geschehen wäre?«

»Natürlich. Sie erzählte mir alles. Vor einer, vielleicht zwei Wochen dachte sie, sie hätte etwas im Hinterhof gehört. Sie rief die Polizei. Ein Streifenwagen kam vorbei. Es war nur eine Katze, die in den Mülltonnen herumwühlte. Sie sagte mir wirklich alles.«

Marino: »Was hat sie außerhalb ihrer Arbeit getan?«

»Sie hatte ein paar Freunde, ein paar andere Ärztinnen im Krankenhaus. Manchmal ging sie mit ihnen zum Essen aus oder vielleicht ins Kino. Mehr gab es nicht. Sie war immer so beschäftigt. Im Allgemeinen ging sie in ihre Schicht, arbeitete und kam wieder nach Hause. Sie lernte, spielte manchmal ein bisschen Geige. Während der Woche arbeitete sie gewöhnlich, kam heim und ging schlafen. Die Wochenenden hielt sie für mich frei. Das war unsere Zeit. Wir waren jedes Wochenende zusammen.«

Marino: »Letztes Wochenende war das letzte Mal, dass Sie sie gesehen haben?«

»Sonntagnachmittag, gegen drei. Bevor ich nach Charlottesville zurückfuhr. Wir gingen an dem Tag nicht aus. Es regnete in Strömen. Wir blieben zu Hause, tranken Kaffee, redeten …«

Marino: »Wie oft haben Sie während der Woche mit ihr telefoniert?«

»Mehrere Male. So oft wir konnten.«

Marino: »Das letzte Mal, war es gestern Abend, Donnerstagabend?«

»Ich rief an, um ihr zu sagen, dass ich nach der Probe kommen würde, dass es etwas später werden könnte als sonst wegen der Kostümprobe. Sie hätte dieses Wochenende freihaben sollen. Wenn es schön sein würde, wollten wir an den Strand fahren.«

Stille.

Petersen kämpfte. Ich konnte hören, wie er tief Luft holte und versuchte, ruhig zu werden.

Marino: »Als Sie gestern Abend mit ihr geredet haben, hatte sie irgendetwas zu erzählen, irgendwelche Probleme, irgendeine Bemerkung über jemanden, der zu ihr gekommen war? Irgendjemanden, der sie bei der Arbeit störte, vielleicht obszöne Anrufe oder so etwas?«

Stille.

»Nichts, nichts dergleichen. Sie war guter Laune, lachte, freute sich … freute sich auf das Wochenende.«

Marino: »Erzählen Sie uns etwas mehr über sie, Matt. Jedes kleine Detail, von dem Sie meinen, dass es uns helfen könnte. Ihr Milieu, ihr Charakter, was ihr wichtig war.«

Mechanisch: »Sie ist aus Philadelphia, ihr Vater ist Versicherungsagent, und sie hat zwei Brüder, beide jünger. Medizin war das Wichtigste für sie. Es war ihre Berufung.«

Marino: »In welche Richtung wollte sie sich spezialisieren?«

»Plastische Chirurgie.«

Becker: »Interessant. Warum hat sie sich dafür entschieden?«

»Als sie zehn oder elf Jahre alt war, bekam ihre Mutter Brustkrebs, musste sich beide Brüste amputieren lassen. Sie überlebte, aber ihr Selbstwertgefühl war ruiniert. Ich denke, sie fühlte sich deformiert, wertlos, unberührbar. Lori redete manchmal darüber. Ich glaube, sie wollte Menschen helfen. Menschen helfen, die Ähnliches durchgemacht haben.«

Marino: »Und sie spielte Geige.«

»Ja.«

Marino: »Gab sie jemals Konzerte, spielte sie in einem Orchester?« »Sie hätte es gekonnt, glaube ich. Aber sie hatte nicht die Zeit dazu.«

Marino: »Was noch? Sie sind ein großer Schauspieler,

bereiten gerade ein Stück vor. Interessierte sie sich dafür?«

»Sehr sogar. Das war eines der Dinge, die mich an ihr faszinierten, als ich sie kennenlernte. Wir verließen damals die Party, die Party, auf der wir uns kennengelernt hatten, und liefen stundenlang durch das Gelände. Als ich ihr etwas über die Kurse erzählte, die ich besuchte, stellte ich fest, dass sie eine ganze Menge über das Theater wusste, und wir fingen an, über Stücke und so zu reden. Ich beschäftigte mich damals gerade mit Ibsen. Wir unterhielten uns darüber, über Wirklichkeit und Illusion, was echt und was hässlich ist an den Menschen und der Gesellschaft. Eines der wichtigsten Themen ist das Gefühl der Entfremdung von zu Hause, von Trennung. Wir redeten darüber.

Und sie überraschte mich. Ich werde das nie vergessen. Sie lachte und sagte: ›Ihr Künstler denkt, ihr seid die Einzigen, die solche Dinge empfinden. Viele von uns spüren dieselben Gefühle, dieselbe Leere, dieselbe Einsamkeit. Aber wir haben nicht das Werkzeug, um sie auszudrücken. Also machen wir weiter, kämpfen. Gefühle sind Gefühle. Ich glaube, die Menschen auf der ganzen Welt haben so ziemlich dieselben Gefühle.‹

Wir fingen an zu streiten, eine freundliche Diskussion. Ich war nicht einverstanden. Manche Leute fühlen Dinge tiefer als andere, und manche Leute fühlen Dinge, die die anderen nicht fühlen. Das ist es, was die Einsamkeit hervorruft, das Gefühl, abseits zu stehen, anders zu sein …«

Marino: »Ist das etwas, was Sie empfinden?«

»Es ist etwas, was ich verstehe. Ich mag vielleicht nicht

alles fühlen, was andere Leute fühlen, aber ich verstehe die Gefühle. Nichts überrascht mich. Wenn man Literatur studiert, das Schauspiel, kommt man mit einem großen Spektrum menschlicher Emotionen, Nöte und Triebe in Berührung, gute und schlechte. Es liegt in meiner Natur, in andere Charaktere zu schlüpfen, zu fühlen, was sie fühlen, zu handeln, wie sie es tun, aber das heißt nicht, dass diese Darstellungen meine eigenen sind. Ich glaube, wenn ich mich durch irgendetwas anders fühle als die anderen, dann ist es mein Verlangen danach, diese Dinge zu erleben, mein Verlangen danach, das große Spektrum menschlicher Gefühle, das ich gerade erwähnte, zu analysieren und zu verstehen.«

Marino: »Können Sie die Gefühle des Menschen verstehen, der Ihrer Frau das angetan hat?«

Stille.

Fast unhörbar: »Großer Gott, nein.«

Marino: »Sind Sie sicher?«

»Nein. Ich meine, ja, ich bin sicher! Ich will es nicht verstehen!«

Marino: »Ich weiß, es ist schwer für Sie, darüber nachzudenken, Matt. Aber Sie könnten uns eine große Hilfe sein, wenn Sie irgendwelche Ideen hätten. Zum Beispiel, wenn Sie die Rolle von einem Killer wie diesem schreiben würden, wie wäre er ...«

»Ich weiß es nicht! Der elende Scheißkerl!« Seine Stimme brach, explodierte vor Zorn. »Ich weiß nicht, warum Sie mich das fragen! Sie sind die verdammten Cops! Sie sollten sich diese Dinge vorstellen können!«

Er wurde plötzlich still, als ob man die Nadel von einer Schallplatte nimmt.

Das Band lief eine ganze Weile, ohne dass man irgendetwas hörte außer Marinos Räuspern und einen Stuhl, der gerückt wurde.

Dann fragte Marino Becker: »Sie haben wohl nicht zufällig noch eine Kassette in Ihrem Auto?«

Petersen schien zu weinen und murmelte: »Ich habe noch ein paar davon drüben im Schlafzimmer.«

»Okay«, Marinos Stimme war kalt und schleppend, »das ist wirklich sehr nett von Ihnen, Matt.«

Zwanzig Minuten erzählte Petersen davon, wie er die Leiche seiner Frau gefunden hatte.

Es war schrecklich, auch nur zuzuhören. Es gab keine Ablenkung. Ich trieb auf den Sätzen seiner Beschreibungen und Erinnerungen. Seine Worte entführten mich in dunkle Bereiche, in die ich nicht eindringen wollte.

Das Band lief weiter.

»Ich … ich bin mir dessen sicher. Ich rief vorher nicht an. Ich tat das nie, ich ging einfach. Ich ging nie aus oder so. Wie ich sagte, ich verließ Charlottesville sofort, nachdem die Probe beendet war, die Requisiten weggeräumt und die Kostüme abgelegt waren. Ich glaube, das war so gegen zwölf Uhr dreißig. Ich hatte es sehr eilig, heimzukommen. Ich hatte Lori die ganze Woche nicht gesehen.

Es war beinahe zwei Uhr, als ich vor dem Haus parkte, und als Erstes stellte ich fest, dass kein Licht brannte, und schloss daraus, dass sie wohl schon zu Bett gegangen war. Ihre Arbeit war sehr anstrengend. Zwölf Stunden Dienst, dann vierundzwanzig Stunden frei, der Schichtdienst lief der menschlichen biologischen Uhr völlig zuwider und wechselte ständig. Sie arbeitete am

Freitag bis Mitternacht, sollte am Samstag freihaben, also heute. Und morgen würde sie Dienst haben von Mitternacht bis Montagmittag. Frei am Dienstag, und am Mittwoch wieder von Mittag bis Mitternacht. So lief das.

Ich schloss die Tür auf und schaltete das Wohnzimmerlicht an. Alles sah aus wie immer. Rückblickend kann ich das sagen, obwohl ich keinen Grund hatte, nach irgendetwas Ungewöhnlichem zu suchen. Ich erinnere mich, dass das Licht im Korridor aus war. Ich bemerkte es, weil sie es normalerweise für mich anließ. Es war meine Gewohnheit, direkt ins Schlafzimmer zu gehen. Wenn sie nicht zu erschöpft war, und sie war es praktisch nie, setzten wir uns zusammen aufs Bett und tranken Wein und redeten und … und schliefen dann erst sehr spät ein.

Ich war irritiert. Irgendetwas irritierte mich. Das Schlafzimmer. Ich konnte zuerst nicht viel sehen, weil die Lichter … die Lichter, natürlich, aus waren. Aber irgendetwas stimmte nicht, von Anfang an. Es ist fast so, als ob ich es gefühlt hätte, bevor ich es sah. Wie ein Tier Dinge fühlt. Und ich dachte, ich hätte etwas gerochen, aber ich war mir nicht sicher, und dies trug zu meiner Irritation bei.«

Marino: »Was für eine Art Geruch?«

Stille.

»Ich versuche, mich zu erinnern. Ich nahm es nur ganz schwach wahr. Aber genug, um mich zu wundern. Es war ein unangenehmer Geruch. Irgendwie süßlich, aber faulig. Seltsam.«

Marino: »Sie meinen eine Art Körpergeruch?«

»Ähnlich, aber nicht genau. Es war süßlich. Unangenehm. Mehr stechend und schweißig.«

Becker: »Etwas, was Sie schon einmal gerochen haben?«

Eine Pause. »Nein, es war mit nichts vergleichbar, was ich je gerochen hatte, ich glaube nicht. Es war schwach, aber vielleicht nahm ich es stärker wahr, weil ich nichts sah, weil ich nichts hörte, als ich in das Schlafzimmer kam. Es war so still da drinnen. Das Erste, was meine Sinne erreichte, war dieser eigenartige Geruch. Und es kam mir der Gedanke – komischerweise kam mir der Gedanke –, dass Lori vielleicht etwas im Bett gegessen hatte. Ich weiß nicht. Es war ... es war wie Waffeln, vielleicht wie Sirup. Pfannkuchen. Ich dachte, vielleicht ist sie krank, hatte etwas Schlechtes gegessen und war krank geworden. Sie hatte manchmal Fressanfälle. Sie aß süßes Zeug, wenn sie im Stress war oder Angst hatte. Sie hat ziemlich zugenommen, seit ich begonnen habe, nach Charlottesville zu pendeln ...«

Seine Stimme zitterte jetzt stark.

»Der ... der Geruch war krank, ungesund, als ob sie vielleicht krank und den ganzen Tag im Bett gewesen wäre. Was erklärt hätte, warum alle Lichter aus waren, warum sie nicht auf mich gewartet hatte.«

Stille.

Marino: »Was passierte dann, Matt?«

»Dann fingen meine Augen an, sich an die Dunkelheit zu gewöhnen, und ich verstand nicht, was ich sah. Das Bett wurde langsam in dem Dämmerlicht erkennbar. Ich verstand nicht, was die Decken da sollten, wie sie vom Bett herunterhingen. Und sie. Sie lag auf dem

Bett in dieser seltsamen Stellung und hatte nichts an. Mein Gott! Mein Herz blieb fast stehen, noch bevor ich es richtig wahrnahm. Und als ich das Licht anmachte und sie sah … schrie ich, aber ich konnte meine Stimme nicht hören. Als ob ich in meinem Kopf schreien würde. Als ob mein Gehirn aus meinem Schädel floss. Ich sah die Farbe auf dem Laken, das Rot, das Blut, das aus ihrer Nase und ihrem Mund kam. Ihr Gesicht. Ich glaubte nicht, dass sie es war. Es war nicht sie. Es sah nicht aus wie sie. Es war jemand anders. Es war ein böser Streich, ein mieser Trick. Es war nicht sie.«

Marino: »Was taten Sie als Nächstes, Matt? Haben Sie sie berührt oder irgendetwas im Schlafzimmer verändert?«

Eine lange Pause und das Geräusch von Petersens flachem, schnellem Atmen: »Nein, ich meine, ja. Ich berührte sie. Ich dachte nicht nach. Ich berührte sie einfach. Ihre Schultern, ihren Arm. Ich erinnere mich nicht. Sie war warm. Aber als ich anfing, nach ihrem Puls zu tasten, konnte ich ihre Handgelenke nicht finden. Weil sie auf ihnen lag, sie waren hinter ihrem Rücken gefesselt. Und ich fing an, ihren Hals zu berühren und sah die Schnur, die sich in ihre Haut gegraben hatte. Ich glaube, ich versuchte, ihren Herzschlag zu fühlen oder zu hören, aber ich erinnere mich nicht. Ich wusste es. Ich wusste, dass sie tot war. So wie sie aussah. Sie musste tot sein. Ich rannte in die Küche. Ich erinnere mich nicht, was ich sagte, erinnere mich nicht einmal, die Nummer gewählt zu haben. Aber ich weiß, dass ich die Polizei anrief, und dann rannte ich umher. Rannte einfach umher. Ich lief ins Schlafzimmer und wieder heraus. Ich lehnte mich an die Wand und schrie und redete mit ihr. Ich redete mit ihr. Ich redete mit ihr, bis die Polizei kam. Ich sagte ihr, sie solle machen, dass es nicht wahr wäre. Ich ging immer wieder zu ihr hin und schreckte zurück und flehte sie an, dass es nicht wahr sein dürfe. Ich hörte immer wieder hin, ob jemand kam. Es schien eine Ewigkeit zu dauern ...«

Marino: »Die elektrischen Kabel, die Art, wie sie gefesselt war. Haben Sie irgendetwas verändert, die Kabel berührt oder sonst was? Können Sie sich erinnern?«

»Nein. Ich meine, ich kann mich nicht erinnern, ob ich es tat. Aber ... aber ich glaube nicht. Irgendetwas hielt mich davon ab. Irgendetwas sagte mir, ich sollte nichts berühren.«

Marino: »Haben Sie ein Messer?«

Stille.

Marino: »Ein Messer, Matt. Wir haben ein Messer gefunden, ein Survivalmesser mit einem Schleifstein in der Scheide und einem Kompass im Griff.«

Verwirrt: »Oh! Ach so. Ich habe es vor einigen Jahren gekauft. Eines dieser Messer in Katalogen, die man für fünf Dollar fünfundneunzig oder so bekommt. Ich nahm es immer mit, wenn ich trampte. Es hat auch eine Angelschnur und Streichhölzer im Griff.«

Marino: »Wo haben Sie es zuletzt gesehen?«

»Auf dem Tisch. Es war auf dem Tisch. Ich glaube, Lori benutzte es als Brieföffner. Ich weiß es nicht. Es lag einfach monatelang da. Vielleicht gab es ihr ein gutes Gefühl, es in der Nähe zu haben. Wenn sie die ganze Nacht allein war. Ich sagte ihr, wir könnten einen Hund kaufen. Aber sie ist allergisch.«

Marino: »Okay, Matt, Sie sagten mir, dass das Messer auf dem Tisch lag, als Sie es zuletzt gesehen haben. Wann wäre das gewesen? Letzten Samstag, Sonntag, als Sie zu Hause waren, an dem Wochenende, als Sie die Scheibe im Badezimmerfenster erneuert haben?«

Keine Antwort.

Marino: »Können Sie sich einen Grund denken, warum Ihre Frau das Messer woanders hin geräumt haben könnte, zum Beispiel in eine Schublade? Hat sie das früher auch einmal getan?«

»Ich glaube nicht. Es lag auf dem Tisch neben der Lampe, seit Monaten.«

Marino: »Können Sie mir erklären, warum wir das Messer in der untersten Kommodenschublade gefunden haben, unter Sweatshirts und neben einer Schachtel mit Kondomen? Ihre Kommode, nehme ich an?«

Stille.

»Nein. Ich kann es nicht erklären. Dort haben Sie es gefunden?«

Marino: »Ja.«

»Die Kondome. Die liegen da schon sehr lange drin.« Ein hohles Lachen, das fast einem Atemzug glich. »Aus der Zeit, als Lori noch nicht die Pille nahm.«

Marino: »Sind Sie sich sicher, was die Kondome betrifft?«

»Natürlich bin ich mir sicher. Sie hat ungefähr drei Monate nach unserer Hochzeit angefangen, die Pille zu nehmen. Vor weniger als zwei Jahren.«

Marino: »Nun, Matt, ich muss Ihnen einige persönliche Fragen stellen, und ich möchte nicht, dass Sie denken, ich wollte auf Ihnen herumhacken oder Sie in Verlegenheit bringen. Aber ich habe meine Gründe. Es gibt ein paar Dinge, die wir wissen müssen, auch zu Ihrem Besten. Okay?«

Stille.

Ich konnte hören, wie Marino eine Zigarette anzündete. »Also gut. Die Kondome. Hatten Sie irgendwelche anderen Beziehungen außerhalb Ihrer Ehe, mit jemand anderem, meine ich?«

»Absolut nicht.«

Marino: »Sie haben während der Woche außerhalb der Stadt gewohnt. Ich für meinen Teil wäre versucht gewesen …«

»Schön, aber ich bin nicht Sie. Lori bedeutete alles für mich. Ich hatte nichts mit irgendjemand anderem.«

Marino: »Niemand in dem Stück, das Sie gerade spielen, vielleicht?«

»Nein.«

Marino: »Sehen Sie, der Punkt ist, wir machen diese Dinge. Ich meine, sie sind menschlich, okay? Ein gut aussehender Mann wie Sie – die Frauen werfen sich Ihnen vermutlich an den Hals. Wer könnte es Ihnen übelnehmen? Aber wenn es jemanden gab, dann müssen wir es wissen. Es könnte möglicherweise einen Zusammenhang geben.«

Fast unhörbar: »Nein. Ich habe es Ihnen gesagt, nein. Es kann keinen Zusammenhang geben, außer Sie wollen mir irgendetwas anhängen.«

Becker: »Niemand will Ihnen irgendetwas anhängen, Matt.«

Man hörte, wie etwas über den Tisch glitt. Der Aschenbecher vielleicht.

Und Marino fragte: »Wann hatten Sie das letzte Mal Sex mit Ihrer Frau?«

Stille.

Petersens Stimme zitterte. »Mein Gott!«

Marino: »Ich weiß, das geht nur Sie etwas an, persönlich. Aber Sie müssen es uns sagen. Wir haben unsere Gründe.«

»Sonntagmorgen. Letzten Sonntag.«

Marino: »Sie wissen, dass man Untersuchungen machen wird, Matt. Wissenschaftler werden alles untersuchen, damit wir die Blutgruppe bestimmen können, Vergleiche durchführen können. Wir brauchen Proben von Ihnen, so wie wir Ihre Fingerabdrücke benötigten. Damit wir Klarheit in die Angelegenheit bekommen und wissen, was von Ihnen stammt, was von ihr und was vielleicht von ...«

Das Band hörte abrupt auf. Ich blinzelte, und meine Augen konzentrierten sich zum ersten Mal seit Stunden, so schien es.

Marino griff nach dem Recorder, schaltete ihn aus und sammelte seine Kassetten wieder ein.

Er schloss: »Danach haben wir ihn ins Richmond General Hospital gebracht und alle Proben genommen, die für die Beweisaufnahme nötig sind. Betty ist in diesem Moment gerade dabei, sein Blut zu untersuchen und mit den anderen Proben zu vergleichen.«

Ich nickte und sah zur Wanduhr. Es war Mittag. Mir war schlecht.

»Nicht übel, was?« Marino unterdrückte ein Gähnen. »Sie sehen es auch, nicht wahr? Ich sage Ihnen, der Kerl ist wahnsinnig. Ich meine, jeder Mann, der wie er einfach dasitzen und reden kann, nachdem er seine Frau so gefunden hat, ist irgendwie wahnsinnig. Die meisten von ihnen reden nicht viel. Er hätte weitergequasselt bis Weihnachten, wenn ich ihn gelassen hätte. Er ist aalglatt. Wenn Sie meine Meinung wissen wollen, das ist sie. Er ist so glatt, dass ich Zustände kriege.«

Ich nahm meine Brille ab und massierte meine Schläfen. Mein Kopf war heiß, die Muskeln im Nacken schmerzten. Die seidene Bluse unter meinem Kittel war feucht. Mein ganzer Organismus war so überlastet, dass ich am liebsten meinen Kopf auf die Arme legen und schlafen wollte.

»Seine Welt sind die Worte, Marino«, hörte ich mich sagen. »Ein Künstler hätte Ihnen das Bild gemalt. Matt hat es mit Worten gemalt. So lebt er, so drückt er sich aus, durch Worte und noch mehr Worte. Einen Gedanken zu haben, das heißt für Leute wie ihn, diesen in Worten auszudrücken.« Ich setzte meine Brille wieder auf und sah Marino an. Er war perplex, sein fleischiges, etwas zerfurchtes Gesicht wurde rot.

»Na schön, Doc, aber nehmen Sie doch mal die Sache mit dem Messer. Es hat seine Abdrücke drauf, auch wenn er sagt, dass seine Frau diejenige war, die es seit Monaten benutzt hat. Es hat diesen Glitzerkram auf dem Griff, den er auch an den Fingern hatte. Und das Messer war in seiner Kommode, als ob es jemand verstecken wollte. Das lässt Sie doch stutzen, oder etwa nicht?«

»Ich meine, es ist möglich, dass das Messer auf Loris Schreibtisch lag, wie es immer war, und dass sie es selten benutzte und keinen Grund hatte, die Klinge anzufassen, wenn sie es benutzte, da sie es nur zum Öffnen der Briefe nahm, gelegentlich.« Ich sah es vor mir, so lebhaft, dass ich fast glaubte, die Bilder wären Erinnerungen an ein Ereignis, das tatsächlich stattgefunden hatte. »Ich denke, es ist möglich, dass auch der Mörder das Messer gesehen hat. Vielleicht nahm er es aus dem Etui, um es anzusehen. Vielleicht gebrauchte er es …«

»Warum?«

»Warum nicht?«, fragte ich.

Ein Achselzucken.

»Vielleicht um alle an der Nase herumzuführen«, schlug ich vor. »Perversität, sonst nichts. Wir haben keine Ahnung, was vorging, in Gottes Namen! Er kann sie über das Messer ausgefragt haben, kann sie mit ihrer eigenen Waffe gequält haben – oder der des Ehemanns. Und wenn sie mit ihm geredet hat, was ich annehme, dann wird er vermutlich erfahren haben, dass das Messer ihrem Ehemann gehört. Er denkt: Ich werde es benutzen. Ich werde es in die Kommode legen, wo die Bullen es sicher finden. Oder vielleicht denkt er gar nicht lange darüber nach. Vielleicht war sein Grund der reine Nutzen. Mit anderen Worten, vielleicht war es ein größeres Messer als das, das er mitgebracht hatte, es fiel ihm ins Auge, reizte ihn, er benutzte es, wollte es nicht mitnehmen, legte es in eine Schublade, in der Hoffnung, wir würden nicht herausfinden, dass er es verwendet hatte – vielleicht war es so simpel.«

»Oder vielleicht hat Matt alles getan«, erwiderte Marino lahm.

»Matt? Denken Sie doch nach! Könnte ein Ehemann

seine Frau vergewaltigen und fesseln? Könnte er ihre Rippen und ihre Finger brechen? Könnte er sie langsam zu Tode würgen? Das ist jemand, den er liebt oder einmal geliebt hat. Jemand, mit dem er schläft, isst, redet und lebt. Eine Persönlichkeit, Sergeant. Kein Fremder und kein entpersonalisiertes Objekt der Begierde und der Gewalt. Wie schaffen Sie eine Verbindung zwischen dem Ehemann, der seine Frau ermordet, und den anderen drei Morden?«

Natürlich hatte er darüber schon nachgedacht. »Sie finden nach Mitternacht statt, früh an den Samstagen. Ziemlich genau die Zeit, in der Matt aus Charlottesville nach Hause kam. Vielleicht hat seine Frau aus irgendeinem Grund Verdacht geschöpft, und er beschließt, dass er sie töten muss. Vielleicht macht er es mit ihr genau wie mit den anderen, damit wir denken, der Serienmörder hat es getan. Oder vielleicht war er von Anfang an hinter seiner Frau her gewesen und hat die anderen drei nur umgebracht, damit es so aussieht, als wäre seine Frau von demselben mysteriösen Mörder umgebracht worden.«

»Eine wundervolle Idee für Agatha Christie.« Ich schob meinen Stuhl zurück und stand auf. »Aber wie Sie wissen, ist Mord im wirklichen Leben meistens deprimierend einfach. Ich glaube, diese Morde sind simpel. Sie sind genau das, was sie zu sein scheinen, unpersönliche Zufallsmorde, die von jemandem begangen wurden, der seine Opfer lange genug verfolgt, um sich einen Plan zu machen, wann er zuschlägt.«

Marino stand ebenfalls auf. »Ja, na klar, im wirklichen Leben, Dr. Scarpetta, haben Leichen nicht verrückte kleine Glitzerflecken auf sich verstreut, die mit denselben verrückten kleinen Glitzerpunkten zusammenpassen, die an den Händen des Ehemanns gefunden werden, der die Leiche findet und seine Fingerabdrücke überall an diesem verdammten Ort hinterlässt. Und die Opfer haben keine hübschen Schauspieler als Ehemänner, Burschen, die Dissertationen über Sex und Gewalt und Kannibalen und Verrückte schreiben.«

Ich fragte ihn ruhig: »Der Geruch, den Petersen erwähnte. Haben Sie etwas in der Art gerochen, als Sie am Tatort eingetroffen sind?«

»Nein. Ich habe absolut nichts gerochen. Vielleicht hat er Sperma gerochen, wenn er die Wahrheit sagt.«

»Ich nehme stark an, dass er wüsste, wie das riecht.«

»Aber er würde nicht erwarten, es zu riechen. Kein Grund, dass es ihm sofort einfallen müsste. Was mich betrifft, als ich in das Schlafzimmer kam, habe ich nichts in der Art gerochen, wie er es beschrieben hat.«

»Können Sie sich erinnern, an den anderen Tatorten etwas Seltsames gerochen zu haben?«

»Nein. Was meinen Verdacht nur noch bestärkt, dass Matt es sich entweder eingebildet hat oder dass er uns auf eine falsche Fährte bringen will.«

Dann kam mir ein Gedanke: »In den drei anderen Fällen wurden die Frauen erst am nächsten Tag gefunden, nachdem sie mindestens schon zwölf Stunden tot dagelegen hatten.«

Marino hielt an der Tür inne und zog ein ungläubiges Gesicht. »Sie meinen also, Matt kam nach Hause, kurz nachdem der Mörder gegangen war, und der Mörder hat irgendeinen seltsamen Körpergeruch?«

»Ich meine, es wäre eine Möglichkeit.«

Sein Gesicht straffte sich vor Zorn, und als er den Korridor hinuntereilte, hörte ich ihn murmeln: »Verdammte Weiber ...«

5

Der Sixth Street Market ist eine Art Strandpromenade ohne Meer, eines dieser offenen, sonnigen Einkaufszentren aus Glas und Stahl im Herzen der Stadt. Ich konnte nicht oft zum Mittagessen ausgehen, und diesen Nachmittag hatte ich ganz bestimmt keine Zeit für einen solchen Luxus. Ich hatte eine Verabredung in weniger als einer Stunde, und es waren zwei plötzliche Tode und ein Selbstmord auf dem Weg ins Institut, aber ich musste irgendwie abschalten.

Marino ärgerte mich. Seine Haltung mir gegenüber erinnerte mich an die Zeit an der Universität.

Ich war eine von vier Frauen in meiner Klasse in Johns Hopkins. Am Anfang war ich zu naiv, um zu kapieren, was vor sich ging. Das plötzliche Quietschen von Stühlen, das laute Rascheln von Papier, wenn der Professor mich aufrief, das war alles kein Zufall. Es war kein Zufall, wenn alte Klausuren die Runde machten, aber für mich nie zugänglich waren. Die Entschuldigungen – »Du würdest meine Schrift nicht lesen können« – waren zu allgemein, wenn ich in den seltenen Fällen, in denen ich eine Vorlesung verpasst hatte, von Student zu Student ging, um die Notizen von den anderen abzuschreiben. Ich war ein kleines Insekt, das sich dem fanatischen männlichen Spinnennetz gegenübersah, in dem ich zwar gefangen war, aber nie ein Teil davon würde.

Isolation ist die grausamste aller Strafen, und mir war nie in den Sinn gekommen, dass ich irgendwie weniger Mensch sein könnte, nur weil ich kein Mann war. Eine meiner Klassenkameradinnen gab irgendwann auf, eine andere bekam einen Nervenzusammenbruch. Überleben war meine einzige Hoffnung, Erfolg meine einzige Rache.

Ich hatte gedacht, diese Tage lägen hinter mir, aber Marino ließ das alles wieder aufleben. Ich war jetzt verletzlicher, weil mir diese Morde ziemlich zusetzten, in einer Art, in der es andere nie getan hatten. Ich wollte damit nicht allein gelassen werden, aber Marino schien sich schon entschieden zu haben, nicht nur, was Petersen betraf, sondern auch, was mich anging.

Der Mittagsbummel wirkte beruhigend auf mich, die Sonne war klar und spiegelte sich in den Windschutzscheiben der vorüberfahrenden Autos. Die Doppelglastüren, die in die Markthalle führten, standen offen, um den Frühlingswind hereinzulassen, und in der Imbissetage war es so voll, wie ich es vermutet hatte. Ich wartete an der Salattheke, bis ich an die Reihe kam, und beobachtete die Leute, junge Paare, die lachten und redeten und an kleinen Tischen aßen. Ich bemerkte Frauen, die allein zu sein schienen, in Gedanken versunkene Geschäftsfrauen, die teure Kleider trugen und an Cola light nippten oder Pita-Brote aßen.

Es könnte ein Platz wie dieser sein, an dem der Mörder seine Opfer zum ersten Mal sieht, irgendein öffentlicher Platz.

Aber was uns am meisten Kopfschmerzen bereitete und uns vor eine schier unlösbare Aufgabe stellte, war, dass die ermordeten Frauen weder in derselben Gegend der Stadt gelebt noch gearbeitet hatten. Es war nicht anzunehmen, dass sie auswärts einkauften, aßen, ihre Bankgeschäfte erledigten oder irgendetwas anderes an einem gemeinsamen Ort taten. Richmond dehnt sich ziemlich aus, mit prächtigen Einkaufs- und Geschäftszentren in den vier Hauptvierteln der Stadt. Die Leute, die im Nordteil der Stadt leben, kaufen dort auch dort ein, die Leute südlich des Flusses machen von den dortigen Geschäften Gebrauch, und dasselbe gilt für den Ostteil der Stadt. Ich selbst konzentrierte mich hauptsächlich auf die Kaufhäuser und Restaurants im Westteil, außer wenn ich bei der Arbeit war.

Die Frau an der Theke, die meine Bestellung für einen griechischen Salat entgegennahm, hielt einen Moment inne, ihre Augen auf mein Gesicht gerichtet, als ob ich ihr bekannt vorkäme. Ich fragte mich mit Unbehagen, ob sie mein Bild in der Abendzeitung gesehen hatte. Sie könnte mich auch auf einem der Archivbilder oder den Gerichtszeichnungen erkannt haben, die die lokalen Fernsehsender hervorholten, wenn es wieder einmal eine Sensationsnachricht von irgendeinem Mord in Virginia gab.

Ich hatte mir immer gewünscht, unbeachtet zu sein, nicht aufzufallen. Aber aus mehreren Gründen standen dafür die Chancen schlecht. Es gab wenige Frauen im Land, die Chief Medical Examiners waren, und das veranlasste die Reporter dazu, besonders hartnäckig zu sein. Man konnte mich leicht an bestimmten »Merkmalen« erkennen, »blond« und »hübsch« und was ich sonst noch alles in der Zeitung genannt worden bin. Meine

Vorfahren sind aus Norditalien, wo es eine Linie gibt, die blaue Augen und blonde Haare hat.

Die Scarpettas sind Italiener, die andere Italiener in diesem Land geheiratet haben, um das »Blut rein zu halten«. Der größte Fehler meiner Mutter war, wie sie mir erzählte, dass sie nur zwei Töchter geboren hat und dass damit das Ende der Sippe gekommen war. Dorothy besudelte die Linie mit Lucy, und in meinem Alter und Familienstand war kaum anzunehmen, dass ich überhaupt noch irgendetwas besudeln würde.

Meine Mutter neigte dazu, in Tränen auszubrechen, wenn sie darüber klagte, dass sich ihre Familie im Aussterben befand. »All das gute Blut«, schluchzte sie dann, vor allem während der Ferien, wo sie von zahlreichen liebenswerten und liebenden Enkeln umgeben sein wollte. »So eine Schande! All das gute Blut! Unsere Vorfahren! Architekten, Maler! Kay, das alles wegzuwerfen wie die feinen Trauben auf den Reben.«

Unser Stammbaum kann zurückverfolgt werden bis nach Verona, sofern man meiner Mutter glauben konnte. Sie verharrt in der Überzeugung, dass wir irgendwie verwandt sind mit Tizian und Dante, obwohl ich mich daran erinnere, dass Tizian in Wirklichkeit aus Venedig stammte und der Dichter Dante aus Florenz kam. Unsere direkten Vorfahren waren in Wirklichkeit bei der Eisenbahn oder Bauern gewesen, bescheidene Menschen, die in der vorletzten Generation hier eingewandert sind.

Mit einer Papiertüte in der Hand ging ich wieder hinaus in die warme, wohltuende Nachmittagsluft. Auf den Gehwegen drängten sich die Leute, die vom Essen kamen, und während ich an einer Ecke wartete, dass die Ampel grün wurde, drehte ich mich instinktiv zu den zwei Männern um, die aus dem chinesischen Restaurant auf der anderen Seite der Straße herauskamen. Ein mir bekannter Blondschopf fiel mir ins Auge. Bill Boltz, der Oberste Staatsanwalt von Richmond, setzte eine Sonnenbrille auf und schien in einem angeregten Gespräch mit Norman Tanner, dem Leiter des Amtes für öffentliche Sicherheit, zu sein. Einen Moment lang starrte Boltz mich direkt an, aber er erwiderte mein Winken nicht. Vielleicht sah er mich nicht wirklich. Ich winkte nicht noch einmal. Dann waren die beiden Männer verschwunden.

Als die Ampel nach einer unendlich langen Zeit auf Grün umschaltete, ging ich über die Straße, und als ich mich einem Computerladen näherte, musste ich an Lucy denken. Ich ging hinein und fand etwas, was ihr sicher gefallen würde, kein Videospiel, sondern ein Frage-und-Antwort-Spiel über Kunst und Musik. Gestern hatten wir ein Paddelboot gemietet und waren auf dem kleinen See herumgefahren. Sie lenkte das Boot in einen Springbrunnen hinein, um mir eine lauwarme Dusche zu verpassen, und ich spielte albern mit und revanchierte mich. Wir fütterten Gänse mit Brot und aßen Traubeneis, bis unsere Zungen blau waren. Am Donnerstagmorgen würde sie nach Hause nach Miami fliegen, und ich würde sie bis Weihnachten nicht mehr sehen, wenn ich sie dieses Jahr überhaupt noch einmal zu Gesicht bekommen konnte.

Es war Viertel vor eins, als ich in die Vorhalle des Büros des Chief Medical Examiner, oder OCME, wie es genannt wurde, trat. Benton Wesley war fünfzehn Minuten zu früh gekommen, saß auf der Couch und las im *Wall Street Journal*.

»Ich hoffe, Sie haben etwas zu trinken in dieser Tüte«, sagte er scherzend, faltete die Zeitung zusammen und griff nach seiner Aktentasche.

»Weinessig. Sie werden begeistert sein.«

»Zum Teufel! Wenn es nur plätschert – völlig egal. An manchen Tagen bin ich so verzweifelt, dass ich phantasiere und denke, der Wasserbehälter draußen vor meiner Tür sei voller Gin.«

»Klingt nach verschwendeter Phantasie.«

»Aber nein. Nur eine der Phantasien, die ich einer Dame erzähle.«

Wesley arbeitete als Profiler für das FBI. Er hatte sein Büro in der Zweigstelle in Richmond, wo er allerdings nicht allzu viel Zeit zubrachte. Wenn er nicht gerade unterwegs war, hielt er sich normalerweise in der FBI-Akademie in Quantico auf, wo er Vorlesungen hielt und alles Mögliche unternahm, um dem VICAP auf die Sprünge zu helfen. VICAP ist die Abkürzung für Violent Criminal Apprehension Program, ein Programm zur Aufklärung von Gewalttaten. Eines der aktuellsten Konzepte der VICAP waren regionale Teams, die sich aus einem Profiler und einem erfahrenen Beamten der Mordkommission zusammensetzten. Das Richmond Police Department hatte nach dem zweiten Mord des Würgers um Unterstützung durch das VICAP nachgesucht. Marino war als städtischer Detective Sergeant Wesleys Partner im regionalen Team.

»Ich bin zu früh«, entschuldigte sich Wesley und

folgte mir in den Korridor. »Bin direkt von meinem Zahnarzt hergekommen. Macht mir nichts, wenn Sie essen, während wir reden.«

»*Mir* macht es aber was«, sagte ich.

Er sah mich verblüfft an, dann grinste er dämlich, als er begriff. »Ich vergaß. Sie sind ja nicht Doc Cagney. Sie wissen sicher, dass er immer Käsecracker auf dem Schreibtisch im Leichenschauhaus stehen hatte. Mitten in der Arbeit machte er eine Pause und aß etwas. Es war unglaublich.«

Wir gingen in einen Raum, der so klein war, dass man ihn eher als Erker bezeichnen musste, und in dem ein Kühlschrank, ein Getränkeautomat und eine Kaffeemaschine standen. »Er kann froh sein, dass er nicht Hepatitis oder Aids bekommen hat«, sagte ich.

»Aids.« Wesley lachte. »Das wäre eine Ironie des Schicksals gewesen.«

Wie viele Männer, die ich kannte, galt Dr. Cagney als absolut schwulenfeindlich.

»Aids ...« Wesley amüsierte sich immer noch über diesen Gedanken, während ich meinen Salat in den Kühlschrank stellte. »Ich würde wirklich zu gern hören, wie er sich da hätte rausreden wollen.«

Ich hatte nur sehr langsam zu Wesley Kontakt bekommen. Das erste Mal, als ich ihm begegnete, war ich sehr zurückhaltend. Er war vom Scheitel bis zur Sohle FBI-Beamter, ein Mann mit scharfen Gesichtszügen und vorzeitig ergrautem Haar, das ihn reifer wirken ließ, als er war. Er war hager und muskulös und sah aus wie ein Richter in seinem perfekt geschnittenen Anzug und mit der blauen Seidenkrawatte. Ich konnte mich nicht erinnern, ihn je in einem Hemd gesehen zu haben, das nicht weiß und leicht gestärkt war.

Er hatte Psychologie studiert und war Rektor an einer Highschool in Dallas gewesen, bevor er beim FBI anfing. Dort war er zunächst im Außendienst tätig gewesen, arbeitete dann als Undercover-Agent, um an Mitglieder der Mafia heranzukommen, bevor er wieder dort landete, wo er angefangen hatte. Profiler sind Akademiker, Denker, Analytiker. Manchmal glaube ich, sie sind Magier.

Wir nahmen unsere Kaffeetassen mit hinaus, gingen nach links und betraten einen Konferenzraum. Marino saß an dem langen Tisch und las in einer dicken Akte. Ich war ein bisschen überrascht. Aus irgendeinem Grund hatte ich angenommen, er würde zu spät kommen.

Noch bevor ich mir einen Stuhl heranziehen konnte, platzte er los und verkündete lakonisch: »Ich bin im Serologielabor gewesen. Ich dachte, es könnte Sie interessieren, dass Matt Petersen die Blutgruppe A positiv hat und Nonsekretor ist.«

Wesley sah ihn scharf an. »Das ist wohl der Ehemann, von dem du mir erzählt hast?«

»Ja. Ein *Nonsekretor*. Genau wie der Typ, der diese Frauen erwürgt.«

»Zwanzig Prozent der Bevölkerung sind Nichtausscheider«, konstatierte ich nüchtern.

»Ja«, sagte Marino. »Zwei von zehn.«

»Oder beinahe vierzigtausend Menschen in einer Stadt von der Größe Richmonds. Zwanzigtausend, wenn die Hälfte dieser Leute Männer sind«, fügte ich hinzu.

Marino zündete sich eine Zigarette an und warf mir

einen kurzen Blick über die Flamme des Feuerzeuges zu. »Wissen Sie was, Doc?« Die Zigarette hüpfte bei jeder Silbe. »Sie klingen langsam wie ein verdammter Verteidiger.«

Eine halbe Stunde später saß ich am Kopfende des Tisches, die zwei Männer saßen links und rechts von mir. Vor uns ausgebreitet lagen Fotografien von den vier ermordeten Frauen.

Das war der schwierigste und zeitaufwendigste Teil der Untersuchung – den Mörder zu typisieren, das Opfer zu typisieren, um dann wieder ein Persönlichkeitsmuster des Mörders herzustellen.

Wesley beschrieb ihn. Darin war er am besten, und er traf die Atmosphäre eines Verbrechens oft beängstigend genau. In diesem Fall war es kalte, berechnende Wut.

»Ich denke, er ist weiß«, sagte er. »Aber ich würde meinen Ruf nicht darauf verwetten. Cecile Tyler war schwarz, und so eine Mischung bei der Auswahl der Opfer ist ungewöhnlich, es sei denn, der Mörder dekompensiert sehr schnell.« Er nahm ein Foto von Cecile Tyler in die Hand. Sie war dunkel, hübsch und Empfangsdame in einer Investment-Firma in der Northside. Wie Lori Petersen war sie gefesselt und erdrosselt worden, ihr nackter Körper hatte auf dem Bett gelegen.

»Aber wir finden dieses Phänomen zurzeit immer häufiger. Es ist ein Trend, die Zunahme von Sexualmorden, bei denen der Täter schwarz ist, die Frau weiß, aber selten umgekehrt – weiße Männer, die eine schwarze Frau vergewaltigen und ermorden. Prostituierte sind hierbei eine Ausnahme.« Er sah ausdruckslos auf die Ansammlung von Fotos. »Diese Frauen waren ganz sicher nicht welche. Ich glaube, wenn sie es gewesen wären«, murmelte er, »wäre unser Job ein wenig einfacher.«

»Ja, aber ihrer wär's nicht gewesen«, warf Marino ein.

Wesley lächelte nicht. »Zumindest wäre eine Verbindung da, die vielleicht einen Sinn ergäbe, Pete. Die Auswahl.« Er schüttelte den Kopf. »Es ist seltsam.«

»Was sagt denn Fortosis so in den letzten Tagen?«, fragte Marino und meinte damit den Psychiater, der die Fälle durchgesehen hatte.

»Nicht allzu viel«, antwortete Wesley. »Ich habe ihn heute Morgen kurz gesprochen. Er reagierte zurückhaltend. Ich glaube, der Mord an dieser Ärztin lässt ihn ein paar Dinge überdenken. Aber er ist immer noch verdammt sicher, dass der Mörder weiß ist.«

Das Gesicht aus meinem Traum, das weiße Gesicht ohne Konturen.

»Er ist vermutlich zwischen fünfundzwanzig und fünfunddreißig.« Wesley starrte weiter vor sich hin. »Da die Morde nicht an ein Gebiet gebunden sind, muss er irgendwie herumkommen, mit einem Auto oder Motorrad oder einem Lastwagen oder Transporter. Meine Vermutung ist, dass er seinen fahrbaren Untersatz an einem unverdächtigen Platz stehen lässt und dann weiter zu Fuß geht. Sein Auto ist ein älteres Modell, wahrscheinlich amerikanisch, dunkel oder in einer gedeckten Farbe wie Beige oder Grau. Es fällt auf den Straßen nicht auf, das heißt, es ist wahrscheinlich ein Auto, wie es Zivilbeamte fahren.«

Er scherzte nicht. Solche Mörder waren häufig von der Polizeiarbeit fasziniert und eiferten den Polizisten manchmal sogar nach. Das klassische Verhalten eines Psychopathen nach einer Straftat ist, sich irgendwie in die Ermittlungsarbeit einzumischen. Er will die Polizei unterstützen, Ansichten und Vorschläge äußern, den Rettungsmannschaften bei der Suche nach der Leiche helfen, die er irgendwo im Wald vergraben hat. Er ist die Art von Mensch, die, ohne mit der Wimper zu zucken, im Polizeiclub herumsitzen und mit den Cops, die nicht im Dienst sind, ein Bier trinken würde.

Man vermutet, dass mindestens ein Prozent der Bevölkerung psychopathisch veranlagt ist. Diese Individuen werden furchtlos geboren; sie verstehen es, Menschen zu benutzen und zu manipulieren. Auf der richtigen Seite sind sie großartige Spione, Kriegshelden, Fünf-Sterne-Generale, erfolgreiche Konzernchefs. Auf der falschen Seite sind sie die Verkörperung des Bösen, asoziale, aber klinisch gesunde Menschen, die Grausamkeiten begehen, keine Gewissensbisse empfinden und nicht bestraft werden.

»Er ist ein Einzelgänger«, fuhr Wesley fort, »und hat Schwierigkeiten mit engen Beziehungen, obwohl er durchaus angenehm oder sogar charmant zu seinen Bekannten sein kann. Er steht keinem Menschen wirklich nahe. Er ist der Typ, der eine Frau in einer Bar anspricht, mit ihr ins Bett geht und es frustrierend und extrem unbefriedigend findet.«

»Das Gefühl kenne ich«, sagte Marino gähnend.

Wesley führte weiter aus: »Er bezieht wahrscheinlich weit mehr Befriedigung über Gewaltpornos, Detektivmagazine und SM-Hefte und hatte vermutlich schon lange Phantasien von Sex und Gewalt, bevor er anfing, diese Phantasien in die Realität umzusetzen. Vielleicht begann er zunächst damit, alleinstehende Frauen durch die Fenster ihrer Häuser oder Apartments zu beobachten. Es wird realer. Als Nächstes vergewaltigt er. Die Vergewaltigungen werden brutaler und gipfeln schließlich in Mord. Es wird sich immer mehr steigern, bei jedem weiteren Opfer wird er gewalttätiger und ausfallender werden. Vergewaltigung ist nicht mehr das Motiv. Jetzt ist es Mord. Dann ist Mord allein auch nicht mehr genug. Es muss sadistisch werden.«

Sein Arm streckte sich, wobei die Manschette eines perfekt gestärkten Hemdes zum Vorschein kam, und er griff nach Lori Petersens Fotos. Langsam sah er sie durch, eines nach dem anderen, mit ausdruckslosem Gesicht. Dann schob er den Stapel vorsichtig von sich weg und drehte sich zu mir um. »Es erscheint mir eindeutig, dass der Mörder in ihrem Fall, in Dr. Petersens Fall, Elemente der Folterung eingeführt hat. Ist diese Annahme richtig?«

»Ganz richtig«, antwortete ich.

»Was? Indem er ihre Finger gebrochen hat?« Marino stellte die Frage, als ob er Streit suchte. »Die Mafia macht so einen Quatsch. Sexualmörder machen so was normalerweise nicht. Sie spielte Geige, nicht wahr? Ihre Finger zu brechen erscheint mir ganz schön persönlich zu sein. Als ob der Typ, der es gemacht hat, sie gekannt hätte.«

So ruhig wie möglich sagte ich: »Die Chirurgiebücher auf ihrem Tisch, die Geige – der Mörder musste kein Genie sein, um etwas über sie zu wissen.«

Wesley bemerkte: »Eine andere Möglichkeit wäre,

dass ihre Finger und Rippen gebrochen sind, als sie versuchte, sich zu verteidigen.«

»Sicher nicht.« Ich war ziemlich überzeugt davon. »Ich habe nichts gefunden, was einen Hinweis darauf geben könnte, dass sie mit ihm gekämpft hat.«

Marino richtete seine ausdruckslosen, unfreundlichen Augen auf mich. »Wirklich? Das interessiert mich. Was meinen Sie mit Verletzungen, die darauf schließen lassen, dass sie sich verteidigt hat? Nach Ihrem Bericht hatte sie einen ganzen Haufen blauer Flecke.«

»Gute Beispiele für solche Verletzungen« – unsere Augen trafen sich, und ich hielt dem Blick stand – »sind gebrochene Fingernägel, Kratzer oder Verletzungen an Stellen der Hände und der Arme, die betroffen gewesen wären, wenn das Opfer versucht hätte, Schläge abzuwehren. Ihre Verletzungen passen nicht dazu.«

Wesley fasste zusammen: »Dann sind wir alle derselben Meinung. Dieses Mal war er noch gewalttätiger als sonst.«

»Brutal, das ist das richtige Wort«, sagte Marino schnell, als ob er schon lange darauf gewartet hätte, diese Bemerkung machen zu können. »Das ist es doch, was ich meine. Der Fall Lori Petersen ist anders als die anderen drei.«

Ich unterdrückte meine Wut. Die ersten drei Opfer waren gefesselt, vergewaltigt und erdrosselt worden. Das war nicht *brutal*? Mussten sie auch noch gebrochene Knochen haben?

»Wenn es einen weiteren Mord gibt, dann werden noch stärkere Hinweise auf Gewalt und Folter zu finden sein«, sagte Wesley düster voraus. »Er mordet aus einem Zwang heraus, weil er versuchen muss, irgendein Bedürfnis zu befriedigen. Je öfter er es tut, desto stärker wird dieses Bedürfnis und desto frustrierter wird er, wodurch das Bedürfnis sich weiter steigert. Die Sensibilitätsschwelle wird immer größer, und es muss bei jedem Mord mehr passieren, um ihn zu befriedigen. Die Befriedigung ist nur temporär. Über die nachfolgenden Tage oder Wochen baut sich die Spannung auf, bis er sein nächstes Opfer findet. Er beobachtet es, und dann schlägt er wieder zu. Die Intervalle zwischen den einzelnen Morden werden vermutlich immer kürzer. Schließlich kann es zur Eskalation kommen, und er könnte ein Massenmörder werden wie Bundy.«

Ich dachte über die Zeiträume nach. Die erste Frau wurde am 19. April ermordet, die zweite am 10. Mai, die dritte am 31. Mai. Lori Petersen wurde nur eine Woche später ermordet, am 7. Juni.

Was Wesley sonst noch über ihn sagte, war leicht nachvollziehbar. Der Mörder hatte ein »gestörtes Zuhause« und könnte selbst misshandelt worden sein, entweder auf physischer oder auf emotionaler Ebene, von seiner Mutter. Wenn er mit einem Opfer zusammen war, reagierte er seine Wut ab, die untrennbar verknüpft war mit seiner Lust.

Er war überdurchschnittlich intelligent, obsessiv und sehr ordentlich bis pedantisch. Er könnte zu zwanghaften Verhaltensmustern neigen, Phobien oder Ritualen, die die Ordnung, die Reinlichkeit oder seine Ernährung betreffen konnten – alles das, was ihm das Gefühl gab, dass er seine Umgebung unter Kontrolle hatte.

Er hatte einen Job, der wahrscheinlich in einer unteren

Kategorie lag – ein Mechaniker, Arbeiter oder irgendein handwerklicher Beruf …

Ich bemerkte, dass sich Marinos Gesicht plötzlich rötete. Er sah ruhelos im Konferenzraum umher.

»Für ihn«, sagte Wesley, »ist das Beste die Vorbereitungsphase, wenn der Plan in seiner Phantasie Formen annimmt und die Umwelt ihm irgendein Signal gibt, das seine Phantasie anregt. Wo wurde er auf seine Opfer aufmerksam?«

Wir wussten es nicht. Die Opfer wüssten es wahrscheinlich selbst nicht, wären sie noch am Leben. Vielleicht war die Begegnung so flüchtig wie ein Schatten. Er erblickte sie irgendwo. Vielleicht in einem Einkaufszentrum oder in ihren Autos an einer Ampel.

»Was war der Auslöser?«, fuhr Wesley fort. »Warum ausgerechnet diese Frau?«

Wir wussten es wieder nicht. Wir wussten nur eines: Jede dieser Frauen war angreifbar, weil sie allein lebte. Oder zumindest nahm er an, dass sie allein lebte, wie in Lori Petersens Fall.

»Klingt wie der Durchschnittsamerikaner.« Marinos Bemerkung unterbrach unsere Überlegungen abrupt.

Er schnippte die Asche von seiner Zigarette und lehnte sich aggressiv nach vorn. »Das klingt ja alles ganz schön und nett. Aber wir sind hier nicht im Wunderland von Oz. Ich heiße nicht Dorothy, und ich bin nicht auf der gelben Ziegelsteinstraße, okay? Wir sagten, er sei ein Klempner oder so was, richtig? Na schön, Ted Bundy war Jurastudent, und vor ein paar Jahren gab es diesen Sexualverbrecher in Washington, bei dem sich rausstellte, dass er Zahnarzt war. Verdammt, der Würger da draußen im Land der Obst- und Nussbäume könnte doch irgendein Pfadfinder sein, was wissen wir denn schon!«

Marino kam jetzt heraus mit dem, was ihm durch den Kopf ging. Ich hatte schon darauf gewartet, dass er loslegte.

»Ich meine, wer sagt uns, dass er kein Student ist? Vielleicht sogar ein Schauspieler oder irgendein kreativer Typ, dessen Phantasie mit ihm durchgegangen ist. Ein Lustmord unterscheidet sich nicht großartig von einem anderen, egal, wer ihn begangen hat, es sei denn, der Kerl trinkt Blut oder grillt Leute am Spieß – und dieser Kerl, mit dem wir es hier zu tun haben, ist kein Henry Lee Lucas, der sich acht Jahre lang Woche für Woche ein neues Opfer sucht. Der Grund, warum Sexualmorde mehr oder weniger dasselbe Strickmuster haben, ist, wenn Sie meine Meinung hören wollen, dass die Menschen, mit ein paar Ausnahmen, alle gleich sind. Arzt, Rechtsanwalt oder Indianerhäuptling. Das Denken und Handeln der Leute hat sich doch nicht großartig verändert seit der Zeit, als die Höhlenmenschen die Frauen an den Haaren hinter sich herzogen.«

Wesley blickte auf. Er sah langsam zu Marino hinüber und fragte ruhig: »Worauf willst du hinaus, Pete?«

»Ich werde dir sagen, worauf ich, verdammt noch mal, hinauswill!« Sein Kinn war vorgeschoben, seine Halsvenen pulsierten. »Dieser verdammte Mist, wer in das Bild passt und wer nicht. Das lässt mich kalt. Was ich hier habe, ist ein Typ, der seine beschissene Dissertation über Sex und Gewalt, Kannibalen und Schwule schreibt. Er hat Glitzerkram an seinen Händen, der aussieht wie das Zeug, das auf den Leichen gefunden wurde. Seine Abdrücke sind auf der Haut seiner toten Frau und auf dem Messer, das in einer der Schubladen versteckt war – ein Messer, das auch Glitzerkram auf dem Griff hat. Er kommt jedes Wochenende genau um die Zeit nach Hause, in der die Frauen ermordet werden. Aber nein. Verdammt, nein! Er kann nicht der Richtige sein, nicht wahr? Und warum? Weil er kein einfacher Arbeiter ist. Weil er nicht mies genug ist.«

Wesley blickte wieder auf. Meine Augen richteten sich auf die Fotos, die vor uns ausgebreitet lagen, Nahaufnahmen von Frauen, die nicht einmal in ihren schlimmsten Albträumen geglaubt hätten, dass ihnen so etwas geschehen könnte.

»Schön, lasst mich nur noch etwas ausführen.« Marinos Tirade war immer noch nicht zu Ende. »Unser hübscher Matt hier – wie der Zufall so will, ist er nicht ganz so ein Unschuldslamm. Während ich oben war, um im Serologielabor nachzusehen, habe ich noch mal bei Vander im Büro angerufen, um zu hören, ob er etwas Neues für mich hat. Petersens Abdrücke sind in der Kartei, nicht wahr? Wisst ihr, warum?« Er blickte mich starr an. »Ich werde euch sagen, warum. Vander hat ein paar Nachforschungen angestellt, hat seine Verbindungen spielen lassen. Unser hübscher Matt ist vor sechs Jahren in New Orleans festgenommen worden. Das war in dem Sommer, bevor er aufs College ging, lange bevor er seine Chirurgenlady kennengelernt hat. Sie wusste wahrscheinlich gar nichts davon.«

»Wusste nichts wovon?«, fragte Wesley.

»Wusste nicht, dass ihr schauspielender Liebhaber wegen Vergewaltigung angeklagt gewesen war.«

Eine ganze Zeit lang sagte keiner etwas.

Wesley drehte seinen Kugelschreiber langsam auf der Tischoberfläche herum und kniff den Mund zusammen. Marino hielt sich nicht an die Spielregeln. Er teilte die Informationen nicht mit uns. Er überfiel uns damit aus dem Hinterhalt, als ob das hier eine Gerichtsverhandlung wäre und Wesley und ich der Anklage gegenüberstünden.

Schließlich sagte ich: »Wenn Petersen tatsächlich wegen Vergewaltigung angeklagt war, dann ist er freigesprochen worden, oder aber die Anklage wurde fallen gelassen.«

Seine Augen fixierten mich. »Sie wissen es besser, was? Ich habe seine Akten noch nicht überprüft.«

»Eine Universität wie Harvard, Sergeant Marino, nimmt gewöhnlich keine vorbestraften Bewerber auf.«

»Wenn sie es wissen.«

»Das ist richtig«, stimmte ich zu. »Wenn sie es wissen. Es ist schwer, zu glauben, dass sie es nicht wussten, falls die Anklage aufrechterhalten wurde.«

»Wir überprüfen es besser«, war alles, was Wesley dazu zu sagen hatte.

Bei dieser Bemerkung stand Marino plötzlich auf und entschuldigte sich.

Ich nahm an, er wollte auf die Toilette gehen.

Wesley tat, als wäre Marinos Ausbruch nichts Besonderes gewesen. Er fragte beiläufig: »Was hören Sie aus New York, Kay? Schon etwas vom Labor zurückgekommen?«

»Die DNA-Untersuchung dauert eine Weile«, antwortete ich sachlich. »Wir haben denen vor dem zweiten Fall nichts geschickt. Ich müsste die Ergebnisse bald bekommen. Und was die zwei letzten Fälle betrifft, Cecile Tyler und Lori Petersen, hören wir bestenfalls nächsten Monat davon.«

Er behielt seinen gelassenen Tonfall bei. »In allen vier Fällen ist der Typ ein Nonsekretor. So viel wissen wir bereits.«

»Ja, das wissen wir.«

»Ich habe wirklich keinen Zweifel daran, dass es sich um ein und denselben Mörder handelt.«

»Ich auch nicht«, pflichtete ich bei.

Dann erfüllte Schweigen den Raum.

Wir saßen angespannt da und warteten auf Marinos Rückkehr, seine wütenden Worte klangen immer noch in unseren Ohren nach. Ich schwitzte und fühlte mein Herz schlagen.

Ich glaube, Wesley konnte mir im Gesicht ablesen, dass ich nichts mehr mit Marino zu tun haben wollte, dass ich ihn unter der Kategorie abgelegt hatte, die ich für Menschen bereithielt, die unmöglich und unangenehm waren und beruflich eine Gefahr darstellten.

Er sagte: »Sie müssen ihn verstehen, Kay.«

»Nun, das tue ich aber nicht.«

»Er ist ein guter Polizist, ein sehr guter.«

Wir saßen schweigend da.

Meine Wut wurde größer. Ich wusste, dass es keinen Sinn hatte, aber ich konnte nichts dagegen machen, dass die Worte aus mir herausbrachen. »Verdammt noch mal, Benton! Diese Frauen verdienen, dass wir uns die größte Mühe geben. Wenn wir es vermasseln, stirbt noch jemand. Ich will nicht, dass er es vermasselt, nur weil er irgendein Problem hat!«

»Das wird er nicht tun.«

»Er tut es bereits.« Ich senkte meine Stimme. »Er zieht den Strick um Petersens Hals zu. Das bedeutet, dass er nach niemand anderem mehr sucht.«

Marino ließ sich glücklicherweise Zeit mit dem Zurückkommen.

Wesleys Kiefermuskeln arbeiteten, und er vermied es, mir in die Augen zu sehen. »Ich habe Petersen auch noch nicht ganz zur Seite geschoben. Das kann ich nicht. Ich weiß, es passt nicht zu den anderen Fällen, wenn er seine Frau ermordet hat. Aber er hat etwas Sonderbares an sich. Nehmen Sie John Wayne Gacy. Wir haben keine Ahnung, wie viele Menschen er umgebracht hat. Dreiunddreißig Jungen. Vielleicht auch mehr. Fremde, alle Fremde für ihn ...«

Ich konnte es nicht glauben. Er hielt mir eine seiner Vorlesungen für »junge Beamte« und quasselte weiter wie ein aufgeregter Sechzehnjähriger bei seinem ersten Rendezvous.

»Mark David Chapman trägt den *Fänger im Roggen* bei sich, als er John Lennon umbringt. Ronald Reagan und sein Pressesprecher Brady werden von irgendeinem Verrückten angeschossen, der von einer Schauspielerin besessen ist. Muster. Wir versuchen, die Dinge vorherzusehen. Aber wir können es nicht immer. Es ist nicht immer vorhersehbar.«

Als Nächstes fing er an, Statistiken aufzuführen. Vor zwölf Jahren lag die durchschnittliche Aufklärungsrate für Morde bei fünfundneunzig, sechsundneunzig Prozent. Jetzt lag sie eher bei vierundsiebzig Prozent, und sie fiel noch weiter. Es gab mehr Morde an Unbekannten als Verbrechen aus Leidenschaft und so weiter. Ich hörte kaum zu.

»... Matt Petersen macht mir Sorgen, wenn ich Ihnen die Wahrheit sagen soll, Kay.« Er wartete einen Moment.

Er hatte meine Aufmerksamkeit zurückgewonnen.

»Er ist Künstler. Psychopathen sind die Rembrandts der Mörder. Er ist Schauspieler. Wir wissen nicht, welche Rollen er in seinen Phantasien gespielt hat. Wir wissen nicht, ob er sie jetzt in die Tat umsetzt. Wir wissen nicht, ob er nicht teuflisch gerissen ist. Der Mord an seiner Frau könnte aus reinem Nutzen geschehen sein.«

»Aus reinem Nutzen?« Ich starrte ihn mit weiten, ungläubigen Augen an, starrte auf die Fotos, die von Lori Petersen am Tatort gemacht worden waren.

Ich sah alles, was das Monster ihr angetan hatte. Aus reinem Nutzen? Ich wollte meinen Ohren nicht trauen.

Wesley erklärte: »Nutzen in dem Sinn, dass er sie irgendwie loswerden musste, Kay. Wenn zum Beispiel irgendetwas passiert ist, was in ihr den Verdacht geweckt hat, dass er die ersten drei Frauen ermordet hat, könnte er in Panik geraten sein und beschlossen haben, sie umzubringen. Wie kann er das tun, ohne dass es rauskommt? Er kann ihren Tod so aussehen lassen wie bei den anderen.«

»So etwas habe ich doch schon einmal gehört«, sagte ich ruhig. »Von Ihrem Partner.«

Seine Worte kamen langsam und gleichmäßig wie die

Schläge eines Metronoms: »Das sind alles Möglichkeiten, Kay. Wir müssen sie in Betracht ziehen.«

»Natürlich tun wir das. Und das ist auch in Ordnung, solange Marino *alle* Möglichkeiten in Betracht zieht und nicht Scheuklappen trägt, weil er besessen ist von der Idee oder weil er ein Problem hat.«

Wesley sah zur offenen Tür. Fast unhörbar sagte er: »Pete hat seine Vorurteile. Das leugne ich nicht.«

»Und welche genau sind das?«

»Es muss Ihnen reichen, wenn ich Ihnen sage, dass wir unsere Nachforschungen über seine Vergangenheit gemacht haben, als das Büro entschied, dass er ein guter Mann für das VICAP-Team wäre. Ich weiß, wo er aufgewachsen ist. Über manche Erinnerungen kommt man nie hinweg. Sie stehen einem im Weg. Solche Dinge geschehen.«

Er erzählte mir nichts, was ich mir nicht schon gedacht hätte. Marino war arm aufgewachsen, auf der falschen Seite der Straße. Er fühlte sich unwohl in der Gegenwart von Menschen, die ihn immer schon verlegen gemacht hatten. Die Cheerleader und Schönheitsköniginnen beachteten ihn nie, weil er nicht angepasst war, weil sein Vater Dreck unter den Nägeln hatte, weil er »gewöhnlich« war.

Ich hatte diese rührenden Polizistenschicksale schon tausendmal gehört. Der einzige Vorteil des Mannes ist, dass er groß und weiß ist, also macht er sich noch größer und noch weißer, indem er sich eine Plakette ansteckt und eine Pistole trägt.

»Wir brauchen uns nicht vor uns selbst zu entschuldigen, Benton«, sagte ich kurz. »Wir entschuldigen Verbrecher auch nicht, weil sie eine verkorkste Kindheit hatten. Wir können die Macht, die man uns anvertraut hat, nicht dazu verwenden, Leute zu bestrafen, die uns an unsere verkorkste Kindheit erinnern.«

Ich hatte durchaus Mitgefühl. Ich verstand genau, was Marino durchgemacht hatte. Ich kannte diese Wut. Ich hatte sie oft genug gespürt, wenn ich im Gericht einem Angeklagten gegenüberstand. Egal, wie überzeugend die Beweise waren, wenn der Typ nett aussah, sauber, gepflegt und mit einem Zweihundert-Dollar-Anzug bekleidet, dann konnten die zwölf Geschworenen, einfache, arbeitende Männer und Frauen, schlicht nicht glauben, dass er schuldig war.

Ich traute mittlerweile jedem so ziemlich alles zu. Aber nur dann, wenn die Tatsachen dafür sprachen. Beachtete Marino die Tatsachen? Beachtete er überhaupt irgendetwas?

Wesley schob seinen Stuhl zurück und stand auf, um sich zu strecken. »Pete hat seine Eigenarten. Man gewöhnt sich daran. Ich kenne ihn seit Jahren.«

Er trat an die offene Tür und schaute den Korridor entlang. »Wo, zum Teufel, bleibt er überhaupt? Ist er in die Kloschüssel gefallen?«

Wesley beendete seine Arbeit in meinem Büro und verschwand in den sonnigen Nachmittag der Lebenden, wo andere verbrecherische Aktivitäten seine Aufmerksamkeit und seine Zeit benötigten.

Wir hatten Marino schließlich aufgegeben. Ich hatte keine Ahnung, wo er hingegangen war, aber sein Gang zur Männertoilette hatte ihn anscheinend aus dem

Gebäude hinausgeführt. Ich hatte auch keine Chance, lange darüber nachzudenken, weil Rose genau in dem Moment, als ich die Akten wieder in meinen Tisch einschloss, durch die Tür kam, die mein Büro mit ihrem Zimmer verband.

Als ich sah, wie sie dastand, breitbeinig und mit einem grimmigen Zug um den Mund, wusste ich gleich, dass sie irgendetwas auf dem Herzen hatte, was ich nicht hören wollte.

»Dr. Scarpetta, Margaret hat nach Ihnen gesucht und mich gebeten, es Ihnen gleich zu sagen, sobald Sie von Ihrem Treffen zurück sind.«

Ich konnte meine Ungeduld nicht verbergen. Unten gab es Autopsien, die ich mir ansehen musste, und unzählige Anrufe waren zu erledigen. Ich hatte genug zu tun, um ein halbes Dutzend Leute zu beschäftigen, und ich wollte dieser Liste nichts mehr hinzufügen.

Sie gab mir einen Stapel von Briefen, die unterschrieben werden mussten, und sah wie eine furchterregende Schulleiterin aus, als sie mich über den Rand ihrer Lesebrille hinweg anstarrte und sagte: »Sie ist in ihrem Büro, und ich glaube nicht, dass die Angelegenheit warten kann.«

Rose würde mir nicht sagen, worum es ging, und obwohl sie wirklich nichts dafür konnte, war ich verärgert. Ich glaube, sie wusste alles, was in diesem Haus vor sich ging, aber es war ihr Stil, mich nur zur Quelle zu führen, anstatt mich direkt einzuweihen. Mit anderen Worten, sie vermied es hartnäckig, der Überbringer schlechter Nachrichten zu sein. Ich glaube, das hatten sie die Erfahrungen gelehrt, die sie bei ihrer jahrzehntelangen Arbeit für meinen Vorgänger Cagney gemacht hatte.

Margarets Büro lag auf halbem Weg den Korridor hinunter, ein kleines, spartanisch eingerichtetes Zimmer mit Wänden aus Beton, die mit derselben Farbe gestrichen waren wie das restliche Gebäude. Der dunkelgrüne Fliesenboden sah immer staubig aus, egal, wie oft man darüberwischte, und auf ihrem Schreibtisch und jeder anderen Oberfläche waren Kilometer von Computerausdrucken verteilt. Das Bücherregal war vollgestopft mit Benutzerhandbüchern und Druckerkabeln, Ersatzfarbbändern und Schachteln mit Datenträgern. Es gab keine persönlichen Dinge, keine Fotos, Poster oder Nippes. Ich weiß nicht, wie Margaret in dieser sterilen Unordnung leben konnte, aber ich hatte noch nie ein Büro eines Computerspezialisten gesehen, das anders war.

Sie saß mit dem Rücken zur Tür und starrte auf den Monitor, ein Programmierhandbuch lag offen in ihrem Schoß. Sie drehte sich herum und rollte sich mit dem Stuhl zur Seite, als ich hereinkam. Ihr Gesicht war angespannt, ihr kurzes schwarzes Haar zerwühlt, als ob sie mit ihren Fingern durchgefahren wäre, ihre dunklen Augen blickten sorgenvoll.

»Ich war fast den ganzen Vormittag in einer Sitzung«, sagte sie ohne Umschweife. »Als ich nach dem Mittagessen zurückgekommen bin, fand ich das hier auf dem Bildschirm.«

Sie gab mir einen Ausdruck. Darauf waren mehrere SQL-Befehle, die es ermöglichten, Informationen aus der Datenbank zu bekommen. Zuerst war mein Kopf leer, als ich auf den Ausdruck starrte. Die erste Anfrage richtete sich nach der Nummer des Falles mit dem Nachnamen »Petersen« und dem Vornamen »Lori«. Darunter stand die Antwort: »Keine Aufzeichnungen gefunden.« Ein zweiter Befehl fragte nach Nummern und Vornamen von allen Verstorbenen, die in unserer Datenbank registriert waren und den Nachnamen »Petersen« trugen.

Lori Petersens Name befand sich nicht in der Liste, da ihre Akte noch auf meinem Schreibtisch lag. Ich hatte sie noch nicht ins Sekretariat gebracht, damit sie in den Computer eingegeben werden konnte.

»Was sagen Sie da, Margaret? Sie haben diese Befehle nicht eingegeben?«

»Ganz sicher nicht«, antwortete sie bestimmt. »Es war auch keiner von den Leuten im Sekretariat. Es wäre nicht möglich gewesen.«

Sie hatte meine volle Aufmerksamkeit.

»Als ich Freitagnachmittag nach Hause ging«, fuhr sie fort zu erklären, »habe ich dasselbe gemacht, was ich am Ende jedes Tages mache. Ich ließ den Computer im Answer-Modus, damit Sie ihn von zu Hause anwählen könnten, wenn Sie wollten. Es ist unmöglich, dass jemand meinen Computer benutzt hat, weil man ihn nicht benutzen kann, wenn er im Answer-Modus ist, es sei denn, man sitzt an einem anderen PC und wählt ihn über ein Modem an.«

So weit ergab es einen Sinn. Die Terminals unserer Büros waren an den, an dem Margaret arbeitete und der uns als Server diente, angeschlossen. Wir waren nicht an den Hauptrechner im Health and Human Services

Department angeschlossen, obwohl der Commissioner ständig versuchte, dies durchzusetzen. Ich hatte es abgelehnt und würde das auch weiterhin tun, weil unsere Daten so heikel waren, viele der Fälle sich in laufender Polizeiermittlung befanden. Alles in einen zentralen Computer einzuspeisen, den Dutzende von anderen Einrichtungen mitbenutzen, würde ein großes Sicherheitsproblem mit sich bringen.

»Ich habe ihn nicht von zu Hause angewählt«, sagte ich zu ihr.

»Ich habe nie angenommen, dass Sie das getan hätten«, meinte sie. »Ich könnte mir nicht vorstellen, warum Sie diese Befehle eingeben sollten. Gerade Sie wussten ja, dass Lori Petersens Fall noch nicht eingegeben war. Irgendjemand anderes ist verantwortlich, jemand anderes als die Leute vom Sekretariat oder die anderen Mediziner. Außer Ihrem PC und dem in der Leichenschauhalle sind alle nur stumme Terminals.«

Ein stummer Terminal, fuhr sie fort zu erklären, ist ziemlich genau das, wonach es klingt – eine hirnlose Einheit, die aus einem Monitor und einer Tastatur besteht. Die stummen Terminals in unserem Büro waren an den Server in Margarets Büro angeschlossen. Wenn der Server ausgeschaltet war oder unzugänglich – wenn er im Answer-Modus stand –, blieben auch diese Terminals stumm. Mit anderen Worten, sie konnten seit Freitagnacht nicht benutzt werden – das war *vor* dem Mord an Lori Petersen.

Der Einbruch in die Datenbank musste am Wochenende oder heute stattgefunden haben.

Irgendjemand, ein Außenstehender, war eingedrungen.

Dieser Jemand musste sich mit unserer Datenbank auskennen. Die Wählverbindung wurde über Margarets Durchwahlnummer hergestellt, die in dem internen Telefonbuch stand. Wenn man einen Computer mit Datenübertragungssoftware sowie ein Modem hatte und wenn man wusste, dass Margaret unsere Computerspezialistin war und ihre Nummer kannte, konnte man sich in das Netz einwählen. Aber mehr auch nicht. Man würde keinen Zugang zu den Programmen oder Daten des Büros erhalten. Man würde nicht einmal bis zu den Mailboxen kommen, ohne die Benutzernamen und die Passwörter zu kennen.

Margaret starrte durch ihre getönten Gläser auf den Bildschirm. Ihre Augenbrauen waren leicht gefurcht, und sie knabberte an einem Daumennagel.

Ich zog einen Stuhl heran und setzte mich hin. »Wie? Der Benutzername und das Passwort. Wie konnte jemand da herankommen?«

»Das frage ich mich auch die ganze Zeit. Nur ein paar von uns kennen sie, Dr. Scarpetta. Sie, ich, die anderen Ärzte und die Leute, die die Daten eingeben. Und unsere Benutzernamen und Passwörter sind anders als die, die ich in den Bezirksinstituten angegeben habe.«

Obwohl jeder meiner Bezirke mit einem Netzwerk arbeitete, das exakt dem unsrigen entsprach, behielten sie ihre eigenen Daten bei sich und waren nicht an das Netz des Zentralbüros angeschlossen. Es war nicht anzunehmen – tatsächlich glaubte ich nicht, dass es möglich sein könnte –, dass einer meiner Deputy Chiefs von einem der anderen Büros dafür verantwortlich war.

Ich äußerte eine vage Vermutung.

»Vielleicht hat jemand geraten und Glück gehabt.«

Sie schüttelte den Kopf. »Nahezu unmöglich. Ich weiß es. Ich habe es einmal versucht, als ich das Passwort einer anderen Mailbox verändert habe und mich nicht mehr daran erinnerte. Nach etwa drei Versuchen, der Computer ist ziemlich nachtragend, wird die Telefonleitung unterbrochen. Außerdem mag diese Version des Datenbanksystems keine illegalen Anmeldungsversuche. Wenn Sie mehrere eintippen, um in eine Tabelle hineinzukommen, gibt der Computer eine Fehlermeldung, der Cursor verschwindet vom Bildschirm, und die ganze Datenbank stürzt ab.«

»Gibt es keine Datei, in der die Passwörter sein könnten?«, fragte ich. »Keine andere Datei in dem Computer, wo jemand sie irgendwie herausfinden könnte? Was, wenn der andere auch Programmierer wäre?«

»Ich war wirklich vorsichtig damit. Es *gibt* eine Systemtabelle, auf der die Benutzernamen und Passwörter aufgelistet sind, aber man könnte da nur hineinkommen, wenn man genau weiß, was man tut. Aber es ist sowieso egal, weil ich diese Tabelle vor langer Zeit gelöscht habe, um genau diese Art von Problemen zu vermeiden.«

Ich sagte nichts.

Sie versuchte mir ins Gesicht zu sehen, suchte nach einem Zeichen von Missmut, nach einem Flackern in meinen Augen, das ihr sagte, dass ich wütend auf sie war oder sie beschuldigte.

»Es ist schrecklich«, brach es aus ihr heraus. »Wirklich. Ich habe keine Ahnung, ich weiß nicht, was diese Person alles gemacht hat. Der DBA funktioniert zum Beispiel nicht.«

»Funktioniert nicht?« Der Datenbankadministrator war eine Einrichtung, die bestimmten ausgewählten Personen, wie Margaret und mir, die Möglichkeit gab, zu allen Tabellen Zugriff zu erhalten und mit ihnen zu machen, was wir wollten. Wenn der DBA nicht funktionierte, so wäre das das Gleiche, als ob der Schlüssel zu meinem Haus nicht mehr passen würde. »Was meinen Sie damit, *funktioniert nicht*?« Es wurde langsam schwierig, ruhig zu bleiben.

»Genau das. Ich konnte damit in keine der Tabellen kommen. Das Passwort war aus irgendeinem Grund ungültig. Ich musste die Autorisierung erneuern.«

»Wie kann *das* geschehen sein?«

»Ich weiß es nicht.« Sie wurde immer aufgeregter. »Vielleicht sollte ich alle Autorisierungen ändern, der Sicherheit wegen, und neue Passwörter eingeben?«

»Jetzt nicht«, antwortete ich automatisch. »Wir werden Lori Petersens Fall einfach aus dem Computer heraushalten. Wer immer diese Person auch ist, zumindest hat sie nicht gefunden, was sie gesucht hat.« Ich stand von dem Stuhl auf.

»Dieses Mal nicht.«

Ich erstarrte und blickte auf sie herunter.

Zwei Farbflecken erschienen auf ihren Wangen. »Ich weiß es nicht. Ich habe keine Möglichkeit, herauszubekommen, ob es schon einmal passiert ist, weil ich das Echo in der Regel ausschalte. Diese Befehle hier« – sie zeigte auf den Ausdruck – »sind nur das Echo der Befehle, die in den Computer eingetippt worden sind, der den hier angewählt hat. Ich lasse normalerweise das Echo aus, damit, wenn Sie ihn von zu Hause anwählen, nicht alles, was Sie tun, auf diesem Bildschirm erscheint. Freitag war ich sehr in Eile. Vielleicht habe ich aus Versehen das Echo angelassen oder es angeschaltet. Ich erinnere mich nicht, aber es war an.« Bitter fügte sie hinzu: »Ich vermute, das war gar nicht schlecht …«

Wir drehten uns beide zur selben Zeit um.

Rose stand im Eingang.

Dieser Blick – *O nein, nicht schon wieder!*

Sie wartete, dass ich in den Korridor hinauskam, und sagte dann: »Der Medical Examiner von Colonial Heights ist auf Leitung eins. Ein Detektiv von Ashland's ist auf Leitung zwei. Und die Sekretärin des Commissioner hat gerade angerufen …«

»Was?«, unterbrach ich sie. Ihre letzte Bemerkung war die einzige, die ich wirklich wahrnahm. »Amburgeys Sekretärin?«

Sie reichte mir mehrere Notizzettel, als sie antwortete: »Der Commissioner möchte Sie sehen.«

»Weshalb, um Himmels willen?« Wenn sie mir noch einmal sagte, dass ich selbst nach den Einzelheiten fragen müsste, würde ich meine Geduld verlieren.

»Ich weiß es nicht«, antwortete Rose. »Seine Sekretärin hat es nicht gesagt.«

6

Ich konnte es nicht ertragen, an meinem Tisch zu sitzen. Ich musste mich bewegen und irgendwie ablenken, bevor ich die Fassung völlig verlor.

Jemand war in meinen Bürocomputer eingebrochen, und Amburgey wollte mich in einer Stunde und fünfundvierzig Minuten sehen. Es war nicht anzunehmen, dass er mich nur zum Tee einlud.

Also machte ich meine Runde durch die Abteilungen. Normalerweise ging ich dabei auch nach oben zu den einzelnen Labors, um Untersuchungsergebnisse abzuholen. Manchmal ging ich auch einfach nur vorbei, um nachzusehen, ob sich bei meinen Fällen etwas tat – der gute Onkel Doktor, der nachsieht, wie es seinen Patienten geht. Im Moment irrte ich allerdings mehr oder weniger ziellos durch das Gebäude.

Das Büro der forensischen Wissenschaft glich einem Bienenstock; eine Honigwabe voller Kabinen, die gefüllt waren mit Laboreinrichtungen und Menschen in weißen Kitteln mit Schutzbrillen aus Plastik.

Ein paar der Wissenschaftler nickten mir zu und lächelten, als ich an ihren offenen Türen vorbeiging. Die meisten waren zu beschäftigt, um an jemanden, der draußen vorbeiging, einen Gedanken zu verschwenden. Ich dachte über Abby Turnbull nach und über andere Reporter, die ich nicht mochte.

Bezahlte irgendein ambitionierter Journalist einen Computerhacker, um in unsere Datenbank einzubrechen?

Seit wann gab es diese Einbrüche bereits?

Ich hatte nicht einmal gemerkt, dass ich in das Serologielabor gegangen war, bis ich plötzlich dunkle Arbeitsflächen voller Bechergläser, Reagenzgläser und Bunsenbrenner wahrnahm. Die Regale in den Glasschränken waren vollgestopft mit Plastiktüten mit Beweismaterial und Behältern mit Chemikalien, und in der Mitte des Raumes stand ein langer Tisch, auf dem sich die Decken und Leintücher von Lori Petersens Bett befanden.

»Sie kommen genau richtig«, begrüßte Betty mich. »Wenn Sie Lust auf Sodbrennen haben, meine ich.«

»Nein danke.«

»Na ja, ich kriege es auch schon«, fügte sie hinzu. »Warum sollten Sie immun sein?«

Betty hatte stahlgraues Haar, strenge Gesichtszüge und braune Augen, die undeutbar oder schüchtern-sensibel sein konnten, je nachdem, ob man sich die Mühe gab, sie kennenzulernen, und sie stand kurz vor der Pensionierung. Ich mochte sie vom ersten Augenblick an, als ich sie traf. Die Chefin der Serologie arbeitete extrem genau, ihr Intellekt war so scharf wie ein Skalpell. Privat war sie eine begeisterte Vogelbeobachterin und eine großartige Pianistin, die nie verheiratet gewesen war, aber auch nicht traurig über diese Tatsache zu sein schien. Ich glaube, sie erinnerte mich an Schwester Martha, meine Lieblingsnonne in der Konfessionsschule von St. Gertrude.

Die Ärmel ihres langen Kittels waren bis zu den Ellbogen hochgekrempelt, ihre Hände steckten in Handschuhen. Oberhalb ihres Arbeitsbereiches stand eine Reihe von Reagenzgläsern mit Watteträgern sowie die PERK-Ausrüstung, bestehend aus Substanzen für den Nachweis menschlicher Spuren als Beweismaterial, einer Mappe mit Objektträgern und Umschlägen, in denen sich jetzt die Haarproben von Lori Petersens Fall befanden. Die Serie von Objektträgern, die Umschläge und die Reagenzgläser waren mit computerbeschriebenen Aufklebern versehen, die von mir abgezeichnet waren. Dieses Etikettierungssystem verdankten wir einem weiteren Programm, das Margaret erstellt hatte.

Ich erinnerte mich vage an das Gerede, das mir bei einer Sitzung des Akademischen Rats zu Ohren gekommen war. In den Wochen nach dem plötzlichen Tod des Bürgermeisters von Chicago war etwa neunzigmal versucht worden, in den Computer des Medical Examiner einzubrechen. Man kam zu der Vermutung, dass die Täter Reporter waren, auf der Jagd nach den Ergebnissen der Autopsie und der Toxikologie.

Wer? Wer war in meinen Computer eingebrochen?

Und warum?

»Er kommt gut voran«, sagte Betty gerade.

»Es tut mir leid ...« Ich lächelte entschuldigend.

Sie wiederholte: »Ich habe heute Morgen mit Dr. Glassman gesprochen. Er kommt gut voran mit den Proben von den ersten zwei Fällen und wird in den nächsten paar Tagen die Ergebnisse für uns haben.«

»Haben Sie schon die Proben von den letzten zwei Fällen hingeschickt?«

»Sind gerade rausgegangen.« Sie schraubte den Deckel

einer kleinen braunen Flasche auf. »Bo Friend wird sie persönlich abliefern …«

»Bo Friend?«, unterbrach ich.

»Oder Officer Friendly, wie ihn seine Kollegen bei der Polizei nennen. So heißt er. Bo Friend. Ich schwör's. Schauen wir mal, nach New York braucht man ungefähr sechs Stunden von hier aus. Er sollte irgendwann am Abend mit den Proben im Labor sein. Ich glaube, sie haben Streichhölzer gezogen.«

Ich sah sie verständnislos an. »Streichhölzer?«

Was konnte Amburgey wollen? Vielleicht wollte er wissen, wie es bei der DNA-Untersuchung voranging. Jeder dachte in diesen Tagen daran.

»Die Cops«, sagte Betty. »Nach New York fahren und so. Ein paar von ihnen waren noch nie dort.«

»Einmal wird für die meisten von ihnen genug sein«, kommentierte ich abwesend. »Warten Sie, bis sie versuchen müssen, die Fahrbahn zu wechseln oder einen Parkplatz zu finden.«

Aber Amburgey hätte einfach eine Mitteilung schicken können, wenn er eine Frage zu der DNA-Untersuchung oder etwas anderem hatte. Sonst machte er es doch auch so. Eigentlich hatte er es bis jetzt immer so gehandhabt.

»Ha! Das ist noch das Geringste. Bo ist in Tennessee geboren und geht nirgends ohne sein gutes Stück hin.«

»Er ist hoffentlich ohne sein gutes Stück nach New York gegangen.« Mein Mund sprach zu ihr. Der Rest von mir war anderswo.

»Ha!«, sagte sie noch einmal. »Sein Captain hat es ihm gesagt, hat ihm gesagt, was für Waffengesetze in der Yankeestadt herrschen. Bo lächelte, als er heraufkam, um die Proben zu holen, lächelte und klopfte auf etwas, was schätzungsweise ein Pistolenhalfter unter seiner Jacke war. Er hat einen .45er. Diese Männer und ihre Pistolen. Es ist so freudianisch, dass es schon langweilig ist ...«

Ich erinnerte mich an Nachrichtenmeldungen über Halbwüchsige, die in die Computer von größeren Firmen oder Banken eingebrochen waren.

Unter dem Telefon auf meinem Tisch zu Hause war ein Modem, das es mir ermöglichte, den Computer hier anzuwählen. Es war strengstens verboten, *off-limits*. Lucy verstand, wie schwerwiegend es wäre, wenn sie jemals versuchen sollte, Zugriff auf die OCME-Daten zu erhalten. Alles andere konnte sie gern tun, auch wenn ich mich innerlich dagegen sträubte, da ich durch mein jahrelanges Alleinleben einen starken Verteidigungsinstinkt für mein Revier entwickelt hatte.

Ich musste an die Zeitung denken, die Lucy unter dem Sofakissen gefunden hatte. Ich musste an ihren Gesichtsausdruck denken, als sie mich über den Mord an Lori Petersen ausfragte, und dann an die Liste mit den Telefonnummern meiner Mitarbeiter im Büro und meiner Freunde – Margarets Durchwahlnummer eingeschlossen –, die an die Korkwand über meinem Schreibtisch zu Hause geheftet war.

Ich bemerkte, dass Betty seit einer Weile nichts mehr gesagt hatte. Sie sah mich seltsam an.

»Geht es Ihnen gut, Kay?«

»Es tut mir leid«, sagte ich, diesmal mit einem Seufzer.

Sie schwieg einen Moment lang, dann sagte sie mitfühlend: »Keine Verdächtigen bis jetzt. Es nagt auch an mir.«

»Ich vermute, es ist schwer, an irgendetwas anderes zu denken.« Obwohl ich in der vergangenen Stunde kaum einen Gedanken daran verloren hatte.

»Nun, ich sage es nicht gern, aber die DNA ist keinen verdammten Cent wert, bevor sie nicht *irgendjemanden* haben.«

»Nicht bevor wir das erleuchtete Zeitalter erreichen, in dem genetische Abdrücke in einer zentralen Datenbank gespeichert sind wie die Fingerabdruckkarteien«, murmelte ich.

»Das wird nie der Fall sein, solange die Bürgerrechtler von der ACLU etwas zu sagen haben.«

Hatte denn heute niemand irgendetwas Positives zu berichten? Kopfschmerzen krochen langsam von meiner Schädelbasis aus nach oben.

»Es ist komisch.« Sie träufelte Naphtylsäurephosphat auf kleine Kreise in weißem Filterpapier. »Man würde annehmen, irgendjemand hätte diesen Kerl *irgendwo* gesehen. Er ist doch nicht unsichtbar. Er beamt sich nicht einfach in die Häuser der Frauen, und er muss sie ja irgendwo vorher gesehen haben, um sie auszuwählen und ihnen dann nach Hause zu folgen. Wenn er sich in Parks oder Shopping Malls oder Ähnlichem aufhält, müsste ihn doch irgendjemand bemerkt haben, denke ich mir zumindest.«

»Wenn jemand irgendetwas gesehen hat, dann wissen wir nichts darüber. Es ist ja nicht so, dass sich keine Leute melden«, fügte ich hinzu. »Anscheinend stehen die Telefone der Fernsehfahndung den ganzen Tag und die ganze Nacht lang keine Sekunde lang still. Aber bisher hat sich noch nichts ergeben, wie man mir gesagt hat.«

»Viele Bemühungen, die zu nichts führen.«

»So ist es.«

Betty fuhr mit ihrer Arbeit fort. Dieses Stadium der Untersuchung war ziemlich einfach. Sie nahm die Watteträger aus den Teströhrchen, die ich ihr hochgeschickt hatte, befeuchtete sie mit Wasser und strich sie dann auf Filterpapier ab. Sie bearbeitete immer eine ganze Gruppe, tropfte zuerst Naphtylsäurephosphat darauf, gab dann Tropfen von Fast-Blue-B-Salz dazu, was dazu führte, dass sich der Abstrich innerhalb von Sekunden lila verfärbte, falls Samenflüssigkeit darin enthalten war.

Ich sah auf die Ansammlung von Papierkreisen. Fast alle wurden lila.

»Dieser Bastard«, sagte ich.

»Das können Sie laut sagen.« Sie begann zu erklären, was ich sah.

»Dies sind die Abstriche von der Rückseite ihrer Oberschenkel«, sagte sie und wies darauf. »Sie wurden sofort lila. Die Reaktion war nicht ganz so schnell bei den analen und vaginalen Abstrichen. Aber das überrascht mich nicht. Ihre eigenen Körpersekrete interferieren mit den Tests. Außerdem sind die oralen Abstriche positiv.«

»Dieser Bastard«, wiederholte ich leise.

»Aber die, die Sie aus der Speiseröhre gemacht haben, sind negativ. Offensichtlich sind die größten Rückstände von Samenflüssigkeit auf der Außenseite ihres

Körpers. Das Muster entspricht fast vollständig dem, wie es bei Brenda, Patty und Cecile gefunden wurde.«

Brenda war das erste Opfer, Patty das zweite, Cecile das dritte gewesen. Ich war überrascht, als ich feststellte, wie vertraut Betty von diesen ermordeten Frauen sprach. Sie waren auf eine grausame Weise ein Teil unserer Familie geworden. Wir hatten sie nie getroffen, als sie noch lebten, und dennoch kannten wir sie ziemlich gut.

Als Betty die Glaspipette wieder in die kleine braune Flasche schraubte, ging ich zum Mikroskop, starrte durch das Okular und fing an, das Präparat auf dem Objektträger hin- und herzuschieben. Einige mehrfarbige Fasern, flach und bandförmig mit Windungen in unregelmäßigen Abständen, waren zu erkennen. Die Fasern sahen weder wie tierisches Haar noch wie das von einem Menschen aus.

»Ist das das, was ich von dem Messer abgenommen habe?« Ich wollte fast nicht fragen.

»Ja. Es ist Baumwolle. Lassen Sie sich nicht von dem Rosa und Grün und Weiß stören, das Sie noch sehen. Gefärbte Stoffe sind oft aus einer Vielzahl von Farben, die man mit dem bloßen Auge nicht unterscheiden kann.«

Das Stück aus Lori Petersens Nachthemd war aus Baumwolle, blassgelber Baumwolle.

Ich stellte die Brennweite ein. »Ich nehme nicht an, dass es möglich ist, dass sie von einem Baumwollpapierfutter oder etwas Ähnlichem sind. Lori benutzte das Messer als Brieföffner.«

»Unmöglich, Kay. Ich habe schon eine Reihe von Fasern aus ihrem Nachthemd angesehen. Sie stimmen mit denen, die Sie von der Messerklinge genommen haben, überein.«

Da sprach die Expertin. Loris Nachthemd war mit dem Messer ihres Ehemanns von ihrem Körper heruntergeschnitten worden. Warte, bis Marino diesen Laborbericht bekommt, dachte ich. Verdammt!

Betty fuhr fort: »Ich kann Ihnen außerdem gleich sagen, dass die Fasern, die Sie betrachten, nicht dieselben sind wie die, die wir auf ihrem Körper und in dem Fensterrahmen gefunden haben, durch den er nach Meinung der Polizei gekommen ist. Die sind dunkel – Schwarz und Marineblau mit etwas Rot, ein Polyester-Baumwoll-Gemisch.«

An dem Abend, als ich Matt Petersen gesehen hatte, hatte er ein weißes Izod-Hemd an, von dem ich annahm, dass es aus Baumwolle war, und das fast sicher keine schwarzen, roten oder marineblauen Fasern enthielt. Er trug außerdem Jeans, und die meisten Jeans sind aus Baumwolle. Es war ziemlich unwahrscheinlich, dass er die Fasern hinterlassen hatte, von denen Betty gerade gesprochen hatte, es sei denn, er hätte die Kleider gewechselt, bevor die Polizei gekommen war.

»Ja, schön, Petersen ist nicht blöd«, konnte ich Marinos Stimme hören. »Mindestens seit Wayne Williams weiß die halbe Welt, dass Fasern dazu benutzt werden können, dich für den Rest des Lebens in den Knast zu bringen.«

Ich ging hinaus, den Korridor hinunter bis zum Ende und dann nach links in das Labor für Werkzeugspuren und Feuerwaffen, wo die Arbeitsflächen mit Pistolen, Gewehren, Macheten, Schrotflinten und Uzis bedeckt waren, die alle mit Schildern versehen waren und auf den Tag der Gerichtsverhandlung warteten. Patronen von Pistolen und Schrotflinten lagen auf Tischplatten verteilt, und hinten in einer Ecke stand ein galvanisierter, mit Wasser gefüllter Stahlbehälter, den man für Testschüsse verwendete. Auf der Wasseroberfläche schwamm friedlich eine Gummiente.

Frank, ein drahtiger weißhaariger Mann, der früher im Kriminallabor der Army-Strafverfolgungsbehörde CID gearbeitet hatte, war über das Vergleichsmikroskop gebeugt. Er zündete seine Pfeife gerade wieder an, als ich hereinkam, konnte mir aber nichts sagen, was ich zu hören gehofft hatte.

Das durchtrennte Gitter von Lori Petersens Fenster half uns nicht weiter. Der Maschendraht war synthetisch und deshalb nutzlos, was Werkzeugspuren oder auch nur die Richtung des Schnittes betraf. Wir konnten nicht feststellen, ob es von innen oder außen herausgeschnitten worden war, weil Plastik sich im Gegensatz zu Metall nicht verbiegt.

Die Unterscheidung wäre sehr wichtig gewesen, etwas, was ich sehr gern gewusst hätte. Wenn das Gitter vom Inneren des Hauses aus herausgeschnitten worden wäre, dann gäbe es keinen Zweifel mehr. Es würde bedeuten, dass der Mörder nicht in das Haus der Petersens ein-, sondern aus dem Haus ausgebrochen wäre. Es würde praktisch bedeuten, dass Marino mit seinem Verdacht gegen den Ehemann recht gehabt hätte.

»Alles, was ich Ihnen sagen kann«, meinte Frank und paffte Wolken aromatischen Dufts aus, »ist, dass die Schnitte sauber sind und mit einem scharfen Gegenstand, wie einer Rasierklinge oder einem Messer, gemacht wurden.«

»Möglicherweise dasselbe Instrument, mit dem das Nachthemd durchgeschnitten wurde?«

Er setzte geistesabwesend seine Brille ab und fing an, sie mit einem Taschentuch zu putzen. »Etwas Scharfes wurde verwendet, um ihr Nachthemd durchzuschneiden, aber ich kann Ihnen nicht sagen, ob es dasselbe Werkzeug war, mit dem das Gitter durchschnitten wurde. Ich kann das Werkzeug nicht einmal näher einordnen, Kay. Es könnte ein Stilett, ein Säbel oder eine Schere gewesen sein.«

Die elektrischen Kabel und das Survivalmesser konnten uns mehr sagen.

Nach dem mikroskopischen Vergleich hatte Frank guten Grund anzunehmen, dass die Kabel mit Matt Petersens Messer durchschnitten worden waren. Die Werkzeugspuren auf der Messerklinge entsprachen denen, die an den abgetrennten Enden der Kabel hinterlassen wurden. Marino, dachte ich mürrisch. Dieses kleine Detail würde nicht allzu viel bedeuten, wenn das Survivalmesser in der Nähe des Bettes und offen dagelegen hätte und nicht in Matt Petersens Kommode versteckt gewesen wäre.

Ich hatte immer noch meine eigene Vorstellung von dem Tathergang. Der Mörder sah das Messer auf Loris Tisch und beschloss, es zu benutzen. Aber warum hat er es danach versteckt? Außerdem, wenn das Messer benutzt worden war, um Loris Nachthemd aufzuschneiden, und wenn es auch benutzt worden war, um die elektrischen Kabel zu durchtrennen, dann musste die

Reihenfolge der Ereignisse anders gewesen sein, als ich sie mir vorgestellt hatte.

Ich hatte angenommen, dass der Mörder, als er in Loris Schlafzimmer kam, sein eigenes Schneidinstrument in der Hand hatte, ein Messer oder ein scharfes Werkzeug, das er verwendete, um das Fenstergitter zu durchtrennen. Wenn es so war, warum schnitt er dann ihr Nachthemd und die elektrischen Kabel nicht damit durch? Wieso benutzte er das Survivalmesser? Entdeckte er es sofort auf dem Schreibtisch, als er in ihr Schlafzimmer trat?

Das war unmöglich. Der Tisch stand in der Nähe des Bettes, und als er hereingekommen war, war das Schlafzimmer dunkel gewesen. Er konnte das Messer nicht gesehen haben.

Er konnte es nicht gesehen haben, bevor die Lichter angingen, und bis dahin musste Lori bereits überwältigt worden sein, das Messer des Mörders an ihrem Hals. Warum sollte das Survivalmesser auf dem Tisch irgendeine Wirkung auf ihn haben? Es ergab keinen Sinn.

Es sei denn, irgendetwas hatte ihn gestört.

Es sei denn, irgendetwas war geschehen, was ihn bei seinem Ritual störte und irritierte, es sei denn, es war etwas Unerwartetes geschehen, was ihn veranlasste, den Ablauf zu ändern.

Frank und ich spielten es durch.

»Das setzt voraus, dass der Mörder nicht ihr Ehemann ist«, sagte Frank.

»Ja, das setzt voraus, dass der Mörder ein Fremder für Lori ist. Er hat seine spezielle Vorgehensweise, seinen Modus Operandi. Aber als er bei Lori war, wird er durch irgendetwas überrascht.«

»Durch etwas, was sie tut …«

»Oder sagt«, erwiderte ich, dann mutmaßte ich: »Sie könnte etwas gesagt haben, was ihn einen Moment lang aufhielt.«

»Vielleicht.« Er sah skeptisch aus. »Sie könnte ihn lange genug aufgehalten haben, dass er das Messer auf dem Tisch entdecken konnte, lange genug, um auf andere Gedanken zu kommen. Aber es ist wahrscheinlicher, meiner Meinung nach, dass er das Messer schon früher am Abend auf dem Tisch gefunden hat, weil er bereits im Haus war, als sie nach Hause kam.«

»Nein, das glaube ich wirklich nicht.«

»Warum nicht?«

»Weil sie bereits eine ganze Weile zu Hause war, bevor sie überfallen wurde.«

Ich war es viele Male durchgegangen.

Lori fuhr vom Krankenhaus nach Hause, schloss die Eingangstür auf und von innen wieder zu. Sie ging in die Küche und legte ihre Tasche auf den Tisch. Dann aß sie eine Kleinigkeit. Ihr Mageninhalt wies darauf hin, dass sie ein paar Käsecracker gegessen hatte, kurz bevor sie überfallen wurde. Das Essen war kaum verdaut. Der Schreck, den sie bekam, als sie angegriffen wurde, hatte ihre Verdauung wahrscheinlich vollkommen zum Stillstand gebracht. Das ist einer der Abwehrmechanismen unseres Körpers. Die Verdauung sistiert, um den Blutfluss vom Magen ab- und den Extremitäten zuzuleiten und das Lebewesen auf Kampf oder Flucht vorzubereiten.

Nur war es ihr nicht möglich gewesen zu kämpfen. Es war ihr nicht möglich gewesen, irgendwohin zu fliehen.

Nach dem Essen ging sie von der Küche in das Schlafzimmer. Die Polizei hatte herausgefunden, dass es ihre Gewohnheit war, ihre Pille am Abend zu nehmen, kurz vor dem Schlafengehen. Die Freitagspille fehlte in der Packung, die im Badezimmer gelegen hatte. Sie nahm ihre Pille, putzte sich vielleicht die Zähne und wusch sich das Gesicht, dann zog sie ihr Nachthemd an und legte ihre Kleider über den Stuhl. Ich nahm an, dass sie im Bett lag, als er sie überfiel. Er könnte ihr Haus aus der Dunkelheit der Bäume oder der Sträucher beobachtet haben. Er könnte gewartet haben, bis er annahm, dass sie schlief. Oder er könnte sie früher bereits beobachtet und jetzt genau gewusst haben, zu welcher Zeit sie von der Arbeit heimkam und zu Bett ging.

Ich erinnerte mich an die Bettdecken. Sie waren nach unten eingeschlagen, als ob sie darunter gelegen hätte, und es gab keinen Hinweis auf einen Kampf irgendwo anders im Haus.

Etwas anderes fiel mir ein.

Der Geruch, den Matt Petersen erwähnt hatte, der schweißige, süßliche Geruch.

Wenn der Mörder einen besonderen und ausgeprägten Körpergeruch hatte, dann würde er überall zu riechen sein, wo er gewesen war. Er hätte in ihrem Schlafzimmer zu riechen sein müssen, wenn er sich darin versteckt hätte, bevor Lori heimkam.

Sie war Ärztin.

Gerüche sind oft Hinweise auf Krankheiten oder Gifte. Ärzte werden darauf trainiert, sensibel für Gerüche zu sein, so sensibel, dass ich oft vom Geruch des Blutes an einem Tatort sagen kann, was das Opfer getrunken hat, bevor es erschossen oder erschlagen wurde. Blut oder Mageninhalt, der nach modrigen Pilzen oder Mandeln riecht, kann ein Hinweis auf Zyanide sein. Ein Geruch nach nassen Blättern in der Atemluft eines Patienten kann ein Hinweis auf Tuberkulose sein.

Lori Petersen war Ärztin wie ich.

Hätte sie einen sonderbaren Geruch wahrgenommen, als sie in ihr Schlafzimmer kam, dann hätte sie sich nicht ausgezogen, sondern gesucht, bis sie herausgefunden hätte, woher der Geruch kam.

Cagney hatte solche Sorgen nicht gehabt, und es gab Zeiten, in denen ich mich vom Geist meines Vorgängers, dem ich nie begegnet war, verfolgt fühlte, ein Sinnbild von Kraft und Unverletzlichkeit, wie ich sie nie haben würde, und ich glaube, ein Teil von mir beneidete ihn.

Sein Tod kam plötzlich. Er fiel buchstäblich tot um, als er über den Wohnzimmerteppich ging, um die Footballmeisterschaft im Fernsehen anzuschalten. In der Stille eines Montagmorgens wurde er selbst zum Objekt seiner eigenen Lehre, ein Handtuch über sein Gesicht gelegt, der Autopsiesaal für jedermann verschlossen, außer für den Forensiker, dessen Los es war, ihn zu untersuchen. Drei Monate lang blieb sein Büro unberührt. Es war genau so, wie er es hinterlassen hatte, außer dass Rose wahrscheinlich den Aschenbecher mit den Zigarrenstummeln geleert hatte.

Das Erste, was ich tat, als ich nach Richmond zog, war, sein Heiligtum bis auf das Gemäuer abzureißen und alle Überbleibsel des letzten Bewohners zu verbannen – einschließlich eines glasgerahmten Porträts von ihm in seiner Universitätsrobe, das unter einer Lampe hinter seinem gewaltigen Schreibtisch hing. Das wurde an die Rechtsmedizinische Abteilung der Medizinischen Hochschule weitergegeben, zusammen mit einem Bücherregal voller makabrer Erinnerungsstücke, von denen man allgemein annahm, dass sie zur Sammlung eines Gerichtsmediziners gehörten, auch wenn das für die meisten von uns nicht zutraf.

Sein Büro – jetzt mein Büro – war hell beleuchtet und mit dunkelblauem Teppichboden ausgelegt, an den Wänden hingen englische Landschaftsdrucke und andere bürgerliche Szenen. Ich hatte wenige Erinnerungsstücke, und das einzige etwas Makabere war eine knöcherne Schädelrekonstruktion eines ermordeten Jungen, dessen Identität nie aufgedeckt worden war. Ich hatte einen Pulli um seinen Hals gelegt und ihn auf die Oberfläche eines Karteischranks gestellt, von wo aus er die offene Tür mit seinen Plastikaugen beobachtete und in traurigem Schweigen wartete, dass man seinen Namen rief.

Mein Arbeitsplatz war bescheiden, bequem, geschäftsmäßig, meine Insignien nicht bewusst zur Schau gestellt. Obwohl ich mir selbstgefällig einredete, dass es besser war, als ein Profi betrachtet zu werden, denn als Legende, so hatte ich doch insgeheim meine Zweifel.

Ich spürte Cagneys Anwesenheit immer noch an diesem Ort.

Die Leute erinnerten mich ständig an ihn, durch Geschichten, die immer unwirklicher wurden, je öfter man sie erzählte. Er trug selten Handschuhe, wenn er eine Obduktion durchführte. Er war bekannt dafür, essend an den Tatorten anzukommen. Er ging mit den Cops auf die Jagd, er ging zu Barbecues mit den Richtern, und der damalige Commissioner war unterwürfig zuvorkommend, weil Cagney ihn vollkommen einschüchterte.

Ich schnitt schlecht ab und wusste dabei, dass ständig verglichen wurde. Die einzigen Jagden und Barbecues, zu denen ich eingeladen wurde, waren Prozesse und Konferenzen, bei denen mit Pfeilen auf mich geschossen und Feuer unter meinen Füßen gemacht wurde. Wenn Dr. Alvin Amburgeys erstes Jahr im Büro des Commissioner nur ein kleiner Vorgeschmack gewesen war, dann würden die nächsten drei Jahre mit ihm die Hölle werden. Er drang in mein Revier ein. Er überwachte alles, was ich tat. Es verging keine Woche, in der ich nicht irgendeine arrogante Mitteilung von ihm erhielt, in der er mich nach statistischen Zahlen fragte oder wissen wollte, warum die Mordrate weiterhin anstieg, während andere Verbrechen zurückgingen – als ob es irgendwie mein Fehler wäre, dass die Leute in Virginia sich gegenseitig umbrachten.

Was er bisher noch nie getan hatte, war, eine plötzliche Zusammenkunft einzuberufen.

In der Vergangenheit hatte er, wenn er etwas zu besprechen hatte und ich keine schriftliche Mitteilung vorfand, einen seiner Assistenten geschickt. Es gab für mich keinen Zweifel, dass er nicht vorhatte, mir auf die Schultern zu klopfen und mir mitzuteilen, was für eine gute Arbeit ich doch leistete.

Ich sah abwesend über die Stapel auf meinem Tisch

und versuchte, etwas zu finden, mit dem ich mich bewaffnen konnte – Akten, ein Notizbuch, eine Schreibunterlage. Aus irgendeinem Grund machte mir der Gedanke, dort mit leeren Händen hineinzugehen, ein ungutes Gefühl. Ich leerte die verschiedenartigen Überreste, die sich im Laufe eines Tages ansammelten, aus den Taschen meines Kittels, machte mich daran, eine Schachtel Zigaretten oder »Krebsstäbe«, wie Amburgey sie nannte, hineinzupacken, und trat hinaus in den späten Nachmittag.

Er residierte auf der anderen Seite der Straße im obersten Stock des James Monroe Building. Über ihm gab es niemanden mehr, außer eventuell einmal einer Taube, die auf dem Dach saß. Die meisten seiner Untertanen hatten ihren Arbeitsplatz in den zahllosen unteren Stockwerken, in denen die Gesundheitsbehörden untergebracht waren. Ich hatte sein Büro nie gesehen. Ich war noch nie eingeladen worden.

Der Aufzug öffnete sich zu einer riesigen Vorhalle, wo seine Empfangsdame sich hinter einem hufeisenförmigen Schreibtisch niedergelassen hatte. Sie war eine vollbusige Rothaarige, kaum zwanzig, und als sie von ihrem Computer aufsah und mich mit einem eingeübten kecken Lächeln begrüßte, erwartete ich fast, dass sie mich fragte, ob ich reserviert hätte und ob ich einen Pagen für mein Gepäck bräuchte.

Ich sagte ihr, wer ich bin, was nicht das geringste Anzeichen von Erkennen in ihr auszulösen schien.

»Ich habe um vier einen Termin mit dem Commissioner«, fügte ich hinzu.

Sie sah in dem Terminkalender im Computer nach

und meinte freundlich: »Bitte machen Sie es sich bequem, Mrs. Scarpetta. Dr. Amburgey wird gleich Zeit für Sie haben.«

Als ich mich auf eine beigefarbene Ledercouch setzte, sah ich mich suchend auf den glänzenden gläsernen Couch- und Ecktischchen um, auf denen sich zahlreiche Zeitschriften und Seidenblumenarrangements befanden. Es gab keinen Aschenbecher, nicht einen einzigen, und an zwei Wänden hingen Schilder, auf denen »Bitte nicht rauchen« stand.

Die Minuten schlichen dahin.

Die rothaarige Empfangsdame schlürfte Perrier durch einen Strohhalm und war mit Tippen beschäftigt. Irgendwann wollte sie mir etwas zu trinken anbieten. Ich lächelte ein »Nein danke«, und ihre Finger flogen wieder über die Tasten, und der Computer beklagte sich mit einem lauten Piep. Sie seufzte, als ob sie gerade schlimme Nachrichten aus der Buchhaltung bekommen hätte.

Meine Zigarettenschachtel beulte meine Tasche aus, und ich war versucht, eine Damentoilette aufzusuchen, um mir eine anzustecken.

Um vier Uhr dreißig klingelte ihr Telefon. Als sie auflegte – wieder dieses freundliche, leere Lächeln –, verkündete sie: »Sie können hineingehen, Mrs. Scarpetta.«

Die Tür des Commissioner öffnete sich mit einem weichen Klick des Messingdrehknopfes, und sofort sprangen drei Männer auf – von denen ich nur einen zu sehen erwartet hatte. Bei Amburgey waren Norman Tanner und Bill Boltz, und als es an Bill Boltz war, mir die Hand zu geben, schaute ich ihm direkt in die Augen, bis er verlegen wegsah. Ich war verletzt und ein bisschen wütend. Warum hatte er mir nicht gesagt, dass er hier sein würde? Warum hatte ich kein Wort mehr von ihm gehört, seit sich unsere Wege kurz bei Lori Petersen gekreuzt hatten?

Amburgey schenkte mir ein Kopfnicken, das mehr wie eine Entlassung wirkte, und fügte mit dem Enthusiasmus eines gelangweilten Verkehrsrichters hinzu: »Freut mich, dass Sie kommen konnten.«

Er war ein kleiner Mann mit ausweichendem Blick, der zuletzt in Sacramento gearbeitet hatte, wo er genug West-Coast-Manieren gelernt hatte, dass er seine Herkunft aus North Carolina überspielen konnte; er war der Sohn eines Farmers und nicht besonders stolz darauf. Er hatte eine Vorliebe für Schnürsenkel-Krawatten mit silbernen Klammern, die er zu einem Nadelstreifenanzug trug. An seinem rechten Ringfinger steckte ein silberner Ring mit einem Türkis. Seine Augen waren verwaschen grau, wie Eis, die Knochen seines Schädels zeichneten sich scharf unter seiner dünnen Haut ab. Er war fast kahl.

Ein elfenbeinfarbener Sessel war von der Wand in den Raum geschoben worden und schien für mich dazustehen. Das Leder knirschte, und Amburgey setzte sich wieder hinter seinen Schreibtisch, von dem ich oft gehört, den ich aber noch nie gesehen hatte. Er war riesig, ein Meisterstück mit Schmuckschnitzereien aus Rosenholz, sehr alt und sehr chinesisch.

Hinter seinem Kopf befand sich ein breites Fenster, das ihm das Panorama der City bot, der James River als gleißendes Band in der Ferne und die Southside als Fleckenmeer. Mit einem lauten Schnappen öffnete er eine schwarze Briefmappe aus Straußenleder, die vor ihm lag, und holte einen gelben Notizblock hervor, der mit engen, verschnörkelten Buchstaben bekritzelt war. Er hatte unterstrichen, was er sagen wollte. Er machte nie irgendetwas ohne seine Spickzettel.

»Ich bin sicher, dass Sie sich der öffentlichen Sorge wegen dieser jüngsten Morde bewusst sind«, sagte er zu mir.

»Ich bin mir dessen sehr bewusst.«

»Bill, Norm und ich hatten ein Notfall-Gipfeltreffen, um darüber zu reden, gestern Nachmittag. Es ging um mehrere Dinge, vor allem auch darum, was in der Samstagabend- und in der Sonntagszeitung stand, Dr. Scarpetta. Wie Sie vielleicht wissen, überschlagen sich die Medien seit diesem vierten tragischen Tod, dem Mord an der jungen Chirurgin.«

Ich war nicht überrascht.

»Es ist klar, dass man Ihnen viele Fragen gestellt hat«, fuhr Amburgey nüchtern fort. »Wir müssen das Ganze im Keim ersticken, oder wir verlieren völlig die Kontrolle darüber. Das ist einer der Punkte, über die wir geredet haben.«

»Wenn Sie die Morde im Keim ersticken können«, sagte ich genauso kühl, »gewinnen Sie den Nobelpreis.«

»Natürlich ist das unser Hauptanliegen«, meinte Boltz, der seine dunkle Anzugjacke aufgeknöpft hatte und sich in seinem Stuhl zurücklehnte. »Unsere Polizeibeamten arbeiten Tag und Nacht daran, Kay. Aber wir sind uns alle einig, dass es eine Sache gibt, die wir endgültig unter Kontrolle bringen müssen – dieses Durchsickern von Informationen an die Presse. Die Zeitungsberichte erschrecken die Öffentlichkeit zu Tode und lassen den Mörder alles wissen, was wir vorhaben.«

»Ich bin vollkommen dieser Meinung.« Mein Verteidigungsinstinkt klappte hoch wie eine Zugbrücke, und ich bereute sofort, was ich als Nächstes sagte: »Sie können sicher sein, dass mein Büro keine Stellungnahme abgegeben hat, außer der obligatorischen Bekanntgabe von Todesart und -ursache.«

Ich hatte auf eine Anklage reagiert, die noch gar nicht geäußert worden war, und meine professionellen Instinkte empörten sich über meine Dummheit. Wenn ich hier war, um der Indiskretion angeklagt zu werden, dann hätte ich sie dazu bringen müssen – zumindest Amburgey dazu bringen müssen –, so etwas Haarsträubendes auszusprechen. Stattdessen erweckte ich den Eindruck, dass ich auf der Flucht war, und gab ihnen die Rechtfertigung, mir nachzustellen.

»Nun gut«, kommentierte Amburgey, seine blassen, unfreundlichen Augen ruhten kurz auf mir, »Sie haben da gerade etwas offengelegt, das wir einmal näher beleuchten sollten.«

»Ich habe gar nichts offengelegt«, erwiderte ich nicht sehr überzeugend. »Ich habe nur eine Tatsache festgestellt, für das Protokoll.«

Nach einem leichten Klopfen kam die rothaarige Empfangsdame mit Kaffee herein, und das Zimmer verwandelte sich abrupt in ein Stillleben. Die schwere Lautlosigkeit schien über ihr zu hängen, als sie herumging, um auch ganz sicher zu sein, dass wir alles hatten, ihre Aufmerksamkeit schwebte wie ein Schleier über Boltz. Er war vielleicht nicht der beste Oberste Staatsanwalt, den die Stadt je gehabt hatte, aber er war bei Weitem der bestaussehende – einer dieser seltenen blonden Männer, mit denen die Jahre gnädig umgingen. Er verlor weder sein Haar noch seine Figur, und die feinen Linien an seinen Augenwinkeln waren das einzige Zeichen dafür, dass er auf die vierzig zuging.

Als sie gegangen war, sagte Boltz in den Raum: »Wir wissen alle, dass die Cops immer wieder mal ein Problem mit der Mitteilsamkeit haben. Norm und ich hatten ein Gespräch mit den Herrschaften. Niemand scheint genau zu wissen, wo die undichte Stelle sein könnte.«

Ich hielt mich zurück. Was erwarteten sie? Einer von ihnen hat ein Verhältnis mit Abby Turnbull oder sonst irgendjemandem, und dieser Kerl wird jetzt zugeben: »Ja, tut mir leid. Hab ich was verraten?«

Amburgey schlug eine Seite in seinem Notizblock um. »Bis jetzt wurde ein Informant, der als ›medizinische Quelle‹ bezeichnet wird, siebzehnmal seit dem ersten Mord in den Zeitungen zitiert, Dr. Scarpetta. Das gibt mir ein ungutes Gefühl. Natürlich wurden die sensationellsten Details wie die Art der Fesseln, der Nachweis von sexueller Misshandlung, wie der Mörder hereinkam, wo die Leichen gefunden wurden und die Tatsache, dass DNA-Untersuchungen gemacht werden, dieser Quelle zugeschrieben.« Er sah mich an. »Gehe ich recht in der Annahme, dass die Details korrekt sind?«

»Nicht ganz. Es gab ein paar kleine Ungereimtheiten.«

»Die wären?«

Ich wollte nicht mit ihm über diese Fälle reden. Aber er hatte jedes Recht, sogar auf die Möbel in meinem

Büro, wenn er sie wollte. Ich erstattete ihm Bericht. Er erstattete niemandem Bericht, außer dem Gouverneur.

»Zum Beispiel«, antwortete ich, »im ersten Fall berichtete die Zeitung, dass ein brauner Stoffgürtel um Brenda Steppes Hals gebunden gewesen wäre. Tatsächlich war es aber eine Strumpfhose.«

Amburgey notierte sich das. »Was noch?«

»In Cecile Tylers Fall wurde berichtet, dass ihr Gesicht blutete und dass die Bettdecke voller Blut gewesen wäre. Eine maßlose Übertreibung. Sie hatte keine Schnittwunden, keine Verletzungen dieser Art. Etwas Blut war aus ihrer Nase und ihrem Mund gelaufen. Ein Post-Mortem-Artefakt.«

»Diese Details«, fragte Amburgey, während er fortfuhr zu schreiben, »wurden sie in den CME-1-Berichten erwähnt?«

Mir wurde langsam klar, was in seinem Kopf vorging. Die CME-1-Berichte waren die ersten Untersuchungsberichte des Gerichtsmediziners. Der zuständige Medical Examiner schrieb auf, was er am Tatort gesehen und was er von der Polizei erfahren hatte. Die Details waren nicht immer vollkommen korrekt, weil der diensthabende ME vom allgemeinen Durcheinander umgeben war und die Autopsie noch nicht stattgefunden hatte.

Hinzu kam noch, dass die MEs keine Forensiker waren. Sie waren Ärzte, die privat praktizierten, mehr oder weniger Freiwillige, die fünfzig Dollar pro Fall bekamen, um mitten in der Nacht aus dem Bett gerissen zu werden oder sich ihr Wochenende durch Autounfälle, Selbstmorde und Morde zerstören zu lassen. Diese Männer und Frauen verrichteten einen öffentlichen

Dienst; sie waren die Vorarbeiter. Ihre hauptsächliche Arbeit bestand darin, zu bestimmen, ob der Fall zur Autopsie musste, alles aufzuschreiben und eine Menge Fotos zu machen. Selbst wenn einer der MEs eine Strumpfhose mit einem braunen Gürtel verwechselt hatte, war es nicht von Belang. Meine MEs redeten nicht mit der Presse.

Amburgey ließ nicht locker: »Die Sache mit dem braunen Stoffgürtel, die blutige Bettdecke. Ich frage mich, ob diese Details in den CME-1-Berichten erwähnt wurden.«

»In der Art, wie die Zeitung die Details brachte«, antwortete ich fest, »nein.«

Tanner bemerkte scherzend: »Wir wissen alle, was die Presse macht. Nimmt eine Maus und macht sie zum Elefanten.«

»Hören Sie«, sagte ich und sah die drei Männer an. »Wenn Sie darauf hinauswollen, dass einer meiner Medical Examiners Details über diese Fälle ausplaudert, dann kann ich Ihnen mit Sicherheit sagen, dass Sie auf der falschen Fährte sind. Es kommt nicht vor. Ich kenne beide MEs, die bei den ersten zwei Fällen gerufen worden waren. Sie sind seit Jahren MEs in Richmond und waren immer über jeden Zweifel erhaben. Zum dritten und vierten Fall bin ich selbst gegangen. Die Information kommt nicht aus meinem Büro. Die Details, alle, können von jedem, der dort war, weitergeleitet worden sein. Angehörige der Rettungsmannschaften, die zum Tatort kamen, zum Beispiel.«

Leder knarrte leise, als Amburgey sich in seinem Stuhl zurechtsetzte. »Daran habe ich auch schon gedacht. Es waren drei verschiedene Mannschaften. Keiner der Sanitäter war bei allen vier Fällen anwesend.«

Ich sagte ruhig: »Anonyme Quellen sind oft eine Zusammensetzung mehrerer Quellen. Eine medizinische Quelle könnte eine Kombination sein aus dem, was ein Sanitäter sagte, was ein Polizeibeamter sagte und was ein Reporter hörte oder sah, während er draußen vor dem Haus wartete, in dem die Leiche gefunden wurde.«

»Das stimmt.« Amburgey nickte. »Und ich glaube nicht, dass irgendjemand von uns unterstellt, dass die Informationen aus dem Büro des Medical Examiner kommen – zumindest nicht absichtlich.«

»Absichtlich?«, brach es aus mir heraus. »Wollen Sie damit sagen, die Informationen könnten *unabsichtlich* aus meinem Büro heraussickern?« Ich wollte gerade empört erwidern, was für ein vollkommener Blödsinn das war, als ich plötzlich verstummte.

Eine Röte fing an, meinen Hals hinaufzukriechen, als es mir wieder einfiel. Mein Bürocomputer. Ein Fremder war in die Datenbank eingebrochen. War es das, worauf Amburgey anspielte? Wie konnte er etwas davon wissen?

Amburgey fuhr fort, als ob er mich nicht gehört hätte: »Leute reden, Angestellte reden. Sie erzählen es ihren Familien, ihren Freunden, und sie meinen es in den meisten Fällen nicht böse. Aber man weiß nie, wo der schwarze Peter hängen bleibt – vielleicht auf dem Tisch eines Reporters. Diese Dinge passieren. Wir betrachten die Sache ganz objektiv, drehen jeden Stein um. Das müssen wir tun. Sie müssen verstehen, dass einiges von dem, was durchgesickert ist, den Ermittlungsarbeiten wirklich schaden kann.«

Tanner fügte lakonisch hinzu: »Der Stadtdirektor, der Bürgermeister, sie sind nicht gerade entzückt über diese Art der Veröffentlichung. Die Mordrate hat Richmond bereits einen schlechten Ruf eingebracht. Landesweite Sensationsberichte von einem Serienmörder sind das Letzte, was die Stadt brauchen kann. All diese neuen Hotels, die aus dem Boden schießen, sind abhängig von großen Kongressen, hohen Besucherzahlen. Die Leute wollen nicht in eine Stadt kommen, wo sie um ihr Leben fürchten müssen.«

»Nein, das wollen sie nicht«, stimmte ich kühl zu. »Und die Leute würden auch nicht gern glauben, dass die einzige Sorge, die der Bürgermeister deswegen hat, die ist, dass sie unbequem sind, ein Störfaktor, ein potenzielles Hindernis für die Tourismusbranche.«

»Kay«, sagte Boltz ruhig, »niemand behauptet so etwas Abscheuliches.«

»Natürlich nicht«, fügte Amburgey schnell hinzu. »Aber wir müssen den nackten Tatsachen ins Auge sehen, und Tatsache ist, dass da eine ganze Menge unter der Oberfläche brodelt. Wenn wir nicht mit äußerster Vorsicht damit umgehen, fürchte ich, müssen wir uns auf eine große Explosion gefasst machen.«

»Explosion? In welcher Beziehung?«, fragte ich argwöhnisch und sah automatisch Boltz an.

Sein Gesicht war gespannt, seine Augen hart, mit unterdrückter Emotion. Widerwillig sagte er: »Dieser letzte Mord ist ein Pulverfass. Es gibt bestimmte Dinge in Lori Petersens Fall, über die niemand spricht. Dinge, von denen, Gott sei Dank, die Reporter noch nichts wissen. Aber das ist nur eine Frage der Zeit. Irgendjemand wird es herausbekommen, und wenn wir das Problem nicht vorher angepackt haben, vorsichtig und hinter den Kulissen, dann wird die ganze Sache in die Luft gehen.«

Tanner ergriff das Wort, mit einem äußerst grimmigen Ausdruck auf seinem Gesicht: »Die Stadt riskiert, nun ja, einen Rechtsstreit.« Er sah Amburgey an, der ihm mit einem Nicken signalisierte, fortzufahren.

»Es ist da eine recht unglückliche Sache passiert, wissen Sie. Anscheinend hat Lori Petersen die Polizei angerufen, kurz nachdem sie am Samstagmorgen vom Krankenhaus nach Hause gekommen war. Wir haben das von einem der Telefonisten erfahren, die zu der Zeit Dienst hatten. Um elf Minuten vor eins bekam ein Beamter in der Notrufzentrale einen Anruf. Die Adresse der Petersens erschien auf dem Computerbildschirm, aber die Verbindung wurde gleich wieder unterbrochen.«

Boltz sagte zu mir: »Du erinnerst dich vielleicht an den Tatort, es stand ein Telefon auf dem Nachttisch, das Kabel war aus der Wand gerissen. Unsere Vermutung ist, dass Dr. Petersen aufwachte, als der Mörder in ihrem Haus war. Sie griff nach dem Telefon und konnte gerade noch die 911 wählen, bevor er sie aufhielt. Ihre Adresse erschien auf dem Computerbildschirm. Sonst nichts. Keiner sagte etwas. Notrufe dieser Art werden den Funkstreifen übermittelt. In neun von zehn Fällen ist es falscher Alarm, Kinder, die mit dem Telefon spielten. Aber wir können uns dessen nie sicher sein. Wir können nicht sicher sein, dass da nicht ein Mensch einen Herzinfarkt oder einen Schlaganfall hat, dass jemand in

Lebensgefahr schwebt. Deshalb muss der Vermittler dem Anruf höchste Priorität geben. Dann sendet der Funkbeamte es ohne Zeitverzögerung an die Streifenwagen in den Straßen und weist einen Beamten an, an dem Haus vorbeizufahren und zumindest nachzusehen, ob alles in Ordnung ist. Das ist nicht geschehen. Ein bestimmter Beamter aus der Notrufzentrale, der bereits vom Dienst suspendiert ist, hat dem Anruf nur eine Vierer-Priorität zugeteilt.«

Tanner warf ein: »In jener Nacht war ziemlich viel los auf den Straßen. Ziemlich viel Funkverkehr. Je mehr Anrufe es gibt, desto einfacher ist es, etwas unter der Wichtigkeit einzustufen, die man ihm normalerweise zuweisen würde. Das Problem ist, wenn du einer Sache einmal eine Zahl zugeteilt hast, dann gibt es kein Zurück. Der Funkbeamte schaut auf die Zahlen auf seinem Bildschirm. Er kennt den Inhalt der Anrufe nicht, bis er sich ihrer annimmt. Er wird sich keines Vierer-Anrufes annehmen, wenn er noch eine ganze Liste von Einsern und Zweiern und Dreiern hat, die den Männern in den Straßen übermittelt werden müssen.«

»Es besteht kein Zweifel, dass der Vermittler die Sache verbockt hat«, sagte Amburgey milde. »Aber ich glaube, man kann sich vorstellen, wie so etwas passieren kann.«

Ich saß so steif da, dass ich kaum atmete.

Boltz fasste in demselben dumpfen Ton zusammen: »Es war etwa fünfundvierzig Minuten später, als ein Streifenwagen schließlich an Petersens Haus vorbeifuhr. Der Beamte sagt, er habe mit seiner Taschenlampe die Front des Hauses abgeleuchtet. Die Lichter waren aus, alles sah nach seinen Worten sicher aus. Er bekommt eine Meldung von einer Prügelei, die im Gange ist, fährt weg. Anscheinend war es nicht viel später, als Mr. Petersen nach Hause kam und die Leiche seiner Frau fand.«

Die Männer redeten und erklärten weiter. Vergleiche wurden gezogen zu Howard Beach, einem Stadtteil von Queens, wo vor zweieinhalb Jahren eine Meute weißer Jugendlicher mit Baseballschlägern eine Treibjagd auf drei Schwarze veranstaltet hatte, zu einer Messerstecherei in Brooklyn, bei der die Polizei einem Anruf zu spät nachgegangen war und Leute starben.

»Gerichtshöfe in Washington, in New York haben geurteilt, dass eine Regierung nicht dafür verantwortlich gemacht werden kann, wenn sie es nicht schafft, die Menschen vor Verbrechen zu schützen.«

»Egal, was die Polizei tut oder nicht tut.«

»Egal. Wir gewinnen den Prozess, wenn es einen gibt, aber wir verlieren trotzdem, wegen der Publicity.«

Ich hörte kaum ein Wort von dem, was sie sagten. Schreckliche Bilder spielten sich in meinem Kopf ab. Der 911-Anruf, der Umstand, dass er unterbrochen wurde, ließ es mich sehen.

Ich wusste, was geschehen war.

Lori Petersen war erschöpft nach der Schicht in der Notaufnahme, und ihr Ehemann hatte ihr gesagt, dass er später als sonst nach Hause kommen würde. Also ging sie ins Bett, wollte vielleicht nur ein wenig schlafen, bis er heimkam – wie ich es zu tun pflegte, als ich meine Assistenzzeit absolvierte und wartete, bis Tony aus der Jurabibliothek in Georgetown heimkam. Sie wachte auf, weil sie ein Geräusch im Haus hörte, vielleicht den ruhigen Klang der Schritte dieses Menschen, der den Korridor herunter zu ihrem Schlafzimmer kommt. Irritiert ruft sie den Namen ihres Ehemanns.

Niemand antwortet.

In diesem Moment der dunklen Stille, die ihr wie eine Ewigkeit erschienen sein muss, begreift sie, dass jemand im Haus ist – und dass es nicht Matt ist.

Panisch macht sie die Nachttischlampe an, damit sie die Wählscheibe des Telefons sehen kann.

Bis sie die 911 gewählt hat, ist der Mörder bei ihr angekommen. Er reißt das Telefon aus der Wand, bevor sie die Möglichkeit hat, um Hilfe zu schreien.

Vielleicht riss er ihr den Hörer aus der Hand. Vielleicht schrie er sie an, oder sie begann ihn anzuflehen. Er wurde unterbrochen, einen Moment lang überrascht.

Er war wütend. Vielleicht schlug er sie. Dabei hat er möglicherweise ihre Rippen gebrochen, und als sie benommen vor Schmerzen dasitzt, sieht er sich im Raum um. Die Lampe war an. Er konnte alles im Schlafzimmer erkennen. Er konnte das Survivalmesser auf ihrem Tisch sehen.

Ihr Tod hätte verhindert werden können!

Hätte man dem Anruf die Dringlichkeitsstufe eins gegeben, wäre er sofort über den Funk gesendet worden, und ein Beamter hätte innerhalb von Minuten reagiert. Er hätte bemerkt, dass das Schlafzimmerlicht brannte – der Mörder konnte in der Dunkelheit nicht genug sehen, um die Kabel durchzuschneiden und sein Opfer zu fesseln. Der Beamte wäre vielleicht aus dem Auto gestiegen und hätte etwas gehört. Zumindest hätte er sich die Zeit genommen, das Licht der Taschenlampe über die Rückwand ihres Hauses gleiten zu lassen, und er hätte das fehlende Gitter, die Parkbank, das offene Fenster bemerkt. Das Ritual des Mörders brauchte seine Zeit. Die Polizei hätte in dem Haus sein können, bevor er sie tötete!

Mein Mund war so trocken, dass ich einige Schluck Kaffee nehmen musste, bevor ich fragen konnte: »Wie viele wissen davon?«

Boltz antwortete: »Niemand redet darüber, Kay. Nicht einmal Sergeant Marino weiß es. Oder zumindest bezweifle ich, dass er es weiß. Er war nicht im Dienst, als der Anruf kam. Er wurde zu Hause benachrichtigt, nachdem bereits ein Streifenbeamter am Tatort angekommen war. Im Department wird nicht darüber geredet. Diejenigen, die wissen, was geschehen ist, dürfen mit keinem darüber sprechen.«

Ich wusste, was das hieß. Ein lockeres Mundwerk würde den Mann zurück auf die Straße befördern oder ihn hinter einen Schreibtisch im Wachzimmer verbannen.

»Der einzige Grund, warum wir Sie in dieser unglücklichen Sache unterrichten« – Amburgey wählte seine Worte vorsichtig –, »ist, weil Sie den Hintergrund brauchen, um die Schritte zu verstehen, zu denen wir uns gezwungen sehen.«

Ich saß angespannt da und sah ihn scharf an. Gleich würde ich erfahren, worum es eigentlich ging.

»Ich hatte gestern Abend eine Unterredung mit Dr. Spiro Fortosis, dem forensischen Psychiater, der so freundlich war, uns seine Ansichten mitzuteilen. Ich habe die Fälle mit dem FBI besprochen. Die Meinung der Leute, die Erfahrung mit der Typisierung solcher Mörder haben, ist, dass Publicity das Problem verschärft.

Dieser Typ von Mörder fährt darauf ab. Es erregt ihn ganz außerordentlich, wenn er liest, was er getan hat. Es spornt ihn an.«

»Wir können die Pressefreiheit nicht einschränken«, erinnerte ich ihn unverblümt. »Wir haben keine Kontrolle darüber, was die Journalisten schreiben.«

»Die haben wir.« Amburgey sah aus dem Fenster. »Sie können nicht viel schreiben, wenn wir ihnen nicht viel sagen. Unglücklicherweise haben wir ihnen bereits sehr viel gesagt.« Eine Pause. »Oder zumindest hat jemand das getan.«

Ich wusste nicht genau, wohin Amburgey steuerte, aber die Schilder zeigten eindeutig in meine Richtung.

Er fuhr fort: »Die sensationellen Details – die durchgesickerten Informationen –, über die wir schon geredet haben, sind zu plastischen, gruseligen Geschichten, zu Schlagzeilen geworden. Es ist die Expertenmeinung von Dr. Fortosis, dass es das sein könnte, was den Mörder dazu gebracht hat, so schnell wieder zuzuschlagen. Die Veröffentlichungen erregen ihn, setzen ihn unter unglaubliche Spannung. Das Verlangen erreicht wieder einen Höhepunkt, und er muss ein neues Opfer suchen, um Erleichterung zu finden. Wie Sie wissen, lag nur eine Woche zwischen den Morden an Cecile Tyler und Lori Petersen …«

»Haben Sie mit Benton Wesley darüber gesprochen?«, unterbrach ich ihn.

»Das musste ich nicht. Ich habe mit Susling, einem seiner Kollegen in der Fakultät für Verhaltensforschung in Quantico, geredet. Er ist ziemlich bekannt, hat einiges darüber veröffentlicht.«

Gott sei Dank! Der Gedanke, dass Wesley gerade vor ein paar Stunden in meinem Konferenzsaal gesessen und nichts von dem erwähnt hätte, was ich gerade erfuhr, wäre unerträglich gewesen. Er wäre genauso wütend, wie ich es war, dachte ich. Der Commissioner zwängte seinen Fuß in die Ermittlungsarbeiten. Er umkreiste mich, umkreiste Wesley, umkreiste Marino und nahm die Dinge selbst in die Hand.

»Die Wahrscheinlichkeit, dass Sensationsberichte durch Gerede und durch undichte Stellen zustande gekommen sind«, fuhr Amburgey fort, »der Umstand, dass die Stadt sich durch dieses Missgeschick mit dem 911-Notruf schuldig gemacht haben könnte, das alles bedeutet, dass wir ernsthafte Maßnahmen ergreifen müssen, Dr. Scarpetta. Alle Informationen, die an die Öffentlichkeit weitergegeben sollen, werden von diesem Augenblick an über Norm oder Bill geleitet, soweit es die polizeilichen Meldungen betrifft. Und aus Ihrem Büro wird, außer durch mich, nichts mehr herausgegeben. Ist das klar?«

Es hatte noch nie ein Problem mit meinem Büro gegeben, und er wusste das. Wir hatten nie um Publicity gebeten, und ich war immer sehr vorsichtig, wenn ich Informationen an die Presse gab.

Was würden die Reporter – was würden alle – denken, wenn ihnen mitgeteilt wurde, dass sie sich an den Commissioner wenden sollten, wenn sie Informationen bekommen wollten, die sie seit eh und je von meinem Büro bekamen? In der zweiundvierzigjährigen Geschichte des Medical-Examiner-Systems von Virginia war so etwas nie vorgekommen. Wenn man mir Knebel verpasste, würde es den Anschein machen, dass man mir die Autorität entzog, weil man mir nicht trauen konnte.

Ich sah mich um. Keiner wollte mir in die Augen sehen. Boltz kniff den Mund zusammen und studierte abwesend seine Kaffeetasse. Er weigerte sich, mir wenigstens ein aufmunterndes Lächeln zukommen zu lassen.

Amburgey fing wieder an, seine Notizen durchzusehen. »Die größte Gefahr geht von Abby Turnbull aus, das ist nichts Neues. Sie gewinnt keine Preise dafür, dass sie nichts tut.« Dann zu mir: »Sind Sie bekannt miteinander?«

»Sie kommt manchmal an meiner Sekretärin vorbei.«

»Ich verstehe.« Er schlug beiläufig eine Seite um.

»Sie ist gefährlich«, meldete sich Tanner zu Wort. »Die *Times* ist eine der größten Zeitungen im Land. Die haben ihr eigenes Informationssystem.«

»Nun, es gibt keinen Zweifel, dass Miss Turnbull diejenige ist, die den Schaden anrichtet. Alle anderen Reporter wiederholen einfach ihre Storys und schmeißen damit um sich«, kommentierte Boltz langsam. »Was wir herausfinden müssen, ist, woher, zum Teufel, sie ihre Informationen bezieht.« Dann zu mir: »Es wäre klug, jede Möglichkeit in Betracht zu ziehen. Wer, zum Beispiel, hat außer Ihnen Zugang zu den Akten, Kay?«

»Kopien werden an die Zentralverwaltung und an die Polizei geschickt«, antwortete ich ruhig – er und Tanner *waren* die Zentralverwaltung und die Polizei.

»Was ist mit den Familien der Opfer?«

»Bis jetzt habe ich noch keine Fragen von den Familien der Frauen erhalten, und in solchen Fällen würde ich die Verwandten vermutlich an Ihr Büro weiterleiten.«

»Was ist mit Versicherungsgesellschaften?«

»Wenn sie Nachfragen haben. Aber nach dem zweiten Mord habe ich meine Angestellten angewiesen, keine Berichte mehr rauszuschicken außer an Ihr Büro und an die Polizei. Es sind provisorische Berichte. Ich habe so lange wie möglich damit gewartet, sie in Umlauf zu bringen.«

Tanner fragte: »Sonst jemand? Wie ist es mit den Leuten vom Statistischen Amt? Hatten die nicht normalerweise Ihre Daten in ihrem Hauptrechner mit der Bitte, ihnen Kopien von allen CME-1- und Autopsieberichten zu schicken?«

Ich war zu verblüfft, um gleich zu antworten. Tanner hatte seine Hausaufgaben gut gemacht. Es gab keinen Grund, warum Tanner in so eine einfache Angelegenheit eingeweiht sein sollte.

»Wir haben aufgehört, denen irgendwelche Berichte zu schicken, seit wir ans Computernetz angeschlossen sind«, sagte ich ihm. »Sie bekommen zu gegebener Zeit Daten von uns. Wenn sie anfangen, an ihrem Jahresbericht zu arbeiten ...«

Tanner unterbrach mich mit einer Äußerung, die die Wirkung eines auf mich gerichteten Pistolenlaufs hatte.

»Nun, da bleibt nur noch Ihr Computer.« Er fing an, träge in dem Kaffee in seinem Styroporbecher herumzurühren. »Ich nehme an, Sie haben einen sehr eingeschränkten Zugriff auf die Datenbank.«

»Das war meine nächste Frage«, murmelte Amburgey.

Das Timing war grausam.

Ich wünschte fast, Margaret hätte mir nichts über den Einbruch in meinen Computer gesagt.

Ich überlegte verzweifelt, was ich sagen sollte, als ich von Panik ergriffen wurde. War es möglich, dass der Mörder schon vorher hätte gefasst werden können und dass diese junge, begabte Chirurgin noch am Leben wäre, wenn diese Dinge nicht durchgesickert wären? War es möglich, dass diese »medizinische Quelle« gar kein Mensch war, sondern mein Bürocomputer?

Ich glaube, es war einer der schrecklichsten Augenblicke in meinem Leben, als ich keine andere Wahl mehr hatte, als zuzugeben: »Trotz aller Vorsichtsmaßnahmen sieht es so aus, als wäre jemand in unsere Datenbank eingebrochen. Wir haben heute entdeckt, dass jemand versucht hat, Lori Petersens Fall aufzurufen. Der Versuch war nutzlos, weil ihr Fall noch nicht in den Computer eingegeben worden war.«

Einen Moment lang sagte niemand etwas.

Ich zündete eine Zigarette an. Amburgey starrte wütend darauf, dann sagte er: »Aber die ersten drei Fälle sind gespeichert.«

»Ja.«

»Sind Sie sicher, dass es kein Mitglied Ihrer Abteilung war oder vielleicht einer der Deputy Chiefs in einem der Bezirke?«

»Ich bin ziemlich sicher.«

Wieder Stille. Dann fragte er: »Kann es sein, dass der Eindringling, wer immer es ist, schon einmal hineingekommen ist?«

»Ich kann nicht sicher sagen, ob es schon einmal passiert ist. Wir lassen normalerweise den Computer im

Answer-Modus, damit sowohl Margaret als auch ich ihn von zu Hause anwählen können. Wir haben keine Ahnung, wie ein Außenstehender Zugriff auf das Passwort erhalten hat.«

»Wie haben Sie von dem Einbruch Kenntnis erlangt?« Tanner sah irritiert aus. »Sie haben es heute entdeckt. Sieht so aus, als hätten Sie es auch herausgefunden, wenn es früher schon einmal passiert wäre.«

»Meine Computerspezialistin hat es entdeckt, weil das Echo aus Versehen angeschaltet geblieben war. Die Befehle standen auf dem Bildschirm. Sonst hätten wir nie davon erfahren.«

Etwas flackerte in Amburgeys Augen auf, und sein Gesicht nahm ein wütendes Rot an. Er griff nach einem mit Emaille besetzten Brieföffner und fuhr eine gefühlte Ewigkeit mit seinem Daumen an der scharfen Klinge entlang. »Tja«, beschloss er, »ich denke, wir sehen uns Ihren Rechner lieber mal an. Prüfen, welche Daten die Person sich angeschaut hat. Vielleicht besteht ein Zusammenhang zu dem, was in der Zeitung stand. Ich bin sicher, dass wir das feststellen werden. Ich möchte mir auch die vier Mordfälle nochmals ansehen, Dr. Scarpetta. Man stellt mir viele Fragen. Ich muss genau wissen, womit wir es zu tun haben.«

Ich saß hilflos da. Ich konnte nichts tun. Amburgey drängte mich ab, öffnete die privaten, sensiblen Bereiche, die in meinem Büro bearbeitet wurden, der bürokratischen Überprüfung. Der Gedanke, dass er diese Fälle durchsehen würde, dass er die Fotos von diesen gequälten, ermordeten Frauen sah, ließ mich vor Zorn zittern.

»Sie können sich die Fälle auf der anderen Seite der Straße ansehen. Sie werden nicht fotokopiert, und sie werden mein Büro auch nicht verlassen.« Und ich fügte kalt hinzu: »Aus Sicherheitsgründen, natürlich.«

»Wir werden sie jetzt ansehen.« Er schaute sich um. »Bill, Norm?«

Die drei Männer standen auf. Als wir hintereinander hinausgingen, sagte Amburgey zu seiner Empfangsdame, dass er heute nicht mehr kommen würde. Ihr sehnsüchtiger Blick folgte Boltz aus der Tür hinaus.

7

Wir warteten in der grellen Sonne auf eine Lücke im Berufsverkehr und rannten über die Straße. Keiner sagte etwas, und ich lief einige Schritte voraus und führte sie zum Hintereingang des Gebäudes. Die Vordertüren würden jetzt bereits mit Ketten verschlossen sein.

Ich ließ die drei Männer im Konferenzraum zurück und ging, um die Akten aus einer verschlossenen Schublade in meinem Schreibtisch zu holen. Ich konnte hören, wie Rose nebenan mit Papier raschelte. Es war nach fünf Uhr, und sie war immer noch da. Das beruhigte mich ein wenig. Sie harrte aus, weil sie wusste, dass es nichts Gutes für mich bedeuten konnte, dass ich in Amburgeys Büro beordert worden war.

Als ich in den Konferenzraum zurückkam, hatten die drei Männer ihre Stühle nah zusammengeschoben. Ich saß ihnen gegenüber, rauchte ruhig und wartete darauf, dass Amburgey mich bitten würde zu gehen. Er tat es nicht.

Eine weitere Stunde verging.

Seiten wurden umgeschlagen, Berichte durchgeblättert, Kommentare und Beobachtungen mit gedämpften Stimmen geäußert. Fotos wurden auf dem Tisch ausgebreitet wie Spielkarten. Amburgey machte geschäftig Notizen in seiner krakeligen, kleinlichen Schrift.

Irgendwann fielen mehrere Akten von Boltz' Schoß herab und klatschten auf den Teppich.

»Ich hebe sie auf.« Tanner schob seinen Stuhl zur Seite.

»Schon geschehen.« Boltz wirkte angewidert, als er die Papiere aufsammelte, die unter dem Tisch und um ihn herum verstreut lagen. Er und Tanner waren immerhin so rücksichtsvoll, alles wieder unter der richtigen Fallnummer einzuordnen, während ich ihnen dumpf zusah. Amburgey schrieb inzwischen weiter, als ob nichts geschehen wäre.

Die Zeit verging im Schneckentempo, und ich saß einfach da.

Manchmal stellte man mir eine Frage. Die meiste Zeit jedoch sahen sich die Männer nur gegenseitig an und redeten miteinander, als ob ich nicht anwesend wäre.

Um halb sieben gingen wir in Margarets Büro. Ich setzte mich an den Computer, deaktivierte den Answer-Modus, und sofort tauchte das Fallprogramm auf dem Bildschirm auf.

Amburgey sah auf seine Notizen und las mir die Fallnummer von Brenda Steppe, dem ersten Opfer, vor.

Ich gab sie ein und drückte die Fragezeichentaste. Fast sofort erschienen ihre Daten auf dem Bildschirm.

Das Bild zeigte jetzt mehr als ein halbes Dutzend Tabellen, die einander zugeordnet waren. Die Männer lasen die Daten in den orangefarbenen Spalten durch und sahen mich jedes Mal an, wenn sie bereit für die nächste Seite waren.

Zwei Seiten später bemerkten wir es alle im selben Moment.

In der Spalte »Kleidung, persönliche Gegenstände

etc.« stand eine Beschreibung von dem, was zusammen mit Brenda Steppe ins Leichenschauhaus gebracht worden war, einschließlich der Fesseln. In schwarzen Buchstaben war dort »brauner Stoffgürtel um den Hals« zu lesen.

Amburgey beugte sich über mich und ließ schweigend die Finger über den Bildschirm gleiten.

Ich öffnete Brenda Steppes Akte und wies darauf hin, dass ich dies nicht im Autopsieprotokoll diktiert hatte, sondern dass in meinen Papieren geschrieben stand: »eine Nylonstrumpfhose um ihren Hals«.

»Ja«, frischte Amburgey mein Gedächtnis auf, »aber sehen Sie im Bericht der Rettungsmannschaft nach. Ein brauner Stoffgürtel steht da, nicht wahr?«

Ich suchte schnell den Bogen heraus und las ihn durch. Er hatte recht. Der Sanitäter erwähnte, als er beschrieb, was er gesehen hatte, dass das Opfer mit elektrischen Kabeln an den Hand- und Fußgelenken gefesselt und etwas »Bräunliches, Gürtelähnliches aus Stoff« um ihren Hals gebunden war.

Boltz versuchte zu helfen und schlug vor: »Vielleicht hat eine deiner Angestellten diese Akten durchgesehen, als sie den Bericht getippt hat, und dabei den Bogen der Rettungsmannschaft gelesen und versehentlich die Sache mit dem Gürtel getippt – ich meine, vielleicht hat sie nicht gemerkt, dass es nicht mit dem übereinstimmte, was du in dem Autopsiebericht diktiert hast.«

»Das ist unwahrscheinlich«, entgegnete ich. »Meine Angestellten wissen, dass sie nur die Daten von den Autopsie- und Laborberichten und vom Totenschein übertragen dürfen.«

»Es ist doch möglich«, sagte Amburgey, »dass dieser Gürtel erwähnt ist. Es steht in der Akte.«

»Natürlich ist es möglich.«

»Dann ist es auch möglich«, folgerte Tanner, »dass die Information über diesen Stoffgürtel, der in der Zeitung erwähnt wurde, aus Ihrem Computer kam. Dass vielleicht ein Reporter in Ihre Datenbank hineingekommen ist oder jemand anderen dazu veranlasst hat, für ihn zu arbeiten.«

»Oder er hat die Information von dem Sanitäter, der den Gürtel in seinem Bericht erwähnt hat«, entgegnete ich.

Amburgey wandte sich vom Computer ab. Er sagte kalt: »Ich verlasse mich darauf, dass Sie alles tun werden, um die Vertraulichkeit Ihrer Daten zu sichern. Lassen Sie Ihre Computerdame das Passwort ändern. Was immer nötig ist, Dr. Scarpetta. Und ich erwarte eine schriftliche Stellungnahme zu dieser Angelegenheit von Ihnen.«

Er ging zum Eingang und zögerte lange genug, um noch hinzuzufügen: »Kopien werden an die jeweiligen Stellen gegeben, und dann werden wir sehen, ob noch weitere Maßnahmen ergriffen werden müssen.«

Mit diesen Worten ging er weg, Tanner folgte ihm.

Wenn alles schiefgeht, beruhige ich mich beim Kochen. Manche Leute gehen nach einem anstrengenden Tag nach draußen und dreschen auf einen Tennisball ein oder joggen sich in einem Fitnesscenter ihre Gelenke kaputt. Ich hatte eine Freundin in Coral Gables, die immer mit ihrem Liegestuhl an den Strand verschwand, sich dort den Stress von der Sonne herunterbrennen ließ und eine schlüpfrige Geschichte las, mit der man sie sonst nicht einmal tot erwischen durfte – sie war Distriktrichterin. Viele Polizisten, die ich kenne, spülen ihren Ärger in der Bar mit Bier hinunter.

Ich war nie besonders sportlich, und es gab keinen akzeptablen Strand in erreichbarer Nähe. Mich zu betrinken, das löste bei mir keine Probleme. Kochen war ein Luxus, den ich mir nur selten gönnen konnte, und obwohl die italienische Küche nicht die einzige ist, die ich liebe, war es immer diejenige, die ich am besten beherrschte.

»Nimm die feine Seite von der Reibe«, sagte ich zu Lucy über das Geräusch des laufenden Wassers in der Spüle hinweg.

»Aber er ist so hart«, jammerte sie und schnaubte vor Verzweiflung.

»Alter Parmesan ist hart. Und pass auf deine Finger auf, okay?« Ich hörte auf, die grünen Paprika, Champignons und Zwiebeln zu waschen, tupfte sie trocken und legte sie auf das Schneidebrett. Auf dem Herd kochte eine Sauce, die ich aus frischen Tomaten, Basilikum, Oregano und einigen Zehen Knoblauch gemacht hatte. Eine italienische Wurst lag auf einem Küchentuch neben einem anderen Stück Küchenkrepp, auf dem angebratenes Rinderhackfleisch lag. Hefeteig stand auf der Theke und quoll unter einem feuchten Küchenhandtuch, und in einer Schüssel befand sich Mozzarella aus New York, noch in der Flüssigkeit, in der ich ihn in meinem Lieblingsfeinkostladen in der West Avenue gekauft hatte.

»Mutti nimmt immer Dosen und kippt eine Menge

Zeug dazu«, sagte Lucy atemlos. »Oder sie kauft alles fertig im Lebensmittelgeschäft.«

»Das ist ja furchtbar«, antwortete ich und meinte es auch so. »Wie kann man das essen?« Ich hackte und schnitt. »Deine Großmutter hätte uns lieber verhungern lassen.«

Meine Schwester hatte nie gern gekocht, und ich habe nie verstanden, warum. Einige der glücklichsten Momente in unserer Kindheit waren die, wenn wir alle zusammen am Tisch saßen. Wenn es unserem Vater gut ging, setzte er sich an den Tisch und schöpfte hingebungsvoll unsere Teller voll mit großen Portionen dampfender Spaghetti oder Fettucine oder – freitags – Pfannkuchen. Egal wie arm wir waren, es gab immer genug zu essen und genug Wein, und es war immer eine Riesenfreude, wenn ich von der Schule heimkam und von wundervollen Gerüchen und vielversprechenden Geräuschen aus der Küche begrüßt wurde.

Es war traurig und eine Verletzung der Tradition, dass Lucy keines dieser Dinge kannte. Vermutlich betrat sie an den meisten Tagen, wenn sie von der Schule heimkam, ein stilles, gleichgültiges Haus, wo das Essen eine Mühe war, die man sich bis zur letzten Minute aufhob. Meine Schwester hätte nie Mutter werden sollen. Meine Schwester hätte nie Italienerin sein sollen.

Ich fettete meine Hände mit Öl ein und fing an, den Teig zu kneten, so fest, bis meine Armmuskeln schmerzten.

»Kannst du ihn drehen, wie sie es im Fernsehen tun?« Lucy hielt in ihrer Arbeit inne und starrte mich mit großen Augen an.

Ich machte es ihr vor.

»Wow!«

»Das ist nicht so schwer.« Ich lächelte, als der Teig langsam über meine Fäuste glitt. »Der Trick ist, dass man die Hände fest zur Faust schließt, damit man keine Löcher hineinbohrt.«

»Lass mich es versuchen.«

»Du hast den Käse noch nicht fertiggerieben«, sagte ich mit gespieltem Ernst.

»Bitte …«

Sie sprang von ihrem Schemel herunter und kam zu mir herüber. Ich nahm ihre Hände in meine, befeuchtete sie mit Olivenöl und faltete sie zu Fäusten. Es überraschte mich, dass ihre Hände fast die Größe von meinen hatten.

Als sie ein Baby gewesen war, waren ihre Fäuste nicht größer als Walnüsse. Ich erinnerte mich daran, wie sie nach mir griff, als ich sie damals besuchte, an die Art, wie sie meinen Zeigefinger packte und lächelte, während ein seltsames und wundervoll warmes Gefühl sich in meiner Brust ausbreitete. Ich legte den Teig über Lucys Fäuste und half ihr, ihn herumzudrehen.

»Er wird immer größer«, rief sie. »Der ist gelungen!«

»Der Teig dehnt sich durch die Zentrifugalkraft aus – ähnlich, wie früher Glas gemacht wurde. Du hast doch sicher einmal die alten Glasscheiben mit den eingearbeiteten Wellen gesehen?«

Sie nickte.

»Das Glas wurde zu einer großen, flachen Scheibe gedreht.«

Wir sahen beide auf, als in der Auffahrt Kies unter Reifen knirschte. Ein weißer Audi bremste ab, und Lucys Stimmung ging sofort in den Keller.

»Oh«, sagte sie unglücklich, »er ist da.«

Bill Boltz stieg aus dem Wagen und nahm zwei Flaschen Wein vom Beifahrersitz.

»Du wirst ihn mögen.« Ich legte den Teig in eine tiefe Backform. »Er möchte dich sehr gern kennenlernen, Lucy.«

»Er ist dein Freund.«

Ich wusch meine Hände. »Wir machen einiges gemeinsam, und wir arbeiten zusammen …«

»Er ist nicht verheiratet?« Sie beobachtete ihn, wie er den Weg zur Eingangstür heraufkam.

»Seine Frau starb letztes Jahr.«

»Oh.« Eine Pause. »Wie?«

Ich küsste sie auf den Kopf und ging aus der Küche, um die Tür aufzumachen. Jetzt war nicht der richtige Moment, um so eine Frage zu beantworten. Ich war mir nicht sicher, wie Lucy es aufnehmen würde.

»Geht es dir besser?«, fragte Bill und küsste mich flüchtig.

Ich schloss die Tür. »Wenig.«

»Warte, bis du ein paar Gläser von diesem wunderbaren Zeug hier getrunken hast«, sagte er und hielt die Flaschen hoch, als wären sie Trophäen von einer Jagd. »Aus meinem Privatkeller – du wirst begeistert sein.«

Ich berührte seinen Arm, und er folgte mir in die Küche. Lucy rieb wieder Käse, den Rücken uns zugewandt. Sie drehte sich nicht einmal um, als wir hereinkamen.

»Lucy?«

Sie rieb weiter.

»Lucy?« Ich führte Bill hinüber zu ihr. »Das ist Mr. Boltz, Bill, das ist meine Nichte.«

Widerwillig hielt sie in ihrer Arbeit inne und sah mich direkt an. »Ich habe mir einen Finger aufgerieben, Tante Kay. Siehst du?« Sie hielt ihre linke Hand hoch. Ein Finger blutete leicht über dem Knöchel.

»Oje! Warte, ich hole ein Pflaster …«

»Ein bisschen ist in den Käse hineingekommen«, fuhr sie fort und klang, als ob sie den Tränen nahe wäre.

»Das klingt, als bräuchten wir einen Krankenwagen«, verkündete Bill und überrumpelte Lucy, indem er sie von ihrem Schemel herunterhob und seine Arme um ihre Hüften schloss. Sie befand sich in einer komischen hockenden Position. »Rerrr-Rerrrrrrrrr …« Er heulte wie eine Sirene und trug sie hinüber zum Waschbecken. »Drei-eins-sechs, wir bringen einen Notfall – hübsches kleines Mädchen mit einem blutenden Finger. Bitte veranlassen Sie, dass Dr. Scarpetta ein Pflaster bereithält …«

Lucy schrie vor Lachen. Für einen Moment hatte sie ihren Finger vergessen und starrte Bill mit offener Bewunderung an, als er eine Flasche Wein entkorkte.

»Du musst ihn atmen lassen«, erklärte er ihr freundlich. »Schau, er muss jetzt eine Stunde oder so sein Aroma entfalten können. Er wird reifer mit der Zeit, wie alles im Leben.«

»Kann ich etwas haben?«

»Nun ja«, antwortete er mit übertriebenem Ernst, »mir soll's recht sein, wenn deine Tante Kay nichts dagegen hat. Aber dass du uns nicht albern wirst.«

Ich machte in aller Ruhe die Pizza fertig, strich die

Sauce auf den Teig und belegte ihn mit dem Fleisch, dem Gemüse und dem Parmesankäse. Dann verteilte ich den Mozzarella darüber und schob die Form in den Ofen. Bald füllte der Geruch von Knoblauch die Küche, und ich kümmerte mich um den Salat und deckte den Tisch, während Lucy und Bill miteinander redeten und lachten.

Wir aßen erst spät, und das Glas Wein für Lucy war anscheinend keine schlechte Idee gewesen. Als ich den Tisch abräumte, fielen ihr fast die Augen zu, sie war eindeutig müde, obwohl sie Bill sehr unwillig gute Nacht sagte; er hatte ihr Herz voll und ganz erobert.

»Das war wirklich großartig«, sagte ich zu ihm, nachdem ich sie ins Bett gesteckt hatte. »Ich weiß nicht, wie du es angestellt hast. Ich hatte Angst davor, wie sie reagieren würde …«

»Du dachtest, sie würde mich als Konkurrenz betrachten.« Er lächelte ein wenig.

»Sagen wir es mal so. Ihre Mutter schlittert von einer Beziehung in die nächste mit so ziemlich allem, was zwei Beine hat.«

»Das heißt, dass sie nicht sehr viel Zeit für ihre Tochter hat.« Er füllte unsere Gläser nach.

»Freundlich ausgedrückt.«

»Das ist eine Schande. Sie ist ein kluges Köpfchen. Muss deine Intelligenz geerbt haben.« Er nahm langsam einen Schluck Wein und fügte hinzu: »Was macht sie den ganzen Tag, wenn du arbeitest?«

»Bertha ist hier. Die meiste Zeit ist Lucy in meinem Arbeitszimmer und hämmert auf den Computer ein.«

»Computerspiele?«

»Kaum. Ich glaube, sie weiß mehr über das verdammte Ding als ich. Letztes Mal, als ich nachgesehen habe, programmierte sie in Basic und reorganisierte meine Datenbank.« Er starrte nachdenklich in sein Weinglas. Dann fragte er: »Kannst du deinen Computer benutzen, um den in der Stadt anzuwählen?«

»So etwas darfst du nicht einmal denken!«

»Na ja.« Er sah mich an. »Für dich wäre es besser. Vielleicht hatte ich nur einen kleinen Hoffnungsschimmer.«

»Lucy würde so etwas nicht tun«, sagte ich bestimmt. »Und ich weiß nicht, inwiefern ich besser dran wäre, wenn es so wäre.«

»Besser deine zehnjährige Nichte als ein Reporter. Amburgey würde dich in Ruhe lassen.«

»Amburgey wird mich nie in Ruhe lassen«, sagte ich schnippisch.

»Das stimmt«, erwiderte er trocken. »Er steht jeden Morgen auf, nur um seine Spielchen mit dir zu treiben.«

»Ich fange langsam an, das zu glauben.«

Amburgey hatte seine Ernennung in erster Linie der schwarzen Bevölkerung der Stadt zu verdanken und protestierte öffentlich dagegen, dass die Polizei sich nicht um Morde kümmerte, wenn die Opfer nicht weiß waren. Dann wurde ein schwarzer Stadtrat in seinem Auto erschossen, und Amburgey und der Bürgermeister betrachteten es als gute Öffentlichkeitsarbeit, nehme ich an, am nächsten Morgen unangemeldet in der Leichenschauhalle zu erscheinen.

Vielleicht wäre es nicht so schlimm gewesen, wenn Amburgey Fragen gestellt hätte, während er mir bei der Autopsie zusah. Die Kombination aus Arzt und Politiker trieb ihn dazu, die Presse, die draußen vor dem Gebäude wartete, vertraulich darüber zu informieren, dass die »verstreuten Wunden« auf der oberen Brusthälfte des toten Stadtrates »ein Hinweis auf den Schuss aus einer Schrotflinte aus nächster Nähe« waren. So diplomatisch wie möglich erklärte ich den Reportern, als sie mich später befragten, dass die »verstreuten« Löcher auf der Brust in Wirklichkeit therapeutische Zeichen waren, die entstanden waren, als die Notärzte dicke Nadeln in die Arterien einführten, um Blut zu übertragen. Die tödliche Verletzung des Stadtrates war eine kleinkalibrige Schusswunde an der Rückseite seines Kopfes.

Die Reporter hatten einiges zu tun, um Amburgeys Schnitzer wieder auszubügeln.

»Das Problem ist, dass er studierter Mediziner ist«, sagte ich zu Bill. »Er weiß genug, um zu denken, dass er Experte in der Gerichtsmedizin sei, um zu denken, dass er meine Arbeit besser verrichten könnte, als ich es tue, und viele seiner Ansichten sind ein großer Haufen Mist.«

»Was du ihn dummerweise merken lässt.«

»Was soll ich denn tun? Zustimmen und genauso inkompetent wirken wie er?«

»Es ist also ein einfacher Fall von beruflichem Neid«, sagte er mit einem Achselzucken. »Das kommt vor.«

»Ich weiß nicht, *was* es ist. Wie, zum Teufel, erklärst du diese Dinge? Die Hälfte von dem, was die Leute tun und glauben, ergibt überhaupt keinen Sinn. Wer weiß, vielleicht erinnere ich ihn an seine Mutter.«

Die Wut in mir steigerte sich, und ich bemerkte an

dem Ausdruck auf seinem Gesicht, dass ich ihn dabei anstarrte.

Er hob seine Hand. »Du brauchst nicht auf mich sauer zu sein. Ich habe nichts getan.«

»Du warst dabei heute Nachmittag, oder nicht?«

»Was erwartest du? Soll ich Amburgey und Tanner mitteilen, dass ich nicht zu dem Treffen kommen kann, weil wir beide was miteinander haben?«

»Natürlich konntest du ihnen das nicht sagen«, meinte ich kläglich. »Aber vielleicht hätte ich gern gehabt, dass du es tust. Vielleicht wollte ich, dass du Amburgey k. o. schlägst oder so was.«

»Keine schlechte Idee. Aber ich glaube nicht, dass mir das bei den nächsten Wahlen helfen würde. Außerdem, du würdest mich wahrscheinlich im Gefängnis schmoren lassen. Würdest nicht mal meine Kaution bezahlen.«

»Das kommt darauf an, wie viel es wäre.«

»Mist.«

»Warum hast du mir nichts gesagt?«

»Dir was gesagt?«

»Von dem Treffen.« Du musst es seit gestern gewusst haben. Vielleicht wusstest du es schon länger, wollte ich sagen, und das ist der Grund, warum du mich am Wochenende nicht angerufen hast! Ich hielt mich zurück und sah ihn fest an.

Er starrte wieder in sein Weinglas. Nach einer Pause antwortete er: »Ich sah keinen Sinn darin, es dir zu sagen. Es hätte dich nur beunruhigt, und mein Eindruck war, dass das Treffen pro forma war …«

»Pro forma?« Ich sah ihn ungläubig an. »Amburgey

hat mich geknebelt und den halben Nachmittag damit verbracht, mein Büro auseinanderzunehmen, und das nennst du pro forma?«

»Ich bin sicher, dass einiges von dem, was er getan hat, auf deine Enthüllung von dem Computereinbruch zurückzuführen war, Kay. Und ich wusste das gestern noch nicht. Zum Teufel, du hast es gestern selbst noch nicht gewusst.«

»Ich verstehe«, antwortete ich kalt. »Niemand wusste davon, bis ich es gesagt habe.«

Stille.

»Was willst du damit sagen?«

»Es schien einfach ein unglaublicher Zufall, dass wir den Einbruch, ein paar Stunden bevor er mich in sein Büro zitierte, entdeckten. Ich hatte den seltsamen Gedanken, dass er vielleicht wusste …«

»Vielleicht tat er das.«

»Das beruhigt mich ungeheuer.«

»Es ist doch sowieso müßig«, fuhr er gelassen fort. »Dann hat Amburgey eben von dem Einbruch gewusst, als du heute Nachmittag in sein Büro gekommen bist, na und? Vielleicht hat jemand geredet – deine Computerspezialistin zum Beispiel.« Er zuckte mit den Achseln. »Das gab ihm nur noch mehr Grund zur Sorge, oder? Und wenn es so ist, bist du nicht darüber gestolpert, weil du schlau genug warst, die Wahrheit zu sagen.«

»Ich sage immer die Wahrheit.«

»Nicht immer«, bemerkte er verschmitzt. »Du sagst nie die Wahrheit über uns – weil du gar nichts sagst.«

»Vielleicht wusste er es«, unterbrach ich ihn. »Ich will nur hören, dass du nichts wusstest.«

»Ich wusste nichts.« Er sah mich fest an. »Ich schwöre es. Wenn ich irgendetwas davon gehört hätte, hätte ich dich vorgewarnt, Kay. Ich wäre zur nächsten Telefonzelle gerannt und …«

»Und wärst als Superman herausgestürmt.«

»Zum Teufel«, murmelte er, »jetzt machst du dich lustig über mich.«

Er spielte den verletzten Jungen. Bill verfügte über viele Rollen, und er spielte sie alle außerordentlich gut. Manchmal war es schwer für mich, zu glauben, dass er so vernarrt in mich war. Oder sollte das auch nur eine Rolle sein?

»Ich mache mich nicht lustig über dich«, sagte ich müde. »Wirklich, Bill. Lass uns bitte nicht streiten.«

»Mir ist es recht.«

»Ich bin es nur leid. Ich weiß einfach nicht, was ich tun soll.«

Anscheinend hatte er darüber schon nachgedacht und sagte: »Es wäre sehr hilfreich, wenn du herausfinden könntest, wer in deine Datenbank eingedrungen ist.« Eine Pause. »Oder besser, wenn du es beweisen könntest.«

»Beweisen?« Ich sah ihn argwöhnisch an. »Willst du damit sagen, dass du einen Verdacht hast?«

»Nicht aufgrund irgendwelcher Tatsachen.«

»Wer?« Ich zündete eine Zigarette an.

Er ließ seine Augen durch die Küche schweifen. »Abby Turnbull steht auf meiner Liste ganz oben.«

»Ich dachte, du würdest mir etwas sagen, worauf ich nicht selbst kommen könnte.«

»Ich meine es ernst, Kay.«

»Na schön, sie ist eine ambitionierte Reporterin«, sagte ich gereizt. »Offen gesagt, ich bin es langsam leid, mir ständig diese Dinge über sie anzuhören. Sie ist nicht so mächtig, wie sie jeder macht.«

Bill stellte sein Weinglas mit einem harten Geräusch auf dem Tisch ab. »Von wegen nicht so mächtig«, erwiderte er scharf. »Diese Frau ist eine gottverdammte Schlange. Ich weiß ja, sie ist eine ambitionierte Journalistin, und was man sonst noch so sagt. Aber sie ist schlimmer, als es sich irgendjemand vorstellen kann. Sie ist boshaft und falsch und außerordentlich gefährlich. Diese Hexe ist zu allem fähig.«

Seine Heftigkeit ließ mich vor Schreck verstummen. Es passte nicht zu ihm, solche hasserfüllten Worte bei der Beschreibung einer Person zu verwenden. Vor allem, wenn es um jemanden ging, von dem ich annahm, dass er sie kaum kannte.

»Erinnerst du dich an den Artikel, den sie vor einem Monat oder so über mich geschrieben hat?«

Vor nicht allzu langer Zeit hatte die *Times* endlich das obligatorische Porträt des neuen Obersten Staatsanwalts der Stadt gebracht. Der Artikel war ziemlich weitschweifig und erschien in der Sonntagsausgabe, und ich erinnerte mich nicht genau, was Abby Turnbull geschrieben hatte, außer dass das Werk mir ungewöhnlich farblos für die Verfasserin vorkam.

Ich sagte nur: »Soweit ich mich erinnere, war der Artikel ziemlich fad. Hat keinem geschadet, aber auch keinem genützt.«

»Es gibt einen Grund dafür«, gab er zurück. »Ich habe den Verdacht, dass sie es nicht besonders gern geschrieben hat.« Er wollte damit nicht sagen, dass die Verabredung langweilig gewesen war. Es ging um etwas anderes, und meine Nerven spannten sich wieder an.

»Mein Termin mit ihr war ein ziemlicher Horror. Sie verbrachte den ganzen Tag mit mir, fuhr in meinem Auto mit, von Termin zu Termin, Verdammt, sogar zu meiner Reinigung. Du weißt, wie diese Reporter sind. Sie folgen dir sogar in die Toilette, wenn du es zulässt. Nun, kurz gesagt, als der Abend fortschritt, nahmen die Dinge einen etwas unglücklichen und eindeutig unerwarteten Verlauf.«

Er zögerte, um zu sehen, ob ich seine Andeutung verstand. Ich verstand sie nur zu gut.

Sein Gesicht war hart, als er sagte: »Ich war völlig überrumpelt. Wir kamen gegen acht Uhr aus der letzten Versammlung heraus. Sie bestand darauf, dass wir essen gehen sollten. Sie hatte alles notiert und nur noch ein paar Fragen, um die Story abzuschließen. Wir waren kaum vom Parkplatz des Restaurants weggefahren, da sagte sie, sie fühle sich nicht gut. Zu viel Wein oder so was. Sie wollte, dass ich sie bei ihr zu Hause absetzte, anstatt sie zurück zum Verlag zu bringen, wo ihr Auto stand. Also tat ich das, brachte sie heim. Und als ich vor ihrem Haus anhielt, überfiel sie mich. Es war furchtbar.«

»Und?«, fragte ich, als ob es mir egal wäre.

»Und ich wurde überhaupt nicht fertig damit. Ich glaube, ich habe sie gedemütigt, ohne es zu wollen. Seither macht sie mir die Hölle heiß.«

»Was? Sie ruft dich an, schickt dir Drohbriefe?« Ich war nicht ganz ernst. Ich war auch nicht gefasst auf das, was er als Nächstes sagte.

»Der Mist, den sie geschrieben hat. Der Umstand, dass es vielleicht aus deinem Computer stammt. So verrückt es klingt, ich glaube, der Grund dafür ist persönlicher ...«

»Die Informationen? Willst du damit sagen, dass sie in meinen Computer einbricht und reißerische Details von diesen Fällen veröffentlicht, um dir eins auszuwischen?«

»Wenn diese Fälle vor Gericht kommen, wem, zum Teufel, schadet es denn?«

Ich antwortete nicht. Ich starrte ihn ungläubig an.

»Mir. Ich bin derjenige, der die Anklage in diesen Fällen vertritt. Sensationelle, verabscheuungswürdige Fälle, die vermasselt werden, weil dieser ganze Dreck in den Zeitungen steht; niemand wird mir Blumen oder Dankesbriefchen schicken. Sie weiß das ganz genau, Kay. Sie hängt es mir an, das ist genau das, was sie tut.«

»Bill«, sagte ich und senkte meine Stimme, »es ist ihr Job, aggressive Berichte zu schreiben, alles zu drucken, was sie in die Hände bekommt. Aber die Fälle können im Gericht nur dann vermasselt werden, wenn der einzige Beweis ein Geständnis ist. Dann bringt die Verteidigung den Angeklagten dazu, seine Meinung zu ändern. Er nimmt alles zurück. Es wird so argumentiert, dass der Kerl psychotisch ist und die Details der Morde kennt, weil er sie in der Zeitung gelesen hat. Er hat sich eingebildet, dass er die Morde begangen hat. Und all so einen Unsinn. Das Ungeheuer, das diese Frauen umbringt, wird sich nie selbst stellen oder irgendetwas gestehen.«

Er leerte sein Glas und füllte es wieder nach. »Vielleicht nehmen die Cops ihn als Verdächtigen fest und bringen ihn dazu zu reden. Vielleicht läuft es so. Und es könnte das Einzige sein, was ihn mit den Verbrechen verbindet. Es gibt keinerlei Beweismaterial, das irgendwie von Bedeutung ist …«

»Kein Beweismaterial?«, unterbrach ich ihn. Sicher hatte ich nicht richtig gehört. Benebelte der Wein seinen Verstand? »Er hinterlässt massenhaft Samenflüssigkeit. Er wird gefasst, und die DNA-Analyse wird ihn festnageln …«

»O ja! Ganz sicher. Die DNA-Muster, die genetischen Fingerabdrücke, sind in Virginia erst ein paarmal bei Gericht zur Anwendung gekommen. Im ganzen Land gibt es nur sehr wenige Präzedenzfälle, sehr wenige Verurteilungen – und gegen jede einzelne davon wurden Revisionsverfahren eingeleitet. Versuch mal einem Schwurgericht in Richmond zu erklären, dass der Typ aufgrund der DNA schuldig ist. Man kann glücklich sein, wenn man einen Geschworenen findet, der DNA buchstabieren kann. Sobald mal einer einen IQ über vierzig hat, wird die Verteidigung einen Grund dafür finden, ihn auszuschließen, damit habe ich es Woche für Woche zu tun …«

»Bill …«

»Zum Teufel.« Er lief in der Küche auf und ab. »Es ist schwer genug, eine Verurteilung zu erreichen, wenn fünfzig Leute schwören, dass sie gesehen haben, wie der Kerl abgedrückt hat. Die Verteidigung kommt mit einer Herde von Experten an, die Schlamm in das Wasser werfen und alles hoffnungslos durcheinanderbringen. Gerade du weißt doch, wie kompliziert diese DNA-Untersuchung ist.«

»Bill, ich habe den Geschworenen schon ähnlich kompliziert Dinge erklärt.«

Er wollte etwas sagen, hielt sich aber zurück. Er starrte erneut auf den Küchenboden und nahm noch einen Schluck Wein.

Die Stille lag schwer im Raum. Wenn der Ausgang der Verhandlungen nur von den DNA-Ergebnissen abhing, dann befand ich mich in der Position des Hauptzeugen der Anklage. Ich war schon viele Male in dieser Position gewesen, und ich konnte mich nicht erinnern, dass Bill sich jemals übermäßig Sorgen deswegen gemacht hatte.

Irgendetwas war dieses Mal anders.

»Was ist los?«, brachte ich schließlich hervor. »Bist du beunruhigt wegen unserer Beziehung? Glaubst du, dass irgendjemand es herauskriegen und uns beschuldigen könnte, dass wir für unseren Beruf zusammen ins Bett gehen – dass man mich beschuldigt, die Ergebnisse zu manipulieren, um der Anklage zu helfen?«

Er sah mich an, sein Gesicht wurde rot. »So etwas denke ich überhaupt nicht. Es stimmt schon, dass wir zusammen waren, na und? Wir sind zusammen essen gegangen und ein paarmal ins Theater ...«

Er musste den Satz nicht beenden. Niemand wusste von uns. Normalerweise kam er zu mir, oder wir fuhren an irgendeinen entfernten Ort wie Williamsburg oder Washington, wo es eher unwahrscheinlich war, jemandem zu begegnen, der einen erkennen könnte. Ich hatte mir immer größere Sorgen gemacht, dass man uns in der Öffentlichkeit zusammen sehen könnte, als er es zu tun schien.

Oder wollte er etwas anderes andeuten, etwas, was tiefer ging?

Wir hatten kein richtiges Verhältnis miteinander, und diese Tatsache erzeugte eine feine, aber unangenehme Spannung zwischen uns.

Ich glaube, wir hatten beide die starke Anziehung zwischen uns gespürt, aber es vermieden, irgendetwas in der Richtung zu tun, bis vor einigen Wochen. Nach einer Verhandlung, die bis spät in den Abend dauerte, lud er mich beiläufig zu einem Drink ein. Wir gingen zu einem Restaurant in der Nähe des Gerichts, und nach zwei Scotch fuhren wir zu mir. Es kam so plötzlich. Es war intensiv wie in der Pubertät, unsere Lust spürbar wie ein Hitzeschwall. Das Verbotene daran machte es nur noch wilder, und dann plötzlich, als wir in der Dunkelheit auf meiner Wohnzimmercouch lagen, packte mich die Panik.

Sein Hunger war zu groß. Es brach aus ihm heraus, er überfiel mich, anstatt zärtlich zu sein, und drückte mich hart auf die Couch hinunter. In diesem Moment hatte ich das Bild seiner Frau vor Augen, versunken in den hellblauen Satinkissen im Bett wie eine hübsche lebensgroße Puppe, die Vorderseite ihres weißen Nachthemdes dunkelrot verfärbt, die Neun-Millimeter-Automatic ein paar Zentimeter neben ihrer schlaffen rechten Hand.

Ich war zu dem Tatort des Selbstmordes gekommen und wusste nur, dass die Frau des Mannes, der für die Oberste Staatsanwaltschaft kandidierte, sich anscheinend umgebracht hatte. Ich kannte Bill damals noch nicht. Ich untersuchte seine Frau. Ich hielt buchstäblich ihr Herz in meinen Händen. Diese Bilder, jedes einzelne, tauchten plötzlich in meinem dunklen Wohnzimmer vor meinen Augen auf, so viele Monate später.

Mit Gewalt löste ich mich von ihm. Ich hatte ihm nie gesagt, was der wirkliche Grund dafür war, obwohl er mich in den darauffolgenden Tagen sogar noch vehementer umwarb. Unsere gegenseitige Anziehung blieb bestehen, aber eine Wand hatte sich dazwischengeschoben. Ich konnte sie nicht mehr abreißen oder darübersteigen, sosehr ich es wollte.

Ich hörte kaum ein Wort von dem, was er sagte.

»… und ich sehe nicht, wie du DNA-Ergebnisse manipulieren könntest, wenn du nicht mit dem Privatlabor und der Hälfte des forensischen Instituts unter einer Decke steckst, außerdem …«

»Was?«, fragte ich erschrocken. »DNA-Ergebnisse manipulieren?«

»Du hast überhaupt nicht zugehört«, platzte er ungeduldig heraus.

»Nun, ich habe nicht alles mitgekriegt, das ist sicher.«

»Ich sagte gerade, niemand könnte dich beschuldigen, etwas zu manipulieren – das ist meine Meinung. Unsere Beziehung hat nichts mit dem zu tun, was ich denke.«

»Okay.«

»Es ist nur …« Er zögerte.

»Nur was?«, fragte ich. Dann, als er sein Glas wieder geleert hatte: »Bill, du musst noch fahren …«

Er winkte ab.

»Was ist es dann?«, fragte ich wieder. »Was?«

Er presste die Lippen zusammen und wollte mich

nicht ansehen. Langsam kam es heraus. »Ich weiß nicht, welchen Ruf du bis dahin bei den Geschworenen hast.«

Ich hätte nicht erstaunter sein können, wenn er mich mit der flachen Hand geschlagen hätte.

»Mein Gott … du weißt irgendetwas. Was? Was! Was führt dieser Mistkerl im Schilde? Feuert er mich wegen dieser gottverdammten Computergeschichte, ist es das, was du damit sagen willst?«

»Amburgey? Er führt gar nichts im Schilde. Zum Teufel, er braucht es nicht. Wenn dein Institut für die durchgesickerten Informationen verantwortlich gemacht wird und die Öffentlichkeit glaubt, dass diese Zeitungsartikel der Grund dafür sind, dass der Mörder mit zunehmender Häufigkeit zuschlägt, dann ist dein Kopf in Gefahr. Die Leute brauchen einen Schuldigen. Ich kann es mir nicht leisten, dass mein Kronzeuge ein Problem mit der Glaubwürdigkeit oder dem Ansehen in der Öffentlichkeit hat.«

»Ist es das, was du und Tanner nach dem Essen so intensiv diskutiert habt?« Ich war den Tränen nahe. »Ich habe dich auf dem Gehweg gesehen, als ihr aus dem Lokal herausgekommen seid …«

Eine lange Pause. Er hatte mich auch gesehen, hatte dann aber so getan, als hätte er mich doch nicht gesehen. Warum? Weil er und Tanner wahrscheinlich über mich gesprochen hatten!

»Wir haben über die Fälle geredet«, antwortete er ausweichend. »Wir haben über sehr viele Dinge geredet.«

Ich war so in Wut, so verletzt, dass ich lieber nichts mehr sagte.

»Schau«, meinte er müde, als er seine Krawatte lockerte und den obersten Knopf seines Hemdes öffnete. »Das ist alles irgendwie schiefgelaufen. Ich wollte nicht, dass es so herauskommt. Ich schwöre es bei Gott. Jetzt bist du beunruhigt, und ich bin auch beunruhigt. Es tut mir leid.«

Mein Schweigen war kalt wie Stein.

Er atmete tief ein. »Es ist nur, dass wir uns um ein paar Dinge wirklich Sorgen machen müssen, und wir sollten zusammen daran arbeiten. Ich male die schlimmsten Möglichkeiten aus, damit wir darauf gefasst sind, okay?«

»Was genau erwartest du von mir?« Ich überlegte jedes Wort, damit meine Stimme ruhig blieb.

»Denk über alles fünfmal nach. Wie beim Tennis. Wenn du im Rückstand bist oder deine Nerven nicht mitspielen, dann musst du vorsichtig spielen. Dich auf jeden Schlag konzentrieren, die Augen keine Sekunde von dem Ball lassen.«

Seine Tennisvergleiche gingen mir manchmal auf die Nerven. Aber jetzt war es ein guter Vergleich. »Ich mache nichts, ohne darüber nachzudenken«, sagte ich starrköpfig. »Du brauchst mir nicht zu sagen, wie ich meine Arbeit erledigen muss. Ich bin nicht bekannt dafür, danebenzutippen.«

»Es ist jetzt besonders wichtig. Abby Turnbull ist Gift. Ich glaube, sie spielt mit uns. Mit uns beiden. Hinter den Kulissen. Benutzt dich oder deinen Bürocomputer, um an mich heranzukommen. Es ist ihr egal, wenn die Gerechtigkeit dabei auf der Strecke bleibt. Die Fälle werden vermasselt, und wir verlieren unseren Job. So einfach ist das.«

Vielleicht hatte er recht, aber ich tat mich schwer damit, zu glauben, dass Abby Turnbull so bösartig sein konnte. Wenn sie nur einen Tropfen menschlichen Blutes in ihren Adern hatte, dann würde sie wollen, dass der Mörder bestraft wird. Sie würde nicht vier brutal ermordete junge Frauen als Köder für ihre Rache benutzen, wenn sie überhaupt wegen Rache belangt werden konnte, und davon war ich nicht überzeugt.

Ich wollte ihm sagen, dass er übertrieb, dass seine schlechte Erfahrung mit ihr seine Urteilskraft momentan verzerrte. Aber irgendetwas hielt mich zurück.

Ich wollte nicht mehr darüber reden.

Ich hatte Angst davor.

Es nagte an mir. Er hatte bis jetzt gewartet, etwas zu sagen. Warum? Seine Begegnung mit ihr lag Wochen zurück. Wenn sie so gefährlich für uns beide war, warum hatte er mir das nicht früher gesagt?

»Ich glaube, du solltest jetzt schlafen«, sagte ich ruhig. »Ich glaube, wir tun gut daran, wenn wir dieses Gespräch vergessen, zumindest bestimmte Teile davon, und so tun, als hätte es nie stattgefunden.«

Er rückte vom Tisch weg. »Du hast recht. Ich habe genug. Und du auch. Mein Gott, ich wollte nicht, dass es so läuft«, sagte er. »Ich bin hergekommen, um dich aufzuheitern. Ich fühle mich schrecklich ...«

Er fuhr fort, sich zu entschuldigen, als wir den Korridor entlanggingen. Bevor ich die Tür öffnete, küsste er mich, und ich konnte den Wein in seinem Atem riechen und seine Hitze spüren. Meine körperliche Reaktion kam immer sofort, ein Schauer von Verlangen und Furcht lief mir kalt den Rücken hinunter wie ein Strom.

Ich löste mich unwillig von ihm und murmelte: »Gute Nacht.«

Er war ein Schatten in der Dunkelheit, als er zu seinem Auto ging, sein Umriss kurz erleuchtet von dem Innenlicht, als er die Tür öffnete und einstieg. Ich stand noch lange auf der Schwelle, nachdem die roten Rücklichter auf der leeren Straße immer kleiner geworden und schließlich hinter den Bäumen verschwunden waren.

8

Das Innere von Marinos silbernem Plymouth Reliant war genauso chaotisch und schlampig, wie ich es mir vorgestellt hätte – wenn ich mir je Gedanken darüber gemacht hätte.

Auf dem Boden hinten lagen zusammengeknüllte Servietten, Burger-King-Tüten und mehrere kaffeegefärbte Styroporbecher. Der Aschenbecher quoll über, und am Rückspiegel baumelte ein Waldduft-Tannenbäumchen, das etwa so effektiv war wie ein Spritzer Deo in einem Müllcontainer. Alles war voller Staub und Zellstoff und Krümel, und die Windschutzscheibe war praktisch undurchsichtig durch den Nikotinbelag.

»Haben Sie dieses Ding jemals gewaschen?« Ich schnallte mich an.

»Mach ich nicht mehr. Klar, man hat mir das Ding gegeben, aber es gehört mir nicht. Ich darf es nicht über Nacht oder übers Wochenende mit nach Hause nehmen oder sonst was. Ich polier es also, bis es blitzt, und verschwende eine halbe Flasche Meister Proper für das Innere, und wissen Sie, was passiert? Irgendein Schmarotzer benutzt es, während ich freihabe. Ich kriege es in diesem Zustand wieder. Jedes Mal. Jetzt erspare ich uns allen den Ärger. Werfe meinen eigenen Müll dazu.«

Der Polizeifunk rauschte leise, als das Licht des Sendersuchlaufs von Kanal zu Kanal wanderte. Marino fuhr aus dem Parkplatz hinter meinem Gebäude heraus. Ich hatte nichts mehr von ihm gehört, seit er am Montag plötzlich den Konferenzraum verlassen hatte. Jetzt war Mittwochnachmittag, und vor ein paar Minuten stand er plötzlich vor meiner Tür und verkündete, dass er einen »kleinen Ausflug« mit mir machen wollte.

Der »Ausflug«, so stellte sich heraus, brachte uns an die einzelnen Tatorte zurück. Der Grund dafür war, soweit ich es feststellen konnte, dass ich mir in meinem Kopf einen Plan davon machen sollte. Dagegen gab es nichts zu sagen, es war eine gute Idee. Aber es war das Letzte, was ich von ihm erwartet hätte. Seit wann bezog er mich bei seiner Arbeit mit ein, obwohl er nicht dazu gezwungen war?

»Es gibt ein paar Dinge, die Sie wissen sollten«, sagte er, während er den Außenspiegel einstellte.

»Ich verstehe. Sie wollen damit sagen, dass Sie nie dazu gekommen wären, mir diese Dinge, die ich wissen sollte, zu sagen, wenn ich Ihren ›kleinen Ausflug‹ nicht mitgemacht hätte?«

»Kann schon sein.«

Ich wartete geduldig, während er den Zigarettenanzünder in die Buchse zurücksteckte. Er setzte sich gemächlich hinter dem Steuer zurecht.

»Es könnte Sie interessieren«, fing er an, »dass wir Petersen gestern an den Lügendetektor angeschlossen haben. Der Mistkerl bestand den Test. Ist ja ganz hübsch, aber es spricht ihn nicht vollkommen frei. Es ist möglich, den Test zu bestehen, wenn man einer von diesen Psychopathen ist, die lügen, wie andere Leute atmen. Er ist Schauspieler. Er könnte wahrscheinlich behaupten, dass er Christus sei, und seine Hände würden nicht schwitzen, sein Puls wäre gleichmäßiger als Ihrer und meiner, wenn wir in der Kirche sind.«

»Das wäre ziemlich unwahrscheinlich«, entgegnete ich. »Es ist ganz schön schwer oder fast unmöglich, den Detektor zu betrügen. Auch wenn Sie das Gegenteil behaupten.«

»Es ist schon vorgekommen. Das ist übrigens einer der Gründe, warum er vor Gericht als Beweis nicht zugelassen wird.«

»Na ja, ich würde nicht so weit gehen, ihn unfehlbar zu nennen.«

»Die Sache ist die«, fuhr er fort, »wir haben keinen einleuchtenden Grund dafür, ihn festzuhalten oder ihm zu sagen, dass er die Stadt nicht verlassen sollte. Also lasse ich ihn überwachen. Wir wollen hauptsächlich wissen, was er nach Feierabend macht, was er zum Beispiel nachts so tut. Oder ob er vielleicht in sein Auto steigt und herumfährt, um sich die Gegend genauer anzuschauen.«

»Ist er nicht zurück nach Charlottesville gefahren?«

Marino schnippte die Asche aus dem Fenster. »Er trieb sich eine Weile lang hier herum, sagte, er wäre noch zu durcheinander, um zurückzufahren. Er ist ausgezogen, wohnt in einem Apartment in der Freemont Avenue, sagt, er kann das Haus nicht mehr betreten nach dem, was passiert ist. Ich nehme an, er verkauft es. Nicht, dass er das Geld brauchen würde.« Er schaute zu mir herüber, und ich blickte kurz in mein eigenes verkrampftes Gesicht, das sich in seiner Brille spiegelte. »So, wie es aussieht, hatte seine Frau eine ziemlich hohe Lebensversicherung abgeschlossen. Petersen wird um ungefähr zweihundert Tausender reicher. Ich denke, damit kann er seine Stücke schreiben, ohne sich Sorgen um seinen Lebensunterhalt machen zu müssen.«

Ich antwortete nicht.

»Und ich denke, wir vergessen einfach, dass er in dem Sommer nach seinem Abitur eine Klage wegen Vergewaltigung laufen hatte.«

»Sind Sie der Sache mal nachgegangen?« Ich wusste, dass er das getan hatte, sonst hätte er es nicht erwähnt.

»So, wie es aussieht, war er gerade bei einem Sommer-Theaterseminar in New Orleans und beging den Fehler, irgend so einen Groupie zu ernst zu nehmen. Ich habe mit dem Polizeibeamten geredet, der mit dem Fall betraut war. Er sagte, Petersen war der Hauptdarsteller in einem Stück, und dieses Mädchen saß im Zuschauerraum und verknallte sich in ihn, hinterließ Nachrichten und all so was. Dann kam sie hinter die Bühne, und die beiden zogen im French Quarter durch die Kneipen. Das Nächste, was man weiß, ist, dass sie um vier Uhr morgens total hysterisch die Polizei anrief und behauptete, vergewaltigt worden zu sein. Er geriet unter Verdacht, weil ihr PERK-Test positiv war und die Samenflüssigkeit von einem Nonsekretor stammte, was er auch ist.«

»Kam der Fall je vor Gericht?«

»Das verdammte Geschworenengericht hat ihn abgewiesen. Petersen gab zu, mit ihr in ihrer Wohnung geschlafen zu haben. Sagte, es wäre im Einverständnis geschehen, sie hätte es gewollt. Das Mädchen war übersät mit blauen Flecken, hatte sogar einige am Hals. Aber niemand konnte beweisen, dass die Flecken frisch waren und dass Petersen sie verursacht hatte, indem er sie überwältigte. Sehen Sie, die Geschworenen schauen sich so einen Kerl nur kurz an. Sie ziehen in Betracht, dass er Schauspieler ist und dass das Mädchen das Treffen veranlasst hat. Er hatte immer noch ihre Zettelchen in seiner Umkleidekabine, was eindeutig bewies, dass sie verrückt nach ihm war. Und er war wirklich überzeugend, als er angab, dass sie diese blauen Flecken schon hatte, als er mit ihr schlief. Sie hatte angeblich erzählt, dass sie vor einigen Tagen eine Auseinandersetzung mit einem Kerl gehabt hatte, von dem sie sich trennen wollte. Niemand wollte Petersen den schwarzen Peter zuschieben. Das Mädchen hatte Moralvorstellungen wie ein Karnickel und war entweder vollkommen bescheuert, oder sie hatte eine Dummheit gemacht, sich offen angeboten, sozusagen, um gebumst zu werden.«

»Solche Fälle«, kommentierte ich ruhig, »sind praktisch nicht zu beweisen.«

»Nun ja, man weiß ja nie. Es ist auch so eine Art glücklicher Zufall«, fügte er beiläufig und für mich völlig unerwartet hinzu, »dass Benton mich gestern Abend anrief, um mir mitzuteilen, dass der Computer in Quantico bei der Eingabe des Modus Operandi von dem Kerl, der diese Frauen hier in Richmond umbringt, etwas gefunden hat.«

»Wo?«

»In Waltham, Massachusetts«, antwortete er und schaute dabei wieder zu mir herüber. »Vor zwei Jahren, genau zu der Zeit, als Petersen in Harvard war, das zwanzig Meilen östlich von Waltham liegt. Während der Monate April und Mai wurden zwei Frauen in ihren Wohnungen vergewaltigt und erwürgt. Beide lebten allein in Apartments im Erdgeschoss und waren mit Gürteln oder elektrischen Kabeln gefesselt worden. Der Mörder war durch ungesicherte Fenster eingestiegen. Beide Male passierte es an einem Wochenende. Die Fälle sind eine genaue Kopie von unseren Fällen hier.«

»Haben die Morde aufgehört, nachdem Petersen die Highschool beendet hatte und hierher gezogen war?«

»Nicht ganz«, erwiderte er. »Es gab noch einen weiteren im selben Sommer, den Petersen nicht begangen haben kann, weil er hier lebte und seine Frau gerade angefangen hatte, in der Notaufnahme zu arbeiten. Aber in diesem dritten Fall war einiges anders. Das Opfer war ein Teenager und wohnte etwa fünfzehn Meilen entfernt von dort, wo die ersten beiden Morde passiert waren. Sie lebte nicht allein, war mit einem Mann zusammen, der zu der Zeit gerade nicht in der Stadt war. Die Polizei nahm damals an, dass dieser Mord eine Nachahmung war – irgendein Kerl hatte von den ersten beiden Fällen in der Zeitung gelesen und ist auf diese Idee gekommen. Sie wurde erst nach einer Woche gefunden, war schon so verwest, dass es absolut unmöglich war, noch Samenflüssigkeit zu finden. Man konnte den Mörder nicht einordnen.«

»Wie war es in den ersten beiden Fällen?«

»Nonsekretor«, sagte er langsam und starrte nach vorn.

Stille. Ich rief mir selbst ins Gedächtnis, dass es Millionen von Männern im Land gibt, die Nichtausscheider sind, und dass Sexualmorde jedes Jahr in nahezu jeder größeren Stadt vorkamen. Aber die Parallelen waren schockierend.

Wir waren in eine enge Straße in einem Neubaugebiet eingebogen, wo alle Häuser im gleichen Ranchstil gebaut waren und den Eindruck von Enge und billigem Baumaterial vermittelten. Überall standen Schilder von Grundstücksmaklern herum, und an einigen der Häuser wurde noch gebaut. Die meisten Rasenflächen waren frisch gesät und mit kleinen Sträuchern und Obstbäumen bepflanzt.

Zwei Blöcke weiter unten auf der linken Seite war das kleine graue Haus, in dem Brenda Steppe vor nicht ganz zwei Monaten umgebracht worden war. Das Haus war weder vermietet noch verkauft worden. Die meisten Leute, die sich für Häuser interessieren, sind nicht gerade scharf darauf, in ein Haus zu ziehen, in dem jemand brutal ermordet worden war. In den Gärten der beiden benachbarten Häuser steckten Verkaufsschilder.

Wir parkten vor dem Haus und saßen still da, die Autofenster heruntergekurbelt. Es gab wenige Straßenlaternen, stellte ich fest. Nachts war es hier sicher sehr dunkel, und wenn der Mörder aufpasste und dunkle Kleidung trug, würde man ihn nicht sehen können.

Marino sagte: »Er kam durch das Küchenfenster auf der Rückseite hinein. So, wie es aussieht, kam sie gegen neun, halb zehn nach Hause in jener Nacht. Wir fanden eine Einkaufstüte im Wohnzimmer. Auf dem letzten Kassenbon, den sie erhalten hat, war die Zeit acht Uhr dreißig gedruckt. Sie geht heim, macht sich ein kleines Abendessen. An dem Wochenende war es warm, und ich nehme an, sie ließ das Fenster geöffnet, um die Küche zu lüften, da sie Rinderhackfleisch und Zwiebeln gebraten hatte.«

Ich nickte, da ich mich an den Mageninhalt von Brenda Steppe erinnerte.

»Wenn man Hamburger und Zwiebeln brät, ist die Küche verqualmt und stinkt. Zumindest ist das in meiner verdammten Bude so. Außerdem waren das Einwickelpapier von dem Hackfleisch, eine leere Nudelsoßendose und Zwiebelschalen in dem Mülleimer unter der Spüle, und eine fettige Pfanne lag im Wasser.« Er hielt inne und fügte dann nachdenklich hinzu: »Ganz schön makaber, wenn man sich überlegt, dass vielleicht die Auswahl ihres Essens daran schuld war, dass sie später ermordet wurde. Wissen Sie, vielleicht hätte sie das Fenster nach einer Dose Thunfisch oder einem Sandwich oder so was nicht offen gelassen.«

Auf diesem Thema kauten Beamte der Mordkommission immer wieder herum. Was wäre gewesen, wenn? Was, wenn die Person nicht beschlossen hätte, eine Schachtel Zigaretten in einem Nachbarschaftsladen zu kaufen, wo zwei bewaffnete Räuber den Angestellten als Geisel hielten? Was, wenn jemand beschlossen hätte, in dem Moment hinauszugehen und die Katzentoilette auszuleeren, als ein Gefängnisausbrecher sich dem Haus näherte? Was, wenn jemand keinen Streit mit dem Liebhaber gehabt hätte, der damit endete, dass er beleidigt wegfuhr, genau in dem Moment, als ein betrunkener Fahrer in einer Kurve auf die Gegenfahrbahn geriet?

Marino fragte: »Haben Sie bemerkt, dass die Autobahn weniger als zwei Kilometer von hier entfernt ist?«

»Ja. Da ist ein Supermarkt an der Ecke, kurz bevor

man in dieses Wohngebiet einbiegt«, erinnerte ich mich. »Eine mögliche Stelle, wo er das Auto geparkt haben könnte, wenn man annimmt, dass er den Rest der Strecke zu Fuß zurückgelegt hat.«

Nachdenklich bemerkte er: »Ja, der Supermarkt. Er schließt um Mitternacht.«

Ich zündete mir noch eine Zigarette an und spielte auf das Sprichwort an, das besagt, dass ein guter Detektiv in der Lage sein muss, sich in den, den er fangen will, hineinzudenken.

»Was hätten Sie getan«, fragte ich, »an seiner Stelle?«

»An seiner Stelle?«

»Ja, wenn Sie dieser Mörder wären.«

»Einer von der künstlerischen Sorte wie Matt Petersen oder nur so ein üblicher Wahnsinniger, der darauf abfährt, Frauen zu vergewaltigen und zu erwürgen?«

»Das Letztere«, sagte ich ruhig. »Nehmen wir das Letztere an.«

Er wollte mich reizen und gab ein ziemlich grobes Lachen von sich. »Das war falsch, Doc. Sie hätten fragen müssen, wo da der Unterschied ist. Es gibt nämlich keinen. Was ich versuche, Ihnen zu sagen, ist, dass ich es in beiden Fällen auf dieselbe Art machen würde – egal, wer ich in meinem normalen Leben bin, wenn ich arbeite und mich wie jeder andere Mensch verhalte. Wenn ich in Aktion bin, bin ich genau wie jeder andere Mistkerl, der irgendwann einmal gemordet hat oder es einmal tun wird. Arzt, Rechtsanwalt oder Indianerhäuptling.«

»Fahren Sie fort.«

Er tat es.

»Zuerst sehe ich sie, gerate irgendwo mit ihr zusammen. Vielleicht komme ich an ihre Haustür, verkaufe etwas oder liefere Blumen, und wenn ich sie sehe, sagt diese kleine Stimme in meinem Kopf: ›Die ist es.‹ Vielleicht arbeite ich auf einem Bau in der Gegend und sehe, wie sie allein geht und kommt. Ich beobachte sie. Ich könnte ihr eine Woche lang folgen, um so viel wie möglich über sie und ihre Gewohnheiten zu erfahren. Welche Lichter im Haus bedeuten, dass sie wach ist, und welche, dass sie schläft, wie ihr Auto aussieht und solche Dinge.«

»Wieso sie?«, fragte ich. »Von allen Frauen der Welt, warum gerade diese?«

Er überlegte kurz. »Sie bewegt irgendetwas in mir.«

»Durch ihr Aussehen?«

Er dachte immer noch nach. »Vielleicht. Aber vielleicht ist es ihre Art. Sie ist eine berufstätige Frau. Hat ein hübsches Haus, was bedeutet, dass sie so klug ist, dass sie sich ein nettes Leben machen kann. Berufstätige Frauen sind manchmal ziemlich arrogant. Vielleicht mochte ich es nicht, wie sie mich behandelte. Vielleicht verletzte sie meine Männlichkeit, zeigte mir, dass ich nicht gut genug für sie bin oder so was.«

»Alle Opfer waren berufstätige Frauen«, sagte ich und fügte hinzu: »Aber die meisten Frauen, die allein leben, arbeiten.«

»Das stimmt. Und ich finde heraus, dass sie allein lebt, überzeuge mich davon oder glaube zumindest, davon überzeugt zu sein. Ich werde es ihr besorgen, werde ihr zeigen, wer die Macht hat. Das Wochenende kommt, und ich habe das Gefühl, ich muss es tun. Also setze ich mich spät, nach Mitternacht, in mein

Auto. Ich habe die Gegend schon erkundet, habe alles geplant. Ja. Ich könnte mein Auto auf dem Parkplatz des Supermarktes lassen, aber das Problem ist, dass der Laden schon geschlossen ist. Der Platz wird leer sein, was bedeutet, dass mein Wagen auffallen wird wie ein geschwollener Zeh. Aber wie es der Zufall so will, ist an derselben Ecke, wo der Supermarkt ist, auch eine Tankstelle. Ich würde mein Auto wahrscheinlich dort lassen. Warum? Weil die Tankstelle um zehn Uhr schließt und es normal ist, dass auf dem Gelände einer geschlossenen Tankstelle Autos stehen, die am nächsten Tag repariert werden sollen. Niemand würde sich wundern, nicht einmal die Cops, und wegen denen mache ich mir am meisten Sorgen. Irgendein Cop auf Streife, der mein Auto auf dem leeren Parkplatz sieht und überprüft, wem das Auto gehört.«

Er beschrieb jede Bewegung in beängstigenden Einzelheiten. Er war dunkel gekleidet und hielt sich im Schatten, während er durch die Wohnstraßen lief. Als er hier ankam und feststellte, dass die Frau, deren Namen er wahrscheinlich nicht kannte, zu Hause war, fing das Adrenalin an, durch seine Adern zu strömen. Ihr Auto stand in der Einfahrt. Alle Lichter, außer dem an der Tür, waren ausgeschaltet. Sie schlief.

Ganz langsam und immer im Schatten überprüfte er die Lage. Er blickte sich um und überzeugte sich, dass ihn niemand sehen konnte, dann ging er zur Rückseite des Hauses, wo allmählich ein vertrautes Gefühl in ihm entstand. Man konnte ihn von der Straße aus nicht sehen, und die Häuser in der nächsten Straße waren einen Kilometer weit entfernt, die Lichter erloschen, kein

Zeichen von Leben. Im Hintergrund war alles rabenschwarz.

Ganz leise näherte er sich den Fenstern und bemerkte sofort das offen stehende. Er musste nur das Gitter mit einem Messer durchschneiden und die Hebel innen lösen. Innerhalb von Sekunden war das Gitter entfernt und lag auf dem Gras. Er schob das Fenster auf, zog sich hoch und fand sich den schattenhaften Umrissen von Küchenmöbeln gegenüber.

»Einmal drinnen«, sagte Marino, »warte ich einen Moment und lausche. Bin ich sicher, dass ich nichts höre, gehe ich hinaus auf den Korridor und fange an, nach dem Zimmer zu suchen, in dem sie sich befindet. Ein so kleines Haus«, er zuckte mit den Achseln, »da gibt es nicht allzu viele Möglichkeiten. Ich finde das Schlafzimmer schnell und höre sie drinnen schlafen. Mittlerweile habe ich mir irgendetwas über den Kopf gezogen …«

»Wozu?«, fragte ich. »Sie wird nicht am Leben bleiben, um Sie identifizieren zu können.«

»Haare. Ich bin nicht blöd. Ich lese vermutlich wissenschaftliche Bücher über Kriminalistik, habe mir vielleicht alle Zehnercodes der Cops gemerkt. Keiner wird je ein Haar von mir auf ihr oder woanders finden.«

»Wenn Sie so schlau sind« – jetzt reizte ich ihn –, »warum machen Sie sich keine Gedanken über die DNA? Lesen Sie keine Zeitung?«

»Nun, ich werde nicht so einen verdammten Gummi anziehen. Und ich werde nie in Verdacht kommen, weil ich viel zu gerissen bin. Kein Verdacht, kein Vergleich, und Ihr DNA-Hokuspokus ist keinen Pfifferling wert.

Haare sind schon etwas persönlicher. Wissen Sie, vielleicht möchte ich nicht, dass Sie wissen, ob ich schwarz oder weiß bin, blonde oder rote Haare habe.«

»Was ist mit Fingerabdrücken?«

Er lächelte. »Handschuhe, Baby. Dieselben, die Sie tragen, wenn Sie meine Opfer untersuchen.«

»Matt Petersen hat keine Handschuhe getragen. Wenn er es getan hätte, würde er keine Abdrücke auf der Leiche seiner Frau hinterlassen haben.«

Marino sagte einfach: »Wenn Matt der Mörder ist, würde er sich keine Gedanken darüber machen, in seinem eigenen Haus Fingerabdrücke zu hinterlassen. Seine Abdrücke sind sowieso überall.« Er hielt kurz inne. »Wenn. Tatsache ist, dass wir nach einem schlauen Fuchs suchen. Tatsache ist, dass Matt Petersen ein schlauer Fuchs ist. Tatsache ist, dass er nicht der einzige schlaue Fuchs auf der Welt ist – hinter jedem Busch lauert einer. Tatsache ist, dass ich wirklich keine Ahnung habe, wer, zum Teufel, seine Frau umgebracht hat.«

Ich sah das Gesicht aus meinen Träumen, das weiße Gesicht ohne Konturen. Die Sonne, die durch die Windschutzscheibe drang, war heiß, aber mir wurde trotzdem nicht warm.

Er fuhr fort: »Der Rest ist ziemlich genau so, wie Sie es sich vorstellen würden. Ich werde sie nicht erschrecken. Ich gehe zur Kante ihres Bettes und wecke sie, indem ich eine Hand über ihren Mund lege, das Messer an ihrer Kehle. Ich habe vermutlich keine Pistole, weil sie losgehen könnte, wenn sie sich wehrt, und ich könnte selbst erschossen werden, vielleicht noch bevor ich mein Werk vollendet habe. Das ist mir wirklich sehr wichtig.

Es muss genau so vor sich gehen, wie ich es geplant habe, sonst rege ich mich ziemlich auf. Außerdem kann ich es nicht riskieren, dass irgendjemand den Schuss hört und die Cops ruft.«

»Sagen Sie irgendetwas zu ihr?«, fragte ich und räusperte mich.

»Ich werde leise mit ihr reden, ihr sagen, dass ich sie töte, wenn sie schreit. Das werde ich ihr immer und immer wieder sagen.«

»Was noch? Was werden Sie noch zu ihr sagen?«

»Wahrscheinlich nichts.«

Er legte den Rückwärtsgang ein und wendete. Ich warf noch einen letzten Blick auf das Haus, in dem das geschehen war, was er gerade beschrieben hatte, oder zumindest glaubte ich fast, dass es genau so geschehen war, wie er es erzählt hatte. Es schien keine Vermutung, sondern ein Augenzeugenbericht zu sein. Ein emotionsloses, erbarmungsloses Geständnis.

Allmählich entstand bei mir ein anderer Eindruck von Marino. Er war nicht langsam. Er war nicht dumm. Ich glaube, ich mochte ihn weniger denn je.

Wir fuhren nach Osten. Die Sonne fing sich in den Blättern der Bäume, und der Berufsverkehr war auf seinem Höhepunkt angekommen. Wir waren eine ganze Weile lang in der Autokolonne gefangen, in der sich anonyme Männer und Frauen von ihrer Arbeit nach Hause bewegten. Als ich die vorbeigleitenden Gesichter betrachtete, hatte ich das Gefühl, nicht dazuzugehören, losgelöst zu sein, als ob ich nicht in derselben Welt wie diese Leute leben würde. Sie dachten über das Abendessen nach, vielleicht über die Steaks, die sie grillen würden, über ihre Kinder, die Geliebte, die sie bald sehen würden, oder über irgendein Ereignis, das an diesem Tag stattgefunden hatte.

Marino ging die Liste durch.

»Zwei Wochen vor ihrem Mord hat UPS ihr ein Paket zugestellt. Den Lieferanten habe ich schon überprüft. Scheint okay«, sagte er. »Kurz zuvor war ein Klempner dort gewesen. Wirkte auch in Ordnung, soweit wir das beurteilen können. Bis jetzt haben wir nichts entdeckt, was darauf hindeutet, dass irgendeiner von den Dienstleuten oder Lieferanten bei den vier Fällen derselbe war. Nicht ein Einziger mit demselben Namen. Auch keine Übereinstimmungen oder Ähnlichkeiten, was die Arbeitsplätze der Opfer betrifft.«

Brenda Steppe war Grundschullehrerin, die in der Quinton Elementary School unterrichtete, nicht weit von dort, wo sie lebte. Sie war vor fünf Jahren nach Richmond gezogen und hatte vor Kurzem ihre Verlobung mit einem Fußballtrainer gelöst. Sie war eine üppige Rothaarige, intelligent und humorvoll. Ihre Freunde und ihr ehemaliger Verlobter sagten, dass sie jeden Tag mehrere Meilen joggte und weder rauchte noch trank.

Ich wusste vermutlich mehr über ihr Leben als ihre Familie in Georgia. Sie war eine pflichtbewusste Baptistin, die jeden Sonntag in den Gottesdienst und jeden Mittwoch zur Abendvesper ging. Sie spielte Gitarre und leitete die Singgruppen in den Jugendlagern. Ihr Hauptfach im College war Englisch gewesen, was sie auch unterrichtete. Ihre liebste Art der Entspannung, außer Joggen, war Lesen, und sie hatte Doris Betts gelesen, bevor sie die Nachttischlampe an jenem Freitagabend ausknipste.

»Was mich fast umgehauen hat«, sagte Marino zu mir, »ist etwas, das ich erst kürzlich herausgefunden habe, eine mögliche Verbindung zwischen ihr und Lori Petersen. Brenda Steppe wurde vor ungefähr sechs Wochen in der Universitätsklinik behandelt.«

»Weshalb?«, fragte ich überrascht.

»Ein kleiner Verkehrsunfall. Jemand fuhr auf sie drauf, als sie eines Nachts aus ihrer Auffahrt auf die Straße einbog. Nichts Schlimmes. Sie rief selbst die Polizei, sagte, sie hätte sich den Kopf angeschlagen, ihr wäre ein wenig schwindlig. Ein Krankenwagen wurde gerufen. Sie wurde ein paar Stunden lang in der Notaufnahme behalten, zur Beobachtung, zum Röntgen. Es war nichts.«

»Wurde sie in einer Schicht behandelt, in der Lori Petersen Dienst hatte?«

»Das ist das Beste daran, vielleicht der einzige Treffer bis jetzt. Ich habe mit dem Verwalter geredet. Lori Petersen hatte in dieser Nacht Dienst. Ich überprüfe gerade alle Leute, die auch dort gewesen sein könnten, Pfleger, andere Ärzte und so. Nichts bis jetzt, außer dem verrückten Gedanken, dass die beiden Frauen sich begegnet sein könnten, ohne eine Ahnung davon zu haben, dass Sie und ich in dieser Minute über den Mord an ihnen reden würden.«

Der Gedanke durchfuhr mich wie ein Schock. »Was ist mit Matt Petersen? Gibt es irgendeine Möglichkeit, dass er in jener Nacht im Krankenhaus gewesen ist, vielleicht um seine Frau zu besuchen?«

Marino antwortete: »Er sagt, er war in Charlottesville.

Es war ein Mittwoch, zwischen halb zehn und zehn Uhr abends.«

Das Krankenhaus könnte tatsächlich eine Verbindung sein, dachte ich. Jeder, der dort arbeitet und Zugang zu den Akten hat, konnte Lori Petersen gekannt und auch Brenda Steppe gesehen haben, deren Adresse auf ihrem Erste-Hilfe-Schein stand.

Ich sagte zu Marino, dass jeder, der in der Nacht in der Notaufnahme gearbeitet hat, überprüft werden sollte.

»Das sind etwa fünftausend Leute«, erwiderte er. »Und soviel wir wissen, könnte der Kerl auch in jener Nacht dort behandelt worden sein. Das ziehe ich also auch in Betracht, und es sieht nicht besonders vielversprechend aus im Moment. Die Hälfte der Leute, die in der Schicht behandelt wurden, waren Frauen. Die andere Hälfte waren entweder alte Opas, die einen Herzanfall erlitten hatten, oder ein paar junge Männer, die besoffen in ihre Autos gestiegen waren. Sie sind entweder krepiert oder liegen immer noch im Koma, während wir hier reden. Viele kamen und gingen und, unter uns, die Datenverwaltung in diesem Laden stinkt. Ich werde nie erfahren, wer alles von der Straße hereingekommen ist. Möglicherweise ist der Kerl irgend so ein Typ, der von Krankenhaus zu Krankenhaus wandert und nach Opfern sucht – Krankenschwestern, jungen Frauen mit kleinen Problemen.« Er zuckte mit den Achseln. »Vielleicht liefert er Blumen und kommt so in die Krankenhäuser.«

»Sie haben das schon zweimal erwähnt«, meinte ich. »Die Sache mit den Blumenlieferungen.«

Noch ein Achselzucken. »Bevor ich Cop wurde, habe

ich eine Weile lang Blumen ausgefahren, okay? Die meisten Blumen werden Frauen geschickt. Wenn ich auf der Suche nach weiblichen Opfern wäre, würde ich Blumen ausfahren.«

Es tat mir leid, dass ich gefragt hatte.

»So habe ich übrigens meine Frau kennengelernt. Lieferte ihr ein Sweetheart Special aus, ein nettes Arrangement aus roten und weißen Nelken und ein paar roten Rosen. Von einem Kerl, mit dem sie sich damals traf. Schließlich war sie von mir mehr beeindruckt als von den Blumen. Das war in Jersey, ein paar Jahre bevor ich nach New York gezogen bin und bei der Kriminalpolizei anfing.«

Ich überlegte ernsthaft, nie wieder Blumenlieferungen anzunehmen.

»Es ist nur etwas, was mir einfällt. Wer immer er ist, er hat irgendetwas laufen. Irgendetwas, was ihn mit Frauen zusammenbringt. Das ist es, ganz simpel.«

Wir fuhren an der Eastland Mall vorbei und bogen rechts ab.

Bald waren wir aus dem gröbsten Verkehr heraus und bewegten uns durch Brookfield Heights, The Heights, wie es allgemein genannt wurde. Die Siedlung ist auf einer Anhöhe gelegen, die man fast als Hügel bezeichnen konnte. Es ist einer der älteren Teile der Stadt und wurde in den letzten zehn Jahren immer mehr von jungen Geschäftsleuten übernommen. Die Straßen sind mit Reihenhäusern gesäumt, manche von ihnen verfallen oder sind mit Brettern vernagelt, die meisten jedoch sind wunderschön restauriert, mit verschnörkelten schmiedeeisernen Balkongeländern und farbigen Fenstern. Nur ein paar Straßenzüge weiter nördlich geht The Heights in eine üble Pennergegend über; noch ein paar Straßenzüge weiter unten liegen etliche Sozialwohnungen.

»Einige von diesen Hütten hier werden für hunderttausend und mehr gehandelt«, sagte Marino, als er den Wagen auf Schritttempo abbremste. »Ich würde nicht eine davon nehmen, auch wenn man sie mir schenken würde. Ich bin in einigen davon drinnen gewesen. Unglaublich. Aber ich würde um nichts in der Welt in dieser Gegend leben wollen. Eine beträchtliche Zahl von alleinstehenden Frauen lebt hier. Verrückt. Einfach verrückt.«

Ich hatte den Kilometerzähler beobachtet. Patty Lewis' Reihenhaus war genau 10,7 Kilometer von Brenda Steppes Haus entfernt. Die Gegenden waren so unterschiedlich, so weit voneinander entfernt, dass ich mir, was die Orte betraf, absolut nichts vorstellen konnte, was die beiden Verbrechen miteinander verbinden könnte. Auch in dieser Gegend wurde gebaut, wie in der, wo Brenda Steppe wohnte, aber es war unwahrscheinlich, dass die Firmen oder die Bauarbeiter dieselben waren.

Das Haus von Patty Lewis war zwischen zwei andere gequetscht, ein nettes Klinkerhaus mit einem farbigen Fenster über der roten Tür. Das Dach war mit Schiefer gedeckt, der Eingang mit frisch gestrichenem Schmiedeeisen umrahmt. Hinter dem Haus lag ein eingezäunter Garten mit großen Magnolien.

Ich hatte die Polizeifotos gesehen. Wenn man die vornehme Eleganz dieses Hauses betrachtete, konnte man sich schwer vorstellen, dass hier so etwas Scheußliches geschehen war. Patty Lewis stammte aus einer Familie alten Geldadels im Shenandoah Valley, weshalb, so nahm ich an, sie es sich leisten konnte, hier zu leben. Als freie Schriftstellerin saß sie jahrelang vor einer Schreibmaschine und war gerade an dem Punkt ihrer Karriere angekommen, wo Ablehnungsbriefe Schnee von gestern waren. Letzten Frühling war eine Geschichte bei *Harper's* veröffentlicht worden. Ein Roman sollte diesen Herbst erscheinen. Es würde ein posthumes Werk werden.

Marino erinnerte mich daran, dass der Mörder wiederum durch ein Fenster gekommen war, diesmal führte es direkt in ihr Schlafzimmer, das auf den Hinterhof ging.

»Es ist das letzte dort, im zweiten Stock«, sagte er.

»Ihrer Theorie nach kletterte er auf den Magnolienbaum, der dem Haus am nächsten steht, stieg auf das Verandadach und dann durch das Fenster?«

»Das ist mehr als eine Theorie«, erwiderte er scharf. »Ich bin mir dessen sicher. Es gibt keine andere Möglichkeit, wie er es getan haben könnte, es sei denn, er hätte eine Leiter gehabt. Es ist gut möglich, auf den Baum zu klettern, dann auf das Verandadach zu steigen und hinüberzugreifen, um das Fenster aufzuschieben. Ich weiß es. Ich habe es selbst ausprobiert, um zu sehen, ob es geht. Ich schaffte es problemlos. Der Kerl braucht lediglich genügend Kraft im Oberkörper, um die Kante des Daches von diesem dicken unteren Zweig aus zu greifen«, erklärte er, »und sich hochzuziehen.«

Das Klinkerhaus hatte Deckenventilatoren, aber

keine Klimaanlage. Ein Freund aus einer anderen Stadt, der mehrere Male im Jahr zu ihr zu Besuch kam, sagte, Patty hätte oft mit offenem Fenster geschlafen. Hätte gesagt, es war eine Wahl zwischen Sich-wohl-Fühlen und Sicherheit. Sie wählte das Erstere.

Marino machte eine langsame Kehrtwendung auf der Straße, und wir fuhren nach Nordosten.

Cecile Tyler wohnte in Ginter Park, der ältesten Wohngegend in Richmond. Dort stehen monströse dreistöckige viktorianische Häuser mit breiten Veranden außen herum und Ecktürmen und Stuckarbeiten an den Dachvorsprüngen. Die Gärten sind voller Magnolien- und Eichenbäume und Rhododendren. Verandapfeiler und Lauben sind mit Weinreben bewachsen. Hinter den Fenstern blickte ich ins Wohnzimmer, sah verblasste Orientteppiche, verschnörkelte Möbel und Simse und Nippes in jedem Winkel. Ich würde nicht hier wohnen wollen.

Das Haus von Cecile Tyler war ein zweistöckiges Backsteinhaus, das im Vergleich zu den anliegenden bescheiden wirkte. Es lag genau 9,3 Kilometer von Patty Lewis' Wohnung entfernt. In der untergehenden Sonne glänzte das Schieferdach wie Blei. Die Fensterläden und Türen waren schmucklos, bis auf das Holz abgezogen und warteten immer noch auf die Farbe, mit der Cecile sie gestrichen hätte, wenn sie am Leben geblieben wäre.

Der Mörder war durch ein Fenster im Erdgeschoss hinter einer Buchsbaumhecke am Nordflügel des Hauses eingedrungen. Das Schloss war aufgebrochen und wartete darauf, repariert zu werden.

Sie war eine hübsche schwarze Frau gewesen, kurz

vorher von einem Zahnarzt geschieden, der jetzt in Tidewater lebte. Sie arbeitete als Empfangsdame bei einer Investment-Firma in der Northside und besuchte die Abendschule, um einen kaufmännischen Abschluss zu machen. Das letzte Mal, dass sie lebend gesehen worden war, war um etwa zehn Uhr abends am Freitag vor einer Woche gewesen, etwa drei Stunden bevor sie nach meiner Schätzung ermordet wurde. Sie hatte an jenem Abend mit einer Freundin in einem mexikanischen Restaurant gegessen und war danach direkt nach Hause gegangen.

Ihre Leiche wurde am darauffolgenden Nachmittag, am Samstag, gefunden. Sie hatte sich mit ihrer Freundin zu Einkäufen verabredet. Ceciles Auto stand in der Einfahrt, und als sie nicht ans Telefon oder an die Tür ging, machte sich ihre Freundin Sorgen und versuchte, durch die leicht auseinandergezogenen Vorhänge des Schlafzimmerfensters etwas zu erkennen. Den Anblick von Ceciles nacktem, gefesseltem Körper auf dem zerwühlten Bett würde die Freundin wahrscheinlich nie vergessen können.

»Bobbi«, sagte Marino. »Sie ist weiß, wissen Sie?«

»Ceciles Freundin?« Ich hatte ihren Namen vergessen.

»Ja. Bobbi. Die reiche Hexe, die Ceciles Leiche gefunden hat. Die beiden waren immer zusammen. Bobbi hat diesen roten Porsche, ist eine ziemlich scharf aussehende Blondine, arbeitet als Model. Sie ist praktisch die ganze Zeit bei Cecile, manchmal bis zum frühen Morgen. Schätze, die beiden waren scharf aufeinander, wenn Sie meine Meinung hören wollen. Haut mich um. Ich meine, man kann es sich schwer vorstellen. Beide gut aussehend genug, dass dir die Augäpfel rausfallen. Man müsste meinen, die Männer würden ihnen die ganze Zeit am Hintern kleben ...«

»Vielleicht ist das die Antwort«, sagte ich ärgerlich, »sofern Ihr Verdacht, was die Frauen betrifft, begründet ist.«

Marino lächelte verschmitzt. Er ärgerte mich schon wieder.

»Nun, ich stelle mir das Ganze so vor«, fuhr er fort. »Vielleicht fährt der Mörder in der Gegend herum und sieht Bobbi, die eines Abends spät in ihren roten Porsche steigt. Vielleicht denkt er, sie lebt hier. Oder vielleicht folgt er ihr eines Nachts, als sie zu Cecile fährt.«

»Und er ermordet Cecile fälschlicherweise? Weil er dachte, Bobbi lebt hier?«

»Ich will nur keine Möglichkeit außer Acht lassen. Wie ich schon sagte, Bobbi ist weiß. Die anderen Opfer sind weiß.«

Wir saßen einen Moment lang schweigend da und starrten auf das Haus.

Die unterschiedlichen Hautfarben störten mich ebenfalls. Drei weiße Frauen und eine Schwarze. Warum?

»Noch etwas, dem ich nachgehen werde«, sagte Marino. »Ich habe mich gefragt, ob der Mörder jedes Mal mehrere Opfer für seine Morde zur Auswahl hatte, ob er, sagen wir, wie bei einem Menü das ausgesucht hat, was er sich leisten konnte. Es ist doch irgendwie komisch, dass jedes Mal, wenn er beschließt, eine von ihnen zu töten, prompt eines ihrer Fenster unverschlossen, offen oder kaputt ist. Meiner Meinung nach ist es entweder vom Zufall bestimmt, dass er herumfährt und nach Frauen sucht, die allein zu sein scheinen oder deren Häuser nicht sicher sind, oder aber er hat Zugang zu einer größeren Anzahl von Frauen und ihren Adressen und fährt vielleicht mehrere Häuser in einer Nacht an, bevor er das findet, das seine Voraussetzungen erfüllt.«

Ich war nicht seiner Meinung.

»Ich glaube, dass er sich an jede dieser Frauen herangemacht hat«, sagte ich, »dass sie sein ganz spezielles Ziel waren. Ich denke, er hat sich ihre Häuser vielleicht vorher angesehen, und die Frauen waren entweder nicht da, oder die Fenster waren verschlossen. Es kann sein, dass der Mörder jedes Mal den Ort besichtigt, wo sein nächstes Opfer wohnt, und zuschlägt, sobald sich eine Gelegenheit bietet.«

Er zuckte mit den Achseln und spielte den Gedanken durch. »Patty Lewis wurde mehrere Wochen nach Brenda Steppe ermordet. Und Patty war außerdem in der Woche, bevor sie ermordet wurde, außerhalb der Stadt zu Besuch bei einer Freundin. Es ist also möglich, dass er es an dem Wochenende vorher versucht hat, sie aber nicht zu Hause antraf. Dann tötet er Cecile Tyler drei Wochen später. Aber er kam genau eine Woche später zu Lori Petersen – wer weiß? Vielleicht hatte er sofort Glück. Ein Fenster war nicht verschlossen, weil ihr Ehemann vergessen hatte, es zu schließen. Der Mörder könnte ein paar Tage, bevor er sie ermordet hat, irgendwie Kontakt mit ihr gehabt haben, und wenn ihr Fenster letztes Wochenende nicht unverschlossen gewesen wäre, wäre er dieses Wochenende wiedergekommen und hätte es noch einmal versucht.«

»Das Wochenende«, sagte ich. »Es scheint ihm wichtig

zu sein, in den letzten Stunden des Freitags oder früh am Samstag zuzuschlagen.«

Marino nickte. »O ja! Es ist Berechnung. Ich persönlich denke, es ist das Wochenende, weil er von Montag bis Freitag arbeitet und das Wochenende braucht, um sich wieder zu beruhigen, nachdem er gemordet hat. Vielleicht gibt es auch einen anderen Grund für dieses Vorgehensmuster. Es ist seine Art, ein Spielchen mit uns zu treiben. Der Freitag kommt, und er weiß, dass die Stadt, Leute wie Sie und ich, nervös sind wie eine Katze auf der Autobahn.«

Ich zögerte, dann schnitt ich das Thema an. »Glauben Sie, sein Muster gerät außer Kontrolle? Dass die Morde immer näher beieinander liegen, weil er immer mehr unter Stress gerät, vielleicht durch all die Veröffentlichungen?«

Er sagte nicht gleich etwas dazu. Dann sprach er sehr ernsthaft: »Es ist eine verdammte Sucht bei ihm, Doc. Wenn er mal angefangen hat, kann er nicht mehr aufhören.«

»Wollen Sie damit sagen, dass die Veröffentlichungen nichts mit seinem Vorgehen zu tun haben?«

»Nein«, antwortete er. »Das habe ich nicht gesagt. Seine Taktik ist es, im Hintergrund zu bleiben und den Mund zu halten, und vielleicht wäre er nicht ganz so cool, wenn die Reporter es ihm nicht so leicht machten. Die Sensationsberichte sind ein Geschenk. Er muss nichts dafür tun. Die Reporter belohnen ihn, geben es ihm umsonst. Wenn niemand irgendetwas schreiben würde, wäre er frustriert und vielleicht leichtsinniger. Nach einer Weile würde er vielleicht anfangen, Briefe zu schicken, anzurufen, irgendetwas zu tun, was die Reporter in Gang bringt. Er könnte sich verraten.«

Wir schwiegen eine Zeit lang.

Dann überraschte Marino mich.

»Klingt so, als hätten Sie mit Fortosis gesprochen.«

»Warum?«

»Die Sache mit dem Verlust von Kontrolle und die Nachrichten, die ihn unter Stress setzen und sein Verlangen schneller wachsen lassen.«

»Hat er Ihnen das erzählt?«

Er nahm seine Sonnenbrille ab und legte sie auf die Ablage. Als er mich ansah, war in seinen Augen ein schwacher Glanz von Wut. »Nein. Aber er hat es ein paar Leuten erzählt, die mir sehr nahestehen. Boltz zum einen, Tanner zum anderen.«

»Woher wissen Sie das?«

»Weil ich in den Departments genauso viele Spitzel habe wie auf der Straße. Ich weiß genau, was vorgeht und wo es enden wird – möglicherweise.«

Wir saßen schweigend da. Die Sonne war hinter den Dächern verschwunden, und lange Schatten krochen über die Wiesen und die Straße. Auf eine Art hatte Marino gerade die Tür aufgebrochen, die uns das gegenseitige Vertrauen bringen könnte. Er wusste es. Er sagte mir, dass er es wusste. Ich fragte mich, ob ich es wagen würde, die Tür weiter zu öffnen.

»Boltz, Tanner, Amburgey sind sehr verärgert über die an die Presse durchgesickerten Informationen«, sagte ich vorsichtig.

»Man kann auch wegen des schlechten Wetters einen Nervenzusammenbruch bekommen. Das kommt vor.

Vor allem, wenn die ›liebe Abby‹ in derselben Stadt wohnt.«

Ich lächelte bitter. Wie passend. Vertrauen Sie Ihre Geheimnisse der »lieben Abby« Turnbull an, und sie druckt jedes davon in ihrer Zeitung.

»Sie ist ein Riesenproblem«, fuhr er fort. »Sitzt mittendrin, hat einen Draht, der mitten ins Herz des Departments führt. Ich glaube nicht, dass der Chef irgendetwas tun kann, von dem sie nichts weiß.«

»Wer sagt es ihr?«

»Sagen wir einfach, ich habe so meine Vermutungen, aber ich komme damit noch nicht sehr weit, okay?«

»Sie wissen, dass jemand in meinen Bürocomputer eingedrungen ist«, sagte ich.

Er sah mich scharf an. »Seit wann?«

»Ich weiß es nicht. Vor einigen Tagen hat sich jemand Zugang verschafft und versucht, Lori Petersens Fall aufzurufen. Es war Glück, dass wir es entdeckt haben – ein einmaliges Versehen meiner Computerspezialistin führte dazu, dass die Befehle des Eindringlings auf dem Bildschirm erschienen.«

»Wollen Sie damit sagen, dass jemand sich seit Monaten Zugang verschafft haben könnte, ohne dass Sie es wüssten?«

»Das will ich damit sagen.«

Er verstummte, sein Gesicht wurde hart.

Ich drängte ihn: »Ändert das etwas an Ihren Verdächtigungen?«

»Hm«, sagte er kurz.

»Das ist alles?«, fragte ich verärgert. »Sie haben nichts zu sagen?«

»Nein. Außer, dass Ihr Arsch verdammt nah am Feuer sein muss in diesen Tagen. Weiß es Amburgey?«

»Er weiß es.«

»Tanner auch, nehme ich an.«

»Ja.«

»Hm«, sagte er noch einmal. »Ich schätze, das erklärt einiges.«

»Was zum Beispiel?« Unruhe rumorte in mir, und ich wusste, dass Marino sehen konnte, wie ich mich innerlich wand. »Was erklärt es?«

Er antwortete nicht.

»Was erklärt es?«, fragte ich lauter.

Er schaute langsam zu mir herüber. »Wollen Sie es wirklich wissen?«

»Ich denke, es wäre besser.« Meine feste Stimme überdeckte meine Furcht, die schnell zur Panik wuchs.

»Nun, ich erkläre es Ihnen mal so. Wenn Tanner wüsste, dass wir beide heute Nachmittag zusammen hier herumfahren, würde er mir vermutlich meine Marke um die Ohren hauen.«

Ich starrte ihn mit offenem Entsetzen an. »Was sagen Sie da?«

»Sehen Sie, ich bin heute Morgen im Hauptquartier auf ihn gestoßen. Er rief mich zu sich, um kurz mit mir zu sprechen, sagte, er und ein paar andere von der Mannschaft würden diesem Durchsickern von Informationen einen Riegel vorschieben. Tanner sagte, ich solle wirklich mit niemandem über die Untersuchungen reden. Als ob man mir das sagen müsste. Verdammt. Aber er sagte noch etwas, was in dem Moment überhaupt keinen Sinn ergeben hatte. Tatsache ist, dass ich Ihrem

Büro – sprich Ihnen – gegenüber nicht mehr erzählen darf, was vorgeht.«

»Was …«

Er fuhr fort. »Wie die Untersuchungen vorangehen und was wir vermuten, meine ich. Sie sollten überhaupt nichts mehr erfahren. Tanners Befehl lautet dahingehend, dass wir zwar die medizinischen Informationen von Ihnen einholen sollen, dass wir Ihnen aber kaum mehr sagen dürfen, als wie spät es gerade ist. Er meinte, es wäre schon zu viel durchgesickert, und die einzige Art, dem Einhalt zu gebieten, bestünde darin, niemandem mehr etwas zu sagen, außer denen, die es wissen müssen, um an den Fällen arbeiten zu können …«

»Das stimmt«, sagte ich schnippisch. »Und das schließt mich ein. Diese Fälle gehören in meinen Zuständigkeitsbereich – oder hat das plötzlich jeder vergessen?«

Er starrte mich an. »Wir sitzen hier, oder?«

»Ja«, antwortete ich etwas gelassener. »Das tun wir.«

»Ich persönlich pfeife auf das, was Tanner sagt. Vielleicht hat er nur Angst wegen Ihrer Computergeschichte. Will nicht, dass die Cops dafür verantwortlich gemacht werden, dass vertrauliche Informationen an eine nach Belieben anzuwählende Stelle im Medical Examiner's Office weitergegeben werden.«

»Bitte …«

»Vielleicht gibt es aber noch einen anderen Grund«, murmelte er mehr zu sich selbst.

Was immer es war, er hatte nicht vor, es mir mitzuteilen. Er legte unsanft den Rückwärtsgang ein, und wir fuhren hinunter zum Fluss nach Berkley Downs.

Die nächsten zehn, fünfzehn, zwanzig Minuten – ich nahm die Zeit nicht richtig wahr – sagten wir nichts. Ich saß da, verlassen in einer grauenvollen Stille, und schaute zu, wie die Straßenränder an meinem Fenster vorbeihuschten. Es war, als wäre ich die Zielscheibe eines grausamen Scherzes oder einer Verschwörung, in die jeder eingeweiht war außer mir. Das Gefühl der Isolation wurde unerträglich, meine Ängste so intensiv, dass ich mir meiner Urteilsfähigkeit, meiner Scharfsinnigkeit oder meines Verstandes nicht mehr sicher war. Ich glaube, ich war mir bei gar nichts mehr sicher.

Ich konnte nur noch die Überreste dessen sehen, was vor ein paar Tagen noch eine begehrenswerte berufliche Zukunft gewesen war. Mein Institut wurde für die durchgesickerten Informationen verantwortlich gemacht. Mein Versuch, Modernisierungen durchzusetzen, hatte meine eigenen strengen Geheimhaltungsrichtlinien untergraben.

Nicht mal Bill war sich meiner Zuverlässigkeit mehr sicher. Jetzt durften die Cops nicht mehr mit mir reden. Es würde nicht eher aufhören, bis sie mich zum Sündenbock für alle Grausamkeiten, die diese Morde kennzeichneten, gemacht hatten. Amburgey würde wahrscheinlich keine andere Wahl haben, als mich vom Dienst zu suspendieren, sofern er mir nicht gleich kündigte.

Marino sah zu mir herüber.

Ich hatte nicht bemerkt, dass er von der Straße abgebogen war und angehalten hatte.

»Wie weit war es?«, fragte ich.

»Von wo?«

»Von dort, wo wir gerade waren, von Cecile Tylers Haus?«

»Exakt elf Komma acht Kilometer«, antwortete er lakonisch, ohne auf den Kilometerzähler zu sehen.

Im Tageslicht erkannte ich Lori Petersens Haus fast nicht. Es sah leer und unbewohnt aus. Die weiße Schindelfassade machte einen schmuddeligen Eindruck in dem schattigen Licht, die Fensterläden schienen dunkelblau zu sein. Die Lilien unterhalb der Vorderfenster waren niedergetrampelt worden, wahrscheinlich von den Polizisten, die jeden Zentimeter des Anwesens nach Beweisen absuchten. Ein Fetzen von dem gelben Markierungsklebeband hing noch am Türrahmen, und in dem hoch gewachsenen Gras lag eine Bierdose, die irgendein gedankenloser Fahrer aus seinem Auto geworfen hatte.

Lori Petersens Haus war eines von den bescheidenen, sauberen Mittelklassehäusern von der Art, wie man sie in jeder Kleinstadt in Amerika finden konnte. Es war so ein Haus, wie man es am Anfang einer Karriere besaß und zu dem man später irgendwann zurückkam: junge Berufstätige, junge Paare und schließlich ältere Leute, die nicht mehr arbeiten und deren Kinder erwachsen und weggezogen waren.

Es war fast genau wie das weiße Schindelhaus der Johnsons, wo ich ein Zimmer gemietet hatte, als ich in Baltimore auf die Universität ging. Wie Lori Petersen hatte ich ein zermürbendes Dasein geführt, in der Morgendämmerung aus dem Haus und erst spät am Abend zurück. Das Leben war begrenzt auf Bücher, Laboratorien, Examen, Schichtdienste und darauf, die physische und psychische Kraft aufrechtzuerhalten, um all das durchzustehen. Ich wäre nie auf den Gedanken gekommen, so wie Lori nie auf den Gedanken gekommen war, dass irgendjemand beschließen könnte, mir das Leben zu nehmen.

Ich bemerkte plötzlich, dass Marino mit mir redete. »Sind Sie okay, Doc?«

»Tut mir leid. Ich habe gerade nicht gehört, was Sie gesagt haben.«

»Ich fragte Sie, was Sie denken. Sie haben jetzt einen Plan in Ihrem Kopf. Was denken Sie?«

Ich antwortete abwesend: »Ich denke, die Morde haben nichts damit zu tun, wo die Opfer lebten.«

Er war weder gleicher noch anderer Meinung. Er nahm sein Mikrophon in die Hand und sagte dem Funkdienst, dass seine Tour zu Ende war. Er meldete sich ab für den Tag.

»Zehn-vier, sieben-zehn«, krächzte die großspurige Stimme zurück. »Achtzehn Uhr fünfundvierzig, schau nicht zu tief in die Sonne, morgen zur selben Zeit werden sie wieder unser Lied spielen …«

Was bedeutete, Sirenen und Pistolenschüsse und Menschen, die aufeinander losgingen, nahm ich an.

Marino schnaubte. »Als ich hier ankam, durfte man nicht mal ein ›Ja‹ anstatt zehn-vier sagen, sonst bekam man vom Inspector was zu hören.«

Ich schloss kurz die Augen und massierte meine Schläfen.

»Ist alles nicht mehr, wie es mal war«, murmelte er. »Zum Teufel, nichts ist, wie es mal war.«

9

Zwischen den Bäumen schien der Mond wie ein gläserner Globus hindurch, als ich durch die stillen Straßen meiner Siedlung fuhr.

Die üppigen Zweige bildeten Schatten, die sich am Straßenrand auf und ab bewegten, und der gesprenkelte Straßenbelag glitzerte im Lichtkegel meiner Scheinwerfer. Die Luft war klar und angenehm warm, genau richtig für Cabrios oder offene Fenster. Ich fuhr mit versperrten Türen, geschlossenen Fenstern, und das Gebläse lief auf der niedrigsten Stufe.

Ein Abend, den ich früher bezaubernd gefunden hätte, war heute beängstigend.

Ich hatte die Bilder des Tages vor Augen, sie verfolgten mich und ließen mich nicht in Ruhe. Ich sah jedes dieser bescheidenen Häuser in den verschiedenen Stadtteilen. Wie hatte er sie ausgewählt? Und warum? Es war kein Zufall. Ich war mir dessen ziemlich sicher. Es musste irgendein Detail geben, das die einzelnen Fälle miteinander in Verbindung brachte, und ich kam immer wieder zu dem glitzernden Rückstand zurück, den wir auf den Leichen gefunden hatten. Wir hatten absolut keinen Anhaltspunkt, den wir verfolgen konnten, und ich war mir absolut sicher, dass dieses glitzernde Zeug das fehlende Glied war, das die einzelnen Opfer miteinander in Verbindung brachte.

So weit kam ich mit meiner Intuition. Wenn ich versuchte, mir mehr vorzustellen, wurde mein Kopf leer. War der Rückstand etwas, was uns dorthin bringen konnte, wo er lebte? Hatte es etwas mit seinem Beruf oder seinem Hobby zu tun und brachte ihn das mit den Frauen zusammen, die er ermordete? Oder noch ungewöhnlicher, stammte der Rückstand von den Frauen selbst?

Vielleicht war es etwas, was jedes der Opfer bei sich zu Hause hatte – oder sogar an sich oder an seinem Arbeitsplatz. Vielleicht war es etwas, was die Frauen von ihm kauften. Wir konnten nicht jeden Artikel testen, den wir im Haus oder im Büro oder an irgendeinem anderen Aufenthaltsort der Opfer fanden, vor allem da wir keine Ahnung hatten, wonach wir suchten.

Ich fuhr in meine Einfahrt.

Noch bevor ich mein Auto geparkt hatte, öffnete Bertha die Tür. Sie stand im Schein des Verandalichtes, die Hände in die Hüften gestemmt, die Handtasche über ein Handgelenk geschlungen. Ich wusste, was das bedeutete – sie hatte es sehr eilig, nach Hause zu kommen. Ich hasste den Gedanken daran, wie Lucy sich heute betragen haben könnte.

»Und?«, fragte ich, als ich zur Tür kam.

Bertha schüttelte den Kopf. »Schrecklich, Dr. Kay. Dieses Kind. Ah-ah! Habe keine Ahnung, was, zum Teufel, in sie gefahren ist. Sie war unerträglich.«

Dieser unendliche Tag schien kein Ende zu nehmen, und jetzt kam noch ein weiteres Problem auf mich zu. Lucy ging es schlecht. In der Hauptsache war das meine Schuld. Ich hatte mich nicht genügend mit ihr beschäftigt. Oder vielleicht hatte ich mich zeitweise mit ihr befasst, und das brachte das Problem eher auf den Punkt.

Ich war es nicht gewohnt, Kinder mit derselben Direktheit und Offenheit zu behandeln, die ich relativ ungehemmt Erwachsenen gegenüber zeigte, daher hatte ich sie nicht wegen des Computereinbruchs befragt, ich hatte ihn nicht einmal erwähnt. Stattdessen hatte ich am Montagabend, nachdem Bill gegangen war, mein Telefonmodem in meinem Büro entfernt und nach oben in den Kleiderschrank gebracht.

Ich dachte, Lucy würde annehmen, ich hätte es mit in die Stadt genommen, vielleicht zur Reparatur, sofern sie überhaupt bemerken würde, dass es fehlte. Gestern Abend hatte sie das Fehlen des Modems nicht erwähnt, aber sie war bedrückt gewesen, reagierte ausweichend und verletzt, wenn ich sie dabei ertappte, wie sie mich beobachtete, anstatt den Film anzuschauen, den ich in den Videorecorder eingelegt hatte.

Was ich getan hatte, war absolut logisch. Wenn es die geringste Möglichkeit gab, dass es Lucy gewesen war, die in den Computer in der Stadt eingedrungen war, dann verhinderte das Entfernen des Modems, dass sie es noch einmal tun konnte, ohne dass ich sie beschuldigen oder eine unangenehme Befragung durchführen musste, die die Erinnerungen an diesen Besuch bei mir überschatten würde. Wenn der Einbruch sich wiederholte, würde dies beweisen, dass Lucy nicht der Eindringling gewesen sein konnte.

All das, wo ich weiß, dass menschliche Beziehungen genauso wenig auf Vernunft wachsen, wie meine Rosen mit gutem Zureden gedüngt werden können. Ich weiß, es ist feige und egoistisch, wenn man unter dem Deckmantel von Intellekt und Vernunft Zuflucht sucht und dabei das Wohlbefinden eines anderen Menschen aufs Spiel setzt.

Ich erinnerte mich an meine eigene Kindheit, wie sehr ich die Spielchen meiner Mutter gehasst hatte, die sie spielte, wenn sie an meinem Bett saß und Fragen über meinen Vater beantwortete. Zuerst hatte er einen »Bazillus«, etwas, das »ins Blut geht« und immer wieder Rückfälle verursachte. Oder er kämpfte mit etwas, was ihm ein »Farbiger« oder ein »Kubaner« in seinen Lebensmittelladen geschleppt hatte. Oder »Er arbeitet zu hart und macht sich selbst fertig, Kay«. Alles Lügen.

Mein Vater hatte eine lymphatische Leukämie. Sie wurde diagnostiziert, bevor ich in die erste Klasse kam. Erst als ich zwölf Jahre alt war und er ins Stadium der Anämie absackte, wurde mir mitgeteilt, dass er sterben würde.

Wir belügen Kinder, obwohl wir die Lügen, die man uns erzählt hatte, nicht glaubten. Ich weiß nicht, warum wir das tun. Ich wusste nicht, warum ich es bei Lucy tat, die genauso wie jeder Erwachsene begriff.

Gegen halb neun saßen wir am Küchentisch. Sie spielte mit einem Milchshake herum, und ich trank einen dringend notwendigen Scotch. Die Veränderung in ihrem Verhalten war beunruhigend, und ich verlor langsam die Geduld.

Jeder Kampf in ihr hatte aufgehört; alle Klagen und Vorwürfe wegen meiner Abwesenheit waren verklungen. Ich konnte sie anscheinend mit nichts mehr aufheitern, nicht einmal, als ich erzählte, dass Bill noch vorbeikommen würde, um ihr gute Nacht zu sagen. Es schien sie nicht sonderlich zu interessieren. Sie reagierte und antwortete nicht, sie vermied es, mir in die Augen zu sehen.

»Du siehst krank aus«, murmelte sie schließlich.

»Wie kannst du das wissen? Du hast mich nicht angesehen, seit ich zu Hause bin.«

»Na und? Du siehst trotzdem krank aus.«

»Nun, ich bin nicht krank«, sagte ich. »Ich bin nur sehr müde.«

»Wenn Mutti müde ist, sieht sie nicht krank aus«, erwiderte sie mit fast vorwurfsvollem Unterton. »Sie sieht nur krank aus, wenn sie mit Ralph streitet. Ich hasse Ralph. Er ist ein Idiot. Wenn er zu uns kommt, lasse ich ihn das Kreuzworträtsel in der Zeitung machen, nur weil ich weiß, dass er es nicht kann. Er ist ein völlig bescheuerter Idiot.«

Ich wies sie nicht zurecht wegen ihrer Worte. Ich sagte gar nichts.

»Also«, beharrte sie, »hast du auch Streit mit einem Ralph?«

»Ich kenne keinen Ralph.«

»Oh.« Sie runzelte die Stirn. »Mr. Boltz ist sauer auf dich, wette ich.«

»Das glaube ich nicht.«

»Ich wette, dass er es ist. Er ist sauer, weil ich hier bin …«

»Lucy! Das ist lächerlich! Bill mag dich sehr gern.«

»Ha! Er ist sauer, weil er es nicht tun kann, wenn ich hier bin!«

»Lucy …«, warnte ich sie.

»Das ist es. Ha! Er ist sauer, weil er seine Hosen anlassen muss.«

»Lucy«, sagte ich ernst. »Hör sofort auf damit!«

Sie schaute mich endlich an, und ich war entsetzt, als ich die Wut in ihren Augen bemerkte. »Siehst du. Ich wusste es!« Sie lachte höhnisch. »Und du wünschtest, dass ich nicht hier wäre, weil ich im Weg bin. Dann müsste er nicht nach Hause über Nacht. Nun, mir ist es egal. Was soll's. Mutter hat die ganze Zeit mit ihren Freunden geschlafen, und es ist mir egal!«

»Ich bin nicht deine Mutter!«

Ihre Unterlippe zitterte, als ob ich sie geschlagen hätte. »Ich habe nie gesagt, dass du das bist. Ich würde es sowieso nicht wollen. Ich hasse dich.«

Wir saßen beide ganz still da.

Ich war einen Moment lang schockiert. Ich konnte mich nicht erinnern, dass jemals irgendjemand zu mir gesagt hätte, er würde mich hassen, selbst wenn es so war.

»Lucy«, sagte ich zögernd. Mein Magen war zusammengeballt wie eine Faust. Mir war schlecht. »Ich meinte es nicht so. Was ich meinte, war, dass ich nicht wie deine Mutter bin. Okay? Wir sind sehr verschieden. Wir waren immer sehr verschieden. Das heißt aber nicht, dass ich dich nicht sehr gern habe.«

Sie antwortete nicht.

»Ich weiß, dass du mich nicht wirklich hasst.«

Sie blieb stumm wie ein Fels.

Ich stand müde auf, um mein Glas nachzufüllen. Natürlich hasste sie mich nicht wirklich. Kinder sagen das andauernd und meinen es nicht. Ich versuchte mich zu erinnern. Ich hatte meiner Mutter nie gesagt, dass ich sie hasste. Ich denke, ich tat es insgeheim, zumindest als ich klein war, wegen all der Lügen und weil ich sie, als mein Vater starb, ebenfalls verlor. Sein Sterben hatte sie genauso aufgefressen wie seine Krankheit ihn. Für Dorothy und mich blieb keine Wärme mehr übrig. Ich hatte Lucy angelogen. Mich hatte es auch aufgefressen. Nicht das Sterben, sondern die Toten. Jeden Tag kämpfte ich für die Gerechtigkeit. Aber gab es Gerechtigkeit für ein lebendiges kleines Mädchen, das sich ungeliebt fühlte? Großer Gott! Lucy hasste mich nicht, aber vielleicht könnte ich es ihr nicht einmal verübeln, wenn sie es täte. Als ich zum Tisch zurückkam, näherte ich mich so vorsichtig wie nur möglich dem verbotenen Thema.

»Ich denke, ich sehe besorgt aus, Lucy, weil ich es bin. Siehst du, jemand hat sich in meinen Computer in der Stadt eingewählt.«

Sie war ruhig, wartete.

Ich nippte an meinem Drink. »Ich bin mir nicht sicher, ob diese Person irgendetwas gesehen hat, was wichtig ist, aber wenn ich erklären könnte, wie es geschehen ist oder wer es getan hat, wäre mir eine große Last abgenommen.«

Sie sagte immer noch nichts.

Ich erzwang es.

»Wenn ich nicht dahinterkomme, Lucy, könnte ich in Schwierigkeiten geraten.«

Das schien sie zu beunruhigen.

»Warum wärst du in Schwierigkeiten?«

»Weil«, erklärte ich ruhig, »meine Bürodaten absolut geheim sind und wichtige Leute in der Stadt und in der

Regierung wegen der Informationen besorgt sind, die in den Zeitungen stehen. Manche Leute machen sich Sorgen, dass die Informationen aus meinem Computer kommen könnten.«

»Oh.«

»Wenn ein Reporter eingedrungen ist, zum Beispiel ...«

»Informationen worüber?«, fragte sie.

»Über diese letzten Fälle.«

»Die Ärztin, die ermordet wurde?«

Ich nickte.

Schweigen.

Dann sagte sie missmutig: »Deshalb ist das Modem verschwunden, nicht wahr, Tante Kay? Du hast es weggenommen, weil du denkst, dass ich etwas Schlechtes getan habe.«

»Ich glaube nicht, dass du irgendetwas Schlechtes getan hast, Lucy. Wenn du meinen Bürocomputer angewählt hast, dann weiß ich, dass du es nicht böse gemeint hast. Ich würde dir keine Vorwürfe machen, weil du neugierig gewesen bist.«

Sie sah mich an, mit Tränen in den Augen. »Du hast das Modem weggenommen, weil du mir nicht mehr traust.«

Ich wusste nicht, was ich darauf antworten sollte. Ich konnte sie nicht anlügen, und die Wahrheit wäre ein Eingeständnis, dass ich ihr wirklich nicht mehr traute.

Lucy hatte das Interesse an ihrem Milkshake verloren und saß bewegungslos da, kaute auf ihrer Unterlippe und starrte hinunter auf den Tisch.

»Ich habe das Modem entfernt, weil ich mich gefragt

habe, ob du es gewesen bist«, gab ich zu. »Es war nicht richtig, das zu tun. Ich hätte dich einfach selbst fragen sollen. Aber vielleicht war ich verletzt. Der Gedanke, dass du unser Vertrauen gebrochen haben könntest, verletzte mich.«

Sie sah mich lange an. Sie schien seltsam erfreut, fast glücklich, als sie fragte: »Du meinst, wenn ich etwas Böses tue, verletzt es deine Gefühle?« Als ob diese Tatsache ihr eine Art Kraft oder Bestätigung gab, die sie so dringend nötig hatte.

»Ja. Weil ich dich sehr lieb habe, Lucy«, antwortete ich, und ich glaube, es war das erste Mal, dass ich ihr das so direkt sagte. »Ich wollte deine Gefühle ebenso wenig verletzen wie du meine. Es tut mir leid.«

»Ist in Ordnung.«

Der Löffel schlug gegen die Seite des Glases, als sie ihren Milchshake umrührte und freudig verkündete: »Übrigens, ich wusste, dass du es versteckt hast. Du kannst Dinge nicht vor mir verstecken, Tante Kay. Ich habe es in deinem Schrank gesehen. Ich habe nachgeschaut, als Bertha das Mittagessen kochte. Ich fand es in dem Fach gleich neben deiner .38er.«

»Woher wusstest du, dass es eine .38er ist?«, platzte ich heraus, ohne nachzudenken.

»Weil Andy eine .38er hat. Er war der vor Ralph. Andy hatte eine .38er an seinem Gürtel, hier«, sie zeigte auf ihren Oberschenkel. »Er hat ein Leihhaus, und deshalb trägt er immer eine .38er. Er hat sie mir gezeigt, und auch, wie sie funktioniert. Er nahm alle Kugeln heraus und ließ mich auf den Fernseher schießen. Bumm! Bumm! Das ist wirklich toll! Bumm! Bumm!« Sie schoss mit dem Finger auf den Kühlschrank. »Ich mag ihn mehr als Ralph, aber Mom hatte ihn satt, schätze ich.«

Dorthin schickte ich sie morgen zurück? Ich fing an, ihr einen Vortrag über Waffen zu halten, mit all den Phrasen, dass sie kein Spielzeug sind und Menschen verletzen können, als das Telefon klingelte.

»O ja«, erinnerte sich Lucy, als sie von ihrem Stuhl aufstand. »Grandma hat angerufen, bevor du nach Hause gekommen bist. Zweimal.«

Sie war der letzte Mensch, mit dem ich jetzt reden wollte. Egal, wie gut ich meine Stimmung zu verbergen suchte, sie schaffte es immer, sie herauszuhören, und bestürmte mich dann mit Fragen.

»Du klingst deprimiert«, stellte meine Mutter bereits nach zwei Sätzen unserer Unterhaltung fest.

»Ich bin nur müde.« Wieder diese abgenutzte Phrase.

Ich konnte sie sehen, als stünde sie vor mir. Sie saß bestimmt im Bett, mehrere Kissen im Rücken, den Fernseher angeschaltet. Meine Mutter ist ein dunkler Typ, ihr schwarzes Haar ist weiß geworden und umrahmt weich ihr rundes, volles Gesicht, ihre braunen Augen wirken groß hinter den dicken Brillengläsern.

»Natürlich bist du müde«, legte sie los. »Du arbeitest ja nur noch. Und diese schrecklichen Fälle in Richmond. Gestern stand etwas darüber im *Herald*. Kay, ich war noch nie in meinem Leben so überrascht. Ich habe es erst heute Nachmittag gesehen, als Mrs. Martinez mit der Zeitung bei mir vorbeikam. Ich hatte die Sonntagszeitung abbestellt. Mrs. Martinez kam damit, weil dein Bild darin ist.«

Ich stöhnte.

»Ich kann nicht behaupten, dass ich dich erkannt hätte. Es ist nicht sehr gut, am Abend aufgenommen, aber dein Name steht darunter, das ist eindeutig. Und ohne Hut, Kay. Es scheint regnerisch oder zumindest feucht und scheußlich zu sein, und da trägst du keinen Hut. All die Hüte, die ich dir gehäkelt habe, und du magst nicht einen davon tragen, um dich vor einer Lungenentzündung zu schützen ...«

»Mutter ...«

Sie fuhr fort.

»Mutter!«

Ich konnte sie nicht ertragen. Nicht heute Abend.

Als Nächstes kamen die Fragen über meine Ernährung und ob ich genug schlief.

Ich brachte sie abrupt vom Thema ab. »Wie geht es Dorothy?«

Sie zögerte. »Deshalb rufe ich an.«

Ich zog einen Stuhl herüber und setzte mich, als meine Mutter ihre Stimme um eine Oktave anhob und mir mitteilte, dass Dorothy nach Nevada geflogen war – um zu heiraten.

»Warum Nevada?«, fragte ich dummerweise.

»Sag du es mir! Sag mir, warum deine einzige Schwester sich mit irgendeinem Büchermenschen trifft, den sie nur vom Telefon kennt, und dann plötzlich ihre Mutter vom Flughafen aus anruft und erklärt, dass sie nach Nevada fliegt, um zu heiraten. Sag mir, wie meine Tochter so etwas tun konnte. Man könnte meinen, sie hätte Makkaroni im Hirn ...«

»Was für einen Büchermenschen?« Ich sah Lucy an. Sie beobachtete mich, ihr Gesicht war von Angst erfüllt.

»Ich weiß es nicht. Sie nannte ihn einen Illustrator, ich nehme an, er malt die Bilder für ihre Bücher. Er war vor ein paar Tagen in Miami wegen irgendeiner Tagung und traf sich mit Dorothy, um über ihr aktuelles Projekt zu reden oder etwas in der Richtung. Frag mich nicht. Sein Name ist Jacob Blank. Ein Jude, das weiß ich einfach. Obwohl Dorothy es mir sicher nicht sagen würde. Warum, zum Teufel, sollte sie ihrer Mutter sagen, dass sie einen Juden heiratet, den ich nie gesehen habe, der doppelt so alt ist wie sie und der Kinderbilder malt?«

Ich hatte nichts gefragt.

Lucy mitten in eine weitere Familienkrise nach Hause zu schicken, das war undenkbar. Die Trennungen von ihrer Mutter waren schon öfter verlängert worden, immer wenn Dorothy aus der Stadt musste wegen irgendeines Verlagstermins oder einer Forschungsreise oder eines ihrer zahlreichen »Buchgespräche«, die sie immer länger aufhielten, als irgendjemand vermutet hätte. Lucy blieb bei ihrer Großmutter, bis die reisende Schriftstellerin schließlich wieder nach Hause kam. Vielleicht hatten wir gelernt, diese eklatante Verantwortungslosigkeit zu akzeptieren. Vielleicht hatte sogar Lucy es getan. Aber durchbrennen? Großer Gott.

»Sie hat nicht gesagt, wann sie zurückkommen würde?« Ich drehte mich von Lucy weg und senkte meine Stimme.

»Was?«, fragte meine Mutter laut. »*Mir* so etwas sagen? Warum sollte sie das ihrer Mutter sagen? Oh! Wie konnte sie so etwas noch einmal tun, Kay! Er ist ein alter Mann! Armando war auch ein alter Mann, und schau, was mit ihm passiert ist! Er fällt am Swimmingpool tot um, noch bevor Lucy gelernt hat, Fahrrad zu fahren ...«

Es brauchte eine Zeit lang, bis ich sie wieder beruhigt hatte. Als ich aufgelegt hatte, blieb ich mit den Konsequenzen zurück.

Ich hatte keine Ahnung, wie ich diese Neuigkeiten mitteilen sollte. »Deine Mutter ist für eine Weile weggefahren, Lucy. Sie hat Mr. Blank geheiratet, der die Bilder für ihre Bücher malt ...«

Lucy stand starr da wie eine Statue. Ich streckte die Arme aus, um sie zu mir zu ziehen.

»Sie sind im Moment in Nevada ...«

Der Stuhl kippte zurück und schlug gegen die Wand, als sie sich von mir losriss und in ihr Zimmer floh.

Wie konnte meine Schwester Lucy das antun? Ich war sicher, dass ich ihr das nicht verzeihen würde, dieses Mal nicht. Es war schlimm genug, als sie Armando geheiratet hatte. Wir warnten sie. Wir taten alles, um es ihr auszureden. Er sprach kaum Englisch, war alt genug, um ihr Vater zu sein, und wir hatten ein ungutes Gefühl, was sein Vermögen betraf, den Mercedes, die goldene Rolex und das vornehme Apartment direkt am Ufer. Wie viele Leute, die auf mysteriöse Weise in Miami auftauchen, genoss er einen teuren Lebensstil, der nicht logisch zu erklären war.

Ich verfluchte Dorothy. Sie wusste von meiner Arbeit, wusste, wie anstrengend und erbarmungslos sie war. Sie wusste, dass ich gezögert hatte, Lucy jetzt zu mir kommen zu lassen – wegen dieser Mordfälle! Aber es war wohl geplant gewesen, und Dorothy beschwatzte und überzeugte mich mit ihrem ganzen Charme.

»Wenn es dir zu viel wird, Kay, dann kannst du sie jederzeit zurückschicken, und wir machen einen neuen Termin aus«, hatte sie einschmeichelnd gesagt. »*Wirklich.* Sie freut sich so wahnsinnig darauf. Sie spricht von nichts anderem mehr. Sie *vergöttert* dich einfach. Eine echte Heldenverehrung, wenn ich jemals eine gesehen habe.«

Lucy saß steif auf ihrem Bett und starrte auf den Boden.

»Ich hoffe, sie kommen bei einem Flugzeugabsturz um«, war alles, was sie sagte, als ich ihr in den Schlafanzug half.

»Das meinst du nicht ernst, Lucy.« Ich zog das mit Gänseblümchen gesprenkelte Leintuch unter ihrer Wange glatt. »Du kannst eine Weile bei mir bleiben. Das wird nett, meinst du nicht?«

Sie presste ihre Augen zu und drehte ihr Gesicht zur Wand.

Meine Zunge fühlte sich dick und langsam an. Es gab keine Worte, die ihren Schmerz lindern konnten, also saß ich da und schaute sie eine Zeit lang hilflos an. Zögernd rutschte ich näher zu ihr hin und begann, ihren Rücken zu streicheln. Langsam schien ihr Elend zu weichen, und schließlich fing sie an, tief zu atmen, die gleichmäßigen Atemzüge des Schlafes. Ich küsste sie und schloss leise die Tür.

Unterwegs in die Küche, hörte ich Bills Wagen.

Ich erreichte die Tür, bevor er klingeln konnte.

»Lucy schläft«, flüsterte ich.

»Oh«, flüsterte er neckisch zurück. »Nicht nett – ich war es also nicht wert, dass man auf mich wartete …«

Er drehte sich plötzlich um und folgte meinem erstaunten Blick auf die Straße. Scheinwerfer bogen um die Kurve und wurden im selben Moment ausgeschaltet, als ein Auto, das ich nicht sehen konnte, abrupt abbremste. Jetzt beschleunigte es im Rückwärtsgang, mit heulendem Motor.

Kies und Schotter spritzten, als es unter den Bäumen wendete und davonfuhr.

»Erwartest du Besuch?«, murmelte Bill und starrte in die Dunkelheit.

Ich schüttelte langsam den Kopf.

Er sah flüchtig auf seine Uhr und schob mich sanft in die Diele.

Wann immer Marino in das OCME, das Büro des Chief Medical Examiner, kam, konnte er es nicht lassen, gegen Wingo zu sticheln, der vermutlich der beste Autopsieassistent war, mit dem ich je zusammengearbeitet hatte, und der bei Weitem sensibelste.

»... Ja. Das ist das, was man eine Begegnung à la Ford nennt ...«, fuhr Marino laut fort.

Ein dickbäuchiger Polizist, der zur selben Zeit wie Marino gekommen war, brach erneut in schallendes Gelächter aus. Wingos Gesicht war krebsrot, als er den Stecker der Stryker-Säge in das gelbe Verlängerungskabel, das über dem Stahltisch baumelte, steckte.

Bis zu meinen Handgelenken voll Blut, murmelte ich vor mich hin: »Einfach nicht hinhören, Wingo.«

Marino durchbohrte den Beamten mit Blicken, und ich wartete auf die Maßregelung.

Wingo war so sensibel, dass es nicht mehr lustig für

ihn war, und ich machte mir manchmal Sorgen um ihn. Er identifizierte sich so stark mit den Opfern, dass es öfter vorkam, dass er bei besonders abscheulichen Fällen in Tränen ausbrach.

Der Vormittag hatte eine dieser grausamen Ironien des Lebens gezeigt. Eine junge Frau war letzte Nacht in eine etwas abgelegene Bar in einem Nachbarort gegangen, und als sie sich gegen zwei Uhr nachts auf den Heimweg machte, wurde sie von einem Auto erfasst, dessen Besitzer Fahrerflucht beging. Der Polizeibeamte, der ihre persönlichen Habseligkeiten untersuchte, fand in einer Brieftasche einen Zettel aus einem Glückskeks, auf dem vorausgesagt wurde: »Sie werden bald eine Begegnung haben, die den Lauf Ihres Lebens verändern wird.«

»Oder vielleicht war sie auf der Suche nach dem Kühler-Grill ...«

Ich stand kurz vor einem Wutausbruch, als Marinos Stimme durch die Stryker-Säge übertönt wurde, die wie ein lauter Zahnarztbohrer klang, als Wingo den Schädel der toten Frau aufschnitt. Knochenstaub wirbelte unangenehm durch die Luft, und Marino und der Polizeibeamte zogen sich auf die andere Seite des Raums zurück, wo gerade auf dem hintersten Tisch das neueste Opfer einer Schießerei seziert wurde.

Als die Säge abgestellt und die Schädeldecke entfernt war, hörte ich mit meiner Arbeit auf, um das Gehirn kurz zu inspizieren. Keine Blutungen ...

»Es ist nicht komisch«, begann Wingo seine Litanei, »überhaupt nicht komisch. Wie kann jemand über so etwas lachen ...«

Der Schädel der Frau war eingerissen, sonst nichts. Was sie umgebracht hatte, waren multiple Beckenfrakturen, der Schlag gegen ihr Gesäß war so gewaltig gewesen, dass das Muster des Kühlergrills deutlich auf ihrer Haut zu sehen war. Sie war nicht von einem niedrigen Auto wie einem Sportwagen angefahren worden. Es könnte ein Laster gewesen sein.

»Sie hat den Zettel aufgehoben, weil er ihr etwas bedeutete. Vielleicht wollte sie daran glauben. Vielleicht ging sie deshalb gestern zu der Bar. Sie suchte nach jemandem, auf den sie schon ein Leben lang wartete. Ihre *Begegnung*. Und am Ende war es ein betrunkener Fahrer, der sie zwei Meter tief in die Erde rammte.«

»Wingo«, sagte ich müde, während ich anfing, Fotos zu machen, »es ist besser, wenn Sie sich solche Sachen nicht vorstellen.«

»Ich kann nicht anders …«

»Sie müssen lernen, anders zu können.«

Er richtete einen Blick auf Marino, der nie zufrieden war, bevor er ihn nicht völlig aus der Fassung gebracht hatte. Armer Wingo. Auf die meisten Mitglieder der sich balgenden und keilenden Polizeiwelt wirkte er ziemlich abstoßend. Er lachte nicht über ihre Witze und konnte keinen besonderen Gefallen an ihren Kriegsgeschichten finden und, was noch wichtiger war, er war vollkommen anders.

Er war groß und schlank, hatte schwarzes Haar, das an den Seiten eng anlag, mit einer Tolle und einem Pferdeschwanz, der sich in seinem Nacken lockte. Er war von feiner Schönheit und sah aus wie ein Model in seinen überweiten Designeranzügen und den weichen europäischen Lederschuhen, die er trug. Selbst seine indigoblauen Schürzen, die er mitbrachte und selbst wusch, waren modisch. Er flirtete nicht. Es störte ihn nicht, wenn eine Frau ihm sagte, was er tun sollte. Er schien nie besonders daran interessiert zu sein, wie ich aussah. Ich hatte mich mittlerweile so an seine Präsenz gewöhnt, dass ich es kaum bemerkte, wenn er einmal in den Umkleideraum kam, während ich meine Schürze wechselte, was selten vorkam.

Ich nehme an, wenn ich mir Gedanken über seine Vorlieben gemacht hätte, als er sich vor ein paar Wochen um die Stelle bewarb, hätte ich ihn vielleicht nicht so begeistert eingestellt. Das war etwas, was ich nicht gern zugab.

Aber man konnte nicht einfach alles in eine Schublade stecken, nur weil ich hier die schlimmsten Beispiele jeder Todesart sah. Da waren die Transvestiten mit ihren Brusteinlagen und gepolsterten Hüften und die Schwulen, die in eifersüchtige Wut ausbrachen und ihre Liebhaber ermordeten, und die Kinderschänder, die die Parks und Spielhallen unsicher machten und ihrerseits von schwulenfeindlichen Fanatikern aufgeschlitzt wurden. Da waren die Sträflinge mit ihren obszönen Tätowierungen, die alles, was zwei Beine hat in den Zellenblöcken, vergewaltigten, und da waren die sexuellen Hasardeure in den Badehäusern und Bars, die sich einen Dreck darum scherten, wer sonst noch Aids bekam.

Wingo passte da nicht rein. Wingo war nur Wingo.

»Kommen Sie jetzt allein zurecht?« Er wusch sich wütend die behandschuhten, blutigen Hände.

»Ich mache es fertig«, antwortete ich abwesend und nahm die Messung eines großen Risses in der Schädeldecke wieder auf.

Er ging zu einem Schränkchen und sammelte dabei Spraydosen mit Desinfektionsmittel, Lumpen und andere Gegenstände auf, die er zum Saubermachen verwendete. Er streifte sich einen Kopfhörer über die Ohren und stellte den Walkman an, der an dem Gürtel seiner Schürze hing, um sich für einen Moment von der Welt auszuschließen.

Fünfzehn Minuten später reinigte er einen kleinen Kühlraum im Sektionssaal, in dem Beweismaterial über das Wochenende gelagert wurde. Ich nahm kaum wahr, dass er etwas herauszog, was er lange anschaute.

Als er zu meinem Tisch herüberkam, trug er seinen Kopfhörer wie eine Kette um den Hals und hatte einen fragenden, beklommenen Gesichtsausdruck. Er hielt eine kleine Mappe mit Objektträgern von einem PERK-Set in der Hand.

»Äh, Dr. Scarpetta«, sagte er und räusperte sich, »das war im Kühlraum.«

Er erklärte nichts.

Es war nicht nötig.

Ich legte das Skalpell weg, und mein Magen krampfte sich zusammen. Auf der Mappe stand eine gedruckte Fallnummer, Name und Datum der Autopsie von Lori Petersen – deren Beweismaterial, alles, vor vier Tagen abgegeben worden war.

»Sie haben das im Kühlraum gefunden?«

Irgendetwas konnte nicht stimmen.

»Hinten, im untersten Fach.« Zögernd fügte er hinzu:

»Es ist nicht abgezeichnet, Sie haben es nicht abgezeichnet.« Es musste eine Erklärung dafür geben.

»Natürlich habe ich es nicht abgezeichnet«, reagierte ich scharf. »Ich habe nur einen PERK in ihrem Fall angelegt, Wingo.«

Noch während ich die Worte aussprach, flackerten Zweifel in mir auf, und ich versuchte, mich zu erinnern.

Ich hatte Lori Petersens Proben über das Wochenende im Kühlraum gelagert, zusammen mit allen anderen Proben der Fälle vom Samstag. Ich erinnerte mich genau daran, die Proben persönlich am Montagmorgen zu den Labors gebracht zu haben, dabei war auch eine Mappe mit Objektträgern, auf denen sich anale, orale und vaginale Abstriche befanden. Ich war sicher, dass ich nur eine Mappe benutzt hatte. Ich hatte nie eine Mappe offen nach oben geschickt – sie waren immer in einem Plastikbeutel zusammen mit den Abstrichen, Umschlägen mit Haaren, Teströhrchen und allem anderen.

»Ich habe keine Ahnung, wo das herkommt«, sagte ich zu ihm.

Er verlagerte unbehaglich sein Gewicht auf den anderen Fuß und blickte zur Seite. Ich wusste, dass er nachdachte. Ich hatte etwas vermasselt, und er hasste es, derjenige zu sein, der es mir mitteilen musste.

Die Gefahr war immer vorhanden gewesen. Wingo und ich hatten schon zahlreiche Male in der Vergangenheit darüber gesprochen, seit Margaret den PC im Sektionssaal mit den Etikettierprogrammen gefüttert hatte.

Bevor einer der Forensiker mit einem Fall begann, ging er zu diesem PC und tippte Informationen über den Verstorbenen ein, dessen Autopsie durchgeführt werden würde. Eine Serie von Etiketten wurde für jede Probe erstellt, die möglicherweise genommen werden würde: Blut, Galle, Urin, Mageninhalt und ein PERK. Es sparte eine Menge Zeit und war vollkommen akzeptabel, vorausgesetzt, der Forensiker achtete darauf, das richtige Etikett auf das richtige Röhrchen zu kleben, und dachte auch daran, es abzuzeichnen.

Es gab ein Detail an dieser Art von automatisierter Aufklärung, das mich nervös machte. Unvermeidlich gab es übrig gebliebene Etiketten, da man nicht immer alle Proben nahm, vor allem wenn die Labors zu viel Arbeit und zu wenig Personal hatten. Ich würde zum Beispiel keine Fingernagelschnipsel als Untersuchungsmaterial hinaufschicken, wenn der Tote ein achtzigjähriger Mann war, der an einem Herzinfarkt verstorben war, während er den Rasen mähte.

Was sollte man mit den übrig gebliebenen Etiketten machen? Man wollte sie sicher nicht herumliegen lassen, wo sie auf falschen Röhrchen landen konnten. Die meisten Forensiker zerrissen sie. Ich hatte die Gewohnheit, sie in die Akte des Opfers hineinzulegen. So konnte ich schnell herausfinden, was getestet worden war, was nicht und wie viele Röhrchen ich weitergeschickt hatte.

Wingo war auf die andere Seite des Saals getrottet und fuhr mit seinem Finger über die Seiten des Sektionsbuches. Ich konnte spüren, wie Marino zu mir hinüberstarrte, während er auf die Kugeln seines Mordfalles wartete. Er schlenderte in meine Richtung, genau als Wingo zurückkam.

»Wir hatten sechs Fälle an dem Tag«, erinnerte Wingo mich, als ob Marino nicht da wäre. »Samstag. Ich erinnere mich. Da lagen eine Menge Etiketten auf dem Tisch dort. Vielleicht ist eine davon …«

»Nein«, sagte ich laut. »Ich kann mir nicht vorstellen, wie. Ich habe keine übrig gebliebenen Etiketten herumliegen lassen. Sie waren bei meinen Papieren, an meine Schreibunterlage geheftet …«

»Scheiße«, sagte Marino überrascht. Er sah mir über die Schulter. »Das ist doch nicht etwa …«

Ich streifte mir fassungslos die Handschuhe ab, nahm Wingo die Mappe ab und ritzte das Klebeband mit einem Daumennagel auf. In der Mappe befanden sich vier Präparate, drei davon nicht mit dem üblichen »O«, »A« oder »V« markiert, was die Proben klassifizierte.

»Vielleicht haben Sie das etikettiert, in der Meinung, dass Sie es brauchen würden, und haben dann Ihre Meinung geändert?«, mutmaßte Wingo.

Ich antwortete nicht sofort. Ich konnte mich nicht erinnern!

»Wann waren Sie das letzte Mal in dem Kühlraum?«

Ein Achselzucken. »Letzte Woche, vielleicht Montag vor einer Woche, als ich das Zeug herausgenommen habe, damit die Mediziner es mit hinaufnehmen konnten. Ich war an diesem letzten Montag nicht hier gewesen. Das ist das erste Mal, dass ich diese Woche in den Kühlraum geschaut habe.«

Ich erinnerte mich langsam daran, dass Wingo sich am Montag freigenommen hatte. Ich selbst hatte Lori Petersens Beweismaterial aus dem Kühlraum geholt, bevor ich meine Runden durch die Labors machte. War es möglich, dass ich diese Mappe übersehen hatte? War es möglich, dass ich so müde gewesen war, so zerstreut, dass ich dieses Material mit einem der fünf anderen Fälle an jenem Tag verwechselte? Wenn es so gewesen war, welche Mappe war dann wirklich die von ihrem Fall – diejenige, die ich nach oben gebracht hatte, oder diese hier? Ich konnte nicht glauben, was geschehen war. Ich war immer so vorsichtig!

Ich trug meine Schürze selten außerhalb des Sektionssaals. Praktisch nie. Nicht einmal bei Feueralarm. Einige Minuten später sahen mich die Laboranten neugierig an, als ich in meinem blutbespritzten Kittel den Gang im zweiten Stock entlanglief. Betty war in ihrem engen Büro und machte gerade eine Kaffeepause. Sie sah mich kurz an, und ihre Miene gefror zu Eis.

»Wir haben ein Problem«, sagte ich ohne Umschweife.

Sie starrte auf die Mappe und das Etikett darauf.

»Wingo hat den Kühlraum im Sektionssaal geputzt. Er hat das vor ein paar Minuten gefunden.«

»O Gott«, war alles, was sie sagte.

Als ich ihr in das Serologielabor folgte, erklärte ich ihr, dass ich mich nicht erinnern konnte, zwei PERK-Mappen in Loris Fall etikettiert zu haben. Ich war ratlos.

Sie steckte ihre Hände in ein Paar Handschuhe und nahm Flaschen aus einem Schränkchen, während sie versuchte, mich zu beruhigen. »Ich denke, diejenigen, die Sie mir geschickt haben, sind bestimmt die richtigen, Kay. Die Präparate passten zu den Abstrichen, zu allem, was Sie sonst noch abgenommen hatten. Es war alles von einem Nonsekretor, passte zusammen. Das muss ein anderes Präparat sein, von dem Sie vergessen haben, dass Sie es anfertigten.«

Noch ein Anflug von Zweifel. Ich hatte nur eine

Mappe angelegt, oder? Könnte ich es beschwören? Der letzte Samstag schien wie im Nebel zu liegen. Ich konnte mich nicht mit Sicherheit an jeden meiner Schritte erinnern.

»Hier waren also keine Abstriche dabei, richtig?«, fragte sie.

»Keine«, antwortete ich. »Nur diese Mappe mit Objektträgern. Das ist alles, was Wingo gefunden hat.«

»Hm.« Sie dachte nach. »Lassen Sie uns nachsehen, was wir hier vorliegen haben.«

Sie legte jedes Präparat unter das Phasenkontrastmikroskop, und nach einer langen Stille sagte sie: »Da sind große Plattenepithelzellen, was bedeutet, dass es ein orales oder vaginales, aber kein anales Präparat sein kann. Und« – sie sah auf – »ich sehe keine Spermien.«

»Großer Gott«, stöhnte ich.

»Versuchen wir es noch einmal«, antwortete sie.

Sie riss eine Packung sterilisierter Wattestäbchen auf, befeuchtete sie mit Wasser und fing an, sie vorsichtig, eines nach dem anderen, über einen Teil des Abstriches auf jedem Objektträger zu rollen – drei insgesamt. Als Nächstes strich sie die Watteträger auf kleinen Kreisen von weißem Filterpapier ab.

Sie nahm die Pipetten heraus und träufelte geschickt Naphtylsäurephosphat auf das Filterpapier. Dann kam das Fast-Blue-B-Salz. Wir starrten darauf und warteten auf den ersten pinkfarbenen Schimmer.

Die Abstriche reagierten nicht. Sie befanden sich in kleinen nassen Flecken und quälten mich. Ich fuhr fort, sie anzustarren, länger, als sie normalerweise benötigten, um zu reagieren, als ob ich sie irgendwie dazu bewegen könnte, eine positive Reaktion für Samenflüssigkeit zu zeigen. Ich wollte glauben, dass dies eine zweite Serie von Präparaten war. Ich wollte glauben, dass ich zwei PERKS in Loris Fall gemacht *hatte* und mich nur nicht mehr daran erinnerte. Ich wollte alles glauben, außer dem, was langsam offensichtlich wurde.

Die Objektträger, die Wingo gefunden hatte, waren nicht von Loris Fall. Sie konnten es nicht sein.

Bettys bewegungsloses Gesicht sagte mir, dass sie ebenfalls besorgt war und alles versuchte, mich das nicht merken zu lassen.

Ich schüttelte den Kopf.

Sie war gezwungen, eine Schlussfolgerung zu ziehen: »Also sieht es nicht so aus, als wären diese hier von Loris Fall.« Eine Pause. »Ich werde tun, was ich kann, um sie einzuordnen, natürlich. Suche nach Barrkörperchen und all so was.«

»Bitte.« Ich atmete tief ein.

Sie arbeitete weiter und versuchte, mich zu beruhigen: »Die Flüssigkeiten, die ich aus den Sekreten des Mörders gewonnen habe, stimmten mit Loris Blutproben überein. Ich glaube nicht, dass Sie sich Sorgen machen müssen. Es besteht meiner Meinung nach kein Zweifel, was die erste Serie angeht …«

»Die Frage taucht auf«, sagte ich elend.

Die Anwälte wären überglücklich. Großer Gott, würden die sich freuen. Sie hätten ein Gericht, das anzweifeln würde, dass irgendeine der Proben überhaupt von Lori stammte, die Blutproben eingeschlossen. Sie hätten ein Gericht, das sich fragen müsste, ob die Proben, die nach New York zur DNA-Untersuchung geschickt worden waren, die richtigen waren. Wer konnte sagen, dass sie nicht von einer anderen Leiche stammten?

Meine Stimme zitterte, als ich sagte: »Wir hatten sechs Fälle an jenem Tag, Betty. Bei dreien davon war ein PERK erforderlich, es waren mögliche Vergewaltigungen.«

»Alle weiblich?«

»Ja«, murmelte ich. »Es waren alles Frauen.«

Bill hatte am Mittwochabend, als er müde und seine Zunge durch Alkohol gelöst war, etwas gesagt, was mir nicht mehr aus dem Kopf ging. Was würde mit diesen Fällen geschehen, wenn meine Glaubwürdigkeit beeinträchtigt wäre? Es würde nicht nur Loris Fall in Frage gestellt werden, sondern alle anderen auch. Ich stand in der Ecke, und es gab keinen Ausweg. Ich konnte nicht so tun, als existiere diese Mappe nicht. Sie existierte, und das bedeutete, dass ich vor Gericht nicht ehrlich schwören konnte, dass die Beweiskette intakt war.

Es gab keine zweite Chance. Ich konnte die Proben nicht noch einmal nehmen, mit dem Abkratzen angefangen. Loris Proben waren bereits mit Boten in die New Yorker Laboratorien gebracht worden. Ihr einbalsamierter Leichnam war am Dienstag begraben worden. Eine Exhumierung stand außer Diskussion. Es würde nichts bringen. Es wäre auf jeden Fall ein sensationelles Ereignis, das die öffentliche Neugier erregen würde. Jeder würde wissen wollen, warum.

Betty und ich schauten zur Tür, als Marino wie zufällig hereinkam.

»Ich hatte gerade einen verrückten Gedanken, Doc.« Er machte eine Pause, sein Gesicht war hart, als seine

Augen zu den Präparaten und dem Filterpapier auf dem Tisch wanderten.

Ich starrte ihn benommen an.

»Ich würde an Ihrer Stelle diese PERKS zu Vander hinüberbringen. Vielleicht haben Sie sie im Kühlraum vergessen. Vielleicht aber auch nicht.«

Ein beunruhigendes Gefühl zog durch meine Adern, als ich plötzlich verstand.

»Was?«, fragte ich, als ob ich verrückt wäre. »Jemand anders hat es hineingetan?«

Er zuckte mit den Achseln. »Ich meine nur, Sie sollten jede Möglichkeit in Betracht ziehen.«

»Wer?«

»Keine Ahnung.«

»Wie? Wie könnte das möglich sein? Jemand müsste in den Sektionssaal hineingekommen sein, müsste Zugang zu dem Kühlraum gehabt haben. Und die Mappe ist etikettiert …«

Die Etiketten: langsam verstand ich es. Die computergefertigten Etiketten, die von Loris Autopsie übrig geblieben waren. Sie waren in ihrer Akte. Niemand war an ihrer Akte gewesen, außer mir – und Amburgey, Tanner und Bill.

Als die drei Männer mein Büro am frühen Montagabend verlassen hatten, waren die Eingangstüren mit Ketten verschlossen gewesen. Alle gingen durch die Leichenhalle hinaus. Amburgey und Tanner waren zuerst gegangen, Bill etwas später.

Der Sektionssaal war verschlossen gewesen, aber der Kühlraum nicht. Wir mussten den Kühlraum unverschlossen lassen, damit Bestattungsinstitute und

Rettungsmannschaften nach Büroschluss noch die Leichen bringen konnten. Der Kühlraum hatte zwei Türen, eine führte auf den Gang, eine andere in den Sektionssaal. War einer der Männer durch den Kühlraum in den Saal gegangen? Auf einem Regal neben dem ersten Tisch lagen Stapel von Testsätzen, auch Dutzende von PERKS. Wingo achtete immer darauf, dass die Regale aufgefüllt waren.

Ich nahm das Telefon und gab Rose den Befehl, meinen Schreibtisch aufzuschließen und Lori Petersens Akte aufzuschlagen.

»Es müssten einige Etiketten darin liegen«, sagte ich zu ihr.

Während sie nachsah, versuchte ich, mich zu erinnern. Es waren sechs, vielleicht sieben Etiketten übrig gewesen, nicht weil ich nicht viele Proben genommen hatte, sondern weil ich so viele genommen hatte – fast doppelt so viele wie sonst –, weshalb ich nicht eine, sondern zwei Serien von Etiketten vom Computer ausdrucken ließ. Übrig sein mussten die Etiketten für Herz, Lunge, Nieren und andere Organe und eines für eine PERK.

»Dr. Scarpetta?« Rose war zurück. »Die Etiketten sind hier.«

»Wie viele?«

»Lassen Sie mich sehen. Fünf.«

»Wofür?«

Sie antwortete: »Herz, Lunge, Milz, Galle und Leber.«

»Das ist alles?«

»Ja.«

»Sind Sie sicher, dass keines für einen PERK dabei ist?«

Eine Pause. »Ich bin sicher. Nur diese fünf.«

Marino sagte: »Wenn Sie das Etikett auf diesen PERK geklebt haben, dann müssten Ihre Fingerabdrücke drauf sein, schätzungsweise.«

»Nicht, wenn sie Handschuhe getragen hat«, erwiderte Betty, die das alles mit Bestürzung beobachtete.

»Ich trage gewöhnlich keine Handschuhe, wenn ich etwas etikettiere«, murmelte ich. »Sie sind blutig. Die Handschuhe sind blutig.«

Marino fuhr gelassen fort: »Okay. Also haben Sie keine Handschuhe getragen, und Dingo hat …«

»Wingo«, unterbrach ich ihn gereizt. »Sein Name ist Wingo!«

»Egal.« Marino drehte sich um, um zu gehen. »Tatsache ist, Sie haben den PERK mit bloßen Händen angefasst, was bedeutet, dass Ihre Fingerabdrücke drauf sein müssten.« Vom Korridor her fügte er hinzu: »Aber vielleicht sind auch noch andere drauf, die nicht drauf sein müssten.«

10

Es gab aber keine anderen Fingerabdrücke. Die einzigen identifizierbaren Abdrücke auf der Mappe waren meine.

Da waren ein paar Flecken – und etwas so vollkommen Unerwartetes, dass ich für den Moment völlig vergaß, aus welchem Grund ich zu Vander gegangen war.

Er tastete die Mappe mit dem Laser ab, und die Pappe leuchtete auf wie ein Nachthimmel voller Sterne.

»Das ist einfach verrückt«, murmelte er zum dritten Mal ungläubig.

»Das verdammte Zeug muss an meinen Händen gewesen sein«, sagte ich fassungslos. »Wingo hatte Handschuhe an. Betty auch …«

Vander schaltete die Deckenbeleuchtung an und schüttelte den Kopf. »Wenn Sie ein Mann wären, würde ich den Cops raten, Sie auf dem Revier zu befragen.«

»Und ich könnte es Ihnen nicht übelnehmen.«

Sein Gesicht war angespannt: »Denken Sie nach, was Sie an jenem Morgen getan haben, Kay. Wir müssen sichergehen, dass dieses Zeug von Ihnen stammt. Wenn es so ist, dann sollten wir unsere Vermutungen in den Mordfällen überdenken, und was das Glitzerzeug betrifft …«

»Nein«, unterbrach ich ihn. »Es ist unmöglich, dass ich das Zeug auf den Leichen hinterlassen habe, Neils.

Ich hatte die ganze Zeit Handschuhe an, während ich an ihnen arbeitete. Ich habe die Handschuhe ausgezogen, als Wingo den PERK gefunden hat. Ich habe die Mappe mit meinen bloßen Händen angefasst.«

Er fragte: »Was ist mit Haarsprays, Kosmetika? Irgendetwas, was Sie immer verwenden?«

»Unmöglich«, wiederholte ich. »Dieser Rückstand ist nicht aufgetaucht, als wir die anderen Leichen untersucht haben. Nur bei diesen vier Fällen.«

»Gutes Argument.«

Wir dachten eine Weile nach.

»Trugen Betty und Wingo Handschuhe, als sie diese Akte in die Hand nahmen?«, fragte er noch einmal nach.

»Ja, das taten sie. Deshalb hinterließen sie auch keine Fingerabdrücke.«

»Also ist es unwahrscheinlich, dass der Rückstand von ihren Händen stammen kann?«

»Er muss von mir sein. Außer jemand anders hat die Akte angefasst.«

»Irgendjemand, der sie auch in den Kühlraum gelegt hat, wie Sie immer noch vermuten?« Vander blickte skeptisch drein. »Es waren nur Fingerabdrücke von Ihnen drauf, Kay.«

»Aber die Flecken, Neils. Die könnten von jedem sein.«

Natürlich wäre das möglich. Aber ich wusste, dass er es nicht glaubte.

Er fragte: »Was genau haben Sie getan, bevor Sie nach oben kamen?«

»Ich obduzierte ein Fahrerfluchtopfer.«

»Und dann?«

»Dann kam Wingo mit der Mappe herüber, und ich brachte sie direkt zu Betty.«

Er betrachtete nüchtern meine blutbefleckte Schürze und meinte: »Sie trugen Handschuhe bei der Obduktion?«

»Natürlich, und ich zog sie aus, als Wingo mir die Mappe brachte, wie ich schon erklärt habe …«

»Die Handschuhe waren mit Talk beschichtet.«

»Ich glaube nicht, dass es das sein könnte.«

»Wahrscheinlich nicht, aber es ist ein Ausgangspunkt.«

Ich ging zurück in den Sektionssaal, um ein Paar dieser Handschuhe zu holen. Einige Minuten später riss Vander die Packung auf und untersuchte die Handschuhe mit dem Laser.

Nicht ein Schimmer, der Talkstaub ergab keine Reaktion. Wir hatten es aber auch nicht wirklich erwartet, da wir bereits mehrere Körperpuder aus den Wohnungen der ermordeten Frauen getestet hatten, in der Hoffnung, die glitzernde Substanz zu identifizieren. Die Puder, die mit Talk hergestellt sind, hatten auch nicht reagiert.

Die Lichter gingen wieder an. Ich rauchte und dachte nach. Ich versuchte, mich an jeden Schritt zu erinnern, den ich gemacht hatte, von dem Moment an, als Wingo mir die Mappe gezeigt hatte, bis ich in Vanders Büro angekommen war. Ich war gerade mit den Koronararterien beschäftigt gewesen, als Wingo mit den PERKS herüberkam: Ich legte das Skalpell nieder, streifte die Handschuhe ab und öffnete die Mappe, um die Präparate anzuschauen. Ich ging hinüber zum Waschbecken, wusch kurz meine Hände und tupfte sie mit einem Papierhandtuch trocken. Als Nächstes ging ich zu Betty hinauf. Berührte ich irgendetwas in ihrem Labor? Ich konnte mich nicht daran erinnern.

Es war das Einzige, was mir einfiel. »Die Seife, die ich oben benutzte, als ich mich gewaschen habe. Wäre das möglich?«

»Unwahrscheinlich«, antwortete Vander sofort. »Vor allem, wenn Sie sie abgespült haben. Wenn die Seife, die Sie täglich benutzen, reagieren würde, dann hätten wir das glitzernde Zeug schon die ganze Zeit auf allen Leichen und Kleidern. Ich bin mir ziemlich sicher, dass dieser Rückstand von irgendetwas Pulverartigem stammt. Die Seife, die Sie oben benutzen, ist eine Desinfektionslösung, also flüssig, oder?«

Das stimmte, aber die hatte ich nicht benutzt. Ich hatte es zu eilig, um zum Umkleideraum zurückzugehen und mich mit dem pinkfarbenen Desinfektionsmittel zu waschen, das in Flaschen neben dem Waschbecken hängt. Stattdessen war ich zu dem nächstgelegenen Waschbecken gegangen, dem im Sektionssaal, wo ein Metallspender voll mit dem körnigen grauen Seifenpulver hing, das überall im Gebäude verwendet wurde. Es war billig. Ich hatte keine Ahnung, woraus es bestand. Es war fast geruchlos, löste sich nicht auf und schäumte nicht. Es war, als würde man sich mit nassem Sand die Hände waschen.

Hinten im Korridor gab es eine Damentoilette. Ich ging einen Moment hinaus und kam mit einer Handvoll von dem grauen Pulver zurück. Vander schaltete den Laser an.

Die Seife leuchtete in grellem Weiß.

»Ich werde verrückt …«

Vander war begeistert, aber ich fühlte mich unwohl. Ich wollte unbedingt wissen, woher der Rückstand stammte, den wir auf den Leichen gefunden hatten. Aber ich hätte nie, nicht einmal in meinen kühnsten Phantasien, zu hoffen gewagt, dass es etwas sein könnte, was in jedem Waschraum meines Gebäudes zu finden war.

Ich war immer noch nicht überzeugt. Stammte der Rückstand auf dieser Mappe von meinen Händen? Was war, wenn er nicht von mir war?

Wir führten Versuche durch.

Wenn Feuerlöscher getestet werden, wird eine Serie von Testfeuern angezündet, um die Reichweite zu bestimmen. Vander und ich machten eine Serie von Testwaschungen, um zu bestimmen, wie gründlich man die Hände abspülen musste, damit nichts von dem Rückstand unter dem Laser aufleuchtete.

Er schrubbte sich kräftig mit dem Pulver die Hände, spülte sie gut ab und trocknete sie sorgfältig mit einem Papierhandtuch. Der Laser erfasste ein oder zwei Funken, mehr nicht. Ich versuchte, mein Händewaschen zu wiederholen, genau so, wie ich sie unten gewaschen hatte. Das Resultat war eine Vielzahl von Funken, die ganz leicht auf die Tischplatte, den Kragen von Vanders Kittel und alles, was ich berührte, übertragen werden konnten. Je mehr ich anfasste, desto weniger Funken blieben offenbar auf meinen Händen zurück.

Ich ging zur Damentoilette und kam mit einer Kaffeetasse voller Seife zurück. Wir wuschen unsere Hände, immer und immer wieder. Das Licht ging an und aus, der Laser arbeitete, bis schließlich der Bereich um das Waschbecken aussah wie Richmond bei Nacht.

Ein interessantes Phänomen wurde sichtbar. Je mehr wir uns wuschen und abtrockneten, desto mehr Funken sammelten sich an. Sie gerieten unter unsere Fingernägel, klebten an unseren Handgelenken und an den Manschetten unserer Ärmel. Sie gelangten auf unsere Kleider, in unser Haar, auf unsere Gesichter und Hälse – überall dorthin, wo wir etwas berührten. Nach ungefähr fünfundvierzig Minuten und Dutzenden von Testwaschungen sahen Vander und ich im normalen Licht absolut normal aus. Im Laserlicht sahen wir aus wie lamettabehangene Weihnachtsbäume.

»Scheiße«, rief er in die Dunkelheit. Das hatte ich noch nie von ihm gehört. »Schauen Sie sich das Zeug an. Der Bastard muss ein Waschneurotiker sein. Um so viel davon zu hinterlassen, wie er es tut, muss er seine Hände zwanzigmal am Tag waschen.«

»*Falls* dieses Seifenpulver die Antwort ist«, erinnerte ich ihn.

»Natürlich, natürlich.«

Ich betete, dass die Wissenschaftler oben mit ihren weiteren Untersuchungen helfen konnten. Aber was weder durch sie noch durch irgendjemand anderen bestimmt werden konnte, dachte ich, war die Herkunft des Rückstandes auf der Mappe – und vor allem, wie die Mappe in den Kühlraum gekommen war.

Meine ängstliche innere Stimme setzte mir wieder zu.

Du kannst einfach nicht akzeptieren, dass du einen Fehler gemacht hast. Du kannst dich einfach nicht mit der Wahrheit abfinden. Du hast den PERK falsch etikettiert, und der Rückstand darauf stammte von deinen eigenen Händen.

Aber was, wenn ein böses Spiel dahintersteckte? Ich überlegte. Was, wenn jemand mit böser Absicht die Mappe in den Kühlraum gelegt hatte, und was, wenn der glitzernde Rückstand von den Händen dieser Person und nicht von meinen stammte? Es war ein merkwürdiger Gedanke, eine Vorstellung, die sich in mir ausbreitete wie ein Gift.

Ein ähnlicher Rückstand war auf den Leichen von vier ermordeten Frauen gefunden worden.

Ich wusste, dass Wingo, Betty, Vander und ich die Mappe angefasst hatten. Die einzigen anderen Personen, die sie berührt haben konnten, waren Tanner, Amburgey oder Bill.

Ich hatte Bills Gesicht vor Augen. Etwas Unangenehmes und Beängstigendes durchfuhr mich, als sich der Montagnachmittag noch einmal in meinem Gedächtnis abspielte. Bill war so abwesend bei dem Treffen mit Amburgey und Tanner gewesen. Er war unfähig, mich anzusehen, auch später, als die drei Männer in meinem Konferenzzimmer die Unterlagen durchschauten.

Ich sah, wie die Akten von Bills Schoß fielen und in einem furchtbaren Durcheinander auf dem Boden landeten. Tanner hatte sofort angeboten, sie aufzuheben. Seine Hilfsbereitschaft wirkte automatisch. Aber es war Bill, der die Papiere aufhob, bei denen auch die übrig gebliebenen Etiketten gewesen sein mussten. Dann ordneten er und Tanner die Unterlagen wieder ein. Wie einfach wäre es gewesen, ein Etikett abzureißen und in die Tasche zu stecken …

Später gingen Amburgey und Tanner zusammen hinaus, aber Bill blieb bei mir. Wir unterhielten uns noch zehn oder fünfzehn Minuten lang in Margarets Büro. Er war liebevoll und versprach, dass ein paar Drinks und ein gemeinsamer Abend meine Nerven beruhigen würden.

Er ging vor mir, und als er das Gebäude verließ, war er allein und unbeobachtet ...

Ich drängte die Bilder aus meinem Kopf, wollte sie nicht mehr sehen. Es war entsetzlich. Ich war dabei, die Kontrolle zu verlieren. Bill würde so etwas niemals tun. Vor allem, es hätte auch keinen Sinn. Ich konnte mir nicht vorstellen, dass so ein Sabotageakt ihm irgendwie nutzen könnte. Falsch beschriftete Objektträger konnten den Fällen schaden, die er möglicherweise selbst vor Gericht bringen würde. Er würde sich ins eigene Fleisch schneiden.

Du suchst jemanden, dem du die Schuld in die Schuhe schieben kannst, weil du der Tatsache nicht ins Auge blicken willst, dass du wahrscheinlich Mist gebaut hast! Vielleicht verlor ich meine überlegte Handlungsweise. Vielleicht machte ich Fehler.

Vander sagte: »Wir müssen herausbekommen, wie das Zeug zusammengesetzt ist.« Wie gewissenhafte Käufer mussten wir eine Schachtel von der Seife finden und die Inhaltsstoffe durchlesen.

»Ich suche in den Damentoiletten«, bot ich an.

»Ich gehe zu den Männern.«

Wir waren wie Aasgeier auf der Jagd.

Nachdem ich durch alle Damentoiletten des Gebäudes gegangen war, kam mir eine Idee, und ich ging zu Wingo. Eine seiner Aufgaben war es, die Seifenspender im Leichenschauhaus aufzufüllen. Er führte mich zu dem Vorratsschrank im Erdgeschoss, einige Türen von meinem Büro entfernt. Dort lag in einem der obersten Fächer, gleich neben einem Stapel von Staublappen, eine graue Großpackung der Handseife.

Der Hauptinhaltsstoff war Borax.

Ein kurzer Blick in eines meiner Chemiehandbücher gab einen Hinweis darauf, warum das Seifenpulver wie ein Feuerwerk aufleuchtete. Borax ist eine Borverbindung, eine kristalline Substanz, die bei hohen Temperaturen Elektrizität leitet wie ein Metall. Borax wird industriell genutzt bei der Herstellung von Keramik, Spezialglas, Waschpulver und Desinfektionsmitteln bis hin zu Schleifmitteln und Raketentreibstoff.

Ironischerweise wird ein großer Prozentsatz von Borax im Death Valley gefördert.

Der Freitagabend kam, und Marino rief nicht an.

Gegen sieben Uhr am nächsten Morgen parkte ich hinter meinem Bürogebäude und begann mit einem unbehaglichen Gefühl, die Einträge in dem Buch im Leichenschauhaus durchzusehen.

Ich hätte mich eigentlich nicht zu vergewissern brauchen. Ich wusste es genau. Ich wäre die Erste gewesen, die man verständigen würde. Es gab keine Eintragungen, die ich nicht erwartet hätte, aber die Stille im Haus war mir rätselhaft. Ich konnte das Gefühl nicht loswerden, dass bald eine weitere Frau darauf warten müsste, dass ich mich um sie kümmerte, dass es wieder passieren würde. Ich hörte nicht auf, Marinos Anruf herbeizusehnen.

Vander rief mich um sieben Uhr dreißig von zu Hause aus an.

»Irgendetwas?«, fragte er.

»Ich rufe Sie sofort an, wenn es etwas gibt.«

»Ich bleibe in der Nähe des Telefons.«

Der Laser lag in seinem Labor auf einem Wagen, bereit, sofort nach unten in den Röntgenraum gebracht zu werden, falls wir ihn brauchten. Ich hatte den ersten Sektionstisch freigehalten, und gestern am späten Nachmittag hatte Wingo ihn spiegelblank geputzt und zwei Wagen mit allen nötigen chirurgischen Instrumenten und Beweismaterialbehältern und Geräten bereitgestellt. Der Tisch und die Wagen blieben unbenutzt.

Meine einzigen Fälle waren eine Frau mit Überdosis aus Fredericksburg und ein bei einem Unfall Ertrunkener aus James City County.

Kurz vor zwölf waren Wingo und ich allein und beendeten mechanisch die Arbeit.

Seine Turnschuhe quietschten auf dem feuchten Linoleumboden, als er den Mopp gegen die Wand lehnte und meinte: »Man sagt, sie hätten gestern Nacht hundert Cops Überstunden machen lassen.«

Ich fuhr fort, einen Totenschein auszufüllen. »Hoffen wir, dass es etwas ändert.«

»Wenn ich der Kerl wäre, würde es das.« Er fing an, einen blutigen Tisch abzuspritzen. »Der Kerl wäre verrückt, sein Gesicht zu zeigen. Ein Cop erzählte mir, sie hätten jeden auf der Straße angehalten. Wenn sie dich spätabends herumlaufen sehen, dann überprüfen sie dich. Schreiben sich auch Autokennzeichen auf, wenn sie mitbekommen, dass dein Auto spätabends irgendwo herumsteht.«

»Welcher Cop?« Ich sah ihn an. Wir hatten keine Fälle

aus Richmond heute Morgen, es waren auch keine Cops aus Richmond hier gewesen. »Welcher Cop hat Ihnen das erzählt?«

»Einer von den Cops, die heute Morgen mit dem Ertrunkenen herkamen.«

»Aus James City County? Woher wusste er, was gestern Nacht in Richmond passierte?«

Wingo sah mich verdutzt an. »Sein Bruder ist ein Cop hier in der Stadt.«

Ich wandte mich ab, damit er meine Verwirrung nicht sehen konnte. Zu viele Leute redeten. Ein Cop, dessen Bruder Cop in Richmond war, erzählte diese Dinge Wingo, einem Fremden. Was wurde sonst noch geredet? Es gab zu viel Gerede. Zu viel. Die unbedeutendsten Bemerkungen erschienen in einem anderen Licht, ich wurde misstrauisch gegenüber allem und jedem.

Wingo sagte: »Meiner Meinung nach ist der Typ untergetaucht. Er kühlt sich für eine Weile ab, bis sich alles ein wenig beruhigt hat.« Er machte eine Pause, Wasser prasselte auf den Tisch. »Entweder das, oder er hat letzte Nacht zugeschlagen und die Leiche ist noch nicht gefunden worden.«

Ich sagte nichts, meine Verwirrung wurde immer größer.

»Ich weiß nicht.« Seine Stimme wurde durch spritzendes Wasser übertönt. »Man kann sich schwer vorstellen, dass er es versuchen würde. Zu riskant, wenn Sie mich fragen. Aber ich weiß, es gibt da mehrere Theorien. Man sagt, manche von diesen Typen werden mit der Zeit immer frecher. Sie führen alle an der Nase herum, aber in Wahrheit wollen sie eigentlich gefasst werden. Vielleicht kann er nicht anders und bittet darum, dass ihn jemand davon abhält …«

»Wingo …«, warnte ich.

Er schien mich nicht zu hören und fuhr fort: »Es muss eine Art Krankheit sein. Er weiß, dass er krank ist. Ich bin mir dessen ziemlich sicher. Vielleicht bittet er darum, dass ihn jemand vor sich selbst rettet …«

»Wingo!« Ich hob meine Stimme und drehte meinen Stuhl herum. Meine Worte waren heraus und erschreckend laut in dem stillen, leeren Saal.

»Er will nicht gefasst werden!«

Seine Lippen öffneten sich vor Überraschung, sein Gesicht war schmerzerfüllt wegen meiner Härte. »Großer Gott! Ich wollte Sie nicht aufregen, Dr. Scarpetta. Ich …«

»Ich rege mich nicht auf«, antwortete ich kurz. »Aber Menschen wie dieser Bastard wollen nicht gefasst werden, okay? Er ist nicht *krank*, okay? Er ist asozial, er ist böse, und er tut es, weil er es tun *will*, okay?«

Mit leise quietschenden Schuhen nahm er langsam einen Schwamm aus dem Waschbecken und fing an, die Seiten des Tisches abzuwischen. Er vermied es, mich anzusehen.

Ich starrte ihn niedergeschlagen an.

Er sah bei seiner Arbeit nicht mehr auf.

Ich fühlte mich schlecht. »Wingo?« Ich schob mich von dem Schreibtisch weg. »Wingo?« Er kam widerwillig zu mir herüber, und ich berührte sanft seinen Arm. »Es tut mir leid. Ich habe keinen Grund, Sie so schroff zu behandeln.«

»Kein Problem«, sagte er, und das Unbehagen in seinen Augen machte mich fast verrückt. »Ich weiß, was Sie durchmachen. Bei all dem, was passiert und so. Macht mich auch verrückt, wissen Sie. Ich sitze die ganze Zeit herum und überlege, was man tun könnte. All der Kram, mit dem Sie in diesen Tagen konfrontiert werden, und ich weiß nicht, was ich machen kann. Ich wünschte, nun, ich wünschte einfach, ich könnte irgendetwas tun …«

Das war es also! Ich hatte nicht so sehr seine Gefühle verletzt, sondern eher seine Sorgen verstärkt. Wingo machte sich Sorgen um *mich*. Er wusste, dass ich in diesen Tagen so stark angespannt war, dass ich zu zerbrechen drohte. Vielleicht sahen das die anderen langsam auch. Die durchgesickerten Informationen, der Computereinbruch, die falsch etikettierten Objektträger. Vielleicht wäre niemand überrascht, wenn ich bald für inkompetent gehalten wurde …

»Wir haben es erwartet«, würden die Leute sagen. »Sie verlor langsam den Verstand.«

Eines war sicher, ich schlief nicht mehr gut. Selbst wenn ich versuchte, mich zu entspannen, arbeitete mein Gehirn weiter wie eine Maschine. Es arbeitete weiter und weiter, bis meine Nerven summten wie Stromleitungen.

Gestern Nacht hatte ich versucht, Lucy aufzuheitern, indem ich sie zum Abendessen und ins Kino einlud. Die ganze Zeit über, während wir im Restaurant und im Kino waren, wartete ich darauf, dass mein Pager ertönen würde, und immer wieder überzeugte ich mich davon, dass die Batterien noch funktionierten. Ich traute der Stille nicht.

Gegen drei Uhr nachmittags hatte ich zwei Autopsieberichte diktiert und einen Stapel von Kurzdiktaten abgearbeitet. Als ich, schon im Aufzug, mein Telefon klingeln hörte, rannte ich zurück in mein Büro und griff nach dem Hörer.

Es war Bill.

»Klappt das mit heute Abend?«

Ich konnte nicht Nein sagen. »Ich freue mich darauf«, sagte ich mit einer Begeisterung, die ich eigentlich nicht empfand. »Aber ich glaube, meine Gesellschaft ist nicht unbedingt entspannend in diesen Tagen.«

Ich verließ das Büro.

Es war ein weiterer sonniger Tag. Es wurde immer heißer. Der Grasstreifen um mein Gebäude sah langsam verdorrt aus, und ich hörte im Radio auf der Heimfahrt, dass die Tomatenernte katastrophal ausfallen würde, wenn es nicht regnete. Der Frühling war eigenartig und unbeständig gewesen. Wir hatten lange Perioden mit sonnigem, windigem Wetter, und dann zogen plötzlich schwarze Wolken auf. Blitze unterbrachen die Elektrizitätsleitungen in der Stadt, und der Regen strömte in Bächen die Straßen hinunter.

Manchmal war ich erstaunt, welche Parallelen es im Leben gab. Meine Beziehung zu Bill war nicht viel anders als das Wetter. Er tauchte wie ein Gewitter mit fast wilder Schönheit auf, und ich bemerkte, dass ich eigentlich nur einen sanften Regen wollte, etwas Ruhiges, um die Sehnsucht in meinem Herzen zu stillen. Einerseits freute ich mich darauf, ihn heute Abend zu sehen, dann aber auch wieder nicht.

Er war pünktlich, wie immer, und fuhr um exakt fünf Uhr vor.

»Ich weiß nicht, ob es gut oder schlecht ist«, bemerkte er, als wir in meinem Hinterhof standen und den Grill herrichteten.

»Schlecht?«, fragte ich. »Ich glaube nicht, dass du das wirklich so meinst, Bill.«

Die Sonne stand tief, es war aber immer noch sehr heiß. Wolken zogen über uns hinweg und tauchten uns in ein Wechselspiel von Licht und Schatten. Der Wind war aufgefrischt, und es lag ein Wetterwechsel in der Luft.

Er wischte seine Stirn mit dem Hemdsärmel ab und zwinkerte mir zu. »Schlecht, Kay, weil sein Schweigen bedeuten könnte, dass er die Gegend verlassen hat.«

Wir traten von den glühenden Kohlen zurück und tranken aus unseren Bierflaschen. Ich konnte den Gedanken nicht ertragen, dass der Mörder an einen anderen Ort gegangen sein könnte. Ich wollte ihn hier. Zumindest kannten wir seine Vorgehensweise. Ich fürchtete, er könnte in anderen Städten zuschlagen, wo die Fälle von Polizeibeamten und Medical Examiners bearbeitet wurden, die nicht wussten, was wir wussten. Nichts konnte eine Untersuchung so durcheinanderbringen, als wenn mehrere Gerichtsbezirke daran arbeiteten. Die Cops verteidigten eifersüchtig ihr Territorium. Jeder wollte den Täter fangen, und jeder dachte, er könnte den Fall besser lösen als der andere.

Ich vermute, ich stand auch nicht gerade über solchen Gedanken. Die Opfer waren meine Mündel geworden, und ihre einzige Hoffnung auf Gerechtigkeit bestand darin, dass der Mörder hier gefasst und vor Gericht gebracht wurde. Eine Anklage und Verurteilung wegen eines Kapitalverbrechens in einer anderen Stadt könnte eine Strafverfolgung hier verhindern. Dies war ein furchtbarer Gedanke.

Bill schüttete etwas mehr Brennflüssigkeit über die Holzkohle. Er trat vom Grill zurück und sah mich an, sein Gesicht war von der Hitze gerötet. »Was ist mit deinem Computer?«, fragte er.

Ich zögerte. Es gab keinen Grund, ihm etwas zu verbergen. Bill wusste genau, dass ich Amburgeys Anordnungen missachtet hatte und weder das Passwort geändert noch irgendetwas anderes getan hatte, um meine Daten zu »sichern«, wie er es ausgedrückt hatte. Bill stand direkt hinter mir, als ich letzten Montagabend den Answer-Modus aktivierte und das Echo wieder anstellte, als ob ich den Eindringling ermutigen wollte, es noch einmal zu tun. Und das genau wollte ich auch.

»Es sieht nicht so aus, als wäre noch einmal jemand eingedrungen, wenn du das meinst.«

»Interessant«, sagte er nachdenklich und trank einen Schluck von seinem Bier. »Es ergibt wenig Sinn. Man sollte meinen, die Person würde versuchen, sich Zugang zu Lori Petersens Fall zu verschaffen.«

»Sie ist nicht im Computer«, erinnerte ich ihn. »Es kommen keine neuen Daten mehr in den Computer, bis diese Fälle nicht mehr in aktiver Ermittlung sind.«

»Also der Fall ist nicht im Computer. Aber wie weiß das die Person, die eindringt, wenn sie nicht nachsieht?«

»Sie?«

»Sie, er – wer immer.«

»Nun, sie – er, wer immer – hat das erste Mal nachgesehen und konnte Loris Fall nicht aufrufen.«

»Das ergibt immer noch nicht besonders viel Sinn, Kay«, beharrte er. »Schon dieser erste Versuch ergibt kaum einen Sinn. Jeder, der etwas über Computereingaben weiß, müsste sich darüber im Klaren sein, dass ein Fall, dessen Autopsie an einem Samstag stattgefunden hat, kaum bis Montag in der Datenbank sein konnte.«

»Wer nicht wagt, der nicht gewinnt«, murmelte ich.

Ich war nervös in Bills Gesellschaft. Ich konnte einfach nicht entspannen oder mich einem vermeintlich netten Abend hingeben.

Zentimeterdicke Koteletts lagen in der Küche in einer Marinade. Eine Flasche Rotwein stand auf der Theke. Lucy machte den Salat, und sie war in einer guten Stimmung, wenn man bedachte, dass wir nichts von ihrer Mutter gehört hatten, die sich irgendwo mit ihrem Illustrator herumtrieb. Lucy schien vollkommen zufrieden. In ihren Phantasien fing sie an zu glauben, dass sie nie mehr wegfahren würde, und es irritierte mich, dass sie Bemerkungen darüber machte, wie nett es werden würde, »wenn Mr. Boltz« und ich »heirateten«.

Früher oder später würde ich ihre Träume zerstören müssen. Sie würde nach Hause fahren, sobald ihre Mutter nach Miami zurückgekehrt war, und Bill und ich würden nicht heiraten.

Ich musterte ihn, als sähe ich ihn das erste Mal. Er starrte gedankenverloren auf die glühende Holzkohle, hielt sein Bier abwesend in beiden Händen, die Härchen auf seinen Armen und Beinen wirkten in der Sonne golden wie Blütenstaub. Ich sah ihn durch einen Schleier von aufsteigender Hitze und Rauch, und es schien wie ein Symbol für die Distanz, die sich zwischen uns entwickelte.

Warum hatte sich seine Frau mit seiner Waffe getötet? War es nur, weil seine Pistole das naheliegendste Mittel war, sich so schnell wie möglich das Leben zu nehmen? Oder war es ihre Art, ihn für Dinge, von denen ich nichts wusste, zu bestrafen?

Seine Frau war im Bett gewesen – in dem gemeinsamen Bett –, als sie sich eine Kugel in die Brust schoss. Sie hatte den Abzug an jenem Montag betätigt, nur ein paar Stunden, vielleicht sogar Minuten, nachdem sie miteinander geschlafen hatten. Ihr PERK war positiv für Sperma. Ein Hauch von Parfüm lag noch auf ihrem Körper, als ich sie am Tatort untersuchte. Was war das Letzte, was Bill zu ihr gesagt hatte, bevor er zur Arbeit gegangen war?

»Auf die Erde, Kay …«

Mein Blick wurde wieder scharf. Bill starrte mich an. »Weit weg?«, fragte er und legte einen Arm um meine Taille. »Kann ich mitkommen?«

»Ich habe nur nachgedacht.«

»Worüber? Und sag mir nicht, dass es über die Arbeit war.«

Ich sagte es ihm. »Bill, es fehlen Papiere aus den Akten, die du, Amburgey und Tanner neulich durchgesehen habt …«

Seine Hand, die meinen Rücken massierte, hielt inne. Ich konnte die Wut in dem Druck seiner Finger spüren. »Was für Papiere?«

»Ich bin mir nicht ganz sicher«, antwortete ich nervös. Ich wagte nicht, es zu spezifizieren, wagte nicht, das PERK-Etikett zu erwähnen, das aus Lori Petersens

Akte fehlte. »Ich fragte mich nur gerade, ob du vielleicht bemerkt hast, dass jemand zufällig etwas mitgenommen hat.«

Er zog abrupt seinen Arm weg und rief: »Verdammt! Kannst du diese verfluchten Fälle nicht für einen Abend aus deinem Gehirn streichen?«

»Bill ...«

»Genug, okay?« Er schob seine Hände in die Taschen meiner Shorts und vermied es, mich anzusehen. »Herrgott, Kay! Du machst mich noch verrückt. Sie sind tot. Die Frauen sind, verdammt noch mal, tot. Tot. Tot! Du und ich, wir leben. Das Leben geht weiter. Oder zumindest sollte es das. Es wird dich fertigmachen – es wird uns fertigmachen –, wenn du nicht aufhörst, dich von diesen Fällen aufsaugen zu lassen.«

Aber für den Rest des Abends war meine Konzentration, während Bill und Lucy am Tisch über unbedeutende Dinge redeten, auf das Telefon gerichtet. Ich wartete immer noch darauf, dass es klingelte. Ich wartete auf Marinos Anruf.

Als es früh am Morgen klingelte, prasselte der Regen auf mein Haus, und mein Schlaf war unruhig, meine Träume bruchstückhaft und beunruhigend gewesen.

Ich tastete nach dem Hörer.

Keiner war dran.

»Hallo?«, sagte ich noch einmal und machte das Licht an. Im Hintergrund lief leise ein Fernseher. Ich konnte das Murmeln von entfernten Stimmen hören, die Sätze sagten, die ich nicht verstand. Ich fühlte, wie mein Herz gegen meine Rippen pochte, und knallte den Hörer voller Wut auf die Gabel.

Es war Montag, früher Nachmittag. Ich schaute gerade die vorläufigen Berichte über die Untersuchungen durch, die die Wissenschaftler der forensischen Abteilung oben machten.

Sie hatten den vier Mordfällen die höchste Dringlichkeitsstufe gegeben. Alles andere – Blutalkoholspiegel, Drogen und Medikamente – wurde für den Moment zurückgestellt. Vier meiner besten Wissenschaftler arbeiteten fieberhaft an den Spuren eines glitzernden Rückstandes, der möglicherweise von einem billigen Seifenpulver stammte, das in allen öffentlichen Toiletten der Stadt zu finden war.

Die vorläufigen Berichte waren nicht gerade begeisternd. Bis jetzt konnten wir nicht einmal besonders viel über die uns bekannte Probe sagen, die Seife, die wir in unserem Gebäude benutzten. Sie bestand ungefähr zu fünfundzwanzig Prozent aus »inertem Inhaltsstoff«, einem Schleifmittel, und fünfundsiebzig Prozent Natriumborat. Wir wussten das, weil die Chemiker des Herstellers es uns gesagt hatten. Mit dem Rasterelektronenmikroskop konnte man es nicht absolut sicher einordnen. Natriumborat, Natriumcarbonat und Natriumnitrat zum Beispiel erschienen alle als flache Natriumkristalle im Rasterelektronenmikroskop. Die Spuren des glitzernden Rückstandes sahen genauso aus – wie Natrium.

Mit anderen Worten, nicht alles, was glitzert, ist Borax.

Die Spuren, die wir auf den ermordeten Frauen gefunden hatten, konnten etwas anderes sein, zum Beispiel Natriumnitrat, was in den verschiedensten Substanzen, vom Düngemittel bis zum Sprengstoff, zu finden ist. Oder es könnten Carbonatkristalle sein, die in Fotoentwicklerflüssigkeiten enthalten sind. Theoretisch konnte der Mörder seine Arbeitszeit in einer Dunkelkammer oder in einem Gewächshaus oder auf einer Farm verbringen. Gott weiß, wie viele Substanzen da draußen Natrium enthalten.

Vander testete eine Reihe von Natriumverbindungen im Laserlicht, um zu sehen, ob sie glitzerten. Es war ein einfacher Weg, um einige Substanzen von unserer Liste zu streichen.

Währenddessen hing ich meinen eigenen Gedanken nach. Ich wollte wissen, wer sonst noch in der weiteren Umgebung von Richmond diese Seife bestellte, wer noch außer der Gesundheits- und Sozialbehörde. Also rief ich den Vertrieb in New Jersey an. Ich wurde mit einer Sekretärin verbunden, die mich an die Verkaufsabteilung verwies, die mich an die Rechnungsstelle verwies, die mich an die Marketingabteilung verwies, die mich wieder an die Rechnungsstelle verwies.

Dann endlich bekam ich eine Antwort.

»Unsere Kundenliste ist vertraulich. Ich bin nicht befugt, sie herauszugeben. Was für eine Art Examiner sind Sie?«

»Medical Examiner«, ich betonte jedes Wort. »Ich bin Dr. Scarpetta, Chief Medical Examiner von Virginia.«

»Oh. Also erteilen Sie Ärzten ihre Lizenz …«

»Nein. Wir untersuchen Todesfälle.«

Eine Pause. »Sie meinen, Sie sind Pathologin?«

Es war sinnlos, zu erklären, dass ich keine Pathologin war. Pathologen führen zwar ebenfalls Obduktionen durch, beschäftigen sich aber nicht wie wir Rechtsmediziner mit der Klärung unnatürlicher Todesursachen. Ich ließ ihn in seinem Glauben, aber das machte die Dinge nur noch schlimmer.

»Ich verstehe nicht. Wollen Sie sagen, dass jemand behauptet, Borawash ist gefährlich? Das ist einfach unmöglich. Meines Wissens ist es nicht giftig, absolut nicht. Wir haben noch nie Probleme dieser Art gehabt. Hat jemand davon gegessen? Ich muss Sie an meinen Chef weiterleiten …«

Ich erklärte ihm, dass eine Substanz, die möglicherweise die Seife Borawash ist, bei einigen miteinander in Verbindung stehenden Verbrechen gefunden worden war, dass das Reinigungsmittel aber nichts mit der Todesursache zu tun hatte und dass die mögliche Giftigkeit der Seife nicht meine Sorge war. Ich sagte ihm, dass ich eine gerichtliche Vorladung erwirken könnte, was mehr von seiner als von meiner Zeit verschwenden würde. Ich hörte, wie er einen Computer anschaltete.

»Ich denke, Sie wollen, dass ich Ihnen das hier zusende. Es sind dreiundsiebzig Namen hier, Kunden in Richmond.«

»Ja, ich wäre Ihnen sehr dankbar, wenn Sie mir eine Kopie davon so schnell wie möglich schicken könnten. Aber würden Sie mir bitte die Liste jetzt vorlesen?«

Entschieden unwillig tat er das, und es half mir ungeheuer. Grob gesagt umfassten die Firmen und Institutionen etwa zehntausend Angestellte, vom Richter bis zum Verteidiger, vom Staatsanwalt über die Polizei bis zum Mechaniker bei den staatlichen und städtischen Garagen. Irgendwo in diesem großen Haufen von Leuten war ein Mr. Nobody mit Reinlichkeitswahn.

Ich kam etwa gegen drei Uhr nachmittags mit einer Tasse Kaffee zurück, als Rose einen Anruf durchstellte.

»Sie ist schon länger tot«, sagte Marino.

Ich packte meine Tasche und rannte hinaus.

11

Marino zufolge suchte die Polizei noch Nachbarn, die das Opfer am Wochenende gesehen hatten. Eine Freundin, mit der sie arbeitete, hatte am Samstag und Sonntag versucht, sie anzurufen, aber es hatte niemand abgehoben. Als die Frau am Montag nicht kam, um ihre Klasse zu unterrichten, rief die Freundin die Polizei. Ein Officer ging um ihr Haus außen herum zur Rückseite. Ein Fenster im dritten Stock stand weit offen. Das Opfer hatte eine Mitbewohnerin, die anscheinend nicht in der Stadt war.

Das Haus befand sich weniger als zwei Kilometer von der Stadtmitte entfernt am Rand der Virginia Commonwealth University mit mehr als zwanzigtausend Studenten. Einige der Institute, die zu der Universität gehörten, waren in restaurierten viktorianischen Häusern an der West Main untergebracht. Zurzeit wurden nur noch Sommerseminare abgehalten. Die Studenten hielten sich auf dem Universitätsgelände auf, sie lümmelten an kleinen Tischen auf den Restaurantterrassen herum, tranken Kaffee, ihre Bücher unter den Ellbogen geklemmt, redeten mit Freunden und genossen die sonnige Wärme eines wunderschönen Juninachmittags. Henna Yarborough war einunddreißig Jahre alt und lehrte Journalismus, hatte Marino mir gesagt. Sie war vergangenen Herbst aus North Carolina in die Stadt gezogen. Wir wussten nicht mehr über sie, außer dass sie tot war, und das bereits seit mehreren Tagen.

Überall liefen Polizeibeamte und Reporter herum.

Der Verkehr rollte langsam an dem dunkelroten, dreistöckigen Ziegelgebäude vorbei, eine blaugrüne Flagge wehte über dem Eingang. Es gab Balkonkästen mit roten und weißen Geranien und ein stahlblaues Schindeldach mit einem Art-Nouveau-Blumendesign in blassem Gelb.

Die Zufahrtsstraße war blockiert, so dass ich gezwungen war, einen halben Block weiter zu parken, und es blieb mir nicht verborgen, dass die Stimmung unter den Reportern gedrückter war als sonst. Sie drehten sich kaum um, als ich vorbeiging. Sie hielten mir keine Mikrophone oder Kameras vors Gesicht, als ob sie es irgendwie spürten, dass es ein weiteres Opfer dieser Serie war. Nummer fünf. Fünf Frauen wie sie selbst oder ihre Frauen und Geliebten waren vergewaltigt und ermordet worden.

Ein Polizeibeamter hob das gelbe Band hoch, das die Eingangstür am Ende der abgetretenen Granittreppe versperrte. Ich betrat ein düsteres Foyer und ging drei hölzerne Treppen hinauf. Oben traf ich den Polizeichef, mehrere hochrangige Officer, Detectives und Streifenbeamte. Bill war auch da, direkt neben einer offenen Tür, und schaute hinein. Unsere Blicke trafen sich, sein Gesicht war aschfahl.

Ich war mir seiner Anwesenheit kaum bewusst, als ich an der Tür innehielt und in das kleine Schlafzimmer hineinsah, das erfüllt war von dem süßlich stechenden Gestank der Verwesung menschlichen Fleisches, der mit keinem Geruch auf dieser Erde vergleichbar ist. Marino hatte mir den Rücken zugewandt. Er hockte auf seinen Fersen und öffnete Kommodenschubladen, seine Hände suchten routiniert durch die Schichten von sauber zusammengefalteter Wäsche.

Auf der Kommode befanden sich einzelne Flaschen mit Parfüm und Lotionen, eine Haarbürste und einige elektrische Lockenwickler. Links an der Wand stand ein Schreibtisch, und die elektrische Schreibmaschine darauf ragte aus einem Meer von Papier und Büchern hervor. Weitere Bücher standen auf einem Regal darüber und waren auf dem Parkettboden gestapelt. Die Badezimmertür war ein wenig geöffnet, das Licht im Bad ausgeschaltet, keine Fotos oder Bilder an den Wänden – als ob das Schlafzimmer seit Langem nicht benutzt worden wäre. Rechts von mir stand ein Doppelbett. Ich sah zerwühlte Bettdecken und ein Büschel dunkles, verworrenes Haar. Ich achtete darauf, wo ich hintrat, und ging zu der Frau hinüber.

Ihr Gesicht war mir zugewandt, und es war so blutunterlaufen, so aufgedunsen durch die Verwesung, dass ich nicht sagen konnte, wie sie ausgesehen hatte, als sie noch lebte, außer dass sie weiß war und schulterlanges dunkelbraunes Haar hatte. Sie war nackt und lag auf der linken Seite, ihre Beine hochgezogen, ihre Hände waren hinter dem Rücken fest zusammengebunden. Der Täter hatte anscheinend die Kordeln von den Jalousien benutzt, und der Knoten wirkte schockierend vertraut. Ein dunkelblaues Leintuch war über ihre Hüften geworfen in einer Art, die noch immer von gedankenloser, kalter Geringschätzung zeugte. Auf dem Boden am Fuß des Bettes lag ein Schlafanzug. Das Oberteil war zugeknöpft und vom Ausschnitt bis zur Hüfte aufgeschlitzt. Die Hose war anscheinend an den Seiten aufgeschnitten worden.

Marino ging langsam durch das Schlafzimmer und stellte sich neben mich. »Er ist über die Leiter hochgeklettert«, sagte er.

»Welche Leiter?«, fragte ich.

Es gab zwei Fenster. Das eine, auf das Marino starrte, war offen und näher am Bett. »An der Mauer draußen«, erklärte er, »ist eine alte eiserne Feuerleiter. So ist er reingekommen. Die Geländer sind rostig. Etwas davon ist abgesplittert und liegt auf dem Sims, wahrscheinlich von seinen Schuhen.«

»Und er ging auch wieder auf diesem Weg«, folgerte ich laut.

»Kann ich nicht mit Sicherheit sagen, aber es sieht so aus. Die Tür unten war verschlossen. Wir mussten sie aufbrechen. Aber draußen«, fügte er hinzu und sah wieder in Richtung auf das Fenster, »ist hohes Gras unter der Leiter. Keine Fußabdrücke. Es regnete in Strömen Samstagnacht, also das bringt uns keinen verdammten Schritt weiter.«

»Hat dieses Haus eine Klimaanlage?« Ich war schweißgebadet.

»Nein. Auch keine Ventilatoren. Nicht ein einziger.« Er wischte sein gerötetes Gesicht mit der Hand ab. Sein Haar klebte auf seiner feuchten Stirn, unter seinen geröteten Augen lagen tiefe dunkle Ringe. Marino sah aus, als ob er seit einer Woche nicht geschlafen oder die Kleider gewechselt hätte.

»War das Fenster verschlossen?«, fragte ich.

»Keines davon.« Er bekam einen überraschten Ausdruck auf dem Gesicht, als wir uns im gleichen Moment zur Tür umdrehten. »Was zum Teufel …?«

Eine Frau schrie im Korridor zwei Stockwerke tiefer herum. Füße trampelten, männliche Stimmen waren zu hören.

»Verlassen Sie mein Haus! O Gott … Verlassen Sie mein Haus, Sie verdammter Mistkerl!«, schrie die Frau.

Marino schob sich abrupt an mir vorbei, und seine Schritte hallten laut auf den hölzernen Stufen. Ich konnte hören, wie er etwas sagte, und fast sofort hörte das Geschrei auf. Die lauten Stimmen ebbten zu leisem Gemurmel ab.

Ich fing mit der Untersuchung der Leiche an.

Sie war genauso warm wie der Raum, die Leichenstarre hatte sich schon wieder gelöst. Sie war unmittelbar nach Eintritt des Todes kalt und steif geworden, hatte sich dann wieder erwärmt, als die Temperatur draußen anstieg.

Ich musste das Leintuch nicht weit zurückschlagen, um zu sehen, was sich darunter befand. Für einen Moment schienen mein Atem und mein Herz stillzustehen. Ich zog das Leintuch wieder vor und fing an, meine Handschuhe anzuziehen. Es gab nichts, was ich hier noch untersuchen konnte. Nichts.

Als ich Marino die Treppen wieder heraufkommen hörte, drehte ich mich um, um ihm zu sagen, dass die Leiche in die Bettdecken gehüllt in das Leichenschauhaus gebracht werden sollte. Aber die Worte blieben mir im Hals stecken. Ich erstarrte, sprachlos vor Staunen.

In der Tür neben ihm stand Abby Turnbull. Was, in Gottes Namen, dachte Marino, was er da tat? Hatte er den Verstand verloren? Abby Turnbull, die Starreporterin.

Dann bemerkte ich, dass sie Sandalen trug, Jeans und eine weiße Baumwollbluse. Ihr Haar war nach hinten gebunden. Sie war nicht geschminkt und hatte weder Diktiergerät noch Notizbuch bei sich, nur eine Leinentasche. Sie starrte entsetzt auf das Bett, ihr Gesicht war verzerrt vor Schrecken.

»Großer Gott, nein!« Sie presste die Hand vor ihren offenen Mund.

»Sie ist es also«, sagte Marino mit leiser Stimme.

Sie trat zögernd näher. »Mein Gott! Henna. O mein Gott …«

»War das ihr Zimmer?«

»Ja. Ja. Oh, bitte, Gott …«

Marino machte eine Kopfbewegung und bedeutete einem Beamten, den ich nicht sehen konnte, zu kommen und Abby Turnbull hinauszubringen. Ich hörte ihre Schritte auf den Stufen, hörte sie stöhnen.

Ich fragte Marino ruhig: »Wissen Sie, was Sie da tun?«

»Ich weiß immer, was ich tue.«

»War sie das, die herumgeschrien hat?«, fuhr ich benommen fort. »Schrie sie die Cops an?«

»Nein. Boltz war gerade gekommen. Sie schrie ihn an.«

»Boltz?« Ich verstand nicht.

»Kann nicht behaupten, dass ich es ihr übelnehme«, antwortete er nüchtern. »Es ist ihr Haus. Natürlich will sie nicht, dass wir hier überall herumstehen und ihr sagen, dass sie nicht reinkann …«

»Boltz?«, fragte ich. »Boltz sagte ihr, sie dürfe nicht hereinkommen?«

»Und ein paar von den Jungs.« Er zuckte mit den Achseln.

»Sie …«

Er richtete seine Aufmerksamkeit auf die Leiche auf dem Bett, und in seinen Augen flackerte etwas auf. »Diese Frau hier ist ihre Schwester.«

Das Wohnzimmer war voller Topfpflanzen und erfüllt von Sonnenlicht. Es lag im ersten Stock und schien frisch renoviert zu sein. Das polierte Parkett war fast vollständig bedeckt mit einem indischen Webteppich mit hellblauen und grünen geometrischen Mustern auf weißem Untergrund, die Sitzgruppe war weiß mit kleinen pastellfarbenen Kissen. An den weißen Wänden hing eine Sammlung von abstrakten Drucken des Künstlers Gregg Carbo. Es war ein Zimmer, das Abby nur für sich selbst gestaltet hatte, vermutete ich. Ein beeindruckender Raum, der Erfolg und Disziplin ausstrahlte und zu dem Charakter passte, den ich der Bewohnerin immer unterstellt hatte.

Sie saß zusammengekauert in der Ecke der weißen Ledercouch und rauchte eine lange, dünne Zigarette. Ich hatte Abby noch nie aus der Nähe gesehen, sie sah sehr sonderbar aus. Ihre Augen waren ungleich, das eine etwas grüner als das andere, und ihre vollen Lippen schienen nicht zum selben Gesicht zu gehören wie die spitze Nase. Sie hatte braunes Haar, das langsam grau wurde und ihre Schultern berührte, und hohe Wangenknochen; in den Augenwinkeln und um den Mund zeichneten sich feine Linien ab. Sie hatte lange Beine, war schlank und etwa so alt wie ich, vielleicht ein paar Jahre jünger.

Sie starrte uns mit regungslosen Augen an. Ein Beamter ging hinaus, und Marino schloss leise die Tür.

»Es tut mir wirklich leid. Ich weiß, wie schwer das ist …« Marino begann mit den üblichen Sprüchen. Er erklärte ruhig, wie wichtig es war, dass sie alle Fragen beantwortete und sich an alles erinnerte, was ihre Schwester betraf – ihre Gewohnheiten, ihre Freunde, ihre Pflichten –, so detailliert, wie sie nur konnte. Abby saß wie versteinert da und sagte nichts. Ich saß ihr gegenüber.

»Wenn ich richtig verstehe, waren Sie weg«, sagte er.

»Ja.« Ihre Stimme zitterte und ihr Körper ebenfalls, als wäre ihr kalt. »Ich bin Freitagnachmittag zu einem Termin nach New York gefahren.«

»Was für ein Termin?«

»Ein Buch. Ich bin dabei, einen Buchvertrag auszuhandeln. Hatte einen Termin mit meinem Agenten. Bin bei einem Freund geblieben.«

»Hatten Sie Kontakt zu Ihrer Schwester, während Sie in New York waren?«

»Ich habe versucht, sie gestern Abend anzurufen, um ihr mitzuteilen, wann mein Zug ankommt.« Sie holte tief Luft. »Als niemand abhob, war ich schon etwas irritiert. Dann habe ich einfach angenommen, dass sie ausgegangen ist. Ich habe es nicht noch einmal versucht, als ich angekommen war. Ich wusste, dass sie heute Nachmittag unterrichtete. Ich nahm ein Taxi. Ich hatte keine Ahnung. Erst als ich hier ankam und all die Autos, die Polizei sah …«

»Wie lange hat Ihre Schwester mit Ihnen zusammengelebt?«

»Seit letztem Jahr, als sie sich von ihrem Mann getrennt hatte. Sie wollte Abwechslung, Zeit zum Nachdenken. Ich sagte, sie solle herkommen. Sagte ihr, dass sie bei mir wohnen könnte, bis sie sich entschieden hatte, ob sie zu ihm zurückgehen würde. Das war Ende August. Sie zog im August zu mir und begann, an der Universität zu arbeiten.«

»Wann haben Sie sie das letzte Mal gesehen?«

»Freitagnachmittag.« Ihre Stimme hob sich. »Sie hat mich zum Zug gebracht.« Ihre Augen füllten sich mit Tränen.

Marino zog ein verknittertes Taschentuch aus einer Gesäßtasche und gab es ihr. »Haben Sie eine Ahnung, was für Pläne sie für das Wochenende hatte?«

»Arbeiten. Sie hatte mir gesagt, dass sie zu Hause bleiben und die Vorlesungen vorbereiten würde. Soweit ich weiß, hatte sie keine Pläne. Henna ging nicht viel aus, sie hatte ein oder zwei gute Freunde, ebenfalls Professoren. Sie musste viel für den Unterricht vorbereiten, sagte, sie würde am Samstag einkaufen gehen. Das ist alles.«

»Und wo? In welchem Geschäft?«

»Ich habe keine Ahnung. Es ist egal. Ich weiß, dass sie nicht gegangen ist. Der andere Polizeibeamte, der vorhin noch hier war, ließ mich in der Küche nachsehen. Sie ist nicht im Supermarkt gewesen. Der Kühlschrank ist so leer, wie er war, als ich gefahren bin. Es muss am Freitagabend passiert sein. Wie bei den anderen. Das ganze Wochenende über war ich in New York, und sie war hier. Lag so hier.«

Einen Moment lang sagte niemand etwas. Marino blickte im Wohnzimmer umher, sein Gesicht ausdruckslos. Abby zündete sich zitternd eine Zigarette an und drehte sich zu mir.

Ich wusste, was sie fragen würde, bevor die Worte ausgesprochen waren.

»Ist es wie bei den anderen Fällen? Ich weiß, dass Sie sie angeschaut haben.« Sie zögerte, versuchte, sich zusammenzunehmen, als sie fragte: »Was hat er ihr getan?«

Ich gab ihr automatisch die übliche Antwort: »Ich werde es Ihnen erst sagen können, wenn ich sie genauer untersucht habe.«

»Um Himmels willen, sie ist meine Schwester!«, schrie sie. »Ich will wissen, was das Monster ihr angetan hat! O Gott! Hat sie gelitten? Bitte sagen Sie mir, ob sie gelitten hat …«

Wir ließen sie weinen, mit tiefen, schweren Seufzern großer Qual. Ihr Schmerz trug sie weit über die Grenzen hinaus, wo ein anderer sie noch erreichen konnte. Wir saßen da. Marino sah sie mit regungslosen, unergründlichen Augen an.

Ich hasste mich in solchen Momenten selbst, kalt, klinisch, der vollkommene Profi, ungerührt durch den Schmerz eines anderen Menschen. Was sollte ich sagen? Natürlich hatte sie gelitten! Als sie ihn in ihrem Zimmer sah, als sie anfing zu begreifen, was passieren würde, ihr Schrecken, der umso schlimmer war, weil sie bereits viel über die ermordeten Frauen gelesen hatte, in den Berichten, die ihre eigene Schwester verfasst hatte. Und ihr Schmerz, ihr physischer Schmerz.

»Gut. Natürlich werden Sie es mir nicht sagen«, fing

Abby in schnellen, überstürzten Sätzen an. »Ich weiß, wie es ist. Sie sagen es mir nicht. Sie ist meine Schwester. Und Sie werden es mir nicht sagen. Sie behalten alle Karten in Ihrer Weste. Ich weiß, wie es läuft. Und wofür? Wie viele muss der Bastard noch umbringen? Sechs? Zehn? Fünfzig? Kommen die Cops dann dahinter?«

Marino starrte sie immer noch an. Er sagte: »Beschuldigen Sie nicht die Polizei, Miss Turnbull. Wir sind auf Ihrer Seite, versuchen zu helfen.«

»Richtig!«, unterbrach sie ihn. »Sie und Ihre Hilfe! Wie Sie letzte Woche geholfen haben! Wo, zum Teufel, waren Sie da?«

»Letzte Woche? Worauf genau spielen Sie an?«

»Ich spiele auf den Kerl an, der mich den ganzen Weg von der Redaktion bis nach Hause verfolgte«, rief sie laut. »Er war direkt hinter mir, bog überall ab, wo ich abbog. Ich habe sogar an einem Laden angehalten, um ihn loszuwerden. Dann kam ich zwanzig Minuten später raus, und er ist wieder da! Verfolgt mich! Ich komme nach Hause und rufe sofort die Polizei. Und was tun sie? *Nichts.* Ein Officer kommt *zwei Stunden später* vorbei, um sich zu vergewissern, dass alles in Ordnung ist. Ich gebe ihm eine Beschreibung, sogar das Autokennzeichen. Hat er überhaupt nachgeschaut? Zum Teufel, nein, ich habe nichts mehr davon gehört. Der Scheißkerl in dem Auto war bestimmt derjenige, der es getan hat! Meine Schwester ist tot! Ermordet. Weil irgend so ein Cop keine Lust hatte!«

Marino musterte sie, seine Augen blickten interessiert. »Wann genau war das?«

Sie zögerte. »Dienstag, glaube ich. Vor einer Woche

am Dienstag. Spät, vielleicht gegen zehn, zehn Uhr dreißig. Ich arbeitete lange in der Redaktion, schrieb einen Artikel zu Ende …«

Marino wirkte irritiert. »Korrigieren Sie mich, wenn ich etwas Falsches sage, aber ich dachte, Sie wären in der Abendschicht gewesen, von sechs bis zwei Uhr morgens oder so.«

»An diesem Dienstag hatte einer der anderen Reporter meine Schicht übernommen. Ich musste früh am Tag kommen, um etwas fertig zu schreiben, was die Redaktion für die nächste Ausgabe haben wollte.«

»Ja«, sagte Marino. »Okay, also dieser Wagen. Wann fing er an, Sie zu verfolgen?«

»Das ist schwer zu sagen. Ich habe es erst nach einigen Minuten bemerkt, nachdem ich aus dem Parkhaus herausgefahren war. Er könnte auf mich gewartet haben. Vielleicht hat er mich irgendwo gesehen. Ich weiß es nicht. Aber er war direkt an meiner Stoßstange, die Scheinwerfer angeschaltet. Ich fuhr langsamer, in der Hoffnung, dass er mich überholen würde. Er fuhr auch langsamer. Ich beschleunigte. Dasselbe. Ich konnte ihn nicht abschütteln. Ich beschloss, zu Farm Fresh zu fahren. Ich wollte nicht, dass er mich bis nach Hause verfolgte. Er tat es dennoch. Er muss vorbeigefahren und dann zurückgekommen sein, und dann auf dem Parkplatz oder an der Straße auf mich gewartet haben.«

»Sind Sie sicher, dass es dasselbe Auto war?«

»Ein neuer Cougar, schwarz. Ich bin absolut sicher. Ich habe mich mit der Zulassungsbehörde in Verbindung gesetzt, um das Kennzeichen zu überprüfen, da es die Polizei nicht interessierte. Es ist ein Mietwagen.

Ich habe die Adresse von der Gesellschaft und die Autonummer aufgeschrieben, falls es Sie interessiert.«

»Ja, es interessiert mich«, sagte Marino.

Sie griff in ihre Tasche und zog einen zusammengefalteten Zettel heraus. Ihre Hand zitterte, als sie ihn Marino gab.

Er schaute darauf und steckte ihn in seine Tasche. »Was dann? Das Auto hat Sie verfolgt, bis nach Hause?«

»Ich hatte keine Wahl. Ich konnte nicht die ganze Nacht herumfahren. Konnte nichts tun. Er hat gesehen, wo ich wohne. Ich ging hinein und sofort zum Telefon. Ich nehme an, er fuhr vorbei. Als ich aus dem Fenster schaute, konnte ich ihn nirgends entdecken.«

»Haben Sie das Auto schon einmal gesehen?«

»Ich weiß nicht. Ich habe schon öfter schwarze Cougars gesehen. Aber ich kann nicht sagen, ob ich genau dieses Auto schon einmal gesehen habe.«

»Haben Sie den Fahrer erkennen können?«

»Es war zu dunkel, und er fuhr hinter mir. Aber es war eindeutig nur eine Person in dem Auto. Er, der Fahrer.«

»Er? Sind Sie da sicher?«

»Alles, was ich sah, war ein großer Umriss, jemand mit kurzem Haar, okay? Natürlich war es ein *Er*. Es war schrecklich. Er saß gerade da und starrte direkt auf meinen Hinterkopf. Nur dieser Schatten, der starrte. Direkt an meiner Stoßstange. Ich habe Henna davon erzählt. Ich sagte ihr, sie solle vorsichtig sein, solle Ausschau halten nach einem schwarzen Cougar, und wenn sie ein solches Auto in der Nähe des Hauses sehen würde, die 911 wählen. Sie wusste, was in der Stadt los war. Großer Gott! Ich kann es nicht glauben! Sie wusste es! Ich habe ihr gesagt, dass sie die Fenster nicht unverschlossen lassen darf! Dass sie vorsichtig sein soll!«

»Also war es normal für sie, ein oder zwei Fenster unverschlossen, vielleicht offen zu lassen.«

Abby nickte und wischte ihre Augen ab. »Sie hat immer bei offenem Fenster geschlafen. Es ist manchmal ziemlich heiß hier drinnen. Ich habe schon eine Klimaanlage bestellt, sie sollte nächsten Monat installiert werden. Ich bin erst kurz bevor sie kam hier eingezogen. Anfang August. Es gab viel anderes zu tun, und Herbst und Winter waren nicht mehr weit. O Gott! Ich sagte es ihr tausendmal. Sie lebte immer in ihrer eigenen Welt. Völlig abwesend. Ich konnte es ihr nicht einprügeln. So wie ich sie nie dazu bewegen konnte, den Sicherheitsgurt anzulegen. Sie ist meine kleine Schwester. Sie mochte es noch nie, wenn ich ihr sagte, was sie tun sollte. Sie ignorierte das einfach, als ob sie gar nichts gehört hätte. Ich sagte es ihr. Ich erzählte ihr von den Verbrechen. Nicht nur von den Morden, sondern von den Vergewaltigungen, den Einbrüchen, von allem. Und sie wurde ungeduldig. Sie wollte es nicht hören. Sie sagte: ›Oh, Abby, du siehst nur die schrecklichen Dinge. Können wir nicht über etwas anderes reden?‹ Ich habe eine Pistole. Ich sagte ihr, sie sollte sie neben ihr Bett legen, wenn ich nicht da bin. Aber sie wollte sie nicht anfassen. Nichts zu machen. Ich bot ihr an, ihr beizubringen, wie man damit schießt, ihr eine eigene zu kaufen. Aber es war nichts zu machen. Nichts! Und nun das! Sie ist tot! O Gott! Und all diese Dinge, die ich Ihnen erzählen soll, über ihre Gewohnheiten und alles, es ist doch nicht wichtig!«

»Es ist sehr wohl wichtig. Alles ist wichtig …«

»Nichts ist wichtig, weil ich weiß, dass er nicht hinter ihr her war! Er wusste nicht einmal, dass es sie gibt! Er war hinter mir her!«

Schweigen.

»Wie kommen Sie darauf?«, fragte Marino ruhig.

»Wenn es der aus dem schwarzen Auto war, dann weiß ich, dass er hinter mir her war. Egal, wer er ist, ich bin diejenige, die über ihn geschrieben hat. Er hat meine Autorenzeile gesehen. Er weiß, wer ich bin.«

»Vielleicht.«

»Ich! Ich war es, hinter der er her war!«

»Sie könnten sein Ziel gewesen sein«, sagte Marino sachlich. »Aber wir können das nicht mit Sicherheit sagen, Miss Turnbull. Ich muss alle Möglichkeiten in Betracht ziehen, zum Beispiel, dass er Ihre Schwester irgendwo gesehen hat, vielleicht auf dem Universitätsgelände oder in einem Restaurant, einem Laden. Vielleicht wusste er nicht, dass sie mit jemandem zusammenlebte, vor allem, wenn er sie verfolgte, während Sie bei der Arbeit waren – wenn er sie abends verfolgte und beobachtete, wie sie heimging, wenn Sie nicht da waren, meine ich. Er könnte keine Ahnung davon gehabt haben, dass sie Ihre Schwester ist. Es könnte ein Zufall sein. Gab es einen Ort, wo sie öfter hinging, ein Restaurant, eine Bar, irgendetwas?«

Sie wischte sich wieder die Augen und versuchte, sich zu erinnern. »Es gibt ein Café an der Ferguson, nicht weit von der Schule. Sie aß dort ein- oder zweimal in der Woche zu Mittag. Sie ging nicht in Bars. Ab und zu aßen wir bei Angela's auf der Southside, aber wir waren bei solchen Gelegenheiten immer zusammen – sie war nicht allein. Sie kann auch woanders hingegangen sein, in Geschäfte, meine ich. Ich weiß es nicht. Ich weiß nicht alles, was sie jeden Tag gemacht hat.«

»Sie sagen, sie zog letzten August hier ein. Ist sie jemals weggefahren, hat sie irgendeine Reise gemacht, etwas in der Art?«

»Warum?« Sie war außer sich. »Glauben Sie, jemand ist ihr gefolgt, jemand, der nicht aus der Stadt ist?«

»Ich will nur genau wissen, wann sie hier war und wann nicht.«

Sie sagte zitternd: »Letzten Donnerstag fuhr sie zurück nach Chapel Hill, um ihren Ehemann zu treffen und eine Freundin zu besuchen. Sie war fast die ganze Woche weg, kam am Mittwoch zurück. Heute hat der Unterricht wieder begonnen.«

»War er jemals hier, der Ehemann?«

»Nein«, antwortete sie argwöhnisch.

»Gab es irgendwelche Geschichten, dass er brutal mit ihr umging, Gewalt anwendete …?«

»Nein!«, platzte sie heraus. »Jeff hat ihr das nicht angetan! Sie wollten sich nur versuchsweise trennen! Es gab keine Feindseligkeiten zwischen ihnen! Das Schwein, das das hier getan hat, ist dasselbe Schwein wie bei den anderen!«

Marino starrte auf den Recorder auf dem Tisch, mit dem er das Gespräch aufzeichnete. Ein kleines rotes Lämpchen blinkte. Er suchte in seinen Jackentaschen und wirkte verstört. »Ich muss kurz zum Auto gehen.«

Er ließ Abby und mich allein in dem hellen weißen Wohnzimmer.

Es trat ein langes, unbehagliches Schweigen ein, bevor sie mich ansah.

Ihre Augen waren gerötet, ihr Gesicht verquollen. Bitter, leidvoll sagte sie zu mir: »Wie oft wollte ich mit Ihnen reden. Da habe ich es nun. Sie sind wahrscheinlich insgeheim froh. Ich weiß, was Sie von mir denken. Sie denken vermutlich, dass ich es verdiene. Ich bekomme jetzt eine Vorstellung davon, was die Leute, über die ich schreibe, fühlen. Ausgleichende Gerechtigkeit.«

Die Bemerkung traf mich tief. Ich sagte ruhig: »Abby, Sie verdienen das nicht. Ich würde so etwas niemals irgendjemandem wünschen.«

Sie starrte auf ihre fest zusammengepressten Hände und fuhr schmerzerfüllt fort: »Bitte, nehmen Sie sich ihrer an. Bitte. Meine Schwester. O Gott. Bitte sorgen Sie für Henna …«

»Ich verspreche, dass ich für sie sorgen werde …«

»Sie dürfen ihn nicht davonkommen lassen! Das dürfen Sie nicht!«

Ich wusste nicht, was ich sagen sollte.

Sie sah mich an, und ich war entsetzt, als ich die Angst in ihren Augen bemerkte. »Ich verstehe überhaupt nichts mehr. Ich verstehe nicht, was hier vor sich geht. All diese Dinge, von denen ich gehört hatte. Und dann passiert das. Ich habe es versucht. Ich habe versucht, es von Ihnen herauszubekommen. Und nun das. Ich weiß nicht mehr, wer wir sind und wer die anderen!«

Ruhig sagte ich: »Ich glaube, ich verstehe nicht, was Sie meinen, Abby. Was haben Sie versucht, von mir herauszubekommen?«

Sie sprach sehr schnell. »Jene Nacht. Letzte Woche. Ich wollte mit Ihnen darüber reden. Aber er war da …«

Langsam begriff ich. Ich fragte leise: »An welchem Tag?«

Sie sah verwirrt aus, als ob sie sich nicht erinnern könnte.

»Mittwoch«, sagte sie. »Mittwochabend.«

»Sie sind spät an jenem Abend zu meinem Haus gefahren und dann schnell wieder davongefahren? Warum?«

Sie stammelte: »Sie … waren in Gesellschaft.«

Bill. Ich erinnerte mich, dass wir im Schein des Eingangslichts gestanden hatten. Wir waren gut zu sehen gewesen, und er hatte sein Auto in meiner Auffahrt geparkt. Abby war diejenige, die in jener Nacht zu mir gefahren war, und sie hatte mich mit Bill gesehen, aber das erklärte nicht ihre Reaktion. Warum geriet sie in Panik? Es schien wie ein Angstreflex, als sie die Scheinwerfer ausmachte und den Rückwärtsgang einlegte.

Sie sagte: »Diese Untersuchungen. Ich habe Dinge gehört. Gerede. Die Cops sollen nicht mit Ihnen sprechen. Niemand soll mit Ihnen reden. Irgendetwas ist schiefgelaufen, und deshalb werden alle Anrufe an Amburgey weitergeleitet. Ich wollte Sie fragen! Und nun sagt man, dass Sie die Serologie in dem Fall der Chirurgin … in Lori Petersens Fall durcheinandergebracht haben. Ihr Labor soll die ganze Untersuchung vermasselt haben, und es ist vielleicht Ihre Schuld, dass die Cops den Mörder noch nicht haben …« Sie war wütend und unsicher und starrte mich an. »Ich muss wissen, ob das stimmt. Ich muss es wissen! Ich muss wissen, was mit meiner Schwester geschieht!«

Woher wusste sie von dem falsch gekennzeichneten PERK? Betty hatte es ihr sicher nicht gesagt. Aber Betty hatte ihre Untersuchungen mit den Objektträgern beendet, und die Kopien – alle Kopien von allen Laborberichten – wurden direkt an Amburgey geschickt. Hatte er es Abby erzählt? Hatte jemand aus seinem Büro es ihr erzählt? Hatte er es Tanner erzählt? Hatte er es Bill erzählt?

»Wo haben Sie das gehört?«

»Ich höre vieles.« Ihre Stimme zitterte.

Ich sah in ihr leidvolles Gesicht, auf ihren von Trauer und Schrecken zusammengesunkenen Körper. »Abby«, sagte ich ganz ruhig, »ich bin sicher, dass Sie eine Menge hören. Ich bin auch sicher, dass vieles davon nicht wahr ist. Oder selbst wenn darin ein Funke Wahrheit steckt, dann ist die Interpretation falsch, und vielleicht sollten Sie sich selbst fragen, warum jemand Ihnen diese Dinge erzählt und was das wahre Motiv dieser Person sein könnte.«

Sie zögerte. »Ich will nur wissen, ob es stimmt, was ich gehört habe. Ob Ihre Abteilung Fehler gemacht hat.«

Ich wusste nicht, was ich antworten sollte.

»Ich werde es sowieso herausbekommen, das sage ich Ihnen. Unterschätzen Sie mich nicht, Dr. Scarpetta. Die Polizei hat lange genug alles vermasselt. Denken Sie nicht, dass ich es nicht weiß. Sie haben es bei mir vermasselt, als dieser verdammte Kerl mich bis nach Hause verfolgte. Und sie haben es bei Lori Petersen vermasselt, als sie die 911 wählte und fast eine Stunde lang niemand reagierte. Und dann war sie tot!«

Meine Überraschung war mir anzusehen.

»Wenn das herauskommt«, fuhr sie fort, ihre Augen glänzten vor Tränen und Zorn, »dann wird die Stadt den Tag verdammen, an dem ich zur Welt gekommen bin! Die Leute werden bezahlen! Ich werde alles tun, damit diese Leute bezahlen, und wollen Sie wissen, warum?«

Ich starrte sie stumm an.

»Weil keiner von denen, die es sollten, sich darum schert, dass Frauen vergewaltigt und ermordet werden! Dieselben Kerle, die an den Fällen arbeiten, fahren aus der Stadt und schauen sich Filme über Frauen an, die vergewaltigt, erwürgt und ermordet werden. Sie finden es sexy. Sie schauen sich solche Dinge in Magazinen an. Sie haben Phantasien. Sie geraten wahrscheinlich in Ekstase, wenn sie die Tatfotos ansehen. Die Cops. Sie machen *Witze* darüber … Ich kann es hören. Ich kann hören, wie sie an den Tatorten lachen, wie sie im Revier lachen!«

»Sie meinen es nicht so.« Mein Mund war trocken. »Das ist ihre Art, damit klarzukommen.«

Schritte kamen die Treppe hoch.

Sie sah flüchtig zur Tür, griff in ihre Tasche und holte flink eine Visitenkarte heraus, auf die sie eine Nummer schrieb. »Bitte. Wenn es etwas gibt, was Sie mir sagen können, wenn Sie es – es getan haben …« Sie holte tief Luft. »Werden Sie mich anrufen?« Sie reichte mir die Karte. »Die Nummer meines Büros steht darauf, ich werde dann verständigt. Ich weiß nicht, wo ich bleiben werde. Nicht in diesem Haus. In der nächsten Zeit nicht. Vielleicht nie mehr.«

Marino kam zurück.

Abbys Blick durchbohrte ihn. »Ich weiß, was Sie fragen werden«, sagte sie, als er die Tür schloss. »Und die Antwort ist Nein. Es gibt keine Männer in Hennas Leben, niemand hier in Richmond. Sie hatte mit niemandem Verabredungen, sie hat mit niemandem geschlafen.«

Wortlos legte er ein neues Band ein und drückte auf den Aufnahmeknopf.

Er sah sie an. »Und wie ist es bei Ihnen, Miss Turnbull?«

Sie holte tief Luft und stammelte: »Ich habe eine enge Beziehung zu jemandem in New York. Niemand hier. Alles nur Geschäftsbeziehungen.«

»Ich verstehe. Und was genau ist Ihre Definition von einer Geschäftsbeziehung?«

»Was meinen Sie?« Ihre Augen weiteten sich vor Angst.

Marino sah einen Moment lang nachdenklich aus, dann sagte er beiläufig: »Was ich mich frage, ist, ob Sie gemerkt haben, dass dieser Kerl, der Sie an jenem Abend bis nach Hause verfolgt hat, Sie tatsächlich schon seit mehreren Wochen beobachtet hat. Der Mann in dem schwarzen Cougar. Er ist Polizist. Zivilbeamter, arbeitet bei der Sitte.«

Sie starrte ihn ungläubig an.

»Sehen Sie«, fuhr Marino lakonisch fort, »deshalb war niemand wirklich beunruhigt, als Sie anriefen, Miss Turnbull. Es hätte mich beunruhigt, wenn ich damals davon gewusst hätte – weil der Mann besser sein sollte. Wenn er Ihnen folgt, dann sollten Sie es nicht merken, meine ich.«

Er wurde plötzlich distanzierter, seine Worte wurden schärfer.

»Aber dieser spezielle Beamte kann Sie nicht besonders leiden. Als ich eben zu meinem Auto ging, habe ich ihn angefunkt, und er hat mir gesagt, wie es wirklich war. Er gibt zu, dass er Ihnen absichtlich so zugesetzt hat, dass er sich aufgeregt hatte, als er Sie in jener Nacht verfolgte.«

»Was sagen Sie da?«, rief sie. Panik lag in ihrer Stimme. »Er ist mir auf die Pelle gerückt, weil ich Reporterin bin?«

»Nun, es ist ein bisschen persönlicher, Miss Turnbull.« Marino zündete sich beiläufig eine Zigarette an. »Sie erinnern sich sicher, dass Sie vor einigen Jahren diesen Artikel über den Mann bei der Sitte geschrieben haben, der sich in Schmugglerkreise einschleuste und dann selbst wegen Kokainbesitzes festgenommen wurde? Am Ende schoss er sich mit seiner Dienstwaffe das verdammte Hirn raus. Dieser spezielle Beamte war der Partner von dem Mann, der Sie verfolgt hat. Ich dachte, sein Interesse an Ihnen könnte ihn motivieren, gute Arbeit zu leisten. Sieht so aus, als wäre er etwas über das Ziel hinausgeschossen ...«

»Sie!«, schrie sie ungläubig. »Sie haben ihn angewiesen, mich zu verfolgen? Warum?«

»Ich werde Ihnen sagen, warum. Da es so aussieht, als hätte mein Freund seine Karten ausgereizt, ist das Spiel ohnehin geplatzt. Sie hätten am Ende sowieso herausbekommen, dass er ein Cop ist. Also kann ich auch den Rest erzählen, hier in Gegenwart des Doc, da es sie in gewisser Weise auch betrifft.«

Abby sah mich verzweifelt an. Marino schnippte gemächlich die Asche von seiner Zigarette.

Er nahm noch einen Zug und sagte dann: »Wie es der Zufall will, hat die Abteilung von Dr. Scarpetta momentan ziemlich viel Feuer unterm Hintern wegen dieser angeblich durchgesickerten Informationen an die Presse, was bedeutet, an Sie, Miss Turnbull. Jemand ist in den Computer des Doc eingebrochen. Amburgey macht Dr. Scarpetta hier die Hölle heiß und schafft eine Menge Probleme und Anschuldigungen. Ich persönlich bin anderer Meinung. Ich glaube, das Informationsleck hat nichts mit dem Computer zu tun. Ich glaube, jemand ist in den Computer eingebrochen, um es so aussehen zu lassen, als kämen die Informationen von dort, und um die Tatsache zu vertuschen, dass die einzige Datenbank, in die eingebrochen worden ist, diejenige zwischen Bill Boltz' Ohren ist.«

»Das ist doch wahnsinnig!«

Marino rauchte, seine Augen starr auf sie gerichtet. Er genoss es, zuzusehen, wie sie sich wand.

»Ich habe absolut nichts mit irgendeinem Computereinbruch zu tun!«, explodierte sie. »Selbst wenn ich so etwas tun könnte, würde ich es niemals, niemals tun! Ich kann es einfach nicht glauben! Meine Schwester ist tot ... O Gott ...« Ihre Augen schwammen in Tränen. »O Gott! Was hat das alles mit Henna zu tun?«

Marino sagte kalt: »Ich bin so weit, dass ich keine Ahnung mehr habe, wer oder was etwas mit irgendwem zu tun hat. Ich weiß, dass einiges von dem, was Sie geschrieben haben, unwichtige, allgemein bekannte Dinge waren. Jemand hat das, was er wusste, ausgeplaudert, Ihnen gegenüber ausgeplaudert. Jemand stört die Ermittlungen hinter den Kulissen. Ich würde nur allzu gern wissen, warum jemand so etwas tun sollte, außer er hätte etwas zu verbergen oder zu gewinnen.«

»Ich weiß nicht, was Sie damit …«

»Sehen Sie«, unterbrach er, »ich glaube einfach, dass es ein bisschen komisch ist, dass Sie vor etwa fünf Wochen, gleich nach dem zweiten Mord, einen großen Artikel über Boltz schrieben. Ein Porträt des liebsten Goldjungen der Stadt. Sie beide haben einen Tag zusammen verbracht, nicht wahr? Wie es der Zufall so will, war ich in jener Nacht draußen und habe gesehen, wie Sie beide von Franco's weggefahren sind, gegen zehn Uhr. Cops sind neugierig, besonders wenn sie nichts Besseres zu tun haben, wissen Sie, wenn auf den Straßen nichts los ist. So kam es, dass ich Ihnen gefolgt bin …«

»Hören Sie auf«, flüsterte sie und schüttelte den Kopf. »Hören Sie auf!«

Er ignorierte sie. »Boltz brachte Sie nicht zur Redaktion. Sehen Sie, er brachte Sie zu Ihrem Haus, und als ich ein paar Stunden später wieder vorbeifahre – Bingo! Der hübsche weiße Audi ist immer noch da, alle Lichter im Haus sind aus. Wie finden Sie das? Gleich danach erscheinen diese pikanten Details in Ihren Artikeln. Ich denke mal, das ist Ihre Definition von *Geschäftsbeziehung*.«

Abby zitterte am ganzen Körper, ihr Gesicht war in den Händen vergraben. Ich konnte sie nicht ansehen. Ich konnte Marino nicht ansehen. Ich war so aus dem Gleichgewicht geraten, dass ich es kaum richtig begriff – diese Grausamkeit von ihm, sie jetzt damit zu quälen.

»Ich habe nicht mit ihm geschlafen.« Ihre Stimme

zitterte so sehr, dass sie fast nicht reden konnte. »Ich tat es nicht. Ich wollte es nicht. Er … er hat mich ausgenutzt.«

»Klar«, knurrte Marino.

Sie schloss kurz ihre Augen. »Ich war den ganzen Tag mit ihm zusammen gewesen. Der letzte Termin ging bis sieben Uhr an jenem Abend. Ich lud ihn zum Abendessen ein, sagte, die Zeitung würde es bezahlen. Wir gingen zu Franco's. Ich trank ein Glas Wein, das war alles. Ein Glas. Mir wurde plötzlich schwindelig, einfach unglaublich schwindelig. Ich kann mich kaum mehr erinnern, wie wir aus dem Restaurant hinausgegangen sind. Das Letzte, an das ich mich erinnere, ist, dass ich in sein Auto gestiegen bin, dass er nach meiner Hand griff und etwas sagte wie, er habe es noch nie mit einer Polizeireporterin getrieben oder so. Was dann in jener Nacht passierte … ich kann mich an nichts erinnern. Ich wachte früh am nächsten Morgen auf. Er war noch da …«

»Was mich an etwas erinnert.« Marino drückte die Zigarette aus. »Wo war Ihre Schwester zu der Zeit?«

»Hier. Sie war in ihrem Zimmer, nehme ich an. Ich erinnere mich nicht. Es ist egal. Wir waren unten. Im Wohnzimmer. Auf der Couch, auf dem Boden, ich weiß es nicht mehr – ich bin nicht sicher, ob sie es überhaupt wusste.«

Er sah angewidert aus.

Sie fuhr hysterisch fort: »Ich konnte es nicht glauben. Ich war entsetzt, mir war schlecht, als wäre ich vergiftet worden. Das Einzige, was ich mir vorstellen kann, ist, dass er mir etwas in den Drink gegeben hat, während ich einmal auf der Toilette war. Er wusste, dass er mich in der Hand hatte. Er wusste, dass ich nicht zu den Cops gehen würde. Wer würde mir glauben, wenn ich anrufe und sagen würde, dass der Oberste Staatsanwalt … dass er so etwas getan hat? Niemand! Niemand würde mir glauben!«

»Da haben Sie ganz recht«, warf Marino ein. »Er ist ein gut aussehender Kerl. Er braucht einer Frau keine Pillen in den Drink zu werfen, damit sie weich wird.«

Abby schrie: »Er ist ein Dreckskerl! Er hat es wahrscheinlich schon tausendmal gemacht und ist damit davongekommen! Er drohte mir, sagte, wenn ich etwas erzählen würde, würde er mich fertigmachen, würde er mich ruinieren!«

»Und dann?«, fragte Marino. »Hat er sich dann schuldig gefühlt und angefangen, Ihnen Informationen zu liefern?«

»Nein! Ich hatte nichts mit diesem Bastard zu tun! Wenn ich drei Meter an ihn herankomme, laufe ich Gefahr, ihm seinen gottverdammten Schädel einzuschlagen! Keine meiner Informationen stammte von ihm!«

Es konnte einfach nicht stimmen.

Was Abby da sagte, konnte nicht stimmen. Ich versuchte aus meinem Kopf zu löschen, was sie gesagt hatte. Es war schrecklich, aber es passte trotzdem, auch wenn ich mich innerlich noch so verzweifelt bemühte, es abzuleugnen.

Sie musste Bills weißen Audi vor meinem Haus bemerkt haben. Deshalb geriet sie in Panik, als sie ihn in meiner Einfahrt geparkt sah. Vor einigen Minuten war sie Bill hier in ihrem Haus begegnet und hatte ihn angeschrien, dass er gehen sollte, weil sie bereits seinen Anblick hasste.

Bill hatte mich gewarnt, dass sie vor nichts zurückschrecken würde, dass sie rachsüchtig war, opportunistisch und gefährlich. Warum hatte er mir all das erzählt? Was war der wirkliche Grund gewesen? Legte er den Grundstock zu seiner eigenen Verteidigung, falls Abby ihn jemals anklagen würde?

Er hatte mich angelogen. Er hatte ihre sogenannten Annäherungsversuche nicht abgewehrt, als er sie nach dem Interview zu ihrem Haus gebracht hatte. Sein Auto stand am nächsten Tag immer noch dort …

Bilder schwirrten durch meinen Kopf von den wenigen Gelegenheiten am Anfang, als Bill und ich zusammen auf meiner Wohnzimmercouch lagen. Mir wurde schlecht bei dem Gedanken an seine plötzliche Aggressivität, an die rohe, brutale Gewalt, die ich auf den Whiskey zurückgeführt hatte. War dies seine dunkle Seite? War es die Wahrheit, dass er nur dann Lust empfand, wenn er Macht spürte? Wenn er *nahm*?

Er war bereits hier gewesen, in diesem Haus, am Tatort, als ich ankam. Kein Wunder, dass er so schnell reagiert hatte. Sein Interesse war mehr als nur beruflicher Natur. Er tat nicht einfach nur seinen Job. Er muss Abbys Adresse wiedererkannt haben. Er wusste wahrscheinlich, wessen Haus das ist, bevor irgendjemand anders es wusste. Er wollte es sehen, wollte sicher sein.

Vielleicht hoffte er sogar, dass Abby das Opfer war. Dann müsste er sich keine Sorgen mehr machen, dass dieser Moment kommen könnte, wo sie die Geschichte erzählen würde.

Ich saß ganz still da und befahl meinem Gesicht, zu Stein zu werden. Ich durfte mir nichts anmerken lassen. Es quälte mich, ich konnte es einfach nicht glauben. Es war verheerend.

Ein Telefon klingelte in einem anderen Zimmer. Es klingelte und klingelte, und niemand hob ab.

Schritte kamen die Treppe herauf, man hörte das dumpfe Geräusch von Metall auf Holz und das Rauschen von Funksprechgeräten. Sanitäter trugen eine Bahre in den zweiten Stock.

Abby fummelte an einer Zigarette herum und warf sie dann zusammen mit dem brennenden Streichholz in den Aschenbecher.

»Wenn es stimmt, dass Sie mich verfolgen ließen« – sie senkte ihre Stimme, man konnte ihre Verachtung förmlich spüren in dem Raum – »und wenn Ihr Grund der war, festzustellen, ob ich mich mit ihm traf, ob ich mit ihm schlief, um die Informationen zu bekommen, dann müssten Sie wissen, dass das, was ich sage, die Wahrheit ist. Nach dem, was in jener Nacht geschehen ist, bin ich nicht mehr in der Nähe von diesem Mistkerl gewesen.«

Marino sagte nichts.

Sein Schweigen war eine Antwort.

Abby hatte Bill seither nicht mehr gesehen.

Später, als die Sanitäter die Bahre heruntertrugen, lehnte Abby am Türrahmen und klammerte sich mit vor Erregung weißen Fingerknöcheln daran fest. Sie sah den Umriss der Leiche ihrer Schwester und starrte den Männern nach, ihr Gesicht eine blasse Maske elender Trauer.

Ich drückte in stummem Mitgefühl ihren Arm und ging hinaus, mit dem Wissen um ihren unbegreiflichen Verlust. Der Verwesungsgeruch hing im Treppenhaus, und als ich in das blendende Sonnenlicht auf der Straße trat, war ich einen Moment lang wie blind.

12

Henna Yarboroughs Haut war nass vom wiederholten Abspülen und glänzte wie weißer Marmor in dem Neonlicht. Ich war mit ihr allein in der Leichenhalle und nähte die letzten paar Zentimeter des Y-Schnittes zu, der wie eine große Furche von ihrem Schambein bis zum Sternum ging und sich über der Brust teilte.

Wingo hatte sich ihres Kopfes angenommen, bevor er nach Hause gegangen war. Die Schädeldecke befand sich wieder an der richtigen Stelle, der Schnitt auf der Rückseite ihrer Kopfhaut war sauber verschlossen und vollkommen durch ihr Haar verdeckt, aber die Würgespuren an ihrem Hals sahen wie Brandzeichen aus. Ihr Gesicht war aufgedunsen und violett, und weder meine Bemühungen noch die des Bestattungsinstituts würden daran etwas ändern.

In der Vorhalle ertönte unsanft der Summer. Ich sah auf die Uhr. Es war kurz nach neun Uhr abends.

Ich schnitt das Garn mit einem Skalpell durch, bedeckte die Leiche mit einem Tuch und streifte die Handschuhe ab. Ich konnte hören, wie Fred, der Wachbeamte, mit jemandem unten im Korridor sprach, als ich die Leiche auf einen Wagen zog und sie in den Kühlraum rollte.

Als ich wieder herauskam und die große Stahltür verschloss, lehnte Marino an dem Tisch und rauchte eine Zigarette.

Er sah mir schweigend zu, wie ich die Proben und Blutröhrchen aufsammelte und anfing, sie zu beschriften.

»Irgendetwas gefunden, was ich wissen müsste?«

»Die Todesursache ist Ersticken durch Strangulieren mit den Fesseln um ihren Hals«, antwortete ich mechanisch.

»Irgendwelche Spuren?« Er schnippte Asche auf den Boden.

»Ein paar Fasern …«

»Schön«, unterbrach er, »ich hab da ein paar Dinge.«

»Schön«, sagte ich im selben Ton, »ich will verdammt noch mal hier raus.«

»Klar, Doc. Genau das dachte ich mir auch. Hatte so die Idee, einen kleinen Ausflug zu machen.«

Ich hielt in meiner Arbeit inne und starrte ihn an. Sein Haar klebte feucht an seinem Kopf, seine Krawatte war gelockert, sein kurzärmeliges weißes Hemd hinten zerknittert, als ob er lange Zeit in seinem Auto gesessen hatte. Unter seiner linken Achsel war sein braunes Schulterhalfter mit dem langläufigen Revolver festgeschnallt. In dem grellen Neonlicht sah er fast bedrohlich aus, seine Augen umschattet, seine Kiefermuskeln arbeiteten.

»Denke, Sie sollten mitkommen«, fügte er sachlich hinzu. »Ich warte einfach, bis Sie aus Ihrer Schürze heraus sind und zu Hause angerufen haben.«

Zu Hause anrufen? Woher wusste er, dass jemand zu Hause war, den ich anrufen musste? Ich hatte meine Nichte in seiner Gegenwart nie erwähnt. Ich hatte Bertha nie erwähnt. Meiner Meinung nach ging es Marino nichts an, ob ich überhaupt ein Zuhause hatte.

Ich wollte ihm gerade sagen, dass ich nicht beabsichtigte, mit ihm irgendwohin zu fahren, als mich der kalte Ausdruck in seinen Augen zögern ließ.

»Okay«, murmelte ich. »Okay.«

Er lehnte immer noch rauchend an dem Tisch, als ich durch den Saal und in den Umkleideraum ging. Ich wusch mein Gesicht im Waschbecken, zog meine Schürze aus und Rock und Bluse wieder an. Ich war so zerstreut, dass ich meinen Schrank aufschloss und nach meinem Kittel griff, noch bevor mir bewusst wurde, was ich tat. Ich brauchte meinen Kittel nicht. Mein Notizbuch, die Brieftasche und das Jackett waren oben in meinem Büro.

Ich holte all diese Dinge, dann folgte ich Marino zu seinem Auto. Ich öffnete die Beifahrertür, und das Innenlicht schaltete sich nicht ein. Beim Einsteigen griff ich nach dem Gurt und wischte Krümel und eine Papierserviette vom Sitz.

Er fuhr rückwärts aus dem Parkplatz heraus, ohne ein Wort zu mir zu sagen. Der Sucher lief blinkend von Kanal zu Kanal, und Funker übermittelten Informationen, die Marino nicht zu interessieren schienen und die ich nicht verstand.

»Drei-fünfundvierzig, zehn-fünf, eins-neunundsechzig auf Kanal drei.«

»Eins-neunundsechzig, gib weiter.«

»Biste frei?«

»Zehn-zehn. Zehn-siebzehn im Einsatz.«

»Ruf mich, wenn du zehn-vierundzwanzig.«

»Zehn-vier.«

»Vier-einundfünfzig.«

»Vier-einundfünfzig Ende.«

»Zehn-achtundzwanzig auf Adam Ida Lincoln eins-sieben-null …«

Marino fuhr schweigend durch die Stadt, wo die Ladenfenster mit eisernen Gittern versehen waren, die nach Ladenschluss heruntergelassen wurden. Rote und grüne Neonschilder warben in den Fenstern für Pfandhäuser, Schusterläden und Fundgruben. Das Sheraton und das Marriott wirkten hell erleuchtet wie Schiffe, aber es waren nur wenige Autos oder Fußgänger unterwegs, lediglich ein paar schemenhafte Gestalten, die an den Straßenecken herumstanden.

Ich begriff erst einige Minuten später, wo wir hinfuhren. Auf dem Winchester Place wurden wir langsamer und fuhren an der Nummer 498 vorbei, Abby Turnbulls Adresse. Das Klinkerhaus stand da wie ein schwarzer Riese, die Flagge wie ein Schatten, der schlaff über dem Eingang wehte. Vor der Tür stand kein Auto. Abby war nicht zu Hause. Ich fragte mich, wo sie jetzt wohl wohnte.

Marino bog langsam von der Straße ab in die kleine Seitenstraße zwischen dem Klinkerhaus und dem nächsten Gebäude. Das Auto holperte über einige Unebenheiten, die Scheinwerfer sprangen auf und ab und beleuchteten die dunklen Backsteinmauern der Häuser, glitten über Abfalleimer, die an Pfähle gekettet waren, und Flaschenscherben und anderen Müll. Nachdem wir etwa zehn Meter weit auf diesem Weg gefahren waren, hielt Marino den Wagen an und schaltete den Motor und das Licht aus. Direkt links von uns lag der Hinterhof von Abbys Haus, eine kleine Rasenfläche, umgeben von einem Drahtzaun mit einem Schild, das vor einem Hund warnte, den es nicht gab.

Marino ließ das Licht aus. Alle Fenster des Hauses waren geschlossen, das Glas schimmerte dunkel. Der Sitz knarrte, als er den Suchscheinwerfer über den leeren Hof gleiten ließ. »Na los«, sagte er. »Ich warte drauf, dass Sie mir sagen, dass Sie das Gleiche denken wie ich.«

Ich sagte, was offensichtlich war. »Das Schild. Das Schild an dem Zaun. Wenn der Mörder gedacht hätte, dass sie einen Hund hat, dann hätte er es sich vielleicht noch einmal überlegt. Keines der Opfer hatte einen Hund gehabt. Hätten sie einen gehabt, dann wären sie vermutlich noch am Leben.«

»Bingo.«

»Und«, fuhr ich fort, »ich könnte mir vorstellen, dass Sie daraus schließen, der Mörder müsse gewusst haben, dass das Schild nichts zu bedeuten hat, dass Abby – oder Henna – keinen Hund hatten. Und woher konnte er das wissen?«

»Tja. Woher konnte er das wissen«, wiederholte Marino langsam, »wenn es nicht einen Grund dafür gab, dass er es wusste.«

Ich sagte nichts.

Er drückte den Zigarettenanzünder in die Buchse. »Zum Beispiel, weil er schon einmal in dem Haus gewesen war.«

»Das glaube ich nicht ...«

»Hören Sie auf, die Dumme zu spielen, Doc«, sagte Marino ruhig.

Ich zündete mir ebenfalls eine Zigarette an. Meine Hände zitterten.

»Ich habe da so eine Idee. Und ich glaube, Sie auch. Irgendein Kerl, der in Abby Turnbulls Haus gewesen ist. Er weiß nicht, dass ihre Schwester da ist, aber er weiß, dass es keinen verdammten Hund gibt. Und Miss Turnbull hier ist jemand, den er nicht allzu gut leiden kann, weil sie irgendetwas weiß, von dem er auf gar keinen Fall will, dass es die ganze Welt erfährt.«

Er hielt inne. Ich konnte fühlen, dass er zu mir herüberschaute, aber ich wollte ihn nicht ansehen oder irgendetwas sagen.

»Stellen wir uns mal vor, er hat sie vergewaltigt, okay? Und vielleicht konnte er einfach nicht anders, als er seine Nummer abzog, weil ihn irgendetwas dazu trieb, irgendetwas ausrastete, sozusagen. Er macht sich Sorgen. Er macht sich Sorgen, dass sie es erzählen könnte. Scheiße. Sie ist eine verdammte Reporterin. Sie wird dafür *bezahlt*, die schmutzigen Geheimnisse anderer Leute auszuplaudern. Es wird herauskommen, was er getan hat.«

Er blickte noch mal in meine Richtung, und ich blieb stumm wie ein Fels.

»Was macht er also? Er beschließt, sie umzubringen und es so aussehen zu lassen wie die anderen Morde. Das einzige kleine Problem ist, dass er nichts von Henna weiß. Er weiß auch nicht, wo Abbys Schlafzimmer ist, weil er bisher immer nur bis zum Wohnzimmer kam, wenn er hier war. Er geht also in das falsche Schlafzimmer – als er vergangenen Freitag hier einbricht. Warum? Weil es das Zimmer ist, in dem Licht brennt. Nun, jetzt ist es zu spät. Er kann nicht mehr zurück. Er muss es zu Ende bringen. Er bringt sie um …«

»Er kann es nicht getan haben.« Ich versuchte, meine Stimme ruhig klingen zu lassen. »Boltz würde so etwas niemals tun. Er ist kein Mörder, um Himmels willen!«

Stille.

Dann sah Marino langsam zu mir herüber und schnippte seine Asche zu Boden. »Sehr interessant. Ich hatte keinen Namen erwähnt. Aber da Sie es schon mal gesagt haben, vielleicht sollten wir das weiterverfolgen, ein bisschen tiefer gehen.«

Ich war wieder still. Ich konnte fühlen, wie sich in meinem Hals ein Kloß bildete. Ich wollte nicht weinen. Verdammt noch mal! Ich würde es nicht zulassen, dass Marino mich weinen sah!

»Hören Sie, Doc«, sagte er, und seine Stimme war angenehm ruhig. »Ich will hier kein Spiel mit Ihnen treiben, okay? Ich meine, was Sie in Ihrem Privatleben tun, geht mich überhaupt nichts an, okay? Sie sind erwachsene Menschen, die sich gut verstehen, ungebunden. Aber ich weiß Bescheid. Ich habe sein Auto vor Ihrem Haus gesehen …«

»Mein Haus?«, fragte ich verwirrt. »Was …«

»Ich bin überall in dieser gottverdammten Stadt. Sie wohnen doch in der Stadt, nicht wahr? Ich kenne Ihren Dienstwagen. Ich kenne Ihre verdammte Adresse und seinen weißen Audi. Ich weiß, dass er nicht dienstlich bei Ihnen war, wenn ich sein Auto in den letzten Monaten vor Ihrem Haus gesehen habe …«

»Das ist richtig. Vielleicht war er es wirklich nicht. Und es geht Sie überhaupt nichts an, wenn es so war.«

»Das tut es doch.« Er schnippte den Zigarettenstummel aus dem Fenster und zündete eine neue an. »Es geht mich etwas an wegen dem, was er Miss Turnbull angetan hat. Das wirft in mir die Frage auf, was er sonst noch so getan hat.«

»Hennas Fall ist mehr oder weniger genau wie all die anderen«, antwortete ich kühl. »Es besteht für mich kein Zweifel daran, dass sie von demselben Mann umgebracht worden ist.«

»Was ist mit ihren Abstrichen?«

»Betty wird sich gleich morgen früh als Erstes drum kümmern. Ich weiß nicht …«

»Nun, ich werde Ihnen den Ärger ersparen, Doc. Boltz ist ein Nonsekretor. Ich denke, Sie wissen das auch, wussten es seit Monaten.«

»Es gibt Tausende von Männern in dieser Stadt, die Nichtausscheider sind. Sie zum Beispiel könnten auch einer sein.«

»Ja«, sagte er kurz. »Vielleicht könnte ich einer sein, schon möglich. Aber Tatsache ist, dass Sie es nicht wissen. Während Sie es bei Boltz ganz genau wissen. Als Sie seine Frau vergangenes Jahr obduzierten, haben Sie einen PERK bei ihr gemacht und Sperma gefunden. Sperma ihres Mannes. Es steht schwarz auf weiß in dem verdammten Laborbericht, dass der Kerl, mit dem sie geschlafen hat, kurz bevor sie sich das Leben nahm, ein Nonsekretor war. Zum Teufel, sogar ich erinnere mich daran. Ich habe den Fall bearbeitet, erinnern Sie sich?«

Ich antwortete nicht.

»Als ich damals in dieses Schlafzimmer kam und die Frau in ihrem Schlafanzug sitzen sah, mit einem Riesenloch in der Brust, konnte ich mir zunächst überhaupt keinen Reim darauf machen. Ich für meinen Teil denke ja immer erst mal an Mord. Selbstmord steht ganz unten auf meiner Liste, denn wenn man nicht zuerst an Mord denkt, dann ist es nachher zu spät dafür. Der einzige beschissene Fehler, den ich damals gemacht habe, war der, Boltz nicht als Verdächtigen zu betrachten und keine Proben von ihm zu nehmen. Der Selbstmord schien so offensichtlich, nachdem Sie die Obduktion gemacht hatten, dass ich den Fall als eindeutig aufgeklärt ablegte. Vielleicht hätte ich das nicht tun sollen. Damals hätte ich einen guten Grund dafür gehabt, Blut von ihm abnehmen zu lassen, um sicherzugehen, dass das Sperma in ihr von ihm stammt. Er sagte, dass es so war, dass er früh an jenem Morgen mit ihr geschlafen hätte. Ich nahm es so hin. Ich wollte nichts von ihm. Jetzt kann ich es nicht einmal von ihm verlangen. Es gibt keinen einleuchtenden Grund.«

»Sie brauchen mehr als Blut«, sagte ich. »Wenn er A negativ, B negativ im Lewis-Blutgruppensystem ist, dann kann man nicht sagen, ob er ein Nonsekretor ist – man braucht Speichel …«

»Ja, ja, ich weiß, was man alles abnehmen muss, okay? Es ist egal. Wir wissen, was er ist, oder?«

Ich sagte nichts.

»Wir wissen, dass der Kerl, der diese Frauen killt, ein Nonsekretor ist. Und wir wissen, dass Boltz die Details der Verbrechen kennt, so gut kennt, dass er Henna umbringen und es so aussehen lassen konnte wie bei den anderen.«

»Na schön, dann nehmen Sie ihm alles ab, und wir untersuchen seine DNA«, sagte ich wütend. »Tun Sie es doch. Dann wissen Sie es genau.«

»Vielleicht mache ich das. Vielleicht lasse ich auch den Laser über ihn laufen, um zu sehen, ob er glitzert.«

Der glitzernde Rückstand auf dem falsch beschrifteten PERK fiel mir wieder ein. Stammte der Rückstand wirklich von meinen Fingern? Wusch Bill seine Hände regelmäßig mit dieser Seife?

»Haben Sie auf Hennas Leiche diesen Glitzerkram gefunden?«, fragte Marino.

»Auf ihrem Schlafanzug. Auf den Bettdecken auch.«

Einen Moment lang sprach keiner von uns.

Dann sagte ich: »Es ist derselbe Mann. Ich weiß, was ich gesehen habe. Es ist derselbe Mann.«

»Ja. Vielleicht ist es so. Aber das gibt mir kein besseres Gefühl.«

»Sind Sie sicher, dass Abby die Wahrheit sagt?«

»Ich habe ihm heute am späten Nachmittag in seinem Büro einen Besuch abgestattet.«

»Sie sind zu ihm gegangen, zu Boltz?«, stammelte ich.

»O ja!«

»Und haben Sie Ihre Bestätigung bekommen?« Meine Stimme hob sich.

»Ja.« Er sah zu mir herüber. »Mehr oder weniger.«

Ich schwieg. Ich hatte Angst, etwas zu sagen.

»Klar, er hat natürlich alles geleugnet und sich ganz schön aufgeregt darüber. Drohte damit, sie wegen Verleumdung anzuklagen und lauter so 'n Zeug. Wird er aber nicht tun. Der verliert garantiert kein Wort darüber, weil er lügt und weil ich es weiß, und er weiß, dass ich es weiß.«

Ich sah, wie seine Hand zu seinem linken Schenkel glitt, und geriet in Panik. Sein Recorder!

»Wenn Sie tun, was ich glaube …«, brach es aus mir heraus.

»Was?«, fragte er überrascht.

»Wenn Sie einen gottverdammten Recorder laufen lassen …«

»Ich habe mich gekratzt, okay? Verdammt, klopfen Sie mich ab. Machen Sie eine Leibesvisitation, wenn Sie sich dann besser fühlen.«

»Sie könnten mir nicht genug bezahlen.«

Er lachte. Es amüsierte ihn wirklich.

Er fuhr fort. »Wollen Sie die Wahrheit wissen? Ich frage mich langsam, was wirklich mit seiner Frau passiert ist.«

Ich schluckte und sagte dann: »Es gab nichts Verdächtiges an ihrer Leiche. Sie hatte Pulverrückstände an ihrer rechten Hand …«

Er unterbrach mich: »Oh, sicher. Sie hat abgedrückt. Ich bezweifle das nicht, aber vielleicht wissen wir jetzt, warum. Vielleicht hat er das schon seit Jahren getan. Vielleicht hat sie es herausgefunden.«

Er startete den Motor und schaltete die Lichter an. Dann holperten wir zwischen den Häusern entlang und kamen wieder auf die Straße.

»Schauen Sie.« Er konnte es nicht dabei belassen. »Es geht mich ja eigentlich nichts an. Oder sagen wir es so, ich würde mir die Zeit auch lieber mit etwas Schönerem vertreiben, okay? Aber Sie kennen ihn, Doc. Sie haben sich mit ihm getroffen, oder?«

Ein Transvestit schlenderte auf einem Gehweg entlang, sein gelber Rock wehte um seine muskulösen Beine, seine falschen Brüste waren kräftig und hoch, die falschen Nippel steif unter der engen weißen Bluse. Glasige Augen schauten in unsere Richtung.

»Sie haben sich mit ihm getroffen, oder?«

»Ja.« Meine Stimme war kaum hörbar.

»Was war letzten Freitag?«

Ich konnte mich zunächst nicht daran erinnern. Ich konnte nicht denken. Der Transvestit machte kehrt und ging in die andere Richtung.

»Ich bin mit meiner Nichte zum Essen ausgegangen und dann ins Kino.«

»Mit ihm?«

»Nein.«

»Wissen Sie, wo er letzten Freitag war?«

Ich schüttelte den Kopf.

»Hat er nicht angerufen oder so?«

»Nein.«

Stille.

»Scheiße«, murmelte er. »Hätte ich nur damals davon gewusst, hätte ich damals von ihm gewusst, was ich jetzt weiß. Ich wäre an seiner Hütte vorbeigefahren, um nachzusehen, wo zum Teufel er ist. Scheiße!«

Stille.

Er warf den Zigarettenstummel aus dem Fenster und zündete noch eine an. Er rauchte eine nach der anderen. »Wie lange geht das schon mit Ihnen?«

»Ein paar Monate. Seit April.«

»Hat er sich noch mit anderen Frauen getroffen oder nur mit Ihnen?«

»Ich glaube nicht, dass es sonst jemanden gab. Ich weiß es nicht. Offenbar gibt es einiges von ihm, was ich nicht weiß.«

Er fragte nervös weiter: »Ist Ihnen jemals irgendetwas aufgefallen? Irgendetwas Abartiges an ihm, meine ich?«

»Ich weiß nicht, was Sie meinen.« Meine Zunge schwoll an. Ich verschluckte meine Worte, als ob ich dabei wäre, einzuschlafen.

»Absonderlich«, wiederholte er. »Beim Sex.«

Ich sagte nichts.

»War er jemals grob zu Ihnen, hat Sie zu was gezwungen?« Eine Pause. »Wie ist er so? Ist er das Tier, das Abby Turnbull beschrieben hat? Können Sie sich vorstellen, dass er so etwas tut, so etwas wie das, was er mit ihr gemacht hat?«

Ich hörte seine Worte und hörte sie doch nicht. Meine Gedanken verschwammen, als ob ich kurz davor wäre, das Bewusstsein zu verlieren.

»... etwas Aggressives, meine ich. War er aggressiv? Haben Sie irgendetwas Seltsames an ihm bemerkt ...?«

Die Bilder. Bill. Seine Hände, die mich quetschten, an meinen Kleidern zerrten, mich auf die Couch drückten.

»... solche Kerle haben Verhaltensmuster. Es ist nicht der Sex, hinter dem sie her sind. Sie müssen es sich *nehmen*. Sie wissen schon, eine Eroberung ...«

Er war so grob gewesen. Er tat mir weh. Er zwängte seine Zunge in meinen Mund. Ich konnte kaum atmen. Er war nicht mehr er selbst. Es war, als wäre er ein anderer Mensch.

»Es ist völlig egal, dass er gut aussieht, dass er es haben kann, wann immer er will. Verstehen Sie? Solche Menschen sind *abartig. Abartig* ...«

Wie Tony es immer machte, wenn er betrunken und böse auf mich war.

»… ich meine, er ist ein *elender Triebtäter*, Doc. Ich weiß, dass Sie es nicht hören wollen. Aber, verdammt, es ist wahr. Sieht aus, als wären Sie da auf etwas gestoßen …«

Bill trank auch zu viel, eindeutig. Und er war noch schlimmer, wenn er viel getrunken hatte.

»… passiert immer wieder. Sie würden den Berichten keinen Glauben schenken, die ich immer bekomme, diese jungen Mädels, die mich in ihre Hütte bitten, zwei Monate nachdem es passiert ist. Endlich raffen sie sich dazu auf, es jemandem zu erzählen. Vielleicht überzeugt sie ein Freund, dass sie damit rausrücken sollten. Banker, Geschäftsleute, Polizisten. Sie treffen irgendein Mädchen in der Bar, kaufen ihr einen Drink und lassen ein bisschen Chloralhydrat hineinfallen. Bumm. Wenn sie aufwacht, ist sie mit diesem Tier in ihrem Bett und fühlt sich, als ob ein Laster sie überfahren hätte …«

Er hätte so etwas bei mir nie versucht. Er mochte mich. Ich war kein Objekt, keine Fremde … Oder vielleicht war er nur vorsichtig. Ich weiß zu viel. Er wäre nie damit durchgekommen.

»… die Mistkerle kommen jahrelang davon. Ein paar von ihnen werden nie belangt. Kommen in ihr Grab mit genauso vielen Kerben in ihren Gürteln wie das tapfere Schneiderlein.«

Wir hielten an einer Ampel. Ich hatte keine Ahnung, wie lange wir schon so saßen, ohne uns zu bewegen.

»Das ist der richtige Vergleich, was? Der Kerl, der Fliegen tötete und für jede eine Kerbe in seinen Gürtel machte …«

Die Ampel war wie ein grelles rotes Auge.

»Hat er es je bei Ihnen getan, Doc? Hat Boltz Sie vergewaltigt?«

»Was?« Ich drehte mich langsam zu ihm. Er starrte stur geradeaus, sein Gesicht wirkte blass in dem roten Schein der Ampel.

»Was?«, fragte ich noch einmal. Mein Herz pochte.

Die Ampel wurde grün, und wir bewegten uns wieder.

»Hat er Sie je vergewaltigt?«, fragte Marino, als ob ich jemand wäre, den er nicht kannte, als ob ich eines der »Mädels« wäre, zu deren »Hütten« er gerufen wurde.

Ich konnte spüren, wie das Blut meinen Nacken hochkroch.

»Hat er Ihnen je weh getan, versucht, Sie zu schlagen, irgend so etwas …?«

Ich explodierte vor Zorn. Als ob irgendetwas in mir durchbrannte. Blut schoss in meinen Kopf, und ich sah rot. »Nein! Ich habe Ihnen alles gesagt, was ich von ihm weiß. Und das ist, gottverdammt noch mal, alles, was ich Ihnen sagen werde! Punkt!«

Marino verstummte vor Staunen.

Zunächst wusste ich nicht, wo wir waren.

Die große weiße Uhr schwebte direkt vor uns, und aus Schatten und Umrissen entstand der kleine Trailerpark mit den beweglichen Laboreinheiten hinter dem Parkplatz. Es war niemand dort, als wir in eine Lücke neben meinem Dienstwagen fuhren.

Ich löste meinen Sicherheitsgurt. Ich zitterte am ganzen Leib.

Am Dienstag regnete es. Wasser prasselte vom grauen Himmel herunter, und meine Scheibenwischer waren nicht schnell genug, um die Sicht freizuhalten. Ich befand mich in einer sich langsam vorwärtsbewegenden Reihe von Autos, die auf der Interstate entlangfuhren.

Das Wetter entsprach meiner Stimmung. Nach der Begegnung mit Marino fühlte ich mich physisch krank, wie verkatert. Wie lange hatte er es schon gewusst? Wie oft hatte er den weißen Audi in meiner Einfahrt gesehen? War es mehr als bloße Neugier, als er an meinem Haus vorbeifuhr?

Blinkende Lichter zwangen mich, auf die linke Spur zu wechseln, und als ich an einem Krankenwagen vorbeifuhr und Polizisten den Verkehr an einem grauenvoll zugerichteten Wagen vorbeileiteten, wurden meine düsteren Gedanken von einer Radiodurchsage abgelenkt.

»... Henna Yarborough wurde vergewaltigt und erdrosselt, und man nimmt an, dass sie von demselben Mann getötet worden ist, der in den letzten zwei Monaten vier weitere Frauen in Richmond ermordet hat ...«

Ich drehte lauter und hörte, was ich schon mehrmals hören musste, seit ich mein Haus verlassen hatte. Mord schien dieser Tage die einzige Nachricht in Richmond zu sein.

»... die letzten Entwicklungen. Einer informierten Quelle zufolge ist es möglich, dass Dr. Lori Petersen versucht hat, die 911 zu wählen, kurz bevor sie ermordet wurde ...«

Diese pikante Enthüllung war auf der Titelseite der Morgenzeitung gewesen.

»... Direktor für öffentliche Sicherheit, Norman Tanner, wurde in seinem Haus aufgesucht ...«

Tanner verlas eine offensichtlich vorbereitete Stellungnahme. »Das Richmond Police Department ist davon in Kenntnis gesetzt worden. Wegen der Brisanz der Fälle kann ich keinen Kommentar abgeben …«

»Haben Sie irgendeine Vorstellung, wer die Quelle dieser Information sein könnte, Mr. Tanner?«, fragte der Reporter.

»Dazu kann ich Ihnen nichts sagen.«

Er konnte nichts sagen, weil er nichts wusste.

Aber ich wusste es.

Die sogenannte informierte Quelle musste Abby selbst sein. Ihr Autorenkürzel war nirgends zu sehen. Natürlich hatte die Redaktion sie von der Geschichte abgezogen. Sie berichtete nicht mehr über die Neuigkeiten, jetzt machte sie sie selbst, und ich erinnere mich an ihre Drohung: »Jemand wird dafür bezahlen …« Sie wollte, dass Bill bezahlte, dass die Polizei, die Stadt und selbst Gott bezahlte. Ich wartete auf die Meldung über den Computereinbruch und die falsch gekennzeichneten PERKS. Ich war letztlich diejenige, die bezahlen würde.

Ich kam erst gegen halb neun im Büro an, und mittlerweile schrillten die Telefone bereits seit einer Stunde.

»Reporter«, jammerte Rose, als sie hereinkam und einen Stapel von Notizzetteln auf meine Schreibunterlage legte. »Nachrichtenagenturen, Zeitschriften und vor einer Minute irgendein Typ aus New Jersey, der sagt, dass er ein Buch schreibt.«

Ich zündete mir eine Zigarette an.

»Das mit Lori Petersen und ihrem Anruf bei der Polizei«, fügte sie hinzu, das Gesicht angsterfüllt. »Wie schrecklich, wenn es wahr ist …«

»Schicken Sie ruhig weiterhin jeden ins Haus gegenüber«, unterbrach ich sie. »Jeder, der wegen dieser Fälle anruft, wird zu Amburgey weitergeleitet.«

Er hatte mir schon mehrere Mitteilungen zukommen lassen, mit der Aufforderung, ihm »sofort« eine Kopie von Henna Yarboroughs Autopsiebericht auf den Tisch zu legen. In der letzten war das Wort »sofort« unterstrichen und die Bemerkung angefügt, dass er eine »Erklärung über die Veröffentlichung in der *Times*« erwartete. Wollte er damit andeuten, dass ich verantwortlich für dieses neueste Informationsleck zur Presse war? Beschuldigte er mich, den Reportern etwas von dem abgebrochenen 911-Notruf erzählt zu haben?

Amburgey würde von mir keine Erklärung bekommen. Er würde heute absolut nichts mehr von mir bekommen, nicht einmal, wenn er persönlich hier erschiene.

»Sergeant Marino ist hier«, fügte Rose hinzu, was mich noch mehr aufbrachte. »Möchten Sie ihn sehen?«

Ich wusste, was er wollte. Tatsächlich hatte ich bereits eine Kopie von meinem Bericht für ihn angefertigt. Insgeheim hatte ich wohl gehofft, er würde später vorbeikommen, wenn ich bereits wieder gegangen wäre.

Ich unterzeichnete einen Stapel von Berichten, als ich seine schweren Schritte im Korridor hörte. Als er eintrat, tropfte es von seinem nassen marineblauen Regenmantel. Sein spärliches Haar klebte an seinem Kopf; sein Gesicht wirkte abgespannt.

»Was letzte Nacht betrifft …«, wagte er einen Vorstoß, als er an meinen Tisch kam.

Der Ausdruck in meinen Augen brachte ihn zum Schweigen.

Unbehaglich sah er sich um, öffnete seinen Regenmantel und suchte in einer Tasche nach seinen Zigaretten. »Ein elendes Hundewetter da draußen«, murmelte er. »Was immer das heißen mag. Macht nicht allzu viel Sinn, wenn man sich's überlegt.« Eine Pause. »Bis Mittag soll es aufhören.«

Wortlos gab ich ihm eine Fotokopie von Henna Yarboroughs Autopsiebericht, inklusive Bettys vorläufigen serologischen Befunden. Er setzte sich nicht auf den Stuhl auf der anderen Seite meines Schreibtisches, sondern blieb da stehen, wo er war, und das Wasser tropfte auf meinen Teppich, als er anfing zu lesen. Als er zu der Beschreibung der Leiche kam, konnte ich sehen, wie sein Blick etwa in der Mitte der Seite erstarrte. Sein Gesicht war hart, als er mich ansah und fragte: »Wer alles weiß hiervon?«

»Praktisch niemand.«

»Hat der Commissioner es gesehen?«

»Nein.«

»Tanner?«

»Er hat vor einer Weile hier angerufen. Ich habe ihm gesagt, was die Todesursache war. Ich habe nichts über ihre Verletzungen gesagt.«

Er las den Bericht weiter durch. »Sonst noch jemand?«

»Niemand sonst hat ihn gesehen.«

Stille.

»Nichts in den Zeitungen«, sagte er. »Nichts im Radio oder im Fernsehen. Mit anderen Worten, unsere undichte Stelle da draußen kennt diese Details noch nicht.«

Ich starrte ihn an.

»Scheiße!« Er faltete den Bericht und steckte ihn in

eine Tasche. »Der Kerl ist ein verdammter Jack the Ripper.« Er sah mich an und fügte hinzu: »Ich nehme an, Sie haben nichts von Boltz gehört. Wenn er sich meldet, weichen Sie ihm aus, machen Sie sich rar.«

»Und was soll das heißen?« Die bloße Erwähnung von Bills Namen bereitete mir physischen Schmerz.

»Nehmen Sie seine Anrufe nicht an, treffen Sie sich nicht mit ihm. Wie immer Sie es auch anstellen. Ich will nicht, dass er jetzt eine Kopie von irgendetwas bekommt. Ich will nicht, dass er diesen Bericht hier sieht oder irgendetwas erfährt, was er nicht schon weiß.«

»Verdächtigen Sie ihn immer noch?«, fragte ich so ruhig wie möglich.

»Zum Teufel, ich weiß überhaupt nicht mehr, was ich denken soll«, erwiderte er. »Tatsache ist, er ist der Staatsanwalt und hat ein Recht darauf, alles zu sehen, okay? Tatsache ist auch, dass ich einen verdammten Scheiß darauf gebe, und wenn er der Gouverneur wäre. Ich will nicht, dass er überhaupt irgendetwas bekommt. Ich bitte Sie also nur darum, alles zu tun, um ihm aus dem Weg zu gehen, um ihn auflaufen zu lassen.«

Bill würde nicht vorbeikommen. Ich war mir sicher, dass ich nichts von ihm hören würde. Er wusste, was Abby über ihn erzählt hatte, und er wusste, dass ich dabei war, als sie es erzählte.

»Und was ich noch sagen wollte«, fuhr er fort, während er seinen Regenmantel wieder zuknöpfte und den Kragen hochschlug, »wenn Sie wütend auf mich sind, dann sind Sie eben wütend. Aber gestern Abend habe ich nur meine Arbeit getan, und wenn Sie denken, dass ich es gern getan habe, dann täuschen Sie sich gewaltig.«

Er drehte sich um, als ein Räuspern erklang. Wingo stand zögernd an meiner Tür, die Hände in den Taschen seiner modischen weißen Leinenhose.

Ein Ausdruck von Abscheu lag auf Marinos Gesicht, als er sich grob an Wingo vorbeischob und ging.

Wingo spielte nervös mit ein paar Münzen, als er zu meinem Schreibtisch kam und sagte: »Dr. Scarpetta, da ist noch so ein Fernsehteam in der Vorhalle …«

»Wo ist Rose?«, fragte ich und setzte meine Brille ab. Meine Augenlider fühlten sich an, als wären sie mit Sandpapier beschichtet.

»Auf der Toilette oder so. Soll ich den Typen sagen, dass sie gehen sollen oder was?«

»Schicken Sie sie ins Haus gegenüber«, sagte ich und fügte verärgert hinzu, »so wie wir es mit dem letzten Team und dem davor gemacht haben.«

»Sicher«, murmelte er und machte keine Anstalten zu gehen. Er spielte wieder nervös mit seinen Münzen herum.

»Sonst noch was?«, fragte ich mit mühsam erzwungener Geduld.

»Nun«, meinte er, »da ist etwas, was ich gern wüsste. Über ihn … über Amburgey. Er ist doch Nichtraucher und macht eine Menge Wirbel darum, oder verwechsele ich ihn da mit jemand anderem?«

Meine Augen musterten sein ernstes Gesicht. Ich konnte mir nicht vorstellen, was das für eine Rolle spielte, als ich antwortete: »Er ist strikt gegen das Rauchen und nimmt häufig öffentlich Stellung dazu.«

»Dachte ich es mir doch. Ich glaube, ich habe mal in der Zeitung was darüber gelesen, im Fernsehen war er auch mal. Er plant, das Rauchen bis zum nächsten Jahr in sämtlichen Einrichtungen der Gesundheitsbehörde zu verbieten.«

»Das stimmt«, antwortete ich mit wachsender Verwunderung. »Nächstes Jahr um diese Zeit wird Ihre Chefin draußen im Regen und in der Kälte stehen, um zu rauchen – wie ein schuldgeplagter Teenager.« Dann sah ich ihn fragend an: »Warum?«

Er zuckte mit den Achseln. »Bin nur neugierig.« Noch ein Achselzucken. »Ich nehme an, er hat früher mal geraucht und ist dann bekehrt worden oder so.«

»Soweit ich weiß, hat er nie geraucht«, überlegte ich. Mein Telefon klingelte wieder, und als ich aufsah, war Wingo verschwunden.

Zumindest was das Wetter betraf, hatte Marino recht gehabt. An diesem Nachmittag fuhr ich bei klarem Himmel nach Charlottesville. Das Einzige, was an den Regen am Morgen erinnerte, war der Nebel, der vom feuchten Weideland beiderseits der Straße emporstieg.

Amburgeys Beschuldigungen nagten immer noch an mir, also beschloss ich, mich selbst zu erkundigen, worüber er mit Dr. Spiro Fortosis gesprochen hatte. Zumindest war das meine Absicht, als ich mich mit dem forensischen Psychiater verabredete. Tatsächlich war es nicht der einzige Grund. Wir kannten uns seit Beginn meiner Berufstätigkeit, und ich hatte nie vergessen, was für ein Freund er in jenen Tagen gewesen war, als ich zu nationalen forensischen Konferenzen gehen musste und praktisch niemanden kannte. Ein Gespräch mit ihm war die bequemste Möglichkeit, mir die Last von der Seele zu reden, ohne zu einem Psychiater gehen zu müssen.

Er stand im Korridor des trübe beleuchteten dritten Stockwerks in dem Backsteingebäude, in dem sich seine Abteilung befand. Ein Lächeln lag auf seinem Gesicht, er umarmte mich väterlich und hauchte einen flüchtigen Kuss auf meine Stirn.

Er war Professor für Medizin und Psychiatrie an der University of Virginia, etwa fünfzehn Jahre älter als ich, sein Haar zeigte weiße Strähnen, und durch die rahmenlose Brille blickten freundliche Augen. Wie immer trug er einen dunklen Anzug, ein weißes Hemd und eine gestreifte Krawatte, die schon so lange aus der Mode war, dass sie bald wieder modern sein würde. Ich fand, dass er aussah wie ein Gemälde von einem »Stadtarzt« von Norman Rockwell.

»Mein Büro wird gerade gestrichen«, erklärte er, als er eine dunkle Holztür in der Mitte des Gangs öffnete. »Wenn es dich also nicht stört, wie ein Patient behandelt zu werden, dann gehen wir hier rein.«

»Im Moment fühle ich mich wie einer deiner Patienten«, sagte ich, als er die Tür hinter uns schloss.

Das geräumige Zimmer hatte die Atmosphäre eines Wohnzimmers, obwohl es irgendwie neutral eingerichtet war.

Ich machte es mir auf einer Ledercouch bequem. An den Wänden hingen abstrakte Aquarelle, und es standen mehrere Töpfe mit Grünpflanzen herum. Es gab weder Zeitschriften oder Bücher noch ein Telefon. Die Lampen auf den Ecktischchen waren ausgeschaltet, und die weißen Rollos waren halb heruntergelassen.

»Wie geht es deiner Mutter, Kay?«, sagte Fortosis und zog einen beigefarbenen Sessel heran.

»Sie lebt. Ich vermute, sie wird uns alle überleben.«

Er lächelte. »Wir denken das immer von unseren Müttern, und unglücklicherweise ist es nur selten wahr.«

»Deine Frau und die Kinder?«

»Es geht ihnen ganz gut.« Seine Augen sahen mich fest an. »Du siehst sehr müde aus.«

»Ich glaube, ich bin es auch.«

Er war einen Moment lang still.

»Du arbeitest in der medizinischen Fakultät der Universität«, fing er an, in seiner sanften, beruhigenden Art. »Ich habe mich gefragt, ob du Lori Petersen gekannt hast.«

Ich brauchte keinen weiteren Anstoß, um ihm zu erzählen, was ich bis jetzt noch keinem gegenüber zugegeben hatte. Mein Verlangen, es in Worte zu fassen, war überwältigend. »Ich bin ihr einmal begegnet«, begann ich. »Oder zumindest bin ich mir dessen fast sicher.«

Ich hatte bis zur Erschöpfung in meinem Gedächtnis gegraben, vor allem während jener ruhigen, beschaulichen Momente, wenn ich zur Arbeit oder nach Hause gefahren war oder wenn ich mich draußen in meinem Garten um die Rosen kümmerte. Ich sah Loris Gesicht vor mir und versuchte, es mit einem der verschwommenen Bilder von den zahllosen Menschen, denen ich begegnete, in Übereinstimmung zu bringen. Ich war mittlerweile davon überzeugt, dass irgendetwas in mir reagiert hatte, als ich die Bilder von ihr in ihrem Haus angeschaut hatte. Sie kam mir bekannt vor.

Vor einem Monat hatte ich eine fachübergreifende

Vorlesung über »Frauen in der Medizin« gehalten. Ich erinnerte mich, dass ich hinter dem Podium stand und in ein Meer von jungen Gesichtern sah, das den Hörsaal bis nach hinten in die letzte Reihe füllte. Die Studenten hatten ihren Lunch mitgebracht und saßen gemütlich in den roten Polstersitzen, aßen und nippten an ihren Limos. Es war eigentlich wie immer, es gab nichts Besonderes dabei, außer rückblickend.

Ich wusste es nicht sicher, aber ich glaubte, dass Lori eine der Frauen war, die nachher nach vorn gekommen waren, um Fragen zu stellen. Ich sah das flüchtige Bild einer attraktiven Blondine in einem weißen Kittel. Das Einzige, woran ich mich genau erinnerte, waren ihre Augen, dunkelgrün und herausfordernd, als sie mich fragte, ob ich wirklich meinte, dass Frauen es schaffen könnten, neben einer Karriere in einem so anstrengenden Beruf wie dem einer Ärztin auch noch eine Familie zu haben. Ich erinnerte mich daran besonders, denn ich zögerte einen Moment lang. Ich hatte sicher das eine geschafft, aber das andere nicht.

Wie besessen spielte ich diese Szene immer wieder durch, als ob das Gesicht dadurch klarer werden würde. War sie es gewesen oder nicht? Ich würde nie mehr in den Gängen der Universität entlanggehen können, ohne nach dieser blonden Ärztin Ausschau zu halten.

»Sehr interessant«, bemerkte Fortosis in seiner nachdenklichen Art. »Warum glaubst du, dass es wichtig ist, ob du ihr dort oder irgendwo anders begegnet bist?«

Ich starrte auf den Rauch, der von meiner Zigarette emporstieg. »Ich bin mir nicht sicher, außer dass es den Tod irgendwie realer erscheinen lässt.«

»Wenn du noch einmal zu dem Tag zurückkönntest, würdest du es tun?«

»Ja.«

»Was würdest du tun?«

»Ich würde sie irgendwie warnen«, sagte ich. »Ich würde irgendwie ungeschehen machen, was er getan hat.«

»Was ihr Mörder getan hat?«

»Ja.«

»Denkst du über ihn nach?«

»Ich will nicht über ihn nachdenken. Ich will nur alles tun, damit er geschnappt wird.«

»Und bestraft?«

»Es gibt keine angemessene Strafe für dieses Verbrechen. Keine Strafe wäre ausreichend.«

»Wenn er zum Tode verurteilt würde, wäre das Strafe genug, Kay?«

»Er kann nur einmal sterben.«

»Du willst also, dass er leidet.« Seine Augen ließen mich nicht los.

»Ja«, sagte ich.

»Wie? Schmerz?«

»Angst«, antwortete ich. »Ich will, dass er die Angst spürt, die sie spürten, als ihnen klar wurde, dass sie sterben müssten.«

Ich hatte keine Ahnung, wie lange ich gesprochen hatte, aber in dem Zimmer war es dunkler geworden, als ich schließlich aufhörte.

»Ich denke, es geht mir irgendwie unter die Haut, anders als sonst«, gab ich zu.

»Es ist wie mit dem Träumen.« Er lehnte sich in seinem Stuhl zurück und tippte leicht die Fingerspitzen aneinander. »Die Leute sagen oft, dass sie nicht träumen, obwohl sie sagen müssten, dass sie sich nicht an ihre Träume *erinnern*. Es geht unter die Haut, Kay. Alles. Wir schaffen es nur, wenn wir diese Gefühle in einen Käfig sperren.«

»Offensichtlich schaffe ich das nicht allzu gut, Spiro.«

»Warum?«

Ich nahm an, dass er genau wusste, warum, aber er wollte, dass ich es sagte. »Vielleicht, weil Lori Petersen Ärztin war. Ich sehe eine Verbindung zu ihr. Vielleicht projiziere ich. Ich war auch einmal in ihrem Alter.«

»Gewissermaßen *warst* du einmal Lori.«

»Gewissermaßen.«

»Und was ihr zugestoßen ist – hätte auch dir zustoßen können?«

»Ich weiß nicht, ob ich in meinen Phantasien so weit gegangen bin.«

»Das denke ich schon.« Er lächelte ein wenig. »Ich glaube, du bist bereits sehr weit gegangen. Was sonst noch?«

Amburgey. Was hatte Fortosis wirklich zu ihm gesagt?

»Es gibt eine Menge Druck von außen.«

»Zum Beispiel?«

»Politik.« Ich brachte es zur Sprache.

»O ja!« Er tippte immer noch die Finger aneinander. »Das ist immer dabei.«

»Die an die Presse durchgesickerten Informationen. Amburgey ist besorgt, dass sie aus meinem Büro kommen könnten.« Ich zögerte und suchte nach einem Zeichen, dass ihm das schon bekannt war.

Sein unbewegliches Gesicht sagte mir gar nichts.

»Er hat gesagt, deine Theorie wäre, dass diese Zeitungsmeldungen das Bedürfnis des Mörders zu töten schneller aufflammen lassen und dass deshalb diese durchgesickerten Informationen indirekt verantwortlich für Loris Tod sein könnten. Und nun auch für Henna Yarboroughs Tod. Das werde ich bestimmt als Nächstes zu hören bekommen.«

»Ist es denn möglich, dass diese Informationen aus deinem Büro kommen?«

»Irgendjemand – ein Außenstehender – ist in unsere Datenbank eingedrungen. Das macht es möglich. Oder besser gesagt, es bringt mich in eine mehr oder weniger aussichtslose Position.«

»Es sei denn, du findest heraus, wer es war«, bemerkte er sachlich.

»Ich sehe keine Möglichkeit, wie ich das anpacken sollte.« Ich drängte ihn. »Du hast mit Amburgey gesprochen.«

Er sah mir in die Augen. »Das habe ich. Aber ich glaube, er hat es überbewertet, was ich gesagt habe, Kay. Ich würde niemals so weit gehen, Informationen, die angeblich aus deinem Büro herausgesickert sind, für die letzten zwei Morde verantwortlich zu machen. Oder mit anderen Worten, dass die zwei Frauen noch leben würden, wenn es diese Zeitungsberichte nicht gegeben hätte. So etwas kann ich nicht sagen und habe ich nicht gesagt.«

Meine Erleichterung war offensichtlich.

»Wie auch immer, wenn Amburgey oder sonst irgendjemand vorhat, wegen dieser Informationen, die möglicherweise aus deinem Bürocomputer kommen, eine große Affäre zu machen, dann kann ich leider nicht viel tun. Um die Wahrheit zu sagen, ich habe tatsächlich das Gefühl, dass es eine bedeutende Verbindung zwischen den Veröffentlichungen und den Aktivitäten des Mörders gibt. Wenn heikle Informationen in noch sensationelleren Berichten und noch größeren Überschriften erscheinen, dann kann Amburgey – oder sonst irgendjemand – natürlich das, was ich objektiv gesagt habe, ohne weiteres gegen dein Büro verwenden.« Er sah mich einen Moment lang an. »Verstehst du, was ich damit sagen will?«

»Du willst damit sagen, dass du die Bombe nicht entschärfen kannst«, antwortete ich mit wachsender Mutlosigkeit.

Er lehnte sich vor und sagte: »Ich will damit sagen, dass ich keine Bombe entschärfen kann, die ich nicht einmal sehe. Was für eine Bombe? Meinst du, irgendjemand versucht, dich reinzulegen?«

»Ich weiß es nicht«, antwortete ich vorsichtig. »Ich kann dir nur sagen, dass die Stadtverwaltung demnächst mit faulen Eiern beworfen werden wird wegen dieses 911-Notrufs, den Lori Petersen gemacht hat, bevor sie ermordet wurde. Hast du darüber gelesen?«

Er nickte, seine Augen blickten interessiert.

»Amburgey hat mich gerufen, um über die Sache zu reden, schon lange bevor diese Story in der Zeitung erschien. Tanner war da. Boltz auch. Sie sagten, es könne einen Skandal geben, eine gerichtliche Untersuchung. An diesem Punkt befahl Amburgey, dass alle weiteren Informationen an die Presse nur von ihm kommen dürften. Ich darf keinerlei Stellungnahmen mehr abgeben. Er sagte, du denkst, dass diese Informationen und die nachfolgenden Berichte in der Presse den Mörder anstacheln. Ich wurde lange über diese durchgesickerten Informationen befragt, über die Möglichkeit, dass sie aus meinem Büro kommen könnten. Ich hatte keine andere Wahl, als zuzugeben, dass jemand in den Computer eingebrochen war.«

»Ich verstehe.«

»Und so, wie sich alles weiterentwickelte«, fuhr ich fort, »bekam ich langsam den Eindruck, dass, wenn es zu einem Skandal kommen sollte, mein Büro dafür verantwortlich gemacht werden würde. Was bedeutet: Ich habe die Ermittlungen behindert, vielleicht indirekt den Tod weiterer Frauen verschuldet …« Ich hielt inne. Meine Stimme hob sich langsam. »Mit anderen Worten, ich habe Visionen davon, wie jedermann ignoriert, dass die Stadt diesen 911-Ruf vermasselt hat, weil jeder so beschäftigt ist, wütend auf das Büro des Chief Medical Examiner zu sein, auf mich.«

Er sagte nichts dazu.

Ich fügte leise hinzu: »Vielleicht rege ich mich über etwas auf, was gar nichts ist.«

»Vielleicht auch nicht.«

Das war nicht das, was ich hören wollte.

»Theoretisch«, erklärte er, »könnte es genauso ablaufen, wie du es gerade ausgeführt hast. Wenn bestimmte Parteien wollen, dass es so geschieht, weil sie ihre eigene Haut retten wollen. Der Medical Examiner ist ein einfacher Sündenbock. Die Öffentlichkeit versteht zum größten Teil sowieso nicht, was er macht. Die Leute wollen sich nicht gern vorstellen, wie jemand den Körper ihrer Lieben zerschnippelt. Sie werten es als Verstümmelung, die letzte Demütigung ...«

»Bitte«, brach es aus mir heraus.

Er fuhr sanft fort: »Du verstehst, was ich meine.«

»Nur zu gut.«

»Es ist eine Schande mit diesem Computereinbruch.«

»O Gott! Ich wünschte, wir hätten noch die alten Schreibmaschinen.«

Er starrte nachdenklich auf das Fenster. »Wenn du meinen Rat hören willst, Kay.« Seine Augen wandten sich zu mir, sein Gesicht war hart. »Ich rate dir, sehr vorsichtig zu sein. Aber ich bitte dich inständig, beschäftige dich nicht so sehr mit dieser Sache, dass du dadurch von deiner Untersuchung abgelenkt wirst. Schmutzige Politik oder die Angst davor kann dich so aus dem Gleichgewicht bringen, dass du Fehler machst und deinen Gegenspielern die Mühe ersparst, sie zu konstruieren.«

Die falsch gekennzeichneten Präparate fielen mir ein. Mein Magen krampfte sich zusammen.

Er fügte hinzu: »Es ist wie bei Menschen auf einem sinkenden Schiff. Sie können grausam werden. Jeder denkt nur an sich selbst. Man darf ihnen nicht in den Weg kommen. Man darf sich nicht in eine angreifbare Position bringen, wenn Menschen in Panik geraten. Und die Menschen in Richmond sind in Panik.«

»Zumindest ein paar von ihnen«, stimmte ich zu.

»Verständlicherweise. Lori Petersens Tod hätte verhindert werden können. Die Polizei hat einen unverzeihlichen Fehler gemacht, als sie diesem 911-Ruf nicht oberste Priorität gab. Der Mörder ist noch nicht gefasst worden. Es sterben weiterhin Frauen. Die Öffentlichkeit macht die Stadtverwaltung dafür verantwortlich, die wiederum einen anderen Schuldigen sucht. So laufen die Dinge. Wenn die Cops und die Politiker den schwarzen Peter weiterschieben können, dann werden sie es tun.«

»Direkt an mich«, sagte ich bitter und dachte automatisch an Cagney. Wäre ihm dasselbe passiert?

Ich kannte die Antwort und sprach sie laut aus. »Ich werde das Gefühl nicht los, dass ich eine leichte Zielscheibe bin, weil ich eine Frau bin.«

»Du bist eine Frau in einer Männerwelt«, erwiderte Fortosis. »Du wirst immer eine Zielscheibe sein, bis die Kerle mitgekriegt haben, dass du Zähne hast. Und du hast Zähne.« Er lächelte. »Zeig sie ihnen.«

»Wie?«

Er fragte: »Gibt es jemanden in deinem Büro, dem du absolut vertrauen kannst?«

»Meine Leute sind sehr loyal ...«

Er winkte ab. »*Vertrauen*, Kay. Ich meine blindes Vertrauen ... deine Computerspezialistin zum Beispiel?«

»Margaret ist immer sehr vertrauenswürdig gewesen«, antwortete ich zögernd. »Aber blindes Vertrauen? Ich kenne sie kaum, zumindest nicht persönlich.«

»Was ich sagen will, das Sicherste – deine beste Verteidigung, wenn du es als solche betrachten willst – wäre, wenn du irgendwie herausfinden könntest, wer in deinen Computer eingebrochen ist. Es ist vielleicht unmöglich. Aber wenn es eine Chance gibt, dann kann es wahrscheinlich nur einer schaffen, der sich sehr gut mit Computern auskennt. Ein ›technologischer Detektiv‹, jemand, dem du vertraust. Ich denke, es wäre nicht klug, jemanden einzuweihen, den du kaum kennst und der dann reden könnte.«

»Da fällt mir niemand ein«, erwiderte ich. »Und selbst wenn ich es herausfinden würde, die Nachricht könnte schlecht sein. Wenn es ein Reporter mitbekommt, dann weiß ich nicht, wie das meine Probleme lösen würde.«

»Vielleicht würde es das nicht. Aber wenn ich du wäre, dann würde ich es versuchen.«

Ich fragte mich, worauf er hinauswollte. Ich bekam langsam das Gefühl, dass er einen Verdacht hatte.

»Ich werde an all das denken«, versprach er, »wenn ich Anrufe wegen dieser Fälle bekomme, Kay. Wenn irgendjemand mich zum Beispiel mit dieser Sache unter Druck setzt, dass die Zeitungsberichte den Mörder anregen oder etwas in der Richtung.« Eine Pause. »Ich habe nicht die Absicht, ausgenutzt zu werden. Aber ich kann auch nicht lügen. Tatsache ist, dass die Reaktion dieses Mörders auf die Veröffentlichungen, auf seinen Modus Operandi, ein wenig ungewöhnlich ist.«

Ich hörte zu.

»Tatsächlich mögen es nicht alle Serienmörder, über sich zu lesen. Die Öffentlichkeit ist der Meinung, dass die große Mehrheit der Menschen, die Sensationsverbrechen begehen, Anerkennung sucht, wichtig sein will. Wie John Hinckley. Schieß auf Präsident Reagan, und du bist ein Held. Eine unzulängliche, schlecht integrierte Persönlichkeit, die keinen Job und keine normale Beziehung zu irgendjemandem halten kann, ist plötzlich international bekannt. Diese Typen sind die Ausnahme. Sie sind das eine Extrem.

Das andere Extrem sind Leute wie Henry Lee Lucas und Ottis Toole. Sie tun, was sie tun, und bleiben oft nicht einmal lange genug in der Stadt, um über sich und ihre Taten zu lesen. Sie wollen nicht, dass irgendjemand etwas weiß. Sie verstecken die Leichen und verwischen ihre Spuren. Sie verbringen einen großen Teil ihrer Zeit auf den Straßen und fahren von Ort zu Ort, auf der Suche nach ihrem nächsten Opfer. Seit ich den Modus Operandi des Richmond-Mörders näher betrachtet habe, habe ich den Eindruck, dass er eine Mischung aus beiden Extremen ist: Er tut es, weil ihn etwas dazu treibt, aber er will auf keinen Fall gefasst werden. Zur gleichen Zeit sucht er Beachtung, er will, dass jeder weiß, was er getan hat.«

»Ist es das, was du Amburgey gesagt hast?«, fragte ich Fortosis.

»Ich glaube nicht, dass es schon so klar in meinem Kopf war, als ich letzte Woche mit ihm gesprochen habe. Erst Henna Yarboroughs Mord hat mich zu dieser Überzeugung gebracht.«

»Wegen Abby Turnbull.«

»Ja.«

»Wenn sie das beabsichtigte Opfer war«, fuhr ich fort, »was für eine bessere Möglichkeit gibt es, die Stadt zu schockieren und landesweit in die Nachrichten zu kommen, als die preisgekrönte Reporterin zu ermorden, die die Berichte geschrieben hat?«

»Wenn Abby Turnbull das beabsichtigte Opfer war, dann kommt mir diese Auswahl doch sehr persönlich vor. Die ersten vier, so scheint es, waren unpersönliche Morde an Fremden. Die Frauen waren dem Täter nicht bekannt, er schlich sich an sie heran. Es waren Zufälle.«

»Die Ergebnisse der DNA-Untersuchung werden bestätigen, ob es derselbe Mann war«, sagte ich und kam den Schlussfolgerungen zuvor, auf die er meiner Meinung nach hinauswollte. »Aber ich bin mir dessen sicher. Ich habe nie daran geglaubt, dass Henna Yarborough von jemand anderem ermordet wurde, von jemandem, der hinter ihrer Schwester her gewesen sein könnte.«

Fortosis sagte: »Abby Turnbull ist eine Berühmtheit. Auf der einen Seite, so fragte ich mich selbst, wenn sie das beabsichtigte Opfer war, wie passt es dann, dass der Mörder einen Fehler machte und stattdessen ihre Schwester ermordete? Auf der anderen Seite, wenn das beabsichtigte Opfer Henna Yarborough war, ist es dann kein Zufall, dass sie Abbys Schwester war?«

»Es sind schon seltsame Dinge passiert.«

»Natürlich. Nichts ist sicher. Wir können unser ganzes Leben lang Mutmaßungen anstellen und nie auf einen grünen Zweig kommen. Warum dies oder warum das? Das Motiv zum Beispiel. Wurde er von seiner Mutter missbraucht, wurde er misshandelt und so weiter und so fort. Zahlt er es der Gesellschaft heim, will er der Welt seine Verachtung zeigen? Je länger ich in diesem Beruf arbeite, umso mehr glaube ich das, was die meisten Psychiater nicht hören wollen, nämlich dass diese Leute töten, weil es ihnen Spaß macht.«

»Ich bin schon lange zu dieser Überzeugung gekommen«, sagte ich zornig.

»Ich glaube, der Mörder in Richmond hat seinen Spaß«, fuhr er ruhig fort. »Er ist sehr schlau, sehr besonnen. Er macht kaum Fehler. Wir haben es nicht mit einem geistig Gestörten zu tun, der einen Schaden an seinem rechten Frontallappen hat. Er ist auch nicht psychotisch, absolut nicht. Er ist ein psychopathischer, sexueller Sadist, der überdurchschnittlich intelligent ist und gut genug in der Gesellschaft funktioniert, um in der Öffentlichkeit nicht aufzufallen. Es würde mich nicht überraschen, wenn er bei seiner Arbeit oder in seiner Freizeit mit behinderten oder verletzten Menschen zu tun hätte, oder mit Leuten, die er leicht unter Kontrolle halten kann.«

»Was genau für eine Arbeit meinst du?«, fragte ich.

»Es könnte so ziemlich alles sein. Ich könnte wetten, dass er schlau und kompetent genug ist, so ziemlich alles zu tun, was ihm Spaß macht.«

Arzt, Rechtsanwalt, Indianerhäuptling, hörte ich Marino sagen.

Ich erinnerte Fortosis: »Du hast deine Meinung geändert. Ursprünglich hast du angenommen, dass er eine kriminelle oder psychiatrische Vergangenheit haben könnte, vielleicht auch beides. Jemand, der gerade aus einer psychiatrischen Klinik oder einem Gefängnis entlassen wurde …«

Er unterbrach mich. »Diese letzten beiden Morde, vor allem, wenn Abby Turnbull eine Rolle spielt, lassen die Sache in einem anderen Licht erscheinen. Psychotische Täter haben nur sehr selten, wenn überhaupt, das Zeug dazu, der Polizei immer wieder zu entkommen. Ich bin der Meinung, dass der Mörder in Richmond Erfahrung hat, wahrscheinlich bereits seit Jahren in anderen Orten gemordet hat und in der Vergangenheit genauso erfolgreich einer Verhaftung entkommen ist wie jetzt.«

»Du denkst, er geht an einen anderen Ort, mordet dort ein paar Monate lang und zieht dann weiter?«

»Nicht unbedingt«, antwortete er. »Er kann sich so weit unter Kontrolle haben, dass er an einen neuen Ort zieht und sich in seinen neuen Job einarbeitet. Es ist möglich, dass er eine Zeit lang normal lebt, bis er wieder anfängt. Wenn er mal anfängt, dann kann er nicht mehr aufhören. Und mit jedem neuen Territorium braucht er mehr, um Befriedigung zu bekommen. Er wird immer dreister, immer unkontrollierter. Er macht sich über die Polizei lustig und genießt es, die Stadt in Angst und Schrecken zu versetzen, das heißt durch die Presse – und möglicherweise durch die Wahl seiner Opfer.«

»Abby«, murmelte ich. »Wenn er wirklich hinter ihr her war.«

Er nickte. »Das war neu, der dreisteste und skrupelloseste Mord, den er je durchgeführt hat – sofern er geplant hatte, eine allgemein bekannte Polizeireporterin zu töten. Es wäre sein Meisterwerk gewesen. Da könnten auch noch andere Dinge mit hineinspielen, Phantasien von Beziehungen oder Projektionen. Abby schreibt über ihn, und er denkt, er hat etwas Persönliches mit ihr. Er entwickelt eine Beziehung zu ihr. Seine Wut und seine Phantasien richten sich gegen sie.«

»Aber er hat es vermasselt«, erwiderte ich wütend. »Sein sogenanntes Meisterwerk, und er hat es vermasselt.«

»Genau. Es ist möglich, dass er Abby nicht gut genug kannte, um zu wissen, wie sie aussieht, um zu wissen, dass ihre Schwester letzten Herbst zu ihr gezogen ist.« Seine Augen blieben ausdruckslos, als er hinzufügte: »Es ist sehr gut möglich, dass er bis zu dem Zeitpunkt, als er die Nachrichten gesehen oder die Zeitung gelesen hat, nicht wusste, dass die Frau, die er ermordet hat, gar nicht Abby war.«

Dieser Gedanke überraschte mich. Daran hatte ich noch nicht gedacht.

»Und das macht mir ziemliche Sorgen.« Er lehnte sich in seinem Stuhl zurück.

»Was? Er könnte es noch einmal bei ihr versuchen?« Ich hatte ernsthafte Zweifel daran.

»Es macht mir Sorgen.« Er schien jetzt seine Gedanken laut auszusprechen. »Es hat nicht so funktioniert, wie er es geplant hatte. Vor sich selbst steht er jetzt als Versager da. Das kann nur dazu führen, dass er noch grausamer wird.«

»Was muss er denn tun, damit man ihn als ›noch grausamer‹ einstufen kann?«, platzte ich heraus. »Du weißt, was er mit Lori gemacht hat. Und jetzt Henna …«

Der Ausdruck auf seinem Gesicht ließ mich innehalten.

»Ich habe Marino angerufen, kurz bevor du gekommen bist, Kay.«

Fortosis wusste es.

Fortosis wusste, dass Henna Yarboroughs Vaginalabstriche negativ waren.

Der Mörder hatte wahrscheinlich daneben ejakuliert. Die meiste Samenflüssigkeit, die ich fand, war auf den Bettdecken und ihren Beinen. Das einzige Instrument, das er erfolgreich eingeführt hatte, war sein Messer. Die

Tücher unter ihr waren steif und dunkel von getrocknetem Blut gewesen. Hätte er sie nicht erdrosselt, so wäre sie wahrscheinlich verblutet.

Wir saßen in bedrückender Stille mit der schrecklichen Vorstellung von einem Menschen, der Gefallen daran finden konnte, einem anderen Menschen solche furchtbaren Schmerzen zuzufügen.

Als ich Fortosis ansah, waren seine Augen trüb, sein Gesicht erschöpft. Ich glaube, es war das erste Mal, dass er älter wirkte, als er war. Er konnte hören, er konnte sehen, was mit Henna geschehen war. Er sah diese Dinge noch lebhafter als ich. Das Zimmer erdrückte uns.

Wir standen gleichzeitig auf.

Ich machte einen Umweg, um zu meinem Auto zu kommen, und schlenderte über den Campus, anstatt direkt über die kleine Straße zum Parkplatz zu gehen. In der Ferne lagen die Blue Ridge Mountains wie ein verschwommenes Eismeer, die Kuppel des Universitätsrundbaus leuchtete weiß, und lange Schatten breiteten sich über dem Rasen aus. Ich konnte den Duft von Gras und Bäumen riechen, die noch immer warm von den Sonnenstrahlen waren.

Scharen von Studenten kamen vorbei, lachend und plaudernd, ohne Notiz von mir zu nehmen. Als ich unter den ausladenden Ästen einer Rieseneiche lief, blieb mein Herz fast stehen, weil ich plötzlich das Geräusch rennender Füße hinter mir hörte. Ich drehte mich ruckartig um, ein junger Jogger rannte vorbei, sein Mund stand offen vor Überraschung.

13

Am nächsten Morgen war ich bereits gegen sechs Uhr im Büro. Außer mir war niemand da, die Telefone waren noch so geschaltet, dass Anrufe automatisch an die Zentrale der Gesundheitsbehörde weitergeleitet wurden.

Während der Kaffee durchlief, ging ich in Margarets Büro. Der Computer stand immer noch im Answer-Modus und lud den Eindringling ein, es noch einmal zu versuchen. Er hatte es nicht getan.

Es ergab keinen Sinn. Wusste er, dass wir den Einbruch entdeckt hatten, nachdem er letzte Woche versucht hatte, Lori Petersens Fall aufzurufen? Ahnte er, dass nichts mehr eingegeben worden war?

Oder gab es einen anderen Grund? Ich starrte auf den dunklen Bildschirm. Wer bist du? Ich hätte es gern gewusst. Was willst du von mir?

Vorn im Korridor klingelte es wieder. Es läutete dreimal, gefolgt von abrupter Stille, als die Vermittlung der Zentrale sich einschaltete.

»Er ist sehr schlau, sehr besonnen …«

Fortosis musste mir das nicht sagen.

»Wir haben es nicht mit einem geistig Gestörten zu tun …«

Ich erwartete nicht, dass er ein Mensch war wie du und ich. Aber er konnte es sein.

Vielleicht war er es.

»... *der gut genug in der Gesellschaft funktioniert, um nicht aufzufallen* ...«

Er könnte kompetent genug sein, in jedem Beruf zu arbeiten. Er könnte bei seiner Arbeit einen Computer benutzen oder einen zu Hause haben.

Er würde gern wissen, was in meinem Kopf vorging. Genauso gern, wie ich wissen wollte, was in seinem Kopf vorging. Ich war das einzige reale Bindeglied zwischen ihm und seinen Opfern. Ich war der einzige lebende Zeuge. Wenn ich die Prellungen, die gebrochenen Knochen und die tiefen Schnitte in dem Fleisch untersuchte, war ich die Einzige, die erkannte, was für eine Kraft und Grausamkeit man benötigte, um jemandem solche Verletzungen zuzufügen. Die Rippen sind bei jungen, gesunden Menschen biegsam. Er brach Loris Rippen, indem er mit seinem ganzen Gewicht die Knie von oben gegen ihren Brustkorb rammte. Sie lag auf dem Rücken. Er hatte das getan, nachdem er die Telefonleitung aus der Wand gerissen hatte.

Die Brüche an ihren Fingern waren Spiralbrüche, die Knochen gewaltsam aus den Gelenken gerissen. Er knebelte und fesselte sie, dann brach er ihre Finger, einen nach dem anderen. Er hatte keinen Grund dafür, außer ihr fürchterliche Schmerzen zu bereiten und ihr einen Vorgeschmack darauf zu geben, was noch folgen würde.

Die ganze Zeit über war Lori vermutlich in Panik gewesen, weil sie keine Luft bekam. In Panik, da der eingeschränkte Blutfluss die Gefäße zum Platzen brachte wie kleine Ballons, und sie das Gefühl haben musste, dass ihr Kopf zu explodieren drohte. Dann drang er gewaltsam in sie ein, in jede nur denkbare Öffnung ihres Körpers.

Je mehr sie kämpfte, desto mehr zog sich das Kabel um ihren Hals zusammen, bis sie schließlich zum letzten Mal das Bewusstsein verlor und starb.

Ich hatte es alles rekonstruiert. Ich hatte rekonstruiert, was er mit diesen Frauen getan hatte.

Er wollte wissen, was ich wusste. Er war arrogant. Er war paranoid.

Alles stand in dem Computer, alles, was er mit Patty, Brenda, Cecile gemacht hatte ... Die Beschreibung jeder Verletzung, von jedem Beweisstück, das wir gefunden hatten, und von jedem Labortest, den ich veranlasst hatte.

Las er die Worte, die ich diktierte? Las er meine Gedanken? Meine flachen Schuhe hallten hart in dem leeren Gang, als ich in mein Büro zurückrannte. In einem Anfall fiebriger Energie leerte ich den Inhalt meiner Brieftasche, bis ich die Visitenkarte fand, in gedecktem Weiß mit der Adresse der *Times* in großen schwarzen Buchstaben in der Mitte. Auf der Rückseite war die Kugelschreiberschrift einer zitternden Hand.

Ich wählte Abby Turnbulls Nummer im Büro.

Ich verabredete mich mit ihr für den Nachmittag, da die Leiche ihrer Schwester noch nicht freigegeben war, als wir telefonierten. Ich wollte nicht, dass Abby in dieses Gebäude kam, bevor Henna in einem Bestattungsinstitut war.

Abby war pünktlich. Rose brachte sie in mein Büro, und ich schloss ruhig beide Türen.

Sie sah schrecklich aus. Ihr Gesicht war gezeichnet,

ihre Haut stumpf geworden. Ihr Haar hing lose über ihre Schultern, und sie trug eine verknitterte Baumwollbluse zu einem Rock. Als sie sich eine Zigarette anzündete, stellte ich fest, dass sie zitterte. Irgendwo tief in der Leere ihrer Augen konnte man einen Schimmer von Schmerz und Wut erkennen.

Ich fing damit an, ihr zu sagen, was ich den Angehörigen bei meinen Fällen immer sagte.

»Der Tod bei Ihrer Schwester, Abby, ist durch Strangulation eingetreten.«

»Wie lange?« Sie blies eine zittrige Rauchwolke aus. »Wie lange hat sie noch gelebt, nachdem ... nachdem er zu ihr gekommen war?«

»Ich kann es nicht genau sagen. Aber die Spuren an ihrem Körper legen die Vermutung nahe, dass es schnell gegangen ist.«

Nicht schnell genug, aber das behielt ich für mich. Ich fand Fasern in Hennas Mund. Sie war geknebelt worden. Das Monster wollte, dass sie noch eine Weile lebte und dass sie still sein sollte. Basierend auf der Menge des Blutverlustes, hatte ich ihre Schnittverletzungen als perimortal eingestuft, was bedeutete, dass ich mit Sicherheit nur sagen konnte, dass diese Schnitte ihr irgendwann um die Todeszeit herum zugefügt wurden. Sie hatte sehr wenig in das umgebende Gewebe hineingeblutet, nachdem sie mit dem Messer missbraucht worden war.

Es ist möglich, dass sie schon tot war. Oder bewusstlos.

Aber wahrscheinlich war es schlimmer. Ich vermutete, dass die Schnur von den Rollläden sich um ihren Hals zuzog, als sie ihre Beine in einem heftigen Schmerzreflex streckte. »Sie hatte Blutungen in den Augen und in der Haut von Gesicht und Hals«, sagte ich zu Abby. »Mit anderen Worten, die kleinen Gefäße der Augen und des Gesichts sind geplatzt. Das wurde durch den Druck der Fesseln um ihren Hals hervorgerufen.«

»Wie lange hat sie noch gelebt?«, wiederholte sie matt.

»Minuten«, erwiderte ich.

Weiter würde ich nicht gehen. Abby schien ein wenig erleichtert. Sie suchte in der Hoffnung Trost, dass ihre Schwester nur kurz gelitten hatte. Irgendwann, wenn der Fall aufgeklärt und Abby wieder stärker war, würde sie es erfahren. Gott stehe ihr bei, sie würde von dem Messer erfahren.

»Ist das alles?«, fragte sie zitternd.

»Das ist alles, was ich bis jetzt sagen kann«, antwortete ich. »Es tut mir leid. Es tut mir wahnsinnig leid wegen Henna.«

Sie rauchte noch eine Weile, machte nervöse, fahrige Züge, als ob sie nicht wüsste, was sie mit ihren Händen tun sollte. Sie biss auf ihre Unterlippe, um das Zittern zu verhindern.

Als ihre Blicke schließlich die meinen trafen, lag Unbehagen, Misstrauen darin.

Sie wusste, dass ich sie nicht deswegen hergebeten hatte. Sie fühlte, dass es noch etwas anderes gab.

»Das ist nicht der Grund, weshalb Sie mich hergebeten haben, nicht wahr?«

»Nicht ganz«, gab ich offen zu.

Stille.

Ich konnte sehen, wie Ärger und Wut in ihr aufstiegen.

»Was?«, fragte sie. »Was wollen Sie von mir?«

»Ich will wissen, was Sie tun werden.«

Ihre Augen funkelten. »Oh, ich verstehe. Sie machen sich Sorgen um sich selbst. Mein Gott! Sie sind genau wie all die anderen!«

»Ich mache mir keine Sorgen um mich selbst«, sagte ich ganz ruhig. »Das habe ich schon lange hinter mir, Abby. Sie haben genug in den Händen, um mir Ärger zu machen. Wenn Sie mein Büro und mich zerstören wollen, dann tun Sie das. Es ist Ihre Entscheidung.«

Sie sah verunsichert aus, ihre Augen wandten sich ab.

»Ich kann Ihre Wut verstehen.«

»Das können Sie sicher nicht.«

»Ich kann es besser, als Sie es sich vorstellen können.« Ich musste an Bill denken. Ich konnte Abbys Wut nur allzu gut verstehen.

»Das können Sie nicht. Niemand kann das!«, rief sie. »Er hat mir meine Schwester genommen. Er hat einen Teil meines Lebens gestohlen. Ich bin es so verdammt leid, mir ständig etwas wegnehmen zu lassen! Was für eine Welt ist das«, sagte sie mit tränenerstickter Stimme, »in der jemand so etwas tun kann? O Gott! Ich *weiß nicht*, was ich tun werde …«

Ich erwiderte: »Ich weiß, dass Sie den Tod Ihrer Schwester allein aufklären wollen, Abby. Tun Sie es nicht.«

»Jemand muss es doch tun!« schrie sie heraus. »Was? Soll ich es den Keystone Cops überlassen?«

Sie spielte auf die chaotische Slapstick-Truppe aus der Stummfilmära an.

»Einige Angelegenheiten sollten Sie der Polizei überlassen. Aber Sie können helfen. Sie können, wenn Sie wirklich wollen.«

»Behandeln Sie mich nicht so herablassend!«

»Das tue ich nicht.«

»Ich werde es auf meine Art machen ...«

»Nein. Tun Sie es nicht auf Ihre Art, Abby. Tun Sie es für Ihre Schwester.«

Sie starrte mich mit leeren, geröteten Augen an.

»Ich habe Sie hierher gebeten, weil ich etwas versuchen möchte. Ich brauche Ihre Hilfe.«

»Richtig! Sie brauchen meine Hilfe, indem ich die Stadt verlasse und mich hier schön raushalte ...«

Ich schüttelte langsam den Kopf.

Sie schien überrascht.

»Kennen Sie Benton Wesley?«

»Der FBI-Profiler«, antwortete sie zögernd. »Ich weiß, wer er ist.«

Ich sah auf die Wanduhr. »Er wird in zehn Minuten hier sein.«

Sie sah mich lange an. »Was genau wollen Sie von mir?«

»Dass Sie Ihre Kontakte nutzen, um uns zu helfen, den Mörder zu finden.«

»Ihn?« Ihre Augen weiteten sich.

Ich stand auf, um nachzusehen, ob es noch Kaffee gab.

Wesley hatte zurückhaltend reagiert, als ich ihm meinen Plan am Telefon erklärte, aber als wir drei jetzt in meinem Büro zusammensaßen, wusste ich, dass er einverstanden war.

»Es ist absolut notwendig, dass Sie uneingeschränkt mit uns zusammenarbeiten«, sagte er mit Nachdruck zu Abby. »Ich muss Ihre Zusicherung haben, dass Sie genau das tun, was wir gemeinsam beschlossen haben. Jedes eigenmächtige Handeln Ihrerseits könnte die Ermittlungsarbeiten zum Scheitern bringen. Ihre Diskretion ist unbedingt erforderlich.«

Sie nickte, dann sagte sie: »Wenn der Mörder in den Computer einbrechen kann, warum hat er es nur einmal getan?«

»Wir wissen nur von einem Mal«, erinnerte ich sie.

»Trotzdem, es ist nicht mehr vorgekommen, seit Sie es entdeckt haben.«

Wesley mutmaßte: »Er steht ganz schön unter Dampf. Er hat zwei Frauen in zwei Wochen ermordet, und in den Zeitungen stehen wahrscheinlich genügend Informationen, um seine Neugier zu befriedigen. Er könnte sich sicher fühlen, mit sich selbst zufrieden sein, da wir ja laut den Nachrichten nichts von ihm wissen.«

»Wir müssen ihn unter Druck setzen«, fügte ich hinzu. »Wir müssen etwas tun, was ihn so paranoid macht, dass er leichtsinnig wird. Eine Möglichkeit, wie wir das erreichen können, wäre, ihn glauben zu lassen, dass mein Institut etwas gefunden hat, was die entscheidende Wende bringen könnte.«

»Wenn er derjenige ist, der in den Computer einbricht«, fasste Wesley zusammen, »dann könnte das Zündstoff genug sein, um es ihn noch einmal versuchen zu lassen, um herauszufinden, was wir angeblich wissen.« Er sah mich an.

Tatsache war, dass es keine Wende in dem Fall gab. Ich hatte Margaret für unbestimmte Zeit aus ihrem Büro verbannt, und der Computer sollte im Answer-Modus bleiben. Wesley hatte ein Suchgerät angebracht, das die

Anrufe zu ihrem Anschluss an den Ausgangspunkt zurückverfolgen würde. Wir würden den Computer dazu verwenden, den Mörder anzulocken, indem wir in Abbys Zeitung einen Artikel drucken ließen, in dem behauptet wurde, dass bei den forensischen Untersuchungen eine »wichtige Information« gefunden wurde.

»Er wird paranoid werden, beunruhigt genug, um es zu glauben«, sagte ich voraus. »Wenn er jemals in einem Krankenhaus hier in der Umgebung behandelt worden ist, dann wird er jetzt befürchten, dass wir ihn mittels der alten Akten aufspüren. Wenn er irgendwelche besonderen Medikamente von einer Apotheke bekommt, dann wird er auch davor Angst haben.«

All das bezog sich auf den eigenartigen Geruch, den Matt Petersen der Polizei gegenüber erwähnt hatte. Es gab kein anderes »Beweismittel«, auf das wir anspielen konnten.

Das einzige Beweismittel, das den Mörder in Schwierigkeiten bringen konnte, war die DNA.

Das gab mir die Möglichkeit, ihn hinters Licht zu führen, und, wer weiß, vielleicht war es am Ende gar kein Trick.

Vor einigen Tagen hatte ich Kopien der Berichte von den ersten zwei Fällen erhalten. Ich studierte die vertikale Reihe mit verschiedenen Schatten und Zwischenräumen, Muster, die erstaunliche Ähnlichkeit mit den Strichcodes auf den Lebensmittelpackungen hatten. Bei jedem Fall waren drei verschiedene radioaktive Färbungen vorgenommen worden, und die jeweiligen Positionen der Streifen waren in Patty Lewis' und Brenda Steppes Fällen identisch.

»Natürlich haben wir dadurch nicht seine Identität«, erklärte ich Abby und Wesley. »Alles, was wir sagen können, ist: Wenn er schwarz ist, dann kann theoretisch nur einer von hundertfünfunddreißig Millionen Männern dasselbe Muster haben. Wenn er weiß ist, dann ist es nur einer von fünfhundert Millionen.

Die DNA ist der Mikrokosmos eines Menschen, der Code seines Lebens. Gentechniker in einem privaten Labor in New York hatten die DNA aus den Proben der Samenflüssigkeit isoliert, die ich ihnen geschickt hatte. Sie zerschnitten das gewonnene Material an bestimmten Stellen, und die Fragmente wanderten in verschiedene Regionen einer elektrisch geladenen Fläche, die mit einem dicken Gel beschichtet war. Auf der einen Seite der Fläche war ein positiv geladener Pol, auf der anderen ein negativ geladener.

Diese DNA trägt eine negative Ladung«, fuhr ich fort. »Gegensätze ziehen sich an. Die kürzeren Fragmente bewegen sich schneller und weiter in Richtung auf den positiven Pol als die längeren, und die Fragmente breiten sich in dem Gel aus und bilden das Streifenmuster. Dieses wird auf eine Nylonmembran gebracht und einer Färbung unterzogen.«

»Ich verstehe nicht«, unterbrach Abby. »Was für eine *Färbung*?«

Ich erklärte. »Die Doppelstrang-DNA-Fragmente des Mörders wurden zu einzelnen Strängen aufgebrochen oder denaturiert. Einfacher ausgedrückt, sie wurden wie ein Reißverschluss geöffnet. Die Färbung ist eine Lösung aus einfacher DNA einer spezifischen Basensequenz, die mit einer radioaktiven Substanz gekennzeichnet ist. Wenn die Lösung oder Färbung über die Nylonmembran geschüttet wird, sucht die markierte DNA sich die komplementären Einzelstränge und verbindet sich mit ihnen – mit den komplementären Einzelsträngen des Mörders.«

»Der Reißverschluss wird also wieder zugezogen?«, fragte sie. »Ist jetzt aber radioaktiv?«

»Der Punkt ist, dass das Muster so auf einem Röntgenfilm sichtbar gemacht werden kann«, antwortete ich.

»Ja, sein Code. Zu schade, dass es kein Gerät gibt, das uns daraus seinen Namen abliest«, fügte Wesley trocken hinzu.

»Dort sind alle Informationen über ihn enthalten«, fuhr ich fort. »Das Problem ist, dass die Technologie noch nicht so weit fortgeschritten ist, dass sie Charaktermerkmale daraus erkennen kann, wie zum Beispiel genetische Defekte, Augen- und Haarfarbe und solche Dinge. Es gibt so viele Streifen, und die decken so viele Einzelheiten der genetischen Zusammensetzung eines Menschen ab, dass es einfach zu komplex ist; man kann nur sagen, ob sie übereinstimmen oder nicht.«

»Aber das weiß der Mörder nicht.« Wesley sah mich grüblerisch an.

»Genau.«

»Es sei denn, er ist ein Wissenschaftler oder so was«, warf Abby ein.

»Wir nehmen einfach an, dass er keiner ist«, sagte ich. »Ich vermute, dass er noch nie von der DNA-Untersuchung gehört hat, bevor er es in der Zeitung las. Ich bezweifle, dass er das Konzept richtig versteht.«

»Ich werde die Vorgehensweise in meinem Bericht erklären.« Abby überlegte laut. »Ich werde ihn genau so viel verstehen lassen, dass es ihn unsicher macht.«

»Er soll gerade so viel verstehen, dass er denkt, wir wissen über seinen Defekt Bescheid«, stimmte Wesley zu. »Wenn er einen Defekt hat ... das macht mir ein wenig Sorgen, Kay.« Er sah mich geradeheraus an. »Was, wenn er keinen hat?«

Ich ging es geduldig noch einmal durch. »Ich denke da immer noch an Matt Petersens Erwähnung von Pfannkuchen, von einem Geruch in dem Schlafzimmer, der ihn an Pfannkuchen erinnerte, süßlich, aber auch schweißig.«

»Ahornsirup«, erinnerte sich Wesley.

»Ja. Wenn der Mörder einen Körpergeruch hat, der an Ahornsirup denken lässt, dann könnte er eine Krankheit haben, irgendeine Stoffwechselkrankheit. Oder genauer, die Ahornsirupkrankheit.«

»Und das ist etwas Genetisches?« Wesley fragte das zweimal.

»Das ist ja das Schöne daran, Benton. Wenn er es hat, dann ist es irgendwo in seiner DNA erkennbar.«

»Davon habe ich noch nie etwas gehört«, sagte Abby. »Von dieser Krankheit.«

»Na ja, es ist nicht gerade so was wie ein Schnupfen.«

»Was *genau* ist es denn?«

Ich stand von meinem Schreibtisch auf und ging zu einem Bücherregal. Ich nahm das dicke *Handbuch der Inneren Medizin* heraus, schlug die entsprechende Seite auf und legte es vor sie hin.

»Es ist ein Enzymdefekt«, erklärte ich. »Das Fehlen dieses Enzyms führt dazu, dass sich Aminosäuren im

Körper anhäufen wie ein Gift. In der klassischen oder akuten Form führt diese Krankheit zu schwerer geistiger Retardierung und / oder Tod in der Kindheit, was der Grund dafür ist, dass man selten gesunde Erwachsene mit normalem Verstand findet, die an dieser Krankheit leiden. Aber es ist möglich. Bei der schwächeren Form, die diejenige sein muss, unter der der Mörder leidet, ist die postnatale Entwicklung normal, die Symptome setzen zeitweilig aus, und die Krankheit kann mit einer eiweißarmen Diät behandelt werden; möglicherweise auch durch Zusätze in der Ernährung – speziell Thiamin oder Vitamin B1 in einer zehnfachen Dosierung des normalen täglichen Bedarfs.«

Wesley beugte sich vor und runzelte die Stirn, als er die Seite überflog. »Mit anderen Worten«, sagte er dann, »er könnte an der leichteren Form leiden, ein mehr oder weniger normales Leben führen, intelligent sein – aber stinken?«

Ich nickte. »Der eindeutigste Hinweis auf die Ahornsirupkrankheit ist ein charakteristischer Geruch, ein ganz besonderer ahornsirupartiger Geruch des Urins und des Schweißes. Die Symptome werden stärker, wenn er unter Stress steht, der Geruch wird penetranter, wenn er das tut, was ihn am meisten belastet, das heißt, wenn er diese Morde begeht. Der Geruch dringt in seine Kleider. Er ist sicher schon seit Langem durch dieses Problem gehemmt.«

»Würde man es nicht auch in der Samenflüssigkeit riechen?«, fragte Wesley.

»Nicht unbedingt.«

»Nun«, sagte Abby, »wenn er diesen Körpergeruch

hat, dann muss er ziemlich oft duschen. Wenn er mit anderen Leuten zusammenarbeitet. Sie würden diesen Gestank wahrnehmen.«

Ich antwortete nicht.

Sie wusste nichts von dem glitzernden Rückstand, und ich würde es ihr nicht erzählen. Wenn der Mörder diesen chronischen Geruch hatte, dann wäre es nicht ungewöhnlich für ihn, das ständige Bedürfnis zu haben, sich die Arme, das Gesicht und die Hände zu waschen, mehrmals am Tag. Er könnte sich auf der Arbeit waschen, wo sich möglicherweise ein Borawash-Seifenspender in der Herrentoilette befand.

»Es ist ziemlich riskant.« Wesley lehnte sich in seinem Stuhl zurück. »Wenn der Geruch, den Petersen erwähnte, eingebildet war oder er ihn mit einem anderen Geruch verwechselte – vielleicht einem Parfüm, das der Mörder an sich hatte –, werden wir wie Idioten dastehen. Und der Mistkerl wird ganz sicher sein, dass wir keine Ahnung haben, was wir eigentlich tun.«

»Ich glaube nicht, dass Petersen sich den Geruch nur eingebildet hat«, sagte ich mit Überzeugung. »Es war so ein Schock für ihn, die Leiche seiner Frau zu finden, dass der Geruch ungewöhnlich und stark gewesen sein musste, damit er ihn wahrnehmen und sich daran erinnern konnte. Mir fällt nicht ein einziges Parfüm ein, das wie schweißiger Ahornsirup riecht. Ich habe die Vermutung, dass der Mörder extrem geschwitzt hat und dass er das Schlafzimmer vielleicht nur Minuten bevor Petersen kam verlassen hatte.«

»Die Krankheit führt zu Retardierung …« Abby blätterte das Buch durch.

»Wenn sie nicht gleich nach der Geburt behandelt wird«, wiederholte ich.

»Nun, dieser Bastard ist nicht retardiert.« Sie sah mich mit hartem Blick an.

»Natürlich ist er das nicht«, stimmte Wesley zu. »Psychopathen sind alles andere als dumm. Wir wollen erreichen, dass der Kerl *denkt*, wir hielten ihn für dumm. Wir wollen ihn da treffen, wo er empfindlich ist – in seinem verdammten Stolz, der von den großartigen Bemerkungen über seinen außergewöhnlichen IQ genährt wird.«

»Diese Krankheit«, erklärte ich ihnen, »*kann* dazu führen. Wenn er sie hat, dann wird er es wissen. Möglicherweise gibt es in seiner Familie weitere Fälle. Er wird hypersensibel sein, nicht nur was seinen Körpergeruch betrifft, sondern auch wegen der geistigen Störungen, die diese Krankheit bekanntermaßen mit sich bringen kann.«

Abby machte sich Notizen. Wesley starrte auf die Wand.

Frustriert seufzte er: »Ich weiß nicht, Kay. Wenn der Kerl diese Ahornsirupwasauchimmer nicht hat …« Er schüttelte den Kopf. »Dann wird er uns bald auf die Schliche kommen. Es könnte die Ermittlungsarbeiten zurückwerfen.«

»Du kannst nichts zurückwerfen, was bereits mit dem Rücken an der Wand steht«, sagte ich gelassen. »Ich habe nicht die Absicht, den Namen dieser Krankheit in dem Artikel zu erwähnen.« Ich wandte mich zu Abby. »Wir werden von einer Stoffwechselkrankheit reden. Das kann vieles sein. Es wird ihn beunruhigen. Vielleicht ist es etwas, von dem er gar nicht weiß, dass er es hat.

Vielleicht glaubt er, vollkommen gesund zu sein? Wie kann er sicher sein? Seine Körpersekrete sind vorher nie von einem Team von Gentechnikern untersucht worden. Selbst wenn der Kerl ein Arzt ist, kann er die Möglichkeit nicht ausschließen, dass er irgendeine Abnormität hat, die darauf wartet, wie eine Bombe zu explodieren. Wir werden diese Angst in seinen Kopf pflanzen, lassen ihn schmoren. Zum Teufel, soll er denken, dass er irgendetwas Tödliches hat. Vielleicht bringt ihn das dazu, in die nächste Klinik zu gehen und sich untersuchen zu lassen. Vielleicht geht er in die nächstgelegene medizinische Bibliothek. Die Polizei kann das nachprüfen und herausfinden, wer im Ort einen Arzt sucht oder in einer der medizinischen Bibliotheken fieberhaft alle medizinischen Nachschlagewerke durchwühlt. Wenn er derjenige ist, der in unseren Computer eingebrochen ist, dann wird er es wahrscheinlich wieder tun.«

Zu dritt verbrachten wir die nächste Stunde damit, Abbys Artikel zu entwerfen.

»Wir können nicht von Aussage sprechen«, beharrte sie. »Unmöglich. Wenn sich diese Meldungen auf eine Aussage des Chief Medical Examiner stützen, dann klingt das unglaubwürdig, weil Sie sich bisher immer geweigert haben, etwas zu sagen. Und man hat Ihnen befohlen, nichts mehr zu sagen. Es muss aussehen, als ob die Information durchgesickert wäre.«

»Nun ja«, bemerkte ich trocken. »Sie könnten ja Ihre berühmte ›informierte Quelle‹ aus dem Ärmel ziehen.«

Abby las den Entwurf laut vor. Meiner Meinung nach klang er nicht gut. Es war alles zu vage.

Wenn wir nur sein Blut hätten. Der Enzymdefekt,

sofern es ihn tatsächlich gab, könnte in seinen Leukozyten, den weißen Blutkörperchen, nachgewiesen werden. Wenn wir nur *irgendetwas* hätten.

Wie auf ein Stichwort klingelte das Telefon. Es war Rose. »Dr. Scarpetta, Sergeant Marino ist hier. Er sagt, es sei dringend.«

Ich traf ihn in der Vorhalle. Er trug eine Tüte, die vertraute graue Plastiktüte, die für Kleider verwendet wurde, die mit einem Verbrechen in Verbindung standen.

»Sie werden es nicht glauben.« Er grinste, sein Gesicht errötete. »Kennen Sie Magpie?«

Ich starrte sichtbar verwirrt auf die prall gefüllte Tüte.

»Sie wissen schon, *Magpie*. Der in der ganzen Stadt mit einem geklauten Einkaufswagen herumläuft, in dem er seinen weltlichen Besitz hat. Er verbringt seine Zeit damit, Mülleimer und Müllcontainer zu durchwühlen.«

»Ein Obdachloser?« War es das, was Marino meinte?

»Ja. Der König der Obdachlosen. Nun, am Wochenende fischt er in diesem Müllcontainer, der ganz in der Nähe von dem Haus steht, wo Henna Yarborough ermordet wurde, und, was meinen Sie? Er findet einen hübschen marineblauen Overall für sich, Doc. Aber er wird ganz wild, weil dieses verdammte Ding voller Blut ist. Sehen Sie, er ist nämlich einer von meinen Spitzeln. Schlau, wie er ist, stopft er das Ding in einen Müllsack, und dann ist er tagelang mit dem elenden Ding herumgefahren, um mich zu finden. Eben winkt er mich also von der Straße runter, will seinen üblichen Zehner und dann, fröhliche Weihnachten.«

Er knotete die Schnur an der Tüte auf.

»Schnuppern Sie mal.«

Es warf mich fast um, nicht nur der Gestank von Kleidern mit altem Blut, sondern dazu noch ein kräftiger ahornartig süßlicher, schweißiger Geruch. Es lief mir kalt den Rücken hinunter.

»Ich bin kurz bei Petersen vorbeigefahren, bevor ich zu Ihnen kam«, fuhr Marino fort. »Hab ihn dran schnuppern lassen.«

»Ist es der Geruch, an den er sich erinnert?«

Er wies mit dem Finger auf mich und zwinkerte. »Bingo.«

Vander und ich bearbeiteten den blauen Overall zwei Stunden lang. Betty würde eine Weile brauchen, um die Blutflecken zu analysieren, aber es bestand für uns kein Zweifel daran, dass der Overall von dem Mörder getragen worden war. Er glitzerte wie gesprenkelter Asphalt in dem Laserlicht.

Wir vermuteten, dass der Mörder sich mit Blut beschmierte, als er Henna mit dem Messer traktierte, und dann die Hände an den Schenkeln abwischte. Auch die Manschetten der Ärmel waren steif von getrocknetem Blut. Es war sehr wahrscheinlich, dass er immer so etwas wie einen Overall getragen hatte, wenn er mordete. Vielleicht hatte er das Kleidungsstück danach immer in den Müll geworfen. Aber ich bezweifelte es. Er warf diesen Overall weg, weil er dieses Opfer bluten ließ.

Ich hätte wetten können, dass er schlau genug war, um zu wissen, dass Blutflecken sich nicht auswaschen lassen. Wenn er je gefasst werden sollte, so wollte er auf keinen Fall etwas in seinem Schrank hängen haben, das mit altem Blut befleckt war. Er wollte genauso wenig, dass irgendjemand Nachforschungen über den Overall anstellte. Das Etikett war entfernt worden.

Der Stoff sah wie ein Baumwollmischgewebe aus, dunkelblau, Größe L oder vielleicht XL. Ich erinnerte mich an die dunklen Fasern, die ich in Lori Petersens Fensterrahmen und an ihrem Körper gefunden hatte. Auch auf Hennas Leiche waren einige dunkle Fasern gewesen.

Keiner von uns dreien hatte Marino irgendetwas von unserem Plan erzählt. Er war irgendwo draußen in den Straßen oder zu Hause mit einem Bier vor dem Fernseher. Er hatte keine Ahnung. Wenn die Nachrichten erscheinen würden, würde er denken, dass es echt war, dass die Informationen durchgesickert wären und mit dem Overall zusammenhingen, den er gebracht hatte, und mit den DNA-Berichten, die ich vor Kurzem erhalten hatte. Wir wollten, dass *jeder* dachte, die Nachrichten seien echt.

Wahrscheinlich entsprach es sogar der Realität. Mir fiel kein anderer Grund für so einen außergewöhnlichen Körpergeruch ein, wie ihn der Mörder hatte, es sei denn, Petersen bildete sich das alles ein und der Overall war zufällig auf eine Flasche von Mrs. Butterworth's Maple Syrup in dem Müllcontainer gefallen.

»Es ist perfekt«, sagte Wesley. »Er hätte nie gedacht, dass wir das Ding finden würden. Der Mistkerl hatte sich alles zurechtgelegt, vielleicht wusste er sogar schon, wo der Müllcontainer stand, bevor er an jenem Abend losgegangen ist. Er glaubte nicht, dass wir den Overall finden würden.«

Ich musterte Abby mit einem flüchtigen Blick. Sie hielt sich unglaublich gut.

»Damit können wir es riskieren«, fügte Wesley hinzu.

Ich konnte schon die Schlagzeile sehen:

NEUE ERKENNTNISSE DANK DNA:
SERIENMÖRDER LEIDET VIELLEICHT
AN EINER STOFFWECHSELKRANKHEIT

Wenn er wirklich die Ahornsirupkrankheit hatte, dann musste diese Nachricht auf der ersten Seite ihn umhauen.

»Wenn es Ihr Ziel ist, ihn mit dem Computer anzulocken«, sagte Abby, »dann müssen wir ihn in dem Glauben lassen, dass der Computer eine Rolle spielt. Sie wissen schon, bezüglich der Daten.«

Ich dachte einen Moment lang nach. »Okay. Das können wir tun, indem wir sagen, dass der Computer auf eine vor Kurzem gemachte Eingabe etwas gefunden hat, Informationen über einen besonderen Geruch, der an einem der Tatorte bemerkt worden war und mit einem kürzlich gefundenen Beweisstück in Zusammenhang gebracht wird. Irgendetwas über einen ungewöhnlichen Enzymdefekt, der einen ähnlichen Geruch zur Folge hat, aber die Untersuchenden wollten sich nicht genauer zu dem Defekt oder der Krankheit äußern oder zu der Tatsache, ob der Defekt durch die Resultate der kürzlich beendeten DNA-Untersuchungen bestätigt worden ist.«

Wesley war begeistert. »Großartig! Lasst ihn schwitzen.«

Er bemerkte den Doppelsinn nicht.

»Er soll sich fragen, ob wir den Overall gefunden haben«, fuhr er fort. »Wir wollen nichts näher erläutern. Vielleicht könnten wir einfach sagen, dass die Polizei nicht mitteilen will, um welches Beweisstück es sich dabei handelt.«

Abby schrieb weiter.

Ich sagte: »Um noch mal auf Ihre ›informierte Quelle‹ zu kommen, vielleicht wäre es eine gute Idee, ein paar Zitate von dieser Person zu bringen.«

Sie sah mich an. »Zum Beispiel?«

Ich schaute zu Wesley und antwortete: »Sagen Sie, dass diese ›informierte Quelle‹ sich weigert, die Art dieser Stoffwechselkrankheit bekanntzugeben, so wie wir es vereinbart haben. Aber sie soll sagen, dass die Krankheit zu geistiger Störung und in akuten Stadien zu Retardierung führen kann. Dann fügen Sie hinzu ...« Ich überlegte laut. »Ein Experte für Humangenetik hat erklärt, dass bestimmte Stoffwechselkrankheiten zu schwerer geistiger Retardierung führen können. Obwohl die Polizei glaubt, dass der Serienmörder auf keinen Fall an einer schweren geistigen Störung leidet, gibt es Hinweise darauf, dass er womöglich von einer leichten Störung betroffen ist, die sich in Gedankenverwirrung und intermittierender Desorientiertheit manifestiert.«

Wesley murmelte: »Er wird auf die Barrikaden gehen. Es wird ihn unglaublich wütend machen.«

»Es ist wichtig, dass wir seine Zurechnungsfähigkeit nicht in Frage stellen«, fuhr ich fort. »Es würde vor Gericht auf uns zurückfallen.«

Abby schlug vor: »Wir werden es einfach unsere ›Quelle‹ sagen lassen. Sie soll zwischen Schwerfälligkeit und Geisteskrankheit unterscheiden.«

Sie hatte jetzt ein halbes Dutzend Seiten auf ihrem Notizblock vollgeschrieben.

Während sie schrieb, fragte sie: »Diese Ahornsirupgeschichte. Wollen wir wirklich so spezifisch werden, was den Geruch betrifft?«

»Ja«, sagte ich ohne Zögern. »Dieser Kerl könnte irgendwo in der Öffentlichkeit arbeiten. Er wird auf jeden Fall Kollegen haben. Jemand könnte sich melden.«

Wesley bemerkte: »Eines ist auf jeden Fall sicher, es wird ihn noch mehr aus dem Gleichgewicht bringen. Es müsste ihn absolut paranoid machen.«

»Es sei denn, er hat gar keinen ungewöhnlichen Körpergeruch«, sagte Abby.

»Woher soll er das wissen?«, fragte ich.

14

Ich konnte die ganze Nacht nicht schlafen. Mein Kopf hörte nicht auf zu arbeiten, und ich wälzte mich hin und her, gequält von bedrückenden Wahrheiten und grausamen Träumen. Ich erschoss jemanden, und Bill war der Medical Examiner, der zum Tatort gerufen wurde. Als er mit seiner schwarzen Tasche ankam, war er in Begleitung einer wunderschönen Frau, die ich nicht kannte …

Ich riss meine Augen in der Dunkelheit auf und fühlte mich, als würde mein Herz von einer kalten Hand zusammengedrückt werden. Ich stand lange vor dem Klingeln meines Weckers auf und fuhr zur Arbeit.

Ich weiß nicht, ob ich mich in meinem bisherigen Leben jemals so einsam und erschöpft gefühlt habe. Ich sprach mit kaum jemandem im Büro, und meine Leute fingen an, mir prüfende Blicke zuzuwerfen.

Ich war einige Male nahe daran, Bill anzurufen, konnte mich dann aber doch nicht dazu entschließen. Kurz vor Mittag tat ich es schließlich. Seine Sekretärin erzählte mir freundlich, dass »Mr. Boltz« im Urlaub sei und nicht vor Anfang Juli zurück sein werde.

Ich hinterließ keine Nachricht. Der Urlaub war nicht geplant gewesen, das wusste ich. Ich wusste auch, warum er mir nichts davon gesagt hatte. Früher hätte er es mir erzählt. Das war Vergangenheit. Es würde keine Erklärungen oder Entschuldigungen oder Lügen mehr geben. Er hatte mich für immer aus seinem Leben gestrichen.

Nach dem Mittagessen ging ich hinauf in das Serologielabor und war überrascht, als ich sah, wie Betty und Wingo mit dem Rücken zur Tür standen und die Köpfe zusammensteckten. Sie blickten auf etwas Weißes in einer kleinen Plastiktüte.

Ich sagte »Hallo« und trat ein.

Wingo stopfte die Plastiktüte nervös in eine Tasche von Bettys Kittel, als ob er ihr Geld zustecken würde.

»Sind Sie unten fertig?« Ich tat, als wäre ich zu beschäftigt, um diese seltsame Transaktion bemerkt zu haben.

»Äh, ja. Klar, Dr. Scarpetta«, antwortete er schnell und ging hinaus. »McFee, der Typ, der letzte Nacht erschossen wurde – ich hab ihn vor Kurzem rausgegeben. Und die Brandopfer aus Albemarle werden nicht vor vier Uhr hier eintreffen.«

»Schön. Wir obduzieren sie dann morgen früh.«

»Dachte ich mir auch«, hörte ich ihn vom Korridor her sagen.

Auf dem Tisch in der Mitte des Zimmers lag der Grund für meinen Besuch ausgebreitet. Der blaue Overall. Er war matt und schlicht, sauber geglättet und der Reißverschluss bis zum Hals geschlossen. Es gab zahlreiche Taschen, und ich glaube, ich habe jede einzelne ein halbes Dutzend Mal durchsucht, in der Hoffnung, irgendetwas zu finden, was einen Hinweis darauf geben könnte, wer der Mörder war, aber sie waren leer. In den Beinen und Ärmeln waren große Löcher, wo Betty Teile von blutbeflecktem Stoff herausgeschnitten hatte.

»Irgendetwas gefunden bei der Blutgruppenbestimmung?«, fragte ich sie und versuchte, die Plastiktüte nicht anzustarren, die aus ihrer Tasche herausschaute.

»Einiges habe ich schon.« Wir gingen in ihr Büro.

Auf ihrem Schreibtisch lag ein Block, auf dem einige Notizen und Zahlen standen, die einem Nichteingeweihten wie Hieroglyphen erscheinen mussten.

»Henna Yarboroughs Blutgruppe ist B«, fing sie an. »Das ist ein Glück, denn diese Gruppe ist nicht sehr verbreitet. In Virginia haben nur etwa zwölf Prozent der Bevölkerung die Blutgruppe B. Ihre Enzymsysteme haben wir auch bestimmt. Die Untergruppen sind unglücklicherweise deutlich häufiger, um die neunundachtzig Prozent und mehr hier in Virginia.«

»Wie verbreitet ist diese Konstellation?« Die Plastiktüte in ihrer Tasche machte mich nervös.

Sie fing an, Zahlen in einen Rechner einzugeben, prozentuale Anteile zu multiplizieren und durch die Anzahl der Untergruppen zu teilen. »Um die siebzehn Prozent. Siebzehn von hundert Leuten könnten diese Konstellation haben.«

»Nicht gerade selten«, murmelte ich.

»Es sei denn, man würde Spatzen als selten bezeichnen.«

»Was ist mit den Blutflecken auf dem Overall?«

»Wir haben Glück. Der Overall muss schon getrocknet gewesen sein, als der Obdachlose ihn gefunden hat. Er ist in erstaunlich gutem Zustand. Ich habe bis auf eine alle Untergruppen bestimmen können. Es stimmt mit Henna Yarboroughs Blut überein. Die DNA müsste das bestätigen können, aber das dauert vier bis sechs Wochen.«

Ich bemerkte abwesend: »Wir müssen die Bestände im Labor auffrischen.«

Ihr Blick verweilte auf mir und wurde weich. »Sie sehen sehr müde aus, Kay.«

»Man sieht es, nicht wahr?«

»Ich sehe es.«

Ich antwortete nicht.

»Lassen Sie sich nicht zu sehr von dieser Geschichte fertigmachen. In dreißig Jahren Arbeit hier habe ich einiges mitgekriegt ...«

»Was hat Wingo vor?«, platzte ich heraus.

Sie zögerte, überrascht. »Wingo? Nun ...«

Ich starrte auf ihre Tasche.

Sie lachte verlegen und klopfte darauf. »Oh, das. Nur ein kleiner privater Job, um den er mich gebeten hat.«

Mehr wollte sie offensichtlich nicht sagen. Vielleicht hatte Wingo andere ernsthafte Sorgen in seinem Leben. Vielleicht ließ er heimlich einen HIV-Test machen. Großer Gott, hoffentlich hatte er kein Aids.

Ich sammelte meine Gedanken und fragte: »Was ist mit den Fasern? Irgendetwas gefunden?«

Betty hatte die Fasern des Overalls mit den Fasern, die wir bei Lori Petersen zu Hause und auf Henna Yarboroughs Leiche gefunden hatten, verglichen.

»Die Fasern, die wir in Lori Petersens Fensterrahmen gefunden haben, könnten von dem Overall stammen«, erklärte sie, »aber sie können auch von jedem anderen dunkelblauen Stoff aus Baumwollmischgewebe sein.«

Vor Gericht, dachte ich bitter, wird dieser Vergleich völlig unbedeutend sein, da der Stoff ungefähr so spezifisch war wie Schreibmaschinenpapier aus dem Kaufhaus – wenn man anfinge, danach zu suchen, fände man ihn überall. Er könnte von irgendeiner Arbeitshose stammen. Im Endeffekt konnte er sogar von einer Uniform eines Sanitäters oder eines Polizisten sein.

Es gab noch eine Enttäuschung. Betty war sicher, dass die Fasern, die ich auf Henna Yarboroughs Leiche gefunden hatte, nicht von dem Overall stammten.

»Sie sind aus Baumwolle«, sagte sie. »Sie könnten von einem Kleidungsstück sein, das sie an diesem Tag getragen hat, oder sogar von einem Badehandtuch. Wer weiß? Die Menschen tragen alle möglichen Stoffe auf ihrem Körper. Ich bin nicht überrascht, dass der Overall keine Fasern hinterlassen hat.«

»Warum?«

»Weil gewebte Stoffe, wie der des Overalls, sehr weich sind. Sie hinterlassen selten Fasern, es sei denn, der Stoff kommt mit etwas Rauem in Berührung.«

»Wie zum Beispiel einem Fenstervorsprung aus Mauerwerk oder einem rauen Holzrahmen wie in Loris Fall.«

»Möglich, und die dunklen Fasern, die wir in ihrem Fall gefunden haben, könnten von einem Overall stammen. Vielleicht sogar von diesem hier. Aber ich glaube nicht, dass wir das jemals erfahren werden.«

Ich ging wieder nach unten in mein Büro und setzte mich eine Zeit lang an meinen Schreibtisch, um nachzudenken. Ich schloss die Schublade auf und holte die Akten der fünf ermordeten Frauen heraus.

Ich fing an, nach Dingen zu suchen, die mir entgangen sein könnten. Noch einmal suchte ich verzweifelt nach einer Verbindung.

Was hatten diese fünf Frauen gemeinsam gehabt? Warum wählte der Mörder sie aus? Wie kam er mit ihnen in Berührung?

Es musste ein Bindeglied geben. Ich glaubte nicht an eine zufällige Auswahl, dass er einfach herumfuhr und nach möglichen Opfern Ausschau hielt. Ich glaubte, dass er sie aus einem bestimmten Grund auswählte. Er kam zunächst irgendwie mit ihnen in Kontakt und folgte ihnen dann vielleicht nach Hause.

Geographische Gegebenheiten, Arbeitsstellen, Sportvereine. Es gab keinen gemeinsamen Nenner. Dann versuchte ich es mit dem, was die Frauen am meisten unterschied, und ich griff nach Cecile Tylers Akte.

Sie war schwarz. Die vier anderen Opfer waren weiß. Ich war von Anfang an durch diese Tatsache irritiert gewesen, und sie irritierte mich immer noch. Hatte der Mörder einen Fehler gemacht? Vielleicht hatte er nicht gewusst, dass sie schwarz war. Hatte er es in Wirklichkeit auf jemand anderen abgesehen gehabt? Auf ihre Freundin Bobbi zum Beispiel?

Ich blätterte die Seiten durch und las noch einmal den Autopsiebericht, den ich diktiert hatte. Ich überflog Bescheinigungen von Beweismaterial, Telefonnotizen und eine alte Krankenhausakte vom St. Luke's, wo sie vor fünf Jahren wegen einer Bauchhöhlenschwangerschaft behandelt worden war. Als ich zum Polizeibericht kam, suchte ich nach dem Namen der einzigen Verwandten, einer Schwester in Madras, Oregon. Von ihr hatte Marino die Information über Ceciles Privatleben bekommen, über ihre gescheiterte Ehe mit dem Zahnarzt, der jetzt in Tidewater lebte.

Ich zog die Röntgenaufnahmen aus den braunen Umschlägen heraus und hielt sie hoch, eine nach der anderen, gegen das Licht meiner Schreibtischlampe. Cecile hatte keine Verletzungen an den Knochen, außer einer verheilten Fraktur am linken Ellbogen. Man konnte nicht sagen, wie lange dieser Bruch zurücklag, aber ich wusste, dass er nicht frisch war. Er konnte viele Jahre alt sein.

Wieder fiel mir diese Verbindung zur Universitätsklinik auf. Sowohl Lori als auch Brenda Steppe waren vor Kurzem in der Notaufnahme des Krankenhauses gewesen. Lori war dort, weil sie durch den Schichtdienst in der Traumatologie arbeiten musste. Brenda wurde nach ihrem Autounfall dort behandelt. Vielleicht war es zu weit hergeholt, zu glauben, dass Ceciles gebrochener Ellbogen auch dort behandelt worden sein könnte. Mittlerweile war ich so weit, allem nachzugehen.

Ich wählte die Nummer von Ceciles Schwester, die in Marinos Bericht stand.

Es läutete fünfmal, bevor jemand abhob.

»Hallo?«

Es war eine schlechte Verbindung, ich hatte mich sicher verwählt.

»Es tut mir leid, ich muss die falsche Nummer gewählt haben«, sagte ich schnell.

»Pardon?«

Ich wiederholte es etwas lauter.

»Welche Nummer haben Sie gewählt?« Die Stimme war kultiviert und mit einem Akzent aus Virginia, und sie schien zu einer Frau in den Zwanzigern zu gehören.

Ich sagte die Nummer.

»Das ist diese Nummer. Mit wem wollen Sie sprechen?«

»Fran O'Connor«, las ich von dem Bericht.

Die junge Stimme antwortete: »Das bin ich.«

Ich stellte mich vor und hörte einen schwachen Seufzer.

»Wenn ich es richtig verstehe, dann sind Sie Cecile Tylers Schwester.«

»Ja. Großer Gott. Ich will nicht darüber reden. Bitte.«

»Mrs. O'Connor, es tut mir wahnsinnig leid, was mit Cecile geschehen ist. Ich bin der Chief Medical Examiner, der an diesem Fall arbeitet, und ich rufe an, um herauszufinden, ob Sie wissen, wie sich Ihre Schwester den linken Ellbogen gebrochen hat. Sie hat eine verheilte Fraktur an ihrem linken Ellbogen. Ich sehe mir gerade ihre Röntgenbilder an.«

Ein Zögern. Ich konnte hören, wie sie überlegte.

»Es war ein Jogging-Unfall. Sie lief auf einem Gehweg, stolperte und fiel auf ihre Hände. Einer ihrer Ellbogen war durch den Aufprall gebrochen. Ich erinnere mich daran, weil sie drei Monate lang einen Gips trug in einem der heißesten Sommer, die es je gegeben hat.«

»Jener Sommer? War das in Oregon?«

»Nein, Cecile hat nie in Oregon gelebt. Es war in Fredericksburg, wo wir aufgewachsen sind.«

»Wie lange ist dieser Unfall her?«

Wieder eine Pause. »Neun, vielleicht zehn Jahre.«

»Wo wurde sie behandelt?«

»Das weiß ich nicht. Irgendein Krankenhaus in Fredericksburg. Ich erinnere mich nicht an den Namen.«

Ceciles Stauchungsbruch war nicht hier in der Universitätsklinik behandelt worden, und die Verletzung war viel zu lange her, um eine Bedeutung zu haben.

Ich hatte Cecile Tyler nie lebend gesehen.

Ich hatte nie mit ihr gesprochen.

Ich hatte einfach angenommen, dass sie »schwarz« klingen würde. »Mrs. O'Connor, sind Sie schwarz?«

»Natürlich bin ich schwarz.« Sie klang verärgert.

»Hat Ihre Schwester wie Sie gesprochen?«

»Wie ich gesprochen?«, fragte sie, ihre Stimme hob sich.

»Ich weiß, dass es eine komische Frage ist …«

»Sie meinen, ob sie ›weiß‹ geredet hat wie ich?«, fuhr sie zornig fort. »Ja! Das hat sie! Ist es nicht das, was die Erziehung erreichen will? Dass *schwarze* Leute *weiß* reden können?«

»Bitte«, sagte ich mitfühlend. »Ich wollte Sie nicht beleidigen. Aber es ist wichtig …«

Ich entschuldigte mich bei dem Freizeichen.

Lucy wusste von dem fünften Mord. Sie wusste von allen ermordeten Frauen. Sie wusste auch, dass sich eine .38er-Pistole in meinem Schlafzimmer befand und hatte mich seit dem Abendessen bereits zweimal danach gefragt.

»Lucy«, sagte ich, als ich das Geschirr in die Spülmaschine räumte, »ich möchte nicht, dass du dir Gedanken über Waffen machst. Ich würde keine haben, wenn ich nicht allein leben würde.«

Ich hatte daran gedacht, die Pistole an einem Ort zu verstecken, wo sie sie nie suchen würde. Aber nach der Geschichte mit dem Modem, das ich vor einigen

Tagen schuldbewusst wieder an meinen Computer angeschlossen habe, hatte ich versprochen, ehrlich mit ihr zu sein. Die .38er blieb oben in meinem Schrankfach, in einem Schuhkarton, solange Lucy bei mir war. Die Pistole war nicht geladen. In diesen Tagen entfernte ich morgens die Patronen und lud sie abends vor dem Schlafengehen wieder. Was die Patronen betraf – diese versteckte ich an einem Platz, an dem Lucy nie danach suchen würde.

Als ich sie ansah, waren ihre Augen riesig. »Du weißt, warum ich eine Waffe habe, Lucy. Ich glaube, du verstehst, wie gefährlich diese Dinger sind …«

»Sie töten Menschen.«

»Ja«, antwortete ich, während wir in das Wohnzimmer gingen. »Das können sie ganz bestimmt tun.«

»Du hast sie, um jemanden töten zu können.«

»Darüber denke ich nicht gern nach«, antwortete ich ihr ernst.

»Aber es stimmt«, beharrte sie. »Deshalb hast du sie. Wegen den schlechten Menschen. Darum.«

Ich nahm die Fernbedienung und machte den Fernseher an.

Lucy schob die Ärmel ihres pinkfarbenen Sweatshirts hoch und jammerte: »Es ist so warm hier, Tante Kay. Warum ist es immer so warm hier drinnen?«

»Möchtest du, dass ich die Klimaanlage höherschalte?« Abwesend blätterte ich im Fernsehprogramm herum.

»Nein. Ich hasse Klimaanlagen.«

Ich zündete mir eine Zigarette an, und sie beklagte sich auch darüber.

»In deinem Arbeitszimmer ist es zu warm, und es

stinkt immer nach Zigarettenrauch. Ich mache immer die Fenster auf, aber es stinkt trotzdem. Mom sagt, du solltest nicht rauchen. Du bist Ärztin und rauchst. Mom sagt, du müsstest es eigentlich besser wissen.«

Dorothy hatte gestern am späten Abend angerufen. Sie war irgendwo in Kalifornien, ich wusste nicht mehr, wo, mit ihrem neuen Ehemann. Ich war höflich geblieben. Am liebsten hätte ich zu ihr gesagt: »Du hast eine Tochter, dein eigen Fleisch und Blut. Erinnerst du dich an Lucy? Erinnerst du dich an sie?« Stattdessen war ich reserviert, fast freundlich, hauptsächlich aus Mitgefühl für Lucy, die an dem Tisch saß und ihre Lippen zusammenpresste.

Lucy sprach etwa zehn Minuten lang mit ihrer Mutter und wollte danach nichts sagen. Seither behandelte sie mich unmöglich, übte ständig Kritik, war schnippisch und herrisch. So war sie auch während des Tages gewesen, hatte Bertha erzählt, die sie an diesem Abend als »Miesepeter« bezeichnet hatte. Bertha sagte mir, dass Lucy kaum einen Fuß vor mein Arbeitszimmer gesetzt hatte. Sie saß am Computer von dem Moment an, als ich das Haus verlassen hatte, bis zu meiner Rückkehr. Bertha gab es auf, sie zu den Mahlzeiten in die Küche zu rufen. Lucy aß an meinem Schreibtisch.

Das Familiendrama im Fernsehen schien absurder denn je, da wir unser eigenes Familiendrama im Wohnzimmer hatten.

»Andy sagt, es ist gefährlicher, eine Pistole zu haben und nicht zu wissen, wie man damit umgehen muss, als keine zu haben«, verkündete sie laut.

»Andy?«, sagte ich abwesend.

»Der vor Ralph. Er ging immer in den Hinterhof und schoss auf Flaschen. Er konnte sie aus großer Entfernung treffen. Ich wette, du könntest das nicht.« Sie sah mich vorwurfsvoll an.

»Da hast du recht. Vermutlich kann ich nicht so gut schießen wie Andy.«

»Siehst du!«

Ich sagte ihr nicht, dass ich in Wirklichkeit ziemlich viel über Waffen wusste. Bevor ich die Ruger .38 gekauft hatte, war ich in den Innenhof des Instituts gegangen und hatte eine Reihe von Handfeuerwaffen aus dem Waffenlabor unter der professionellen Aufsicht eines meiner Kollegen ausprobiert. Ich übte von Zeit zu Zeit und schoss gar nicht schlecht. Ich glaubte nicht, dass ich jemals zögern würde, sie zu benutzen, falls es nötig sein sollte. Ich hatte außerdem nicht vor, dieses Thema noch weiter mit meiner Nichte zu diskutieren.

Ruhig fragte ich: »Lucy, warum hackst du auf mir rum?«

»Weil du eine dumme Kuh bist!« Ihre Augen füllten sich mit Tränen. »Du bist nur eine dumme alte Kuh, und wenn du es versuchen würdest, dann würdest du dich selbst verletzen, oder er würde sie dir wegnehmen! Und dann bist du auch fort! Wenn du es versuchen würdest, dann würde er dich damit erschießen, genau wie es im Fernsehen immer passiert!«

»Wenn ich es versuchen würde?«, sagte ich rätselnd. »Wenn ich *was* versuchen würde, Lucy?«

»Wenn du versuchen würdest, schneller als jemand anderer zu sein.«

Sie wischte sich wütend die Tränen weg, ihre kleine

Brust hob und senkte sich schwer. Ich starrte blind auf die Familienserie im Fernsehen und wusste nicht, was ich sagen sollte. Am liebsten hätte ich mich in mein Arbeitszimmer zurückgezogen und die Tür zugemacht, um mich eine Zeit lang in die Arbeit zu vertiefen, aber ich rutschte zögernd zu ihr hinüber und zog sie an mich. Wir saßen lange so da, ohne etwas zu sagen.

Ich fragte mich, mit wem sie zu Hause gesprochen haben könnte. Ich konnte mir nicht vorstellen, dass sie mit meiner Schwester ein sinnvolles Gespräch geführt hatte. Dorothy und ihre Kinderbücher waren von vielen Kritikern als »außerordentlich einfühlend« und »tief« und »gefühlvoll« gelobt worden. Was für eine schreckliche Ironie! Dorothy erfand jugendliche Charaktere, die es nicht gab. Sie hegte und pflegte sie. Sie verbrachte Stunden damit, sich mit jedem kleinen Detail von ihnen zu beschäftigen, wie sie ihr Haar trugen, welche Kleider sie liebten, ob sie Kummer hatten und wie sie sich bewegten. Und währenddessen hungerte Lucy nach ein wenig Aufmerksamkeit.

Ich dachte an die Stunden, die ich mit Lucy zusammen verbracht hatte, als ich noch in Miami lebte, an die Ferien mit ihr, meiner Mutter und Dorothy. Ich dachte an Lucys letzten Besuch hier. Ich konnte mich nicht erinnern, dass sie jemals Namen von Freunden erwähnte. Ich glaube nicht, dass sie welche hatte. Sie redete über ihre Lehrer, über die männlichen Freunde ihrer Mutter, Mrs. Spooner von gegenüber, den Gärtner Jake und die endlose Liste von Hausmädchen. Lucy war ein kleines, altkluges Mädchen mit einer Brille, über das sich ältere Kinder ärgerten und das gleichaltrige nicht verstehen konnten. Ich glaube, ich war in diesem Alter genau wie sie gewesen.

Eine wundervolle, friedliche Wärme machte sich in uns breit. Ich sagte in ihr Haar: »Jemand hat mich neulich etwas gefragt.«

»Worüber?«

»Über Vertrauen. Jemand fragte mich, ob es jemanden gäbe, dem ich mehr als irgendjemandem sonst auf der Welt vertrauen könnte. Und weißt du, was?«

Sie legte ihren Kopf zurück und sah hoch zu mir.

»Ich glaube, du bist dieser Mensch.«

»Glaubst du das wirklich?«, fragte sie ungläubig. »Mehr als *irgendjemandem*?«

Ich nickte und fuhr ruhig fort: »Und da es so ist, werde ich dich um deine Hilfe bitten.«

Sie setzte sich auf und starrte mich an, ihre Augen wach und voller Begeisterung. »O sicher! Frag mich nur! Ich werde dir helfen, Tante Kay!«

»Ich muss herausbekommen, wie es jemand geschafft hat, in meinen Computer in der Stadt hineinzukommen ...«

»Ich war es nicht«, platzte sie sofort heraus, mit einem verletzten Ausdruck auf dem Gesicht. »Ich habe dir schon gesagt, dass ich es nicht war.«

»Das glaube ich dir. Aber irgendjemand war es, Lucy. Vielleicht kannst du mir helfen, das herauszukriegen?«

Ich glaubte nicht, dass sie das konnte, aber ich hatte das plötzliche Verlangen, ihr eine Chance zu geben.

Aufgeregt und voller Energie sagte sie selbstsicher: »Das kann jeder tun, weil es einfach ist.«

»Einfach?« Ich musste lächeln.

»Wegen System / Manager.«

Ich starrte sie mit offener Verwunderung an. »Woher weißt du von System / Manager?«

»Es steht in dem Buch. Er heißt ›Gott‹.«

Solche Situationen erinnerten mich an den beunruhigend hohen IQ von Lucy. Das erste Mal, als sie einen IQ-Test gemacht hatte, kam sie auf eine so hohe Punktzahl, dass der Beaufsichtigende darauf bestand, dass sie ihn wiederholen sollte, da es »irgendeinen Fehler« geben müsse. Es hatte einen gegeben. Das zweite Mal bekam Lucy noch zehn Punkte mehr.

»So kommt man zunächst in SQL hinein«, plapperte sie weiter. »Siehst du, du kannst keine Autorisation erstellen, wenn du keine hast, mit der du anfangen kannst. Deshalb gibt es System / Manager. ›Gott‹. Du kommst mit ihm in SQL, und dann kannst du erstellen, was du willst.«

Alles, was du willst … ich begriff langsam. Das betraf auch alle Benutzernamen und Passwörter, die meinen Büros zugeteilt waren. Das war eine furchtbare Enthüllung, so einfach, dass es mir niemals in den Sinn gekommen wäre. Ich vermute, auch Margaret wäre nie darauf gekommen.

»Alles, was man tun muss, ist, irgendwie hineinzukommen«, fuhr Lucy sachlich fort. »Und wenn man über ›Gott‹ Bescheid weiß, dann kann man jede Autorisation erstellen, die man will, sich zum DBA machen, und dann kann man deine Datenbank lesen.«

In meinem Büro hieß der Datenbankadministrator, oder DBA, »DEEP / THROAT«. Margaret hatte manchmal Sinn für Humor.

»Du kommst also in SQL, indem du System/Manager anschließt, darin tippst du: GRANT CONNECT, RESOURCE, DBA TO TANTE IDENTIFIED BY KAY.«

»Vielleicht ist es das, was passiert ist«, dachte ich laut. »Und mit dem DBA konnte derjenige nicht nur die Daten sichten, sondern sogar verändern.«

»Na klar! Er konnte alles machen, weil ›Gott‹ ihm erlaubt hat, dass er es kann. Der DBA ist ›Jesus‹.«

Ihre theologischen Entlehnungen waren so abscheulich, dass ich unweigerlich lachen musste.

»So bin ich am Anfang auch in SQL gekommen«, gab sie zu. »Da du mir kein Passwort oder sonst etwas gesagt hast. Ich wollte in SQL kommen, damit ich ein paar von den Befehlen aus dem Buch ausprobieren konnte. Ich gab dem DBA-Benutzernamen einfach ein anderes Passwort, das ich mir ausgedacht habe, damit ich hineinkonnte.«

»Warte mal«, bremste ich sie. »Warte mal! Was meinst du damit, du hast meinem DBA-Benutzernamen ein Passwort gegeben, das du dir ausgedacht hast? Woher wusstest du, wie der Benutzername lautet? Ich habe ihn dir nicht gesagt.«

Sie erklärte: »Er steht in deiner Autorisationsdatei. Ich habe sie in dem Inhaltsverzeichnis unter Home gefunden, wo du alle Daten für die Tabellen hast, die für dich angelegt sind. Du hast eine Datei namens ›Grants.SQL‹, wo du alle allgemeinen Synonyme für deine Tabellen zusammengestellt hast.«

Ich hatte diese Tabellen nicht selbst erstellt. Margaret hatte das letztes Jahr getan, und ich nahm die Sicherheitskopien, die sie mir gab, mit nach Hause und fütterte meinen PC damit. War es möglich, dass es eine ähnliche »Grants«-Datei im OCME-Computer gab?

Ich nahm Lucy bei der Hand, und wir standen von der Couch auf. Eifrig folgte sie mir in das Arbeitszimmer. Ich setzte sie in den Stuhl vor dem Computer und zog den Polstersessel für mich heran.

Wir fuhren das Datenübertragungsprogramm hoch, gaben die Nummer von Margarets Büro in der Stadt ein und starrten auf die laufenden Ziffern am unteren Bildschirmrand, während der Computer wählte. Fast sofort zeigte er uns an, dass wir verbunden waren, und nach einigen Befehlen war der Bildschirm schwarz, und das grüne C blinkte. Mein Computer war nun ein Fernglas zu den Geheimnissen meines Büros, das sich zwanzig Kilometer entfernt von hier befand. Es gab mir ein etwas unbehagliches Gefühl, zu wissen, dass der Anruf, noch während wir arbeiteten, zurückverfolgt wurde. Ich durfte nicht vergessen, Wesley zu informieren, damit er nicht seine Zeit damit verschwendete, herauszufinden, dass der Eindringling in diesem Fall ich war.

»Gib mal ›find file‹ ein«, sagte ich, »und versuch eine Datei zu finden, die irgendetwas mit ›Grants‹ in ihrem Namen hat.«

Lucy tat es. »Keine Datei gefunden«. Wir probierten es noch einmal. Wir versuchten, eine Datei namens »Synonyms« zu finden und hatten wieder kein Glück. Dann kam Lucy die Idee, alle Dateien mit der Zusatzbezeichnung »SQL« zu suchen, da dies normalerweise der Anhang von den Dateien war, die SQL-Befehle enthielten. Befehle, die benutzt wurden, um allgemeine Synonyme,

Public Synonyms, für die Tabellen unserer Bürodaten zu erstellen. Eine Datei hieß »Public.SQL«.

Lucy öffnete sie. Meine Erregung war genauso groß wie meine Bestürzung. Die Datei enthielt die Befehle, die Margaret vor Langem geschrieben und abgespeichert hatte, nachdem sie diese in der Datenbank unseres Büros angelegt hatte – Befehle wie CREATE PUBLIC SYNONYM CASE FOR DEEP.CASE.

Ich hatte von Public Synonyms gehört, aber ich wusste nicht genau, was sie bedeuteten.

Lucy blätterte in einem Handbuch. »Schau mal, das ist schlau. Wenn du eine Tabelle anlegst, dann musst du sie unter einem Benutzernamen und einem Passwort anlegen.« Sie sah zu mir hoch, ihre Augen leuchteten hinter den dicken Brillengläsern.

»Okay«, sagte ich. »Das ergibt einen Sinn.«

»Wenn dein Benutzername also ›Tante‹ und dein Passwort ›Kay‹ ist, dann gibt der Computer einer Tabelle, die du ›Spiele‹ oder so nennst, in Wirklichkeit den Namen ›Tante.Spiele‹. Er hängt den Tabellennamen an den Benutzernamen an. Falls du nicht jedes Mal, wenn du die Tabelle aufrufst, ›Tante.Spiele‹ eintippen willst, dann erstellst du ein Public Synonym. Es benennt deine Tabelle um, so dass sie nur noch ›Spiele‹ heißt.«

Ich starrte auf die lange Liste von Befehlen, eine Liste, die jede Tabelle des OCME-Computers und jeden DBA-Benutzernamen, unter dem die Tabellen erstellt worden waren, preisgab.

Ich überlegte: »Aber selbst wenn jemand diese Datei gesehen hat, Lucy, dann wüsste er immer noch nicht das

Passwort. Und ohne dieses Passwort kannst du keine Tabelle aufrufen.«

»Wenn du den DBA-Benutzernamen kennst, dann kannst du das Passwort ändern, einsetzen, was du willst, und dann kommst du rein. Dem Computer ist das egal. Er lässt dich, so oft du willst, dein Passwort ändern, ohne deine Programme zu löschen. Die Leute ändern gern ihre Passwörter, aus Sicherheitsgründen.«

»Du könntest also den Benutzernamen ›Deep‹ nehmen, ihm ein neues Passwort geben und damit in unsere Daten kommen?«

Sie nickte.

»Zeig es mir.«

Sie sah mich unsicher an. »Aber du hast gesagt, ich soll niemals in deine Büro-Datenbank gehen.«

»Ich mache eine Ausnahme.«

»Wenn ich ›Deep‹ ein neues Passwort gebe, Tante Kay, dann ist das alte weg. Es wird nicht mehr funktionieren.«

Erschrocken dachte ich daran, was Margaret erwähnt hatte, als wir entdeckten, dass jemand Lori Petersens Fall aufzurufen versucht hatte: Irgendetwas von dem DBA-Passwort, das nicht funktionierte und sie zwang, die DBA-Autorisation erneut anzuschließen.

Lucy sah mich an. »Aber ich werde es wieder reparieren.«

»Reparieren?«

»Dein altes Passwort wird nicht mehr funktionieren, weil ich es geändert habe, um in SQL hineinzukommen. Aber ich werde es reparieren.«

»Später«, sagte ich schnell. »Ich will jetzt, dass du mir zeigst, wie jemand hineinkommen könnte.«

Es erschien wahrscheinlich, so schloss ich, dass die Person, die in die OCME-Datenbank eingedrungen war, genug darüber wusste, um zu erkennen, dass er ein neues Passwort für den Benutzernamen, den er in der Public.SQL-Datei gefunden hatte, einsetzen konnte. Aber er erkannte nicht, dass er uns so daran hindern würde, hineinzukommen. Natürlich würden wir uns darüber wundern. Und der Gedanke, dass das Echo angeschaltet sein könnte und die Befehle auf dem Bildschirm sichtbar würden, war ihm anscheinend auch nicht gekommen. Der Einbruch musste eine einmalige Aktion gewesen sein!

Wenn die Person schon einmal eingebrochen war, dann hätten wir es gewusst, selbst wenn das Echo ausgeschaltet gewesen wäre, weil Margaret festgestellt hätte, dass das Passwort »Throat« nicht mehr funktionierte.

»Schau«, sagte sie. »Wir tun jetzt so, als wäre ich der Bösewicht.«

Sie rief SQL auf, indem sie System / Manager eintippte, führte dann einen DBA-Befehl auf den Benutzernamen »Deep« aus und ein Passwort, das sie sich ausgedacht hatte – »Wirrwarr«. Die Autorisation wurde abgeschlossen, sie war der neue DBA. Damit würde sie jetzt in jedes Programm auf dem Bürocomputer hineinkommen.

Dieser Zugang war so uneingeschränkt, dass sie damit Daten manipulieren konnte; dass zum Beispiel jemand Brenda Steppes Akte abgeändert haben konnte, so dass der Artikel »brauner Stoffgürtel« in der Sparte »Kleidung, persönliche Gegenstände« auftauchte.

Hatte *er* das getan? Er kannte die Details der Morde, die er begangen hatte. Er las Zeitung. Er war besessen von jedem Wort, das über ihn geschrieben wurde. Er würde eine Ungenauigkeit in den Zeitungsberichten sofort feststellen. Er war arrogant. Er wollte seine Intelligenz zur Schau stellen. Hatte er meine Daten geändert, um mit mir zu spielen, um sich über mich lustig zu machen?

Der Einbruch hatte fast zwei Monate nachdem dieses Detail in Abbys Bericht über Brenda Steppes Tod erschienen war, stattgefunden.

Dennoch war nur einmal in die Datenbank eingebrochen worden, und das erst vor Kurzem.

Das Detail in Abbys Artikel konnte nicht aus dem OCME-Computer stammen. War es möglich, dass das Detail im Computer aus dem Zeitungsbericht stammte? Vielleicht war er im Computer sorgfältig alle Fälle durchgegangen und hatte nach Dingen gesucht, die nicht mit Abbys Berichten übereinstimmten. Vielleicht fand er eine Ungenauigkeit, als er die Informationen zu Brenda Steppes Fall durchlas. Er änderte die Daten ab, indem er »brauner Stoffgürtel« über »eine Nylonstrumpfhose« tippte. Vielleicht versuchte er als Letztes, bevor er wieder abschaltete, Lori Petersens Fall aufzurufen, wenn auch nur aus Neugier. Das würde erklären, warum Margaret diese Befehle auf dem Bildschirm gefunden hatte.

Wurde meine Vernunft von meiner Paranoia erdrückt?

Konnte es auch eine Verbindung geben zwischen dem Computereinbruch und den falsch ausgezeichneten PERKS? Die Mappe war mit jenem glitzernden Rückstand übersät. Was, wenn dieser gar nicht von meinen Händen stammte?

»Lucy«, fragte ich, »gibt es irgendeine Möglichkeit, herauszubekommen, ob jemand Daten in meinem Bürocomputer abgeändert hat?«

Sie antwortete, ohne zu zögern: »Du sicherst die Daten, oder? Jemand speichert sie ab, nicht wahr?«

»Ja.«

»Dann könntest du eine alte Sicherungskopie nehmen und nachprüfen, ob die Daten geändert wurden.«

»Das Problem ist«, meinte ich nachdenklich, »selbst wenn ich einen Unterschied feststellen sollte, dann kann ich nicht wissen, ob nicht einer meiner Angestellten die Daten auf den neuesten Stand gebracht hat. Die Unterlagen werden ständig ergänzt, da die Berichte noch Tage oder Wochen nach der ersten Eingabe eintrudeln.«

»Ich fürchte, du musst sie fragen, Tante Kay. Frag sie, ob sie sie geändert haben. Wenn sie Nein sagen und du eine alte Sicherheitskopie findest, die sich von dem Kram, der jetzt im Computer ist, unterscheidet, würde das dann weiterhelfen?«

»Das könnte es«, gab ich zu.

Sie tauschte das Passwort wieder mit dem ursprünglichen, und wir loggten uns aus. Am nächsten Tag würde niemand die Befehle auf dem OCME-Computer sehen können.

Es war fast elf Uhr. Ich rief Margaret zu Hause an. Sie klang schläfrig, als ich sie über die Sicherungskopien befragte und wissen wollte, ob sie möglicherweise irgendetwas hatte, was noch vor dem Computereinbruch erfasst worden war.

Sie lieferte mir die erwartete Enttäuschung. »Nein, Dr. Scarpetta. Das Büro hat nichts mehr, was so alt ist.

Wir machen am Ende jedes Tages unsere Sicherungskopien, dann werden die Datenträger formatiert und wieder neu beschrieben.«

»Verdammt. Ich muss unbedingt auf irgendeine Art an eine Version der Datenbank kommen, die in den letzten Wochen nicht abgeändert worden ist.«

Stille.

»Warten Sie mal«, murmelte sie. »Ich könnte noch eine Kopie haben …«

»Wovon?«

»Ich weiß es nicht …« Sie zögerte. »Ich glaube, von den Daten der letzten sechs Monate oder so. Das Statistische Amt will Daten von uns haben, und vor ein paar Wochen habe ich ein bisschen herumprobiert; ich habe die Falldaten des Bezirks in eine komplette Datei übertragen, um zu sehen, ob es auch so funktioniert. Und dann müsste ich sie eigentlich über das Modem direkt in ihren Großrechner übermittelt haben …«

»Wie viele Wochen ist das her?«, unterbrach ich sie. »Vor wie vielen Wochen haben Sie sie übertragen?«

»Am Ersten des Monats … mal nachsehen, ich glaube, ich habe es um den 1. Juni herum gemacht.«

Meine Nerven vibrierten. Ich musste es wissen. Zumindest konnte mein Büro nicht für die durchgesickerten Informationen verantwortlich gemacht werden, wenn ich beweisen könnte, dass die Daten abgeändert worden waren, *nachdem* die Berichte in der Zeitung erschienen sind.

»Ich brauche sofort einen Ausdruck von dieser Datei«, sagte ich ihr.

Es war eine Zeit lang still. Sie wirkte unsicher, als sie

antwortete: »Ich hatte ein paar Probleme mit dem Vorgang.« Wieder eine Pause. »Aber ich kann Ihnen geben, was ich habe, gleich morgen früh.«

Ich sah auf meine Uhr und wählte als Nächstes Abbys Büronummer.

Fünf Minuten später hatte ich sie an der Strippe.

»Abby, ich weiß, dass Ihre Informanten heilig sind, aber es gibt etwas, was ich wissen muss.«

Sie schwieg.

»In Ihrem Bericht über den Mord an Brenda Steppe haben Sie geschrieben, dass sie mit einem braunen Stoffgürtel erdrosselt worden ist. Woher hatten Sie dieses Detail?«

»Ich kann nicht …«

»Bitte. Es ist sehr wichtig. Ich muss einfach wissen, woher es kommt.«

Nach einer langen Pause sagte sie: »Keine Namen. Ein Polizist. Es war ein Cop, okay? Einer von den Männern, die sich am Tatort befanden. Ich kenne viele Polizisten …«

»Die Information kam in keiner Weise aus meinem Büro?«

»Absolut nicht«, sagte sie bestimmt. »Sie machen sich Gedanken wegen des Computereinbruchs, den Sergeant Marino erwähnt hat … Ich schwöre, nichts, was ich geschrieben habe, kam aus Ihrem Büro.«

Es war ausgesprochen, noch bevor ich es mir überlegt hatte. »Wer immer in den Computer eingebrochen ist, Abby, der könnte dieses Detail, den braunen Stoffgürtel, in die Falltabelle eingetragen haben, um es so aussehen zu lassen, als ob Sie es aus meinem Büro erhalten haben, als ob mein Büro die undichte Stelle gewesen wäre. Die Angabe stimmt nicht. Ich glaube nicht, dass es je in unserem Computer gestanden hat. Ich glaube, dass derjenige, der eingebrochen ist, es aus Ihrem Bericht hatte.«

»Großer Gott« war alles, was sie sagte.

15

Marino warf die Tageszeitung mit einem lauten, klatschenden Geräusch auf den Konferenztisch.

»Was, zum Teufel, ist das?« Sein Gesicht war rot vor Wut, und er war unrasiert. »Verdammt!«

Wesley zog als Antwort ganz ruhig mit dem Fuß einen Stuhl heran und lud ihn ein, sich zu setzen.

Der Artikel vom Donnerstag stand auf der ersten Seite mit der Schlagzeile:

NEUE DNA-ERKENNTNISSE STEIGERN WAHRSCHEINLICHKEIT, DASS WÜRGER GENETISCHEN DEFEKT HAT

Abbys Kürzel tauchte nirgends auf. Der Bericht war von einem Reporter geschrieben worden, der normalerweise für Gerichtsverhandlungen zuständig war.

An der Seite war in einem Kasten die Beschreibung der Technik der DNA-Analyse und eine Zeichnung herausgehoben, auf der erklärt wurde, wie die DNA-»Fingerabdrücke« gemacht wurden. Ich versuchte mir vorzustellen, wie der Mörder voller Wut die Zeitung immer wieder las. Ich vermutete, dass er sich heute bei seiner Arbeitsstelle krankgemeldet hatte.

»Ich würde wirklich gern wissen, warum ich von all dem nichts erfahren habe.« Marino sah mich an. »Ich bringe diesen Overall. Mache meine Arbeit. Und dann lese ich diesen Mist hier! Was für ein *Defekt*? Diese DNA-Berichte kommen kaum rein, da hat schon irgend so ein Arschloch geplaudert oder wie?«

Ich sagte nichts.

Wesley antwortete ruhig: »Das macht nichts, Pete. Der Zeitungsbericht kümmert uns nicht. Sieh es als Geschenk des Himmels an. Wir wissen, dass der Mörder einen seltsamen Körpergeruch hat, oder zumindest scheint es sehr wahrscheinlich zu sein, dass es so ist. Er glaubt jetzt, dass Kays Institut da irgendetwas in der Hand hat, vielleicht macht er eine Dummheit.« Er sah mich an. »Irgendetwas Neues?«

Ich schüttelte den Kopf. Bis jetzt hatte es keine Versuche gegeben, in den OCME-Computer einzubrechen. Wenn einer der Männer zwanzig Minuten früher in den Konferenzraum gekommen wäre, dann hätte er mich bis zu den Knöcheln in Papier stehend vorgefunden.

Es war kein Wunder, dass Margaret letzte Nacht gezögert hatte, als ich sie darum bat, jene Datei auszudrucken. Darin waren etwa dreitausend Fälle aus dem ganzen Bundesstaat gespeichert, vom kompletten Monat Mai, oder anders ausgedrückt, es war eine Rolle grün gestreiftes Papier, die ausgerollt praktisch die Länge dieses Gebäudes hatte.

Was noch schlimmer war, die Daten waren auf ein Format reduziert, das sich nicht zum Lesen eignete. Es war, als würde man in einem Topf voller Buchstabensuppe nach kompletten Sätzen fischen.

Ich brauchte über eine Stunde, um Brenda Steppes Fallnummer zu finden. Ich weiß nicht, ob ich begeistert oder entsetzt war – vielleicht beides –, als ich den Eintrag in der Spalte »Kleidung, persönliche Gegenstände« entdeckte: »Ein Paar Nylonstrumpfhosen um den Hals«. Nirgends wurde ein brauner Stoffgürtel erwähnt. Keiner meiner Angestellten erinnerte sich daran, den Eintrag umgeschrieben oder auf den neuesten Stand gebracht zu haben. Die Daten waren von jemandem abgeändert worden, der nicht bei mir beschäftigt war.

»Was ist mit diesem Gefasel über Geisteskrankheit?« Marino stieß die Zeitung unsanft in meine Richtung. »Haben Sie in diesem DNA-Hokuspokus irgendetwas gefunden, was Sie vermuten lässt, dass bei dem Kerl ein paar Schrauben locker sind?«

»Nein«, antwortete ich ehrlich. »Ich denke, in dem Bericht wird nur gesagt, dass einige Stoffwechselkrankheiten solche Probleme mit sich bringen können. Aber ich habe nichts gefunden, was mich etwas in der Richtung annehmen lässt.«

»Na, ich bin ganz sicher nicht der Meinung, dass der Kerl verrückt ist. Ich höre schon wieder den üblichen Müll. Der Typ ist blöd, arbeitet wahrscheinlich in einer Autowaschanlage oder reinigt die Rasenmäher der Stadt oder so was …«

Wesley wurde langsam ungeduldig. »Lass das bitte, Pete.«

»Ich soll diese Ermittlung leiten, und ich muss die verdammte Zeitung lesen, um zu wissen, was, zum Teufel, vor sich geht …«

»Wir haben ein größeres Problem, okay?«, unterbrach ihn Wesley.

»Und das wäre?«, fragte Marino.

Also erzählten wir es ihm.

Wir erzählten ihm von meinem Telefongespräch mit Cecile Tylers Schwester.

Er hörte zu, die Wut in seinen Augen wich langsam. Er wirkte verblüfft.

Wir sagten ihm, dass die fünf Frauen eine Sache eindeutig gemeinsam hatten. Ihre Stimmen.

Ich erinnerte ihn an die Befragung von Matt Petersen. »Soweit ich mich entsinne, sagte er irgendetwas über das erste Mal, als er Lori begegnet war. Auf einer Party war es, glaube ich. Er sagte etwas über ihre Stimme. Er sagte, sie hatte so eine Stimme, die den Leuten auffiel, eine sehr angenehme tiefe Stimme. Wir überlegen jetzt, ob das Bindeglied in diesen fünf Morden womöglich die Stimme ist. Vielleicht hat der Mörder sie gar nicht gesehen. Vielleicht hat er sie nur *gehört.*«

»Wir sind bisher nicht auf diesen Gedanken gekommen«, fügte Wesley hinzu. »Wenn wir von einem Triebtäter reden, dann stellen wir uns immer einen Psychopathen vor, der das Opfer irgendwo *sieht.* In einem Einkaufszentrum, draußen beim Joggen oder durch ein Fenster. Das Telefon, wenn es überhaupt eine Rolle spielt, kommt immer erst nach dem ersten Kontakt ins Spiel. Er sieht sie. Vielleicht ruft er sie später an, wählt ihre Nummer, nur um ihre Stimme zu hören, damit seine Phantasie angeregt wird. Was wir jetzt überlegen, das ist wesentlich beängstigender, Pete. Dieser Mörder könnte irgendwo beschäftigt sein, wo er mit Frauen telefoniert, die er nicht kennt. Er hat Zugang zu ihren Nummern und Adressen. Er ruft sie an. Wenn ihre Stimme ihn erregt, sucht er sie aus.«

»Als ob das die Möglichkeiten einschränken würde«, klagte Marino. »Jetzt müssen wir herausfinden, ob diese Frauen alle im städtischen Telefonbuch stehen. Dann müssen wir überlegen, welche Arbeitsstellen in Frage kommen. Ich meine, es vergeht doch keine Woche, in der die Frau nicht irgendeinen Anruf bekommt. Irgendein Kerl, der Besen, Glühbirnen, Kondome verkauft. Dann gibt es da noch diese Meinungsforscher. Sie wollen wissen, ob man verheiratet oder Single ist, wie viel man verdient. Ob man zuerst links in die Hosenbeine schlüpft und Zahnseide nach dem Zähneputzen benutzt.«

»Du triffst es ziemlich genau«, murmelte Wesley.

Marino fuhr ohne Pause fort: »Wir haben also irgendeinen Kerl, der vergewaltigt und mordet. Er kriegt womöglich acht Dollar die Stunde, um zu Hause auf seinem Hintern zu hocken und das städtische Telefonbuch zu durchforsten. Irgendeine Frau sagt ihm, sie sei Single, verdient zwanzigtausend im Jahr. Eine Woche später«, meinte er zu mir gewandt, »kommt sie auf Ihren Ladentisch. Ich frage Sie also, wie, zum Teufel, sollen wir ihn finden?«

Wir wussten es nicht.

Die mögliche Verbindung über die Stimme machte es nicht einfacher. Marino hatte recht. Tatsächlich machte es unsere Aufgabe eher schwieriger als leichter. Wir wären vielleicht in der Lage, die Personen zu finden, die die Opfer an einem bestimmten Tag gesehen haben. Aber es war unwahrscheinlich, dass wir jeden einzelnen Menschen fanden, mit dem sie telefoniert hatten. Sie würden es vermutlich selbst nicht wissen, wenn sie noch am Leben wären. Werbeagenturen, Meinungsforscher und

Leute, die die falsche Nummer gewählt haben, stellen sich selten mit ihrem Namen vor. Wir alle bekommen mehrere Anrufe am Tag oder in der Nacht, mit denen wir uns nicht beschäftigen und die wir gleich wieder vergessen.

Ich sagte: »Die Art, in der er vorgeht, wirft die Frage auf, ob er für seinen Job sein Haus verlässt, ob er von Montag bis Freitag zur Arbeit irgendwohin geht. Während der Woche baut sich der Stress in ihm auf. Am späten Freitagabend oder irgendwann nach Mitternacht schlägt er zu. Wenn er zwanzigmal am Tag Boraxseife benutzt, dann ist es eher unwahrscheinlich, dass er sie bei sich zu Hause im Badezimmer hat. Handseifen, die man im gewöhnlichen Supermarkt kauft, enthalten normalerweise kein Borax, soviel ich weiß. Wenn er sich mit Boraxseife wäscht, dann vermutlich bei der Arbeit.«

»Sind wir sicher, dass es Borax ist?«, fragte Wesley.

»Die Labors haben es durch Ionenchromatographie bestimmt. Der glitzernde Rückstand, den wir auf den Leichen gefunden haben, enthält Borax. Definitiv.«

Wesley dachte einen Moment lang darüber nach. »Wenn er Boraxseife bei der Arbeit benutzt und gegen fünf Uhr nach Hause kommt, dann ist es sehr unwahrscheinlich, dass er um ein Uhr morgens noch so viel von diesem Rückstand an sich hat. Er könnte in einer Spätschicht arbeiten. In den Herrentoiletten ist Boraxseife. Er geht irgendwann vor Mitternacht oder ein Uhr morgens weg und direkt zur Wohnung des Opfers.«

Der Tathergang war mehr als plausibel, erklärte ich. Wenn der Mörder nachts arbeitete, dann gab ihm das genug Gelegenheiten, während des Tages, wenn der Rest der Welt bei der Arbeit war, durch die Gegend zu fahren, in der sein nächstes Opfer wohnte, und sich alles anzuschauen. Er konnte später noch einmal vorbeifahren, vielleicht nach Mitternacht, um es sich noch einmal anzusehen. Die Opfer waren entweder ausgegangen oder schliefen, wie die meisten Nachbarn. Man würde ihn nicht sehen.

Was für nächtliche Jobs gab es, die mit dem Telefon zu tun hatten?

Wir spielten es eine Zeit lang durch.

»Die meisten Händler rufen zur Zeit des Abendessens an«, sagte Wesley. »Es scheint mir eher ungewöhnlich, dass sie nach neun Uhr noch anrufen.«

Wir stimmten zu.

»Pizzakuriere«, schlug Marino vor. »Die sind den ganzen Tag über unterwegs. Vielleicht ist es der Typ, der die Bestellungen entgegennimmt. Du wählst sie an, und das Erste, wonach man dich fragt, ist deine Telefonnummer. Wenn du schon mal angerufen hast, dann erscheint deine Adresse auf dem Bildschirm. Dreißig Minuten später steht so ein Typ mit einer Pizza an deiner Tür. Es könnte der Lieferjunge sein, der schnell herausbekommt, ob er es mit einer Frau zu tun hat, die allein lebt. Vielleicht ist es der Typ von der Anrufannahme. Ihre Stimme gefällt ihm, er kennt ihre Adresse.«

»Überprüf es«, sagte Wesley. »Lass ein paar Jungs zu den einzelnen Pizzadiensten gehen.«

Morgen war Freitag!

»Schau nach, ob es einen Pizzaladen gibt, den alle fünf Frauen ab und zu mal angerufen haben. Das müsste im Computer stehen, also leicht rauszukriegen sein.«

Marino ging einen Augenblick hinaus und kam mit den Gelben Seiten wieder. Er schlug die Sektion auf, in der alle Pizzaläden verzeichnet waren, und fing an, Namen und Adressen herauszuschreiben.

Wir fanden immer mehr mögliche Arbeitsbereiche. Telefonisten in Krankenhäusern und Telefongesellschaften arbeiteten Tag und Nacht, um Anrufe entgegenzunehmen. Anlageberater zögerten nicht, um zehn Uhr abends oder später anzurufen. Dann gab es immer noch die Möglichkeit, dass irgendjemand Roulette mit dem städtischen Telefonbuch spielte – irgendein Wachbeamter, der nichts Besseres zu tun hat, während er im Wachhäuschen einer Bank saß, oder ein Tankwart, der sich in den Nachtstunden langweilt.

Meine Verwirrung wuchs. Ich blickte nicht mehr durch.

Und es gab etwas, was mich störte.

Du machst es zu kompliziert, sagte mir meine innere Stimme. Du bewegst dich immer weiter weg von dem, was du tatsächlich weißt.

Ich musterte Marinos schweißnasses, fleischiges Gesicht, seine Augen, die hin und her wanderten. Er war müde, gestresst. Er nährte immer noch eine tiefsitzende Wut in sich. Warum war er so empfindlich? Was hatte er über das gesagt, was der Mörder dachte? Dass er keine berufstätigen Frauen mochte, weil sie so hochnäsig waren?

Jedes Mal, wenn ich ihn erreichen wollte, war er »unterwegs«. Er war an jedem Tatort gewesen.

Bei Lori Petersen war er hellwach. War er in jener Nacht überhaupt im Bett gewesen? War es nicht ein bisschen merkwürdig, dass er so scharf darauf gewesen war, die Morde Matt Petersen anzuhängen?

Marinos Alter passte nicht ins Bild, sagte ich mir.

Er verbringt die meiste Zeit in seinem Auto und verdient sein Geld nicht damit, Telefonanrufe entgegenzunehmen – ich sah keine Verbindung zwischen ihm und den Frauen.

Und, was das Wichtigste war, er hatte keinen besonderen Körpergeruch, und wenn der Overall, der in der Mülltonne gefunden worden war, sein eigener gewesen wäre, warum sollte er ihn dann ins Labor bringen?

Es sei denn, dachte ich, er dreht den Spieß um und benutzt sein Wissen dazu, das System mit dessen eigenen Regeln zu schlagen. Er ist immerhin Experte, er leitet die Ermittlung und hat genug Erfahrung, um sowohl Erlöser als auch Satan zu sein.

Ich glaube, ich hatte von Anfang an die Angst in mir, dass der Mörder ein Cop sein könnte.

Marino passte nicht ins Bild. Aber der Mörder könnte jemand sein, mit dem er seit Monaten zusammengearbeitet hat, jemand, der durch die Uniformläden der Stadt ging und sich mit blauen Overalls eindeckte, jemand, der seine Hände mit der Borawash-Seife wusch, die in den Herrentoiletten des Polizeireviers hing, jemand, der genug über forensische und kriminalistische Untersuchungen wusste, um seine Kollegen und mich an der Nase herumzuführen. Ein Cop, der durchgedreht war. Oder jemand, der sich für den Polizeidienst berufen fühlte, denn dies ist häufig ein äußerst attraktiver Beruf für Psychopathen.

Wir hatten die Rettungsmannschaften überprüft, die

zu den jeweiligen Tatorten gekommen waren. Aber wir hatten nicht daran gedacht, die Polizeibeamten zu überprüfen, die kamen, nachdem die Leichen entdeckt worden waren.

Vielleicht blätterte ein Cop das Telefonbuch in seiner Schicht oder nach der Arbeit durch. Vielleicht war das Erste, mit dem er Kontakt hatte, die Stimme der Opfer. Ihre Stimmen erregten ihn. Er ermordete sie und sorgte dafür, dass er auf der Straße oder in der Nähe eines Funkgerätes war, wenn die Leiche gefunden wurde.

»Matt Petersen könnte uns am ehesten weiterhelfen«, sagte Wesley zu Marino. »Ist er noch in der Stadt?«

»Ja. Nach dem, was ich gehört habe, schon.«

»Ich denke, du gehst am besten mal zu ihm und versuchst, herauszukriegen, ob seine Frau irgendetwas von Telefonmarketing erwähnt hat, von jemandem, der anrief, um zu sagen, dass sie ein Preisausschreiben gewonnen hatte, oder von einer Meinungsumfrage. Irgendetwas, was mit dem Telefon zu tun hatte.«

Marino schob seinen Stuhl zurück.

Ich hatte nicht den Mut, auszusprechen, was ich dachte.

Stattdessen fragte ich: »Wie schwer würde es sein, Computerausdrucke oder Bandaufnahmen von den Anrufen bei der Polizei zu bekommen, die die Entdeckungen der Leichen meldeten? Ich will die genauen Zeiten sehen, wann die Anrufe eingegangen sind, wann die Polizei eintraf, speziell in Lori Petersens Fall. Die Todeszeit könnte sehr wichtig sein, um zu bestimmen, wann der Mörder seinen Arbeitsplatz verlässt, wenn wir annehmen, dass er nachts arbeitet.«

»Kein Problem«, antwortete Marino abwesend. »Sie können mit mir kommen. Wenn wir bei Petersen gewesen sind, machen wir einen Abstecher in die Funkzentrale.«

Wir trafen Matt Petersen nicht zu Hause an. Marino hinterließ seine Karte unter dem bronzenen Türklopfer an der Wohnung.

»Ich erwarte nicht, dass er sich meldet«, murmelte er, als er wieder auf die Hauptstraße hinausfuhr.

»Warum nicht?«

»Als ich kürzlich bei ihm war, bat er mich nicht herein. Stand einfach wie ein Felsklotz an der Tür. Er war gerade noch so freundlich, an dem Overall zu riechen, bevor er mir eindeutig sagte, ich solle verschwinden. Er knallte mir praktisch die Tür vor der Nase zu und meinte, ich solle mich in Zukunft an seinen Rechtsanwalt wenden, denn der Test mit dem Lügendetektor hätte ihm die Augen geöffnet, seither wüsste er, dass ich ihn festnageln will.«

»Das wollten Sie vermutlich auch«, bemerkte ich trocken. Er sah mich an und lächelte fast.

Wir verließen das Viertel und fuhren wieder zurück in die Innenstadt.

»Sie sagten, irgendein Ionentest hätte Borax nachgewiesen.« Er wechselte das Thema. »Heißt das, dass die Theaterschminke nichts ergeben hat?«

»Nicht Borax«, antwortete ich. »Etwas Ähnliches mit dem Namen Sun Blush reagierte auf den Laser, enthält aber kein Borax, und es ist wahrscheinlich, dass Petersen dieses Sun Blush an den Händen hatte, als er seine Frau berührte, was zu den Fingerabdrücken geführt hat.«

»Was ist mit dem Glitzerkram auf dem Messer?«

»Es war zu wenig drauf, um es zu untersuchen. Aber ich glaube nicht, dass es Sun Blush war.«

»Warum nicht?«

»Es ist kein Granulat, sondern hat eine cremige Grundlage – erinnern Sie sich an den großen weißen Topf mit der rosafarbenen Creme, den Sie in das Labor brachten?«

Er nickte.

»Das war Sun Blush. Was immer der Inhaltsstoff ist, der es im Laser leuchten lässt, es würde sich nicht überall verteilen, wie es bei der Borax-Seife der Fall ist. Die cremige Grundlage der Schminke führt eher zu hohen Konzentrationen der leuchtenden Substanz auf beschränkten Flecken, zum Beispiel dort, wo die Fingerspitze der Person in direkten Kontakt mit irgendeiner Oberfläche kommt.«

»Wie an Loris Schlüsselbein«, folgerte er.

»Ja. Und auf Petersens Fingerabdruckblatt, an den Stellen, wo seine Fingerspitzen abgenommen wurden. Auf dem Blatt war sonst nirgends etwas zu sehen, nur auf den Tintenabdrücken. Die Pünktchen auf dem Griff des Messers hatten ein anderes Verteilungsmuster. Sie waren zufällig verstreut, ganz ähnlich wie die Spuren auf den Leichen der Frauen.«

»Sie meinen, wenn Petersen dieses Sun Blush an seinen Fingern gehabt hätte, dann wären glitzernde Flecken auf dem Messer und nicht vereinzelte Spuren.«

»Genau das meine ich.«

»Schön, und was ist mit dem Glitzerkram, den Sie an den Leichen, an den Fesseln und so weiter gefunden haben?«

»An Loris Handgelenken waren genügend hohe Konzentrationen, um es zu untersuchen. Es war Borax.«

Er schaute mich an. »Also haben wir es mit zwei verschiedenen glitzernden Substanzen zu tun.«

»So ist es.«

»Hm.«

Wie die meisten städtischen und staatlichen Gebäude in Richmond war das Polizeihauptquartier mit Stuck verziert. Seine matte Hässlichkeit wurde nur durch die leuchtenden Farben der Flaggen Amerikas und Virginias aufgelockert, die auf dem Dach flatterten. Marino parkte rückwärts in eine Reihe von Polizeiautos ein.

Wir gingen in die Vorhalle und kamen an dem verglasten Informationsschalter vorbei. Beamte in Dunkelblau grinsten Marino an und sagten »Hi, Doc« zu mir. Ich sah auf mein Jackett hinunter und war erleichtert, dass ich daran gedacht hatte, meinen Kittel auszuziehen. Ich war so daran gewöhnt, ihn zu tragen, dass ich es manchmal vergaß. Wenn ich ihn versehentlich außerhalb meines Gebäudes trug, dann fühlte ich mich, als wäre ich im Schlafanzug.

Wir liefen an schwarzen Brettern vorbei, die vollgehängt waren mit Zeichnungen von Kinderschändern, Betrügern und Hochstaplern und Wald-und-Wiesen-Gaunern. Da hingen Fahndungsfotos von den zehn meistgesuchten Einbrechern, Triebtätern und Mördern Richmonds. Einige von ihnen lächelten sogar in die Kamera. Sie waren in die Geschichte der Stadt eingegangen.

Ich folgte Marino eine Treppe hinunter. Wir blieben vor einer Tür stehen, wo Marino durch ein kleines Glasfenster sah und jemandem ein Zeichen gab.

Die Tür ging auf.

Es war die Funkzentrale, eine unterirdische Kabine voller Schreibtische und Computerterminals über den Telefonkonsolen. Hinter einer Glaswand befand sich ein Raum mit Funkern, für die die Vorgänge in der Stadt ein Videospiel waren; Telefonisten schauten neugierig zu uns herüber. Einige waren mit Anrufen beschäftigt, andere unterhielten sich angeregt oder rauchten, die abgenommenen Kopfhörer hingen ihnen um den Hals.

Marino führte mich in eine Ecke, wo Regale standen, die mit Tonbandspulen in Pappschubern vollgepackt waren. Jeder Schuber war mit einem Datum versehen. Er ließ seinen Finger an den Stapeln hinabgleiten und zog einen nach dem anderen heraus, fünf insgesamt. Jedes Band umfasste die Zeitspanne von einer Woche.

Er lud sie auf meine Arme und brummte: »Fröhliche Weihnachten.«

»Was?« Ich sah ihn entgeistert an.

Er holte seine Zigaretten heraus. »Ich muss mich um Pizzaläden kümmern. Da drüben ist ein Bandgerät.« Er wies mit seinem Daumen in Richtung des Funkraumes hinter der Glaswand. »Hören Sie es sich entweder da drinnen an, oder nehmen Sie sie mit in Ihr Büro. Wenn ich Sie wäre, dann würde ich alles so schnell wie möglich aus diesem Affenhaus rausbringen, aber das habe ich Ihnen nicht gesagt, okay? Die Dinger sollten das Gebäude nicht verlassen. Geben Sie sie einfach zurück, wenn Sie durch sind, an mich persönlich.«

Ich bekam Kopfschmerzen.

Als Nächstes brachte er mich in einen kleinen Raum, wo ein Laserdrucker Kilometer von grün gestreiftem Papier ausspuckte. Der Papierstapel auf dem Boden war bereits einen halben Meter hoch.

»Ich habe die Jungs hier unten angerufen, bevor wir Ihr Büro verlassen haben«, erklärte er lakonisch. »Hab sie alles ausdrucken lassen, was der Computer von den letzten zwei Monaten zu bieten hat.«

O Gott!

»Die Adressen und alles andere sind also da drin.« Seine ausdruckslosen braunen Augen sahen mich an. »Sie werden sich die Listen anschauen müssen, um zu sehen, was auf dem Bildschirm erschien, als das Telefonat geführt wurde. Ohne die Adressen werden Sie nicht wissen, welcher Anruf woher gekommen ist.«

»Können wir nicht einfach im Computer aufrufen, was wir wissen wollen?«, fragte ich, der Verzweiflung nahe.

»Kennen Sie sich mit Großrechnern aus?«

Natürlich nicht.

Er sah sich um. »Niemand in diesem Laden hat einen Schimmer von Großrechnern. Wir haben einen Computerfachmann oben. Zufällig ist der gerade am Strand. Wir kriegen nur einen Experten ins Haus, wenn der Computer abstürzt. Dann rufen die die Materialstelle an, und das Department bekommt eine Rechnung von siebzig Dollar die Stunde. Selbst wenn das Department bereit wäre, mit Ihnen zusammenzuarbeiten, diese Kerle von der Materialstelle sind nicht gerade die Schnellsten. Der Typ wird morgen Abend irgendwann hier eintrudeln, Montag vielleicht oder im Lauf der nächsten Woche, und das auch nur, wenn wir Glück haben, Doc. Tatsache ist, dass Sie sich glücklich schätzen müssen, dass ich jemanden auftreiben konnte, der intelligent genug war, um die Drucken-Taste zu finden.«

Wir standen eine halbe Stunde lang in dem Zimmer. Schließlich hörte der Drucker auf, und Marino riss das Papier ab. Der Stapel war gut einen Meter hoch. Er legte ihn in einen leeren Computerpapierkarton, den er irgendwo gefunden hatte, und hob ihn ächzend hoch.

Als ich ihm aus dem Funkraum hinausfolgte, rief er einem jungen, nett aussehenden schwarzen Communications Officer über die Schulter zu: »Wenn Sie Cork sehen, ich habe eine Nachricht für ihn.«

»Schießen Sie los«, sagte der Officer und gähnte dabei.

»Sagen Sie ihm, dass er keinen Truck mehr fährt und dass er nicht Burt Reynolds ist.«

Der Officer lachte. Er klang genau wie Eddie Murphy.

Die nächsten anderthalb Tage verkroch ich mich in mein Haus. Ich zog mich nicht einmal an, sondern blieb den ganzen Tag im Jogginganzug und setzte die Kopfhörer auf.

Bertha war ein Engel und machte einen Tagesausflug mit Lucy.

Ich ging nicht in mein Büro in der Stadt, da ich sicher sein konnte, dass ich dort alle fünf Minuten gestört werden würde. Ich arbeitete im Wettlauf mit der Zeit und betete, dass ich etwas finden würde, bevor der Freitag in die ersten Stunden des Samstags übergegangen war.

Ich war überzeugt, dass der Mörder wieder unterwegs sein würde.

Ich hatte mich schon zweimal bei Rose gemeldet. Sie sagte, Amburgeys Dienststelle hätte schon viermal versucht, mich zu erreichen, seit ich mit Marino weggefahren war. Der Commissioner hatte verlangt, dass ich sofort zu ihm kommen sollte, dass ich ihm eine Erklärung für den Leitartikel in der gestrigen Zeitung geben sollte, für »dieses neuerliche und ganz und gar abscheuliche Durchsickern von Informationen«, wie er es nannte. Er wollte den DNA-Bericht. Er wollte den Bericht über diesen »neuesten Hinweis« geschickt bekommen. Er war so wütend, dass er sogar persönlich anrief und Rose mit Drohungen überhäufte, die bereits genug Ärger hatte.

»Was haben Sie ihm gesagt?«, fragte ich sie erstaunt.

»Ich sagte, ich würde eine Nachricht auf Ihrem Schreibtisch hinterlegen. Als er drohte, mich zu feuern, wenn ich ihn nicht sofort mit Ihnen verbinden würde, sagte ich ihm, das könne er ruhig tun. Ich habe noch nie jemanden um etwas gebeten ...«

»Das haben Sie doch nicht wirklich gesagt.«

»Und ob ich das habe! Dieser Blödmann mit seinem Spatzenhirn.«

Mein Anrufbeantworter war eingeschaltet. Wenn Amburgey versuchen sollte, mich zu Hause anzurufen, würde er nur mein mechanisches Ohr erreichen.

Es war wie ein Albtraum. Jedes Band deckte sieben Tage zu je vierundzwanzig Stunden ab. Natürlich waren die Bänder nicht so lang, weil es oft nur drei oder vier zweiminütige Anrufe pro Stunde gab. Es hing einfach davon ab, wie viel in der Notrufzentrale in einer bestimmten Schicht passiert war. Mein Problem war es, den genauen Zeitpunkt herauszufinden, an dem meiner Meinung nach einer der Morde gemeldet worden war. Wenn ich ungeduldig würde, dann könnte ich es überhören und müsste von vorn anfangen. Es war furchtbar.

Außerdem war es entsetzlich deprimierend. Die Notrufe kamen von Verwirrten, die meinten, Außerirdische würden in ihren Körper eindringen, von Betrunkenen, von armen Männern und Frauen, deren Partner gerade einen Herzinfarkt oder einen Schlaganfall erlitten hatten. Es gab zahlreiche Autounfälle, Selbstmorddrohungen, Obdachlose, bellende Hunde, zu laute Stereoanlagen und Knallkörper und Fehlzündungen, die wie Schüsse klangen.

Ich spulte vor und zurück. Bis jetzt hatte ich drei der Anrufe gefunden, die ich gesucht hatte. Brendas, Hennas und gerade eben Loris. Ich spulte das Band zurück, bis ich den abgebrochenen Notruf fand, den Lori anscheinend bei der Polizei gemacht hatte, bevor sie ermordet wurde. Der Anruf kam genau um null Uhr neunundvierzig am Samstag, den 7. Juni, und alles, was auf dem Band zu hören war, war der Telefonist, der abnimmt und knisternd »911« sagt.

Ich faltete die Blätter des Endlospapiers Stück für Stück wieder zurück, bis ich den entsprechenden Ausdruck fand. Loris Adresse erschien auf dem Notruf-Monitor, ihre Wohnung war unter dem Namen L. Petersen registriert. Der Telefonist hatte dem Notruf eine Vierer-Priorität gegeben und ihn hinüber zu dem Funker hinter der Glaswand vermittelt. Neununddreißig Minuten später erreichte der Ruf endlich den Streifenwagen

211. Sechzig Minuten danach fuhr dieser an Loris Haus vorbei und wieder davon, da er einen Ruf wegen eines Familienstreits erhalten hatte.

Die Adresse der Petersens tauchte genau achtundsechzig Minuten nach dem Notruf wieder auf, um ein Uhr siebenundfünfzig, als Matt Petersen die Leiche seiner Frau gefunden hatte. Wenn er nur an jenem Abend keine Kostümprobe gehabt hätte, dachte ich. Wenn er nur eineinhalb Stunden früher nach Hause gekommen wäre …

Auf dem Band hörte man ein Klicken.

»911.«

Schweres Atmen. »Meine Frau!« In Panik. »Jemand hat meine Frau ermordet! Bitte kommen Sie schnell!« Dann schrie er: »O Gott, jemand hat sie ermordet! Bitte machen Sie schnell!«

Ich war wie gelähmt von der hysterischen Stimme. Petersen konnte nicht in zusammenhängenden Sätzen sprechen oder sich an seine Adresse erinnern, als der Telefonist ihn fragte, ob die Adresse auf dem Bildschirm stimmte.

Ich hielt das Band an und rechnete nach. Als Petersen nach Hause gekommen war, waren neunundzwanzig Minuten vergangen, seit der erste Polizeibeamte auf den Ruf hin das Licht seiner Stablampe über die Vorderseite des Hauses gleiten ließ und meldete, dass alles »sicher« aussah. Der abgebrochene Notruf war um null Uhr neunundvierzig eingegangen, der Officer war um ein Uhr vierunddreißig aufgetaucht.

Fünfundvierzig Minuten waren vergangen. Länger war der Mörder nicht bei Lori gewesen.

Um ein Uhr vierunddreißig war der Mörder bereits wieder weg. Das Licht im Schlafzimmer war aus. Wäre er noch im Schlafzimmer gewesen, hätte das Licht dort gebrannt. Ich konnte nicht glauben, dass er so gut sah, dass er im Dunkeln die elektrischen Kabel finden und komplizierte Knoten machen konnte.

Er war ein Sadist. Er wollte, dass das Opfer sein Gesicht sah, vor allem, wenn er maskiert war. Er wollte, dass sein Opfer alles sehen konnte, was er tat. Er wollte, dass sie mit unvorstellbarem Entsetzen jedes schreckliche Detail von dem erahnen würde, was er mit ihr vorhatte … während er sich umsah, die Kabel durchschnitt, anfing, sie zu fesseln …

Als es vorbei war, schaltete er das Licht im Schlafzimmer aus und kletterte wieder aus dem Badezimmerfenster hinaus, wahrscheinlich nur Minuten bevor der Streifenwagen vorbeigefahren und weniger als eine halbe Stunde bevor Petersen heimgekommen war. Der absonderliche Körpergeruch hing noch im Raum wie der Gestank von Müll.

Bis jetzt hatte ich keine Streifenwagenbesatzung gefunden, die sowohl an Brendas als auch an Loris oder Hennas Tatort zugegen gewesen war. Meine Enttäuschung raubte mir die Energie, die ich benötigte, um weiterzusuchen.

Ich machte eine Pause, als ich hörte, dass die Haustür aufging. Bertha und Lucy kamen heim. Sie erzählten mir ausführlich ihre Erlebnisse, und ich hörte, so gut es ging, zu.

»Ich habe Bauchweh«, klagte sie.

»Kein Wunder«, warf Bertha ein. »Ich habe dir gesagt,

du sollst nicht diesen ganzen Müll essen. Zuckerwatte, Maisfladen ...« Sie schüttelte den Kopf.

Ich fütterte Lucy mit Hühnerbrühe und steckte sie ins Bett. Als ich in mein Arbeitszimmer zurückkam, streifte ich mir unwillig den Kopfhörer wieder über.

Ich hatte jegliches Zeitgefühl verloren.

»911.«

»911.«

Immer und immer wieder ertönte es in meinem Kopf. Kurz nach zehn Uhr war ich so müde, dass ich kaum mehr klar denken konnte. Ich spulte lustlos ein Band zurück, auf der Suche nach dem Anruf, der eintraf, nachdem Patty Lewis' Leiche gefunden worden war. Während ich zuhörte, glitten meine Augen über die Seiten des Computerausdrucks, die ausgebreitet auf meinem Schoß lagen.

Was ich sah, ergab keinen Sinn.

Cecile Tylers Adresse stand in der Mitte der Seite und war auf den 12. Mai, einundzwanzig Uhr dreiundzwanzig, datiert.

Das konnte nicht stimmen.

Sie war am 31. Mai ermordet worden.

Ihre Adresse dürfte nicht auf diesem Teil des Ausdrucks stehen. Sie dürfte nicht auf diesem Band sein!

Ich spulte vor und hielt alle paar Sekunden an. Ich brauchte zwanzig Minuten, um es zu finden. Ich spielte den Abschnitt dreimal ab, ehe ich begriff.

Genau um einundzwanzig Uhr dreiundzwanzig antwortete eine männliche Stimme: »911.«

Eine weiche, kultivierte Frauenstimme sagte überrascht nach einer kurzen Pause: »Ach je. Es tut mir leid.«

»Gibt es ein Problem?«

Ein verlegenes Lachen. »Ich wollte eigentlich die Auskunft anrufen. Es tut mir leid.« Sie lachte noch einmal. »Ich schätze, ich habe die neun statt der vier gewählt.«

»Das macht nichts, ist doch prima. Ich bin immer froh, wenn es kein Problem gibt.« Er fügte fröhlich hinzu: »Ich wünsche noch einen schönen Abend.«

Stille. Ein Klicken, und das Band lief weiter.

Auf dem Ausdruck stand nur die Adresse der ermordeten schwarzen Frau unter ihrem Namen: Cecile Tyler.

Plötzlich wusste ich es. »O Gott! Großer Gott«, murmelte ich und verspürte aufkommende Übelkeit.

Brenda Steppe hatte die Polizei angerufen, als sie ihren Autounfall gehabt hatte. Lori Petersen hatte die Polizei angerufen nach den Angaben ihres Mannes, als sie dachte, einen Dieb gehört zu haben, der sich dann als eine in den Mülleimern herumstreunende Katze entpuppte. Abby Turnbull hatte die Polizei angerufen, als der Mann in dem schwarzen Wagen ihr gefolgt war. Cecile Tyler hatte irrtümlicherweise die Polizei angerufen – sie hatte sich verwählt. Sie wählte 911 statt 411.

Eine falsche Nummer!

Vier der fünf Frauen. Alle Anrufe waren von zu Hause aus geführt worden. Jede Adresse erschien sofort auf dem Notruf-Monitor. Wenn die Wohnungen auf den Namen der Frauen gemeldet waren, dann wusste der Telefonist, dass sie vermutlich allein lebten.

Ich rannte in die Küche. Ich weiß nicht, warum, denn in meinem Arbeitszimmer stand ein Telefon.

Ich wählte zitternd die Nummer der Kriminalpolizei.

Marino war nicht da.

»Ich brauche seine Nummer von zu Hause.«

»Es tut mir leid, aber wir sind nicht befugt, diese herauszugeben.«

»Verdammt! Hier ist Dr. Scarpetta, der Chief Medical Examiner! Geben Sie mir seine Telefonnummer!«

Eine verblüffte Pause. Dann begann der Officer, wer immer es war, sich überschwänglich zu entschuldigen. Er gab mir die Nummer.

Ich wählte noch einmal.

»Gott sei Dank«, seufzte ich, als Marino abhob.

»Kein Mist?«, fragte er nach meiner atemlosen Erklärung. »Klar, ich werde mich der Sache annehmen, Doc.«

»Denken Sie nicht, dass Sie am besten gleich in die Funkzentrale hinuntergehen und schauen sollten, ob der Bastard dort ist?«, schrie ich fast.

»Was hat denn der Typ gesagt? Haben Sie seine Stimme erkannt?«

»Natürlich habe ich seine Stimme nicht erkannt.«

»Was hat er denn genau zu dieser Tyler gesagt?«

»Ich spiele es Ihnen vor.« Ich rannte zurück in mein Arbeitszimmer und nahm den Hörer dort auf. Ich spulte das Band zurück, zog den Kopfhörer heraus und drehte die Lautstärke auf.

»Erkennen Sie die Stimme?«

Marino antwortete nicht.

»Sind Sie noch da?«, rief ich.

»Kommen Sie ein bisschen zur Ruhe, Doc. Es war ein schwerer Tag, oder? Lassen Sie es jetzt erst einmal dabei bewenden. Ich verspreche Ihnen, dass ich der Sache nachgehen werde.«

Er legte auf.

Ich saß da und starrte auf den Hörer in meiner Hand. Ich saß da, ohne mich zu bewegen, bis das laute Freizeichen verstummte und eine mechanische Stimme sich beklagte: »Wenn Sie telefonieren wollen, legen Sie bitte auf, und versuchen Sie es noch einmal …«

Ich überprüfte die Haustür, sah nach, ob die Alarmanlage angestellt war, und ging nach oben. Mein Schlafzimmer lag am Ende des Korridors, und das Fenster ging auf den Wald hinter dem Haus hinaus. Leuchtkäfer blinkten in der rabenschwarzen Dunkelheit hinter dem Fenster, und ich ließ nervös die Jalousien herunter.

Bertha hatte die absurde Vorstellung, dass Sonnenlicht in die Zimmer scheinen muss, ob es leer war oder nicht. »Es tötet Bakterien, Dr. Kay«, sagte sie immer.

»Es bleicht die Polster und Teppiche«, erwiderte ich dann. Aber sie hatte ihre Meinung. Ich hasste es, wenn ich im Dunkeln nach oben kam und die Jalousien hochgezogen waren. Ich ließ sie herunter, bevor ich das Licht anschaltete, um sicher zu sein, dass mich niemand gesehen hatte, falls draußen jemand gewesen wäre. Aber heute Abend hatte ich es vergessen. Ich hatte keine Lust, meinen Jogginganzug auszuziehen. Ich konnte auch so schlafen.

Ich stieg auf einen Hocker, den ich in meinem Schrank hatte, zog die Schuhschachtel hervor und nahm den Revolver heraus. Ich schob ihn unter mein Kissen.

Ich war krank vor Sorge, dass das Telefon klingeln könnte und ich nach draußen in den dunklen Morgen gerufen werden würde und Marino sagen müsste: »Ich habe es Ihnen gesagt, Sie blöder Idiot! Ich habe es Ihnen gesagt!«

Was machte das Großmaul jetzt überhaupt? Ich knipste das Licht aus und zog die Decken über meine Ohren. Wahrscheinlich trank er Bier und sah fern.

Ich setzte mich auf und machte das Licht noch einmal an. Das Telefon auf dem Nachttisch schien mich auszulachen. Es gab niemanden, den ich anrufen konnte. Wenn ich Wesley anrief, würde er Marino anrufen. Wenn ich die Kriminalpolizei anrief, dann würde derjenige, der sich anhörte, was ich zu sagen hatte – vorausgesetzt, er nahm mich ernst –, Marino anrufen.

Marino. Er leitete diese verdammte Ermittlung. Alle Wege führen nach Rom.

Ich schaltete das Licht aus und starrte in die Dunkelheit.

»911.«

»911.«

Ich hörte ständig die Stimme, während ich mich im Bett hin und her wälzte.

Es war nach Mitternacht, als ich leise nach unten ging und die Cognacflasche aus der Bar holte. Lucy hatte sich nicht gerührt, seit ich sie vor ein paar Stunden ins Bett gesteckt hatte. Sie schlief tief und fest. Ich wünschte, ich könnte dasselbe von mir sagen. Ich goss zwei Portionen wie Hustensaft hinunter, schlich wieder in mein Schlafzimmer hinauf und machte das Licht wieder aus. Ich konnte hören, wie sich die Zeiger auf der Uhr weiterbewegten.

Klick.

Klick.

Halb wach, halb schlafend warf ich mich unruhig hin und her.

»… Was hat er denn genau zu dieser Tyler gesagt?«

Klick. Das Band lief weiter.

»Es tut mir leid.« Ein verlegenes Lachen. »Ich schätze, ich habe die neun statt der vier gewählt …«

»Macht nichts … Ich wünsche Ihnen noch einen schönen Abend.«

Klick.

»… die neun statt der vier …«

»911.«

»Er ist ein gut aussehender Bursche. Er braucht einer Frau keine Pillen in den Drink zu werfen, damit sie weich wird.«

»Er ist ein Dreckskerl!«

»… weil er weggefahren ist, Lucy. Mr. Boltz ist in Urlaub gefahren.«

»Oh.« Augen voll unendlicher Trauer. »Wann kommt er wieder?«

»Nicht vor Juli.«

»Oh. Warum konnten wir nicht mit ihm fahren, Tante Kay? Ist er zum Strand gefahren?«

»… Du sagst nie die Wahrheit über uns, weil du gar nichts sagst …«

»911.«

Ich war im Haus meiner Mutter, und sie sagte etwas zu mir.

Ein Vogel kreiste träge über uns, und ich fuhr in einem Lieferwagen mit jemandem, den ich weder kannte noch sehen konnte. Palmen rauschten vorbei. Langhalsige weiße Reiher stolzierten in den Mangroven. Die weißen

Köpfe drehten sich zu uns, als wir vorbeikamen. Sie beobachteten uns. Beobachteten mich.

Ich versuchte, bequemer zu liegen, indem ich mich auf den Rücken drehte.

Mein Vater setzte sich im Bett auf und sah mich an, während ich ihm von meinem Schultag erzählte. Sein Gesicht war grau. Seine Augen blinzelten nicht, und ich konnte nicht hören, was ich zu ihm sagte. Er antwortete nicht, aber er starrte mich weiterhin an. Angst schnürte mein Herz zu. Sein weißes Gesicht starrte. Die leeren Augen starrten.

Er war tot.

»Daddddyyyyy!«

Meine Nasenlöcher waren gefüllt mit krankem, muffigem Schweiß, als ich mein Gesicht an seinem Hals vergrub … In meinem Kopf wurde es dunkel.

Ich tauchte wieder in das Bewusstsein auf, wie eine Luftblase, die aus der Tiefe an die Oberfläche steigt. Ich war wach. Ich konnte meinen Herzschlag fühlen.

Der Geruch.

War er wirklich da, oder träumte ich?

Der faulige Geruch! Träumte ich?

Eine Warnglocke ging in meinem Kopf los und presste mein Herz gegen die Rippen.

Die faulige Luft bewegte sich, und etwas streifte mein Bett.

16

Meine rechte Hand war nicht mehr als dreißig Zentimeter von der .38er unter meinem Kissen entfernt.

Nie war etwas weiter weg gewesen, es war unendlich weit weg. Es war unmöglich. Ich konnte nicht denken, konnte nur diese Entfernung spüren, während mein Herz hämmerte und gegen meine Rippen schlug. Das Blut dröhnte in meinen Ohren. Mein Körper war starr, jeder Muskel und jede Sehne angespannt, steif und vibrierend vor Angst. Es war pechrabenschwarz in meinem Zimmer.

Langsam nickte ich mit dem Kopf, die Worte klirrten metallisch, und die Hand presste meine Lippen gegen die Zähne. Ich nickte. Ich nickte, um zu sagen, dass ich nicht schreien würde.

Das Messer an meinem Hals war so groß, dass es sich anfühlte wie eine Machete. Das Bett rutschte nach rechts, und etwas blendete mich. Als sich meine Augen an das Licht gewöhnt hatten, sah ich ihn an und unterdrückte einen Schrei.

Ich konnte nicht atmen oder mich bewegen. Ich spürte die rasierklingendünne Schneide kalt an meiner Haut.

Er war weiß, seine Gesichtszüge unter einem hellen Nylonstrumpf platt gedrückt. Es waren Schlitze für die Augen hineingeschnitten worden. Der Strumpf blähte sich auf, wenn er ausatmete. Die Fratze war grauenerregend und unmenschlich, nur Zentimeter von meinem Gesicht entfernt. »Einen Ton, und ich schneide dir die Kehle durch.«

Gedanken waren wie Funken, die schnell und in alle Richtungen flogen. Lucy. Mein Mund wurde pelzig, und ich schmeckte salziges Blut. Lucy, wach nicht auf. Spannung lief durch seinen Arm, durch seine Hand wie Elektrizität durch eine Überlandleitung. Ich werde sterben.

Tu es nicht. Du willst das nicht tun. Du musst das nicht tun.

Ich bin ein Mensch wie deine Mutter, wie deine Schwester. Du willst das nicht tun. Ich bin ein menschliches Wesen wie du. Ich kann dir so vieles sagen. Über die Fälle. Was die Polizei weiß. Du willst doch wissen, was ich weiß. Tu es nicht. Ein Mensch! Ich kann mit dir reden! Du musst mich mit dir reden lassen!

Bruchstückhafte Sätze. Unausgesprochen. Sinnlos. Ich war gefangen in der Stille. Bitte, fass mich nicht an. O Gott, fass mich nicht an.

Ich musste ihn dazu bringen, seine Hand wegzunehmen, mit mir zu reden.

Ich versuchte meinem Körper zu befehlen, locker zu werden, sich zu entspannen. Es wirkte ein bisschen. Ich entspannte mich etwas, und er spürte es.

Er lockerte den Druck seiner Hand auf meinem Mund, und ich schluckte ganz langsam.

Er trug einen dunkelblauen Overall. Schweiß verfärbte den Kragen, und unter seinen Armen wurden die Flecken immer größer. Die Hand, die das Messer an meinen Hals hielt, steckte in der durchsichtigen Haut eines chirurgischen Handschuhs. Ich konnte den Gummi riechen. Ich konnte ihn riechen.

Ich erinnerte mich an den Overall in Bettys Labor, roch den sirupartigen, fauligen Geruch in ihm, als Marino die Plastiktüte aufhielt …

»Ist es der Geruch, an den er sich erinnert?«, hörte ich es in meinem Kopf, als ob ein alter Film noch einmal abgespielt würde. Marinos Finger zeigte auf mich, als er zwinkerte: *»Bingo …«*

Der Overall lag ausgebreitet auf dem Tisch im Labor, ein L oder XL mit Blutflecken, die herausgeschnitten worden waren …

Er atmete schwer.

»Bitte«, sagte ich kaum vernehmbar, ohne mich zu rühren.

»Halt's Maul!«

»Ich kann Ihnen sagen …«

»Halt's Maul!« Brutal drückte er wieder stärker zu. Mein Kiefer würde zersplittern wie eine Eierschale.

Seine Augen waren rastlos, wanderten umher, betrachteten alles in meinem Schlafzimmer. Sie verharrten an den Vorhängen, an den Kordeln, die daran hingen. Ich konnte sehen, wie er sie anstarrte. Ich wusste, was er dachte. Ich wusste, was er damit machen würde. Dann wanderten die Augen fiebrig zu dem Kabel meiner Nachttischlampe. Etwas Weißes flog aus seiner Tasche, und er stopfte es mir in den Mund und nahm das Messer weg.

Mein Hals war so steif, dass er brannte. Mein Gesicht war taub. Ich versuchte, das trockene Tuch in meinem

Mund nach vorn zu schieben, indem ich es mit meiner Zunge hin und her bewegte, ohne dass er es merkte. Speichel lief in meinen Rachen.

Im Haus war es vollkommen still. In meinen Ohren dröhnte das Pochen meines Blutes. Lucy. Bitte, Gott.

Die anderen Frauen hatten getan, was er wollte. Ich sah ihre blutunterlaufenen, toten Gesichter …

Ich versuchte, mich zu erinnern, was ich von ihm wusste, versuchte, irgendetwas aus dem zu machen, was ich von ihm wusste. Das Messer war nur Zentimeter von mir entfernt und blitzte im Licht. Stürz dich auf die Lampe, und wirf sie zu Boden.

Meine Arme und Beine befanden sich unter den Decken. Ich konnte nicht mit dem Fuß treten, ich konnte nicht greifen oder mich bewegen. Wenn die Lampe auf den Boden fiel, würde es im Zimmer dunkel sein.

Ich würde nichts sehen. Er hatte das Messer.

Ich könnte versuchen, es ihm auszureden. Wenn ich nur reden könnte, dann könnte ich ihn zur Vernunft bringen. Ihre Gesichter, die Kabel, die in ihre Hälse schnitten.

Dreißig Zentimeter, nicht mehr.

Er wusste nichts von der Pistole.

Er war nervös, unruhig, schien verwirrt. Sein Hals war gerötet und schweißgebadet, sein Atem ging heftig und schnell. Er schaute nicht auf mein Kissen. Er betrachtete alles um sich herum, aber er schaute nicht auf mein Kissen.

»Eine Bewegung …« Er berührte meinen Hals leicht mit der feinen Spitze des Messers.

Meine Augen starrten ihn groß an.

»Du wirst deinen Spaß haben, du Miststück.« Es war eine tiefe, kalte Stimme. »Ich habe mir das Beste bis zum Schluss aufgehoben.« Der Strumpf wölbte sich vor. »Du möchtest wissen, wie ich es getan habe. Ich werde es dir ganz langsam zeigen.«

Die Stimme. Sie klang vertraut.

Meine rechte Hand. Wo war die Pistole? War sie mehr rechts oder mehr links? War sie in der Mitte unter meinem Kissen? Ich konnte mich nicht erinnern. Ich konnte nicht denken! Er musste zu den Vorhangschnüren gehen. Er konnte nicht das Kabel der Lampe durchschneiden. Die Lampe war das einzige Licht, das brannte. Der Schalter für die Deckenbeleuchtung war an der Tür. Er schaute ihn an, starrte auf das dunkle Rechteck.

Ich ließ meine rechte Hand ein paar Zentimeter weiter nach oben gleiten.

Seine Blicke hetzten zu mir, dann wieder zu den Vorhängen.

Meine rechte Hand lag auf meiner Brust, fast auf meiner rechten Schulter unter der Bettdecke. Ich fühlte, wie die Ecke der Matratze sich hob, als er vom Bett aufstand. Die Flecken unter seinen Armen wurden größer. Er war durchnässt von Schweiß.

Er sah zu dem Lichtschalter neben der offenen Tür, dann wieder auf die andere Seite des Schlafzimmers zu den Vorhängen. Er schien unentschlossen.

Es geschah so schnell. Meine Hand stieß an das harte, kalte Metall, meine Finger griffen danach, und ich rollte mich vom Bett, zog die Decken mit mir und fiel auf den Boden. Der Abzughahn schnappte zu, und ein Schuss ging los. Ich setzte mich auf, das Leintuch um meine

Hüften geschlungen; all das geschah anscheinend gleichzeitig.

Ich erinnere mich nicht daran, es getan zu haben. Ich erinnere mich nicht, irgendetwas davon getan zu haben. Es war purer Instinkt. Meine Finger lagen am Abzug, meine Hände zitterten so stark, dass der Revolver vibrierte.

Ich erinnere mich nicht, den Knebel aus dem Mund genommen zu haben.

Ich hörte nur meine Stimme.

Ich schrie ihn an.

»Du elender Scheißkerl! Du gottverdammter elender Scheißkerl!«

Die Pistole bewegte sich auf und ab, als ich schrie, mein Entsetzen und meine Wut explodierten in einem Schwall von Beschimpfungen, die von jemand anderem zu kommen schienen. Ich schrie ihn an, schrie, dass er seine Maske abnehmen sollte.

Er stand regungslos auf der anderen Seite des Bettes. Mein Bewusstsein war seltsam losgelöst. Ich bemerkte, dass das Messer in seiner behandschuhten Hand nur ein Klappmesser war.

Seine Augen waren auf den Revolver gerichtet.

»Nimm sie ab!«

Sein Arm bewegte sich langsam, und der Strumpf flatterte auf den Boden.

Er drehte sich um …

Ich schrie, und irgendetwas explodierte, Funken sprühten, und Glas splitterte, so schnell, dass ich nicht begriff, was geschah.

Es war Wahnsinn. Gegenstände fielen krachend zu

Boden und zerbrachen, das Messer flog aus seiner Hand, als er gegen den Nachttisch prallte, und er riss die Lampe zu Boden, als er fiel, und eine Stimme sagte etwas. Im Zimmer wurde es dunkel.

Ein hektisch kratzendes Geräusch kam von der Wand an der Tür …

»Wo, zum Teufel, ist der Lichtschalter in diesem Laden?«

Ich hätte es getan.

Ich weiß, dass ich es getan hätte.

Ich hatte noch nie im Leben etwas so sehr gewollt, wie ich jetzt schießen wollte. Ich wollte ein Loch in sein Herz schießen, groß wie der Mond.

Wir hatten es schon mindestens fünfmal durchgesprochen. Marino wollte streiten. Er glaubte nicht, dass es so gewesen war, wie ich sagte.

»In dem Moment, wo ich ihn durch Ihr Fenster klettern sah, bin ich ihm gefolgt, Doc. Er kann nicht länger als dreißig Sekunden in Ihrem Schlafzimmer gewesen sein, bevor ich gekommen bin. Und Sie hatten keine verdammte Pistole im Anschlag. Sie haben danach gegriffen und sind aus dem Bett gerollt, als ich hereingeplatzt bin und ihn aus seinen Quadratlatschen gepustet habe.«

Es war Montagmorgen, und wir saßen in meinem Büro in der Stadt. Ich konnte mich kaum an die vergangenen zwei Tage erinnern. Ich fühlte mich, als wäre ich unter Wasser oder auf einem anderen Planeten gewesen.

Egal, was er sagte, ich war überzeugt, dass ich meine Pistole auf den Mörder gerichtet hatte, als Marino plötzlich in der Tür erschien und im selben Moment vier Kugeln aus seiner .357er in den Oberkörper des Mörders pumpte. Ich tastete nicht nach seinem Puls. Ich unternahm nichts, um die Blutung zu stoppen. Ich saß einfach auf dem Boden, das Leintuch um mich gewickelt, den Revolver in meinem Schoß, und Tränen liefen über meine Wangen, als ich langsam begriff, was geschehen war.

Die .38er war nicht geladen gewesen.

Ich war so aufgeregt, so durcheinander gewesen, als ich zum Schlafen nach oben ging, dass ich vergessen hatte, meine Pistole zu laden. Die Patronen waren noch in der Schachtel unter einem Stapel von Pullovern in einer meiner Kommodenschubladen, wo Lucy nicht suchen würde.

Er war tot.

Er war tot, als er auf meinen Teppich fiel.

»Er hatte auch seine Maske nicht abgestreift«, fuhr Marino fort. »Unser Gedächtnis macht manchmal komische Sachen, wissen Sie? Ich habe ihm den Strumpf vom Gesicht gezogen, als Snead und Riggy ankamen. Da war er schon so tot wie Hundefutter.«

Er war nur ein Junge.

Er war nur ein Junge mit einem blassen Gesicht und welligem, schmutzig blondem Haar. Sein Schnurrbart war nur ein schmutziger Flaum.

Ich würde diese Augen nie vergessen. Sie waren Fenster, durch die ich keine Seele sehen konnte. Sie waren leere Fenster, die in eine Dunkelheit führten wie die, durch die er gestiegen war, als er diese Frauen ermordete, deren Stimmen er am Telefon gehört hatte.

»Ich dachte, er hätte irgendetwas gesagt«, murmelte ich zu Marino. »Ich dachte, ich hätte ihn irgendetwas

sagen hören, als er fiel. Aber ich erinnere mich nicht.«
Zögernd fragte ich: »Hat er etwas gesagt?«

»O ja. Er sagte etwas.«

»Was?« Ich nahm zitternd meine Zigarette vom Aschenbecher.

Marino lächelte abfällig. »Die gleichen letzten Worte, die in diesen kleinen schwarzen Kästen aufgenommen werden, wenn ein Flugzeug abstürzt. Die gleichen letzten Worte, die die meisten armen Hunde von sich geben. Er sagte: ›O Scheiße.‹«

Eine Kugel hatte seine Hauptschlagader durchtrennt, eine weitere seine linke Herzkammer zerrissen. Eine dritte hatte eine Lunge durchbohrt und war in seiner Wirbelsäule stecken geblieben. Die vierte hatte Weichteilgewebe durchschlagen, an allen lebenswichtigen Organen vorbei, und mein Fenster zerschmettert.

Ich führte seine Autopsie nicht durch. Einer meiner Deputy Chiefs hinterließ den Bericht auf meinem Tisch. Ich erinnere mich nicht, ihn hergebeten zu haben, aber ich habe es wohl getan.

Ich hatte die Zeitungen nicht gelesen. Ich konnte es nicht verkraften. Die Schlagzeile in der gestrigen Abendzeitung war bereits genug gewesen:

DETECTIVE ERSCHIESST
WÜRGER IM SCHLAFZIMMER DES
CHIEF MEDICAL EXAMINER

Wundervoll. Ich fragte mich, was denken die Leute jetzt wohl, wer um zwei Uhr morgens in meinem Schlafzimmer war, der Mörder oder Marino?

Wundervoll.

Der erschossene Psychopath war ein Officer der Funkzentrale, der etwa vor einem Jahr von der Stadt eingestellt worden war. In Richmond arbeiten Zivilisten in der Funkzentrale, es sind keine Polizeibeamten. Er arbeitete in der Schicht von achtzehn bis vierundzwanzig Uhr. Sein Name war Roy McCorkle. Manchmal saß er in der Notrufzentrale. Manchmal arbeitete er als Funker, weshalb Marino die Stimme auf dem Band, das ich ihm am Telefon vorgespielt hatte, erkannte. Marino sagte mir nicht, dass er die Stimme erkannt hatte.

McCorkle war am Freitag nicht bei der Arbeit gewesen. Er hatte sich krankgemeldet. Er war seit Abbys Artikel in der Donnerstagsausgabe nicht mehr bei der Arbeit erschienen. Seine Kollegen hatten keine bestimmte Meinung von ihm, außer dass sie seine Art und seine Witze am Funk lustig fanden. Sie machten sich wegen seiner häufigen Toilettenbesuche über ihn lustig. Er wusch sich ständig die Hände, das Gesicht, den Nacken.

In der Herrentoilette der Funkzentrale befand sich ein Borawash-Seifenspender.

Er war ein unauffälliger Typ. Keiner seiner Kollegen kannte ihn wirklich gut. Sie nahmen an, dass er sich nach Feierabend mit einer Frau traf, »einer gut aussehenden Blondine« mit Namen »Christie«. Es gab keine Christie. Die einzigen Frauen, die er nach Feierabend traf, waren die, die er tötete. Keiner seiner Kollegen konnte glauben, dass er der Würger war.

Wir überlegten, ob McCorkle möglicherweise vor ein paar Jahren die drei Frauen in der Gegend von Boston ermordet haben könnte. Er war damals noch Lastwagenfahrer. Eine seiner Stationen war Boston, wo er Hühnchen an einen Abpackbetrieb lieferte. Aber wir konnten es nicht mit Sicherheit sagen. Wir werden vermutlich nie wissen, wie viele Frauen er im ganzen Land ermordet hatte. Es konnten Dutzende sein. Wahrscheinlich hatte er als Spanner angefangen, wurde dann zum Vergewaltiger. Er hatte keine Vorstrafen. Das Einzige, was er je erhalten hatte, war ein Strafzettel wegen Geschwindigkeitsübertretung.

Er war erst siebenundzwanzig Jahre alt.

In dem zusammenfassenden Bericht der Polizeiakte stand, dass er verschiedene Jobs gemacht hatte: Lastwagenfahrer, Telefonist in einer Zementfabrik in Cleveland, Postbote und Lieferbursche für einen Blumenladen in Philadelphia.

Marino konnte ihn am Freitagabend nicht finden, aber er suchte nicht sehr lange. Ab halb zwölf befand sich Marino auf meinem Grundstück, versteckt hinter einem Busch, und wachte. Er hatte einen dunkelblauen Polizeioverall an, damit man ihn in der Dunkelheit nicht entdeckte. Als er die Deckenlampe in meinem Schlafzimmer anmachte und ich ihn in dem Overall stehen sah, mit der Pistole in der Hand, wusste ich eine lähmende Sekunde lang nicht mehr, wer der Mörder und wer der Polizist war.

»Sehen Sie«, sagte er jetzt, »ich habe mir Gedanken über diese Verbindung zu Abby Turnbull gemacht. Über die Möglichkeit, dass er hinter ihr her war und fälschlicherweise ihre Schwester umgebracht hat. Das beunruhigte mich. Ich fragte mich, welche andere Frau in der Stadt macht ihm das Leben schwer?« Er sah mich nachdenklich an.

Als Abby eines Abends von der Redaktion nach Hause verfolgt wurde, wählte sie die 911, und es war McCorkle, der den Anruf entgegennahm. Daher wusste er, wo sie wohnte. Vielleicht hatte er schon vorher daran gedacht, sie zu ermorden, oder vielleicht kam ihm der Gedanke erst, als er ihre Stimme hörte und erkannte, wer sie war. Wir würden es nie erfahren.

Wir wussten, dass alle fünf Frauen irgendwann einmal die 911 gewählt hatten. Ich hatte nie die 911 gewählt, bei mir war es nicht nötig.

Meine Nummer und meine Adresse standen im Telefonbuch, weil die Medical Examiners mich auch außerhalb meiner Dienstzeit erreichen können mussten. Außerdem hatte ich bei mehreren Gelegenheiten in den letzten Wochen mit verschiedenen Funkbeamten gesprochen, wenn ich auf der Suche nach Marino war. Einer von ihnen könnte McCorkle gewesen sein. Ich würde es nie erfahren.

»Ihr Bild war in den Zeitungen und im Fernsehen«, fuhr Marino fort. »Sie haben alle seine Morde bearbeitet, er hat sich gefragt, was Sie wissen. Er hat über Sie nachgedacht. Ich, ich habe mir Sorgen gemacht. Und dann dieser ganze Mist von seiner Stoffwechselkrankheit und von Ihrem Büro, das irgendetwas über ihn weiß.« Er lief auf und ab, während er redete. »Da wird ihm natürlich heiß. Jetzt wird's persönlich. Die hochnäsige Frau Doktor hier beleidigt womöglich seine Intelligenz, seine Männlichkeit.«

Die Anrufe, die ich spätnachts bekam …

»Das löste einen Mechanismus bei ihm aus. Er mag es nicht, dass er von irgendjemandem wie ein Idiot behandelt wird. Die denkt wohl, sie sei klug, klüger als ich. Der werde ich's zeigen. Die knöpfe ich mir vor.«

Ich hatte ein Sweatshirt unter meinem Kittel an. Beides war geschlossen bis zum Hals. Ich fror trotzdem. Die letzten beiden Nächte hatte ich bei Lucy im Zimmer geschlafen. Ich wollte mein Schlafzimmer neu einrichten. Ich überlegte, ob ich mein Haus verkaufen sollte.

»Ich denke, dieser Zeitungsbericht damals, in dem das ganze Zeug über ihn stand, hat mächtig an seinem Selbstbewusstsein gerüttelt. Benton sagte, es sei ein Geschenk des Himmels. Dass er vielleicht leichtsinnig werden würde oder so was. Ich war ziemlich sauer. Erinnern Sie sich?«

Ich nickte andeutungsweise.

»Wollen Sie wissen, warum ich so sauer war?«

Ich sah ihn nur an. Er war wie ein Kind. Er war stolz auf sich. Ich sollte ihn loben, begeistert sein, weil er einen Mann aus zehn Schritten Entfernung erschossen, ihn in meinem Schlafzimmer umgebracht hatte. Der Kerl hatte ein Klappmesser. Sonst nichts. Was wollte er damit machen, es werfen?

»Nun, ich werde es Ihnen sagen. Zum einen hatte ich vor einiger Zeit einen kleinen Tipp erhalten.«

»Einen Tipp?« Ich richtete meinen Blick auf ihn. »Was für einen Tipp?«

»Der Goldjunge Boltz«, antwortete er sachlich und schnippte die Asche von der Zigarette. »Zufälligerweise war er so gnädig, noch etwas Gescheites von sich zu geben, bevor er sich aus der Stadt verzogen hat. Er sagte, er mache sich Sorgen um Sie ...«

»Um mich?«, platzte ich heraus.

»Er sagte, er wäre an einem Abend noch bei Ihnen gewesen, und da war dieses seltsame Auto. Es fuhr die Auffahrt hoch, machte dann die Lichter aus und raste davon. Er hatte Angst, dass Sie beobachtet würden, dass es vielleicht der Mörder war ...«

»Das war Abby!«, brach es aus mir heraus. »Sie wollte mich sehen, mir ein paar Fragen stellen, sah Bills Auto und geriet in Panik ...«

Marino schien überrascht zu sein, aber nur einen Moment lang. Dann zuckte er mit den Achseln. »Egal. Hat trotzdem unsere Aufmerksamkeit erregt, oder?«

Ich sagte nichts. Tränen stiegen mir in die Augen.

»Es hat gereicht, um mir Angst zu machen. Tatsache ist, dass ich Ihr Haus schon eine ganze Weile beobachtet habe. Viele Nächte lang. Dann kommt diese verdammte Geschichte von der DNA-Verbindung. Ich denke mir, das Früchtchen ist vielleicht schon hinter der Doktorin her. Jetzt wird er wirklich durchdrehen. Die Geschichte wird ihn nicht in den Computer locken, sie wird ihn direkt zu ihr locken.«

»Sie hatten recht«, sagte ich räuspernd.

»Da haben Sie verdammt recht, dass ich recht hatte.«

Marino hätte ihn nicht töten müssen. Niemand außer uns beiden würde das jemals erfahren. Ich würde es nicht erzählen. Es tat mir nicht leid. Ich hätte es selbst auch getan. Die .38er war nicht geladen. Klick. Genau so weit wäre ich gekommen. Ich glaube, ich fühlte mich schlecht, weil ich mich nicht selbst hatte retten können, und ich wollte Marino nicht für mein Leben danken müssen!

Er redete immer so weiter. Langsam wurde ich wütend.

Da kam Wingo plötzlich herein.

Er hatte die Hände in den Taschen und wirkte verunsichert, als Marino ihn ärgerlich ansah.

»Dr. Scarpetta, ich weiß, dass Sie schwere Zeiten durchmachen. Ich meine, ich weiß, dass Sie immer noch traurig sind …«

»Ich bin nicht traurig!« Seine Augen weiteten sich. Er wurde bleich.

Ich senkte meine Stimme und sagte: »Es tut mir leid, Wingo. Ja. Ich bin traurig. Ich bin kaputt. Ich bin nicht ich selbst. Was wollen Sie?«

Er griff in eine Tasche seiner pastellblauen Seidenhose und zog eine Plastiktüte heraus, in der sich ein Zigarettenstummel, Benson & Hedges 100, befand.

Er legte sie vorsichtig auf meine Schreibtischunterlage.

Ich sah ihn verständnislos an und wartete.

»Na ja, vielleicht erinnern Sie sich, dass ich Sie über den Commissioner ausfragte, ob er Nichtraucher ist und all so was?«

Ich nickte.

Marino wurde ungeduldig. Er blickte um sich, als wäre er gelangweilt.

»Sehen Sie, da ist mein Freund Patrick. Er arbeitet in der Rechnungsabteilung gegenüber, im gleichen Gebäude, in dem Amburgey sitzt. Na ja.« Er wurde rot. »Patrick und ich, wir treffen uns manchmal an seinem Auto und gehen zusammen essen. Sein Parkplatz ist etwa zwei Reihen hinter dem von Amburgey. Wir haben ihn schon öfter gesehen.«

»Öfter gesehen?«, fragte ich verblüfft. »Amburgey öfter gesehen? Wobei?«

Wingo beugte sich herüber zu mir und vertraute mir an: »Ihn rauchen gesehen, Dr. Scarpetta.« Er richtete sich auf. »Ich schwöre es. Am Vormittag und gleich nach dem Mittagessen haben Patrick und ich in dem Auto gesessen, in Patricks Auto, haben geredet und Musik gehört. Wir haben gesehen, wie Amburgey in seinen schwarzen New Yorker stieg und sich eine Zigarette anzündete. Er benutzt nicht einmal den Aschenbecher, weil er nicht will, dass es irgendjemand erfährt. Er schaut sich die ganze Zeit um. Dann schnippt er den Stummel aus dem Fenster, schaut sich noch einmal um und trottet zurück in das Gebäude, wobei er sich Atemspray in den Mund sprüht ...«

Er starrte mich verwundert an.

Ich lachte so sehr, dass ich fast heulte. Es war vermutlich ein Anfall von Hysterie. Ich konnte nicht mehr aufhören. Ich hämmerte auf den Tisch und wischte mir die Augen. Ich bin sicher, man konnte mich im ganzen Stockwerk hören.

Jetzt fing Wingo an zu lachen, erst verlegen, dann konnte auch er nicht mehr aufhören.

Marino sah uns beide mit finsterem Blick an, als wären wir geisteskrank. Dann unterdrückte er ein Lächeln. Eine Minute später lachte er ebenfalls schallend und erstickte fast an seiner Zigarette.

Schließlich fuhr Wingo fort: »Die Sache ist die ...« Er atmete tief ein. »Die Sache ist die, Dr. Scarpetta, ich habe gewartet, bis er fertig war, und als er weg war, bin ich zu seinem Auto rüber und habe den Stummel aufgehoben. Ich habe ihn direkt ins Serologielabor zu Betty gebracht, damit sie ihn untersucht.«

Ich schnappte nach Luft. »Was haben Sie getan? Sie haben den Stummel zu Betty gebracht? War es das, was Sie ihr kürzlich gegeben hatten? Wozu? Um seinen Speichel zu untersuchen? Wozu?«

»Seine Blutgruppe. Es ist AB, Dr. Scarpetta.«

»Mein Gott.«

Ich begriff den Zusammenhang sofort. Die Blutgruppe, die auf den falsch gekennzeichneten PERKS gefunden worden war, die Wingo im Kühlraum entdeckt hatte, war AB.

AB ist außerordentlich selten. Nur vier Prozent der Bevölkerung haben die Blutgruppe AB.

»Ich hatte ihn irgendwie im Verdacht«, erklärte Wingo. »Ich weiß, wie sehr er ... wie sehr er Sie hasst. Es tut mir immer weh, wenn er Sie so schlecht behandelt. Also fragte ich Fred ...«

»Den Wachbeamten?«

»Ja. Ich fragte Fred, ob er jemanden gesehen hätte. Sie wissen schon, ob er gesehen hätte, wie jemand in unsere Leichenhalle gekommen ist, der dort nichts zu suchen hat. Er sagte, er hätte diesen einen Kerl gesehen, an einem frühen Montagabend. Fred drehte gerade seine Runden und machte eine kurze Pause, um aufs Klo dort unten zu gehen. Er kommt in dem Moment wieder raus, wo dieser weiße Typ reingeht, ins Klo, meine ich. Fred erzählte mir, dieser weiße Typ hätte etwas in den Händen gehabt, irgendwelche Papierschachteln oder so.

Fred kümmerte sich nicht weiter darum, ging wieder seiner Arbeit nach.«

»Amburgey? War es Amburgey?«

»Fred wusste es nicht. Er sagte, die meisten Weißen sehen für ihn gleich aus. Aber er erinnerte sich an diesen Typen, weil er einen wirklich hübschen Silberring mit einem großen blauen Stein am Finger hatte. Ein älterer Mann, hager und fast kahl.«

Es war Marino, der vorschlug: »Vielleicht ging Amburgey aufs Klo, um einen Abstrich von sich selbst zu machen …«

»Sie stammten aus dem Mund«, erinnerte ich ihn. »Die Zellen, die man im Mikroskop sah. Und keine Barrkörperchen. Y-Chromosomen, mit anderen Worten – männlich.«

»Ich liebe es, wenn Sie unanständige Sachen sagen.« Marino grinste mich an und fuhr fort: »Also macht er Abstriche vom Inneren seiner Backen – von denen oberhalb seines Halses, hoffe ich. Streicht sie auf ein paar Objektträger von einem PERK, klebt ein Etikett drauf …«

»Ein Etikett, das er aus Lori Petersens Akte genommen hatte«, unterbrach ich ihn noch einmal, dieses Mal kopfschüttelnd.

»Dann legte er alles in den Kühlraum, damit man denkt, Sie hätten was vermasselt. Zum Teufel, vielleicht ist er auch derjenige, der in den Computer eingebrochen ist.« Marino lachte wieder. »Ist es nicht großartig? Wir werden seinen Arsch festnageln!«

Am Wochenende war wieder in den Computer eingebrochen worden, Freitag, irgendwann nach Feierabend, so nahmen wir an. Wesley hatte die Befehle am Samstagmorgen auf dem Bildschirm entdeckt, als er zu McCorkles Autopsie gekommen war. Der Anruf konnte natürlich zurückverfolgt werden. Wir warteten darauf, dass Wesley die Ergebnisse von der Telefongesellschaft erhielt.

Ich hatte angenommen, dass es McCorkle war, der irgendwann am Freitag, bevor er zu mir kam, versucht hatte, in den Computer einzudringen.

»Wenn der Commissioner derjenige ist, der in den Computer einbricht«, erinnerte ich sie, »dann bringt ihn das nicht in Schwierigkeiten. Er hat von Amts wegen ein Recht auf meine Bürodaten und auf alles andere, was er sich gern anschauen möchte. Wir werden nie beweisen können, dass er eine Akte manipuliert hat.«

Alle Augen fielen auf den Zigarettenstummel in der Plastiktüte.

Beweismittel fälschen, Betrug, nicht einmal der Gouverneur konnte sich solche Freiheiten nehmen. Ein Verbrechen ist ein Verbrechen. Aber ich bezweifelte, dass es bewiesen werden konnte.

Ich stand auf und hängte meinen Kittel an die Rückseite der Tür. Dann zog ich mein Jackett an und nahm einen dicken Aktenordner von einem Stuhl. Ich musste in zwanzig Minuten zum Gericht, um in einem anderen Mordfall auszusagen.

Wingo und Marino brachten mich zum Aufzug. Ich trat hinein und ließ sie zurück.

Als die Türen sich schlossen, warf ich beiden einen Kuss zu.

Drei Tage später saß ich mit Lucy auf dem Rücksitz eines Ford auf dem Weg zum Flughafen. Sie flog zurück nach Miami, und ich kam mit ihr, aus zwei sehr guten Gründen. Ich wollte sehen, wie die Sache mit ihrer Mutter und dem Illustrator, den sie geheiratet hatte, stand. Und ich brauchte unbedingt Urlaub.

Ich hatte vor, mit Lucy an den Strand zu fahren, zu den Mangroven, in den Affenwald und in das Meeresaquarium. Wir würden zuschauen, wie die Seminolen mit Krokodilen kämpfen. Wir würden den Sonnenuntergang in der Bucht von Biscayne beobachten und uns die rosafarbenen Flamingos in Hialeah anschauen. Wir würden den Film *Meuterei auf der Bounty* ausleihen und dann einen Ausflug mit dem berühmten Schiff machen und uns vorstellen, Marlon Brando wäre an Bord. Wir würden an der Coconut Grove einkaufen gehen und roten Florida-Barsch und Blaufisch und Limonenkuchen essen, bis uns der Bauch weh tat. Wir würden alles das tun, was ich so gern getan hätte, als ich so alt war wie sie.

Wir würden auch über den Schock reden, den sie erlitten hatte. Wie durch ein Wunder war sie erst aufgewacht, als Marino anfing zu schießen. Aber Lucy wusste, dass ihre Tante fast ermordet worden wäre.

Sie wusste, dass der Mörder durch das Fenster in meinem Arbeitszimmer gekommen war, das zu, aber nicht verschlossen war, weil Lucy vergessen hatte, es wieder zu verschließen, nachdem sie es einige Tage zuvor geöffnet hatte.

McCorkle hatte die Kabel der Alarmanlage draußen vor dem Haus durchgeschnitten. Er kam durch das

Fenster im Erdgeschoss, lief direkt an Lucys Zimmer vorbei und ging leise die Treppen hoch. Woher wusste er, dass mein Schlafzimmer oben lag?

Ich glaube nicht, dass er es wissen konnte, es sei denn, er hätte mein Haus schon länger beobachtet.

Lucy und ich mussten über vieles sprechen. Ich hatte das Bedürfnis, mit ihr zu reden, und sie brauchte es auch. Ich hatte vor, sie zu einem guten Kinderpsychologen zu bringen. Vielleicht sollten wir beide hingehen.

Unser Chauffeur war Abby. Sie hatte netterweise darauf bestanden, uns zum Flughafen zu fahren.

»Ich wünschte, ich könnte mit euch kommen.«

»Sie sind herzlich eingeladen«, antwortete ich mitfühlend. »Wirklich. Wir würden uns freuen, Abby. Ich werde drei Wochen da unten bleiben. Sie haben die Telefonnummer meiner Mutter. Wenn Sie sich freimachen können, steigen Sie in ein Flugzeug, und dann gehen wir alle zusammen an den Strand.«

Ihr Pager meldete sich mit einem schrillen Ton. Sie griff abwesend danach, um zu sehen, wer nach ihr verlangte.

Ich wusste, dass ich nichts von ihr hören würde. Nicht morgen, nicht übermorgen oder den Tag darauf.

Sobald unser Flugzeug gestartet war, würde sie wieder Krankenwagen und Polizeifahrzeugen hinterherjagen. Dies war ihr Leben.

Sie brauchte ihre Arbeit, wie andere die Luft zum Atmen brauchen.

Ich schuldete ihr viel.

Durch das, was sie hinter den Kulissen inszeniert hatte, fanden wir heraus, dass Amburgey derjenige gewesen war, der in den OCME-Computer eingebrochen war. Der Anruf wurde zu seinem privaten Telefon zurückverfolgt. Er war ein Computerfreak und hatte einen hochmodernen PC mit einem Modem bei sich zu Hause.

Ich denke, das erste Mal ist er nur eingebrochen, um meine Arbeit wie gewöhnlich zu überprüfen. Er schaute die Mordfälle durch und entdeckte dabei eine Einzelheit in Brenda Steppes Akte, die nicht mit dem übereinstimmte, was Abby in ihrem Artikel geschrieben hatte. Er begriff, dass die undichte Stelle nicht in meinem Büro sein konnte. Aber er hätte gern gehabt, dass es so gewesen wäre, so dass er die Akte abänderte, um es so aussehen zu lassen.

Dann stellte er absichtlich das Echo ein und versuchte, Lori Petersens Fall aufzurufen. Er wollte, dass wir diese Befehle am folgenden Montag auf dem Bildschirm finden würden, ein paar Stunden bevor er mich zu Tanner und Bill in sein Büro rief.

Eine Sünde führte zur nächsten. Sein Hass blendete seine Vernunft, und als er die Computeretiketten in Loris Akte sah, konnte er sich nicht zurückhalten. Ich hatte lange über dieses Treffen in meinem Konferenzraum nachgedacht, als die Männer die Akten durchlasen. Ich hatte angenommen, dass die PERK-Etiketten gestohlen worden waren, als einige Akten von Bills Schoß fielen. Aber als ich noch einmal darüber nachdachte, erinnerte ich mich, dass Bill und Tanner die Papiere nach der richtigen Fallnummer einordneten. Loris Fall war nicht dabei, weil Amburgey ihn zu der Zeit gerade durchlas. Er nutzte das allgemeine Durcheinander aus und riss schnell die PERK-Etiketten ab. Später verließ er mit Tanner den Raum, blieb aber allein in der Leichenhalle zurück, um auf die Herrentoilette zu gehen. Er manipulierte die Objektträger.

Das war sein erster Fehler. Sein zweiter Fehler war, Abby zu unterschätzen. Sie war außer sich, als sie erfuhr, dass jemand sie dazu benutzte, meine Karriere zu zerstören. Es war egal, um wessen Karriere es ging, nahm ich an. Abby konnte es einfach nicht ertragen, benutzt zu werden. Sie war wie Superman: Kämpfer für Recht und Gesetz. Sie war erfüllt von einer Wut, für die sie kein Ventil fand.

Nachdem ihr Artikel in der Zeitung erschienen war, war sie zu Amburgey gegangen. Sie hatte ihn schon länger im Verdacht gehabt, so gestand sie mir, weil er derjenige gewesen war, der ihr die Information über die falsch etikettierten PERKS zukommen ließ. Er hatte den Serologiebericht auf dem Schreibtisch und einen Block, auf dem er sich Notizen über die »Brüche in der Beweiskette« und die »fehlenden Übereinstimmungen zwischen diesen Ergebnissen und denen früherer Untersuchungen« gemacht hatte. Als Abby vor seinem berühmten chinesischen Schreibtisch saß, ging er hinaus und ließ sie eine Minute lang allein – lange genug, damit sie lesen konnte, was auf seinem Block stand.

Es war offensichtlich, was er tun wollte. Seine Gefühle mir gegenüber waren kein Geheimnis. Abby war nicht dumm. Sie drehte den Spieß um. Letzten Freitagmorgen war sie noch einmal zu ihm gegangen und hatte ihn mit dem Computereinbruch konfrontiert.

Er reagierte ausweichend, heuchelte ihr Panik vor, dass sie diese Dinge veröffentlichen könnte, aber er intrigierte weiter.

Sie stellte ihm eine Falle, indem sie zugab, sie habe nicht genug in der Hand, um weiterzumachen. »Es ist nur einmal in den Computer eingebrochen worden«, sagte sie ihm. »Wenn es noch einmal passiert, Dr. Amburgey, dann habe ich keine andere Wahl, als darüber und über andere Behauptungen, die mir zu Ohren gekommen sind, zu schreiben, denn die Öffentlichkeit muss wissen, dass es ein Problem im OCME gibt.«

Es war noch einmal passiert.

Der zweite Computereinbruch hatte nichts mit den fingierten Zeitungsberichten zu tun, weil es nicht mehr der Mörder sein konnte. Es war der Commissioner.

»Übrigens«, sagte Abby zu mir, als wir die Taschen aus dem Kofferraum hoben, »ich glaube nicht, dass Amburgey noch mal irgendwelche Schwierigkeiten machen wird.«

»Ein Leopard kann sich kein anderes Fell anziehen«, bemerkte ich und sah auf die Uhr.

Sie lächelte über ein Geheimnis, das sie nicht enthüllen würde. »Seien Sie nicht überrascht, wenn Sie zurückkommen und feststellen, dass er nicht mehr in Richmond ist.«

Sie hatte genug gegen Amburgey in der Hand. Irgendjemand musste bezahlen. Bill würde sie nicht antasten.

Er hatte mich gestern angerufen, um mir zu sagen, dass er froh sei, dass es mir gut ging, und dass er gehört hätte, was geschehen war. Er äußerte sich nicht zu seinen eigenen Geschichten, und ich hatte nur eine kleine Anspielung gemacht, als er ganz ruhig meinte, er glaube nicht, dass wir uns noch einmal sehen sollten.

»Ich habe viel darüber nachgedacht, und ich glaube einfach, dass es nicht funktionieren würde, Kay.«

»Du hast recht«, stimmte ich zu, überrascht über die Erleichterung, die ich dabei verspürte. »Es würde nicht funktionieren, Bill.«

Ich umarmte Abby herzlich.

Lucy runzelte die Stirn und kämpfte mit einem riesigen Koffer.

»So ein Mist«, jammerte sie. »Moms Computer hat nur so eine blöde Textverarbeitung drauf. So ein Mist! Keine Datenbank oder irgendwas anderes.«

»Wir gehen an den Strand.« Ich nahm zwei Taschen über die Schulter und folgte ihr durch die offenen Glastüren. »Wir werden eine schöne Zeit haben, Lucy. Du kannst den Computer für ein Weilchen vergessen. Er ist nicht gut für deine Augen.«

»Ein paar Kilometer von unserem Haus ist ein Software-Laden …«

»Strand, Lucy. Du brauchst Ferien. Wir beide brauchen Ferien. Frische Luft, Sonne, es wird uns guttun. Du warst zwei Wochen lang in meinem Arbeitszimmer vergraben.«

Ich hob die Taschen auf die Waage, richtete Lucys Kragen am Rücken und fragte sie, warum sie ihre Jacke nicht trug. »Die Klimaanlagen im Flugzeug sind immer zu stark eingestellt.«

»Tante Kay …«

»Du wirst dich erkälten.«

»Tante Kay!«

»Wir haben noch Zeit, ein Sandwich zu essen.«

»Ich habe keinen Hunger!«

»Du musst was essen. Wir müssen eine Stunde lang warten und auf dem Flug gibt es nichts zu essen. Du musst etwas im Magen haben.«

»Du klingst genau wie Grandma!«

KAMPA VERLAG
DAS COMEBACK VON KAY SCARPETTA

»Patricia Cornwell versetzt uns mit ihrer Kultfigur Kay Scarpetta in Entsetzen und hypnotische Spannung.«
Cosmopolitan

»Kay Scarpetta obduziert nicht nur Leichen, sie ermittelt in den härtesten Fällen.«
SWR

»Kay Scarpetta ist brillant, einfühlsam, bescheiden, professionell und umsichtig.«
Library Journal, New York

»Cornwell ist die erfolgreichste Thriller-Autorin der Welt.«
Spiegel

»Der Megastar der Thriller-Szene.«
Brigitte

»Noch immer kann niemand Patricia Cornwell das Wasser reichen.«
The Sunday Times, London

Weitere Fälle der berühmtesten Rechtsmedizinerin der Welt stellen wir Ihnen auf den nächsten Seiten vor.

KAMPA VERLAG
DER ZWEITE FALL FÜR KAY SCARPETTA

Patricia Cornwell
Flucht

Der zweite Fall für Kay Scarpetta
Aus dem amerikanischen Englisch von Thomas A. Merk

Im Kühlraum der Gerichtsmedizin von Richmond liegt die übel zugerichtete Leiche einer jungen Schriftstellerin. Die Autopsie ist abgeschlossen, Dr. Kay Scarpetta kennt jeden Zentimeter von Beryl Madisons Körper: ihre blauen Augen und von der Sonne golden gefärbten Haare, die siebenundzwanzig Schnittverletzungen, die durchtrennte Kehle. Doch wie es zu dem grausamen Mord kommen konnte, ist der Gerichtsmedizinerin ein Rätsel: Am Tatort gefundene Briefe beweisen, dass Beryl Madison zuletzt verängstigt nach Key West geflohen ist, vor einem Unbekannten, der sie ausspionierte und bedrohte. Erst in der Tatnacht ist sie notgedrungen in ihr Haus in Richmond zurückgekehrt – um dort ihrem Mörder offenbar widerstandslos die Tür zu öffnen. Kannte sie den Täter? Und warum ist ihr letztes Manuskript verschwunden? Je mehr sich Kay Scarpetta mit dem Fall befasst, desto bizarrer erscheint ihr das Verbrechen.

»Ein komplexer, vielschichtiger Roman mit Twists,
die für zwei Bücher reichen würden.«
The Washington Post

KAMPA VERLAG
EIN NEUER FALL FÜR KAY SCARPETTA

Patricia Cornwell
Autopsie

Ein Fall für Kay Scarpetta
Aus dem amerikanischen Englisch von Karin Dufner

Dr. Kay Scarpetta ist wieder da, wo alles begann: Die renommierte Pathologin lebt nach vielen Jahren wieder in Virginia, gemeinsam mit ihrem Mann Benton, der als Rechtspsychologe beim Secret Service arbeitet, und ihrer geliebten Nichte Lucy. Aber Scarpettas Start als leitende Gerichtsmedizinerin von Virginia gestaltet sich mühsam: Ihr Vorgänger hat ihr nicht nur eine herrische Sekretärin hinterlassen, sondern auch marode Strukturen. Und es dauert keine vier Wochen, bis Scarpetta es mit einem verstörenden Fall zu tun bekommt: Eine Frau wurde brutal ermordet, ihre Leiche auf einem Bahngleis »drapiert«. Und die Ermittlungen führen Scarpetta gefährlich nah an ihr eigenes Zuhause, ihr privates Umfeld heran. Noch dazu wird die Gerichtsmedizinerin ins Weiße Haus beordert – als Mitglied einer Kommission, die mit Angriffen auf die nationale Sicherheit befasst ist. Bei einer streng geheimen Weltraummission scheint es eine Katastrophe gegeben zu haben, der Kontakt zu den Astronauten ist abgebrochen. Und während Scarpetta im All ermittelt und eine forensische Ferndiagnose aus 400 Kilometern Entfernung stellt, ereignet sich auf Erden ein zweiter, ganz ähnlicher Mord an einer Frau, wieder in der Nähe von Scarpettas Zuhause …

»Dass Scarpetta wieder ermittelt,
ist einfach großartig. Nie war sie besser.«
The Globe and Mail, Toronto